Diogenes Taschenbuch 20096

D0564176

William Faulkner
Schall und Wahn

Roman
Mit einer Genealogie der Familie Compson
Neu durchgesehene und
revidierte Übersetzung von
Helmut M. Braem und
Elisabeth Kaiser

Diogenes

Titel der Originalausgabe, New York 1929
›The Sound and the Fury‹

Diogenes Verlag AG Zürich
Lizenzausgabe mit freundlicher Genehmigung
des Fretz & Wasmuth Verlags, Zürich
Alle deutschen Rechte vorbehalten
Copyright © 1956 by
Fretz & Wasmuth Verlag AG Zürich
Alle Rechte an der revidierten Übersetzung
beim Diogenes Verlag Zürich
40/84/36/3
ISBN 3 257 20096 X

William Faulkner
Die Familie Compson 1699–1945

Ikkemotubbe. Ein vertriebener amerikanischer König. ›L'homme‹ (und manchmal auch ›de l'homme‹) genannt von seinem Pflegebruder, einem Chevalier aus Frankreich, der, wäre er nicht zu spät geboren, der Herrlichsten einer in der glänzenden Schar ritterlicher Lumpen hätte sein können, die Napoleons Marschälle waren, und der diesen Titel der Chickasaw, mit dem ›Der Mensch‹ gemeint ist, solcherweise übersetzte; eine Übersetzung, in der Ikkemotubbe, sowohl ein Mann von Geist und Phantasie als auch ein scharfsinniger Kenner von Charakteren, einschließlich seines eigenen, noch einen Schritt weiterging und, anglisiert, ›Doom‹ – Verhängnis – daraus machte. Der von seinem riesigen verlorenen Gebiet eine ganze Quadratmeile jungfräulicher Nord-Mississippi-Erde, rechtwinklig wie die vier Ecken eines Spieltisches (und damals bereits beforstet, denn es war jene Zeit vor 1833, als die Sterne sanken und Jefferson-Mississippi einem einzigen, langen, unregelmäßigen, einstöckigen, schmutzstarrenden Blockhaus glich, das den Chickasaw-Händler und seinen Kramladen beherbergte), dem Enkel eines schottischen Flüchtlings übereignete, der sein Geburtsrecht dadurch verloren hatte, daß er sein Los teilte mit einem König, der selbst vertrieben worden war. Dies als unvollkommene Gegenleistung für das Recht, in Frieden weiterzuziehen, zu Fuß oder zu Pferd, vorausgesetzt, daß es Chickasaw-Pferde waren, weiterzuziehen, wie immer es auch ihm und seinem Stamm gefiel, in das wilde westliche Land, das alsbald Oklahoma genannt werden sollte: ohne freilich etwas von Öl zu wissen.

Jackson. Ein Großer Weißer Vater mit einem Schwert. (Ein alter Duellant, ein zänkischer, magerer, hitziger, räudiger, zäher, unvergänglicher alter Löwe, der das Wohl der Nation über das Weiße Haus setzte und das Heil seiner neuen politischen Partei über beide, und über all das zwar nicht die Ehre seiner Frau, aber das Prinzip setzte, daß Ehre verteidigt werden müsse, ob sie nun vorhanden sei oder nicht, denn verteidigt wurde sie ja doch, ob sie vorhanden war oder nicht.) Der die Übereignung in seinem goldenen Zelt in Wassi Town mit eigener Hand ausschrieb und siegelte und gegenzeichnete, ebenfalls ohne etwas von Öl zu wissen: so daß eines Tages die heimatlosen Nachfahren der Vertriebenen träge vom Trinken und selig und tödlich berauscht über die staubige zugemessene Herberge ihrer Gebeine in speziell konstruierten, rotgestrichenen Leichenwagen und Feuerspritzen fuhren.

Dies waren die Compsons:

Quentin MacLachan. Sohn eines Buchdruckers aus Glasgow, verwaist, aufgewachsen in der Familie seiner Mutter im Hochland von Perth. Floh von Culloden-Moor nach Carolina, floh mit kaum mehr als einem alten zweischneidigen Schwert und seinem Tartan, den er tags trug und unter dem er nachts schlief. Mit achtzig wollte er, da er schon einmal gegen einen englischen König gekämpft und verloren hatte, nicht wieder den gleichen Fehler begehen, und so floh er in einer Nacht des Jahres 1779 erneut, floh mit seinem kleinen Enkel und dem Tartan (das Schwert war samt seinem Sohn, dem Vater des Enkels, ein Jahr zuvor aus einem von Tarletons Regimentern auf einem Schlachtfeld in Georgia verschwunden) nach Kentucky, wo ein Nachbar namens Boon oder Boone sich bereits angesiedelt hatte.

Charles Stuart. In seinem britischen Regiment durch Ächtung von Namen und Rang geschändet. Von seiner eigenen zurückweichenden Armee und der nachfolgenden amerikanischen irrtümlich für tot gehalten und in einem Sumpf in Georgia zurückgelassen. Er trug noch immer das zweischneidige Schwert, als er vier Jahre später auf seinem selbstgemachten Holzbein schließlich in Harrodsburg, Kentucky, seinen Vater einholte — gerade rechtzeitig, um den Vater zu begraben und ein langwährendes Dasein als gespaltene Persönlichkeit zu beginnen, noch immer bemüht, der Schullehrer zu sein, der er sein zu wollen glaubte, bis er es endlich aufgab und der Hasardeur wurde, der er in Wahrheit war und der zu sein, was sich kein Compson klarzumachen schien, ihnen allen bestimmt war: in einem verzweifelt gewagten Spiel mit geringen Chancen. Zuguterletzt gelang es ihm, nicht nur seinen Hals zu riskieren, sondern auch die Sicherheit seiner Familie und die Unbescholtenheit seines Namens, den er einmal weitergeben würde, indem er sich einer Verbündung anschloß, angeführt von einem Bekannten namens Wilkinson (ein Mann von beachtlichem Talent und Einfluß und Verstand und Mut), die das Komplott schmiedete, das ganze Mississippi-Tal von den Vereinigten Staaten zu trennen und es Spanien anzugliedern. Floh seinerseits, als die Blase platzte (was jeder außer einem Compsonschen Schullehrer vorausgesehen hätte), floh ganz allein, da er der einzige von den Verschwörern war, der außer Landes gehen mußte: nicht vor der Rache oder Strafe der von ihm angegriffenen Regierung, sondern vor dem wütenden Umschwung seiner einstigen Verbündeten, die jetzt angstvoll um ihr eigenes Leben bangten. Er wurde nicht aus den Vereinigten Staaten verwiesen, erklärte sich vielmehr selbst für vaterlandslos, wurde nicht wegen seines Verrates vertrieben, sondern weil er ihn prahlend und schreiend geleitet und lärmend jede Brücke hinter sich abgebrochen hatte, noch ehe er die Stelle erreichte, wo eine neue errichtet werden konnte: so war es kein Chef der Feldpolizei, ja nicht einmal eine Zivilbehörde – es waren seine ehemaligen Verbündeten selbst, die dazu aufforderten, ihn aus Kentucky und den Vereinigten Staaten und, wenn sie ihn hätten fangen können, auch noch aus der Welt zu vertreiben. Floh bei Nacht, getreu der Tradition seiner Familie, mit seinem Sohn und dem alten zweischneidigen Schwert und dem Tartan.

Jason Lycurgus. Der, getrieben vielleicht von der Verpflichtung des dekorativen Namens, den ihm der sardonische, verbitterte, holzbeinige, starrsinnige Vater verliehen hatte, der Vater, der in seinem Herzen wahrscheinlich noch immer glaubte, ein Lehrer klassischer Philologie zu sein, der eines Tages im Jahre 1811 die Natchez Trace hinaufritt, mit zwei vortrefflichen Pistolen und einer mageren Satteltasche auf einer kleinen Stute, mit zwar schmalen Hüften, aber kräftigen Sprunggelenken, auf einer Stute, welche die ersten beiden Achtelmeilen garantiert unter einer halben Minute schaffte und zu den nächsten beiden kaum länger brauchte, wenn das auch alles war, was sie zu bieten hatte. Aber es war genug: Der die Chickasaw-Agentur in Okatoba (die 1860 immer noch Old Jefferson genannt wurde) erreichte und absaß. Der bereits nach sechs Monaten Angestellter des Händlers und nach zwölfen sein Teilhaber war, offiziell zwar nach wie vor der Angestellte, in Wahrheit jedoch zur Hälfte Eigentümer dessen, was sich jetzt zu einem ansehnlichen Laden ausgewachsen hatte, eingedeckt aus den Gewinnen, die er mit der Stute in Rennen gegen die Pferde der jungen Männer Ikkemotubbes erzielte, wobei er, Compson, stets darauf bedacht war, die Strecke auf drei, höchstens vier Achtelmeilen zu begrenzen; und im nächsten Jahr war es Ikkemotubbe, dem die kleine Stute gehörte, und Compson gehörte die ganze Quadratmeile Land, die eines Tages fast im Zentrum der Stadt Jefferson liegen sollte, bereits damals beforstet, und auch zwanzig Jahre später noch beforstet, wenngleich mehr Park als Forst, mit den Sklavenhütten und Ställen und Küchengärten und den abgezirkelten Rasen und Promenaden und Pavillons, angelegt vom selben Architekten, der das Haus mit der Säulenvorhalle erbaut hatte, das Haus, dessen Einrichtung als Schiffsladung aus Frankreich und New Orleans gebracht worden war – 1840 noch immer dieselbe unverletzte Quadratmeile (nicht nur mit dem kleinen weißen Dorf namens Jefferson, das sie einzuschließen begann, sondern auch mit einem sie umgebenden weißen Distrikt, denn in wenigen Jahren würden nun Ikkemotubbes Stamm und seine Nachfahren verschwunden sein, und der Rest würde nicht als Krieger und Jäger leben, sondern als weiße Männer, als faule Farmer und, hier und dort, als die Herren von – wie sie es ebenfalls nannten – Plantagen und als Besitzer von faulen Sklaven, die lediglich ein wenig schmutziger waren als der weiße

Mann, ein wenig träger und ein wenig grausamer, bis schließlich auch das wilde Blut selbst verschwunden war, nur gelegentlich noch zu sehen in der Nasenform eines Negers auf einem Baumwollkarren oder eines weißen Sägemühlenbesitzers oder eines Trappers oder eines Lokomotivheizers), jetzt das Compsonsche Land genannt, denn nun konnte es Herren, konnte Staatsmänner und Generäle und Bischöfe hervorbringen, konnte die vertriebenen Compsons aus Culloden und Carolina und Kentucky rächen; dann das Gouverneurshaus genannt, da es mit tödlicher Sicherheit zur rechten Zeit einen Gouverneur erzeugte oder doch zumindest zustandebrachte — wieder ein Quentin MacLachan, nach dem Großvater aus Culloden —, und noch immer das Alte Gouverneurshaus genannt (in ahnungsvoller Eintracht und Übereinstimmung von Stadt und Land so genannt, als hätten sie bereits damals, hätten im voraus gewußt, daß der alte Gouverneur der letzte Compson war, der nicht in allem versagte, was er anfing, es sei denn in Langlebigkeit und Selbstmord), nachdem es (1861) sogar einen General zustandegebracht hatte, den Brigadier Jason Lycurgus II., der bei Shiloh anno 62 versagte, und wieder versagte, wenn auch nicht gar so schwer, bei Resaca anno 64, der anno 66 auf die immer noch unverletzte Quadratmeile die erste Hypothek von einem Postenjäger aus New England nahm, nachdem die alte Stadt von dem föderalistischen General Smith niedergebrannt worden war und die neue kleine Stadt angefangen hatte — gerade zur rechten Zeit, um hauptsächlich von den Nachfahren, nicht der Compsons, sondern der Snopes' bevölkert zu werden —, auf dieses Land überzugreifen und daran zu nagen, während der verkrachte Brigadier die nächsten vierzig Jahre damit zubrachte, einzelne Stücke davon zu verkaufen, um die Hypothek für seine Hinterbliebenen aufrechtzuerhalten: bis er im Jahre 1900 auf einem Feldbett in dem Angel- und Jagdlager im Tallahatchie River Tal, wo er das Ende seiner Tage vorwiegend verbrachte, friedlich verschied.

Und nun hatte man sogar den alten Gouverneur vergessen; was von der alten Quadratmeile übriggeblieben war, wurde nur noch das Compsonsche Anwesen genannt: die von Unkraut überwucherten Reste der alten, zerstörten Rasenstücke und Promenaden, das Haus, das schon zu lange eines Anstrichs bedurfte, die abbröckelnden Säulen der Vorhalle, wo Jason III. (hatte Jura studiert und unterhielt auch irgendwo im oberen Stock über dem Marktplatz ein Büro, in dem, begraben in staubigen Kartothekkästen, die ältesten Namen des Distrikts — Holston und Sutpen, Grenier und Beauchamp und Coldfield — in den unergründlichen Labyrinthen der Kanzlei Jahr um Jahr vergilbten: und der um den Traum im ewigen Herzen seines Vaters wußte — der gerade die dritte seiner drei Menschwerdungen vollendete, die erste als Sohn eines großen und tapferen Staatsmannes, die zweite als Schlachtenlenker von stolzen und tapferen Männern, die dritte als eine Art privilegierter Pseudo-Daniel-Boone-Robinson-Crusoe, der nicht in die Jugend zurückgekehrt war, weil er sie in Wahrheit nie verlassen hatte –, die Kanzlei könne noch einmal das Vorzimmer zum Herrenhaus des Gouverneurs und der alten Herrlichkeit sein) den ganzen lieben langen Tag mit einer Karaffe voll Whisky und zerstreut herumliegenden, eselsohrigen Bänden von Horaz und Livius und Catull saß und (so hieß es) sarkastische und satirische Lobreden sowohl auf seine toten als auch auf seine lebenden Mitbürger dichtete, der den Rest des Besitzes verkaufte, außer dem Teil, auf dem das Haus und der Küchengarten und die baufälligen Ställe und eine Gesindehütte lagen, in der Dilseys Familie wohnte, verkaufte an einen Golfclub gegen bares Geld, mit dem seine Tochter Candace im April ihre prächtige Hochzeit halten und sein Sohn Quentin ein Jahr in Harvard studieren und im folgenden Juni 1910 Selbstmord begehen konnte; bereits das Alte Compsonsche Anwesen genannt, als noch Compsons darin lebten, nämlich in jenem Morgendämmer im Frühjahr 1928, als des alten Gouverneurs dem Verhängnis anheimgegebene, namenlose siebzehnjährige Ururenkelin ihrem einzigen noch verbliebenen geistig normalen männlichen Verwandten (ihrem Onkel Jason IV.) seinen versteckten Geldschatz raubte, am Fallrohr der Regenrinne hinunterkletterte und mit dem Hilfsarbeiter eines Wandertheaters davonlief, und immer noch das Alte Compsonsche Anwesen genannt, als längst alle Spuren der Compsons verwischt waren: nachdem die verwitwete Mutter gestorben und Jason IV., den Dilsey jetzt nicht mehr zu fürchten brauchte, seinen schwachsinnigen Bruder Benjamin dem Staatlichen Asyl in Jackson übergeben und das Haus einem Landmann verkauft hatte, der es als Pension für Geschworene und Pferde- und Maultierhändler einrichtete, und noch immer das Alte Compsonsche Anwesen genannt, nachdem auch die Pension (und kurz darauf der Golfplatz) verschwunden war und die alte Quadratmeile wieder völlig unverletzt dalag: bedeckt mit Reihen kleiner, dicht aneinandergedrängter, Privateigentümern gehörender, halbstädtischer Bruchbuden von Bungalows.

Und diese:
Quentin III. Der nicht den Leib seiner Schwester liebte, sondern seine Vorstellung von Compsonscher Ehre, die höchst unsicher und (er wußte es durchaus) nur vorübergehend in dem winzigen, verletzlichen Häutchen ihrer Jungfernschaft gerechtfertigt war, so wie auch ein Miniaturebenbild der ganzen weiten kugelförmigen Erde auf der Nase eines dressierten Seehundes balanciert werden kann. Der nicht den Gedanken an die Blutschande liebte, die er nicht begehen wollte, sondern seine presbyterianische Vorstellung von ihrer ewigen Strafe:

9

Er, nicht Gott, konnte dadurch sich und seine Schwester in die Hölle werfen, wo er sie für immer zu beschützen und inmitten der ewigen Feuer für alle Zeiten unversehrt zu bewahren vermochte. Der jedoch den Tod über alles liebte, der nur den Tod liebte und in einem wohlerwogenen und fast widernatürlichen Vorgenuß des Todes liebte und lebte wie ein Liebender liebt und sich wohlerwogen des wartenden willigen zugetanen zärtlichen unglaublichen Körpers der Geliebten enthält, bis er es nicht mehr länger ertragen kann, nicht das Sich-Enthalten, sondern die Enthaltsamkeit, und sich so verzichtend ins Ertrinken fallen läßt, ins Ertrinken stürzt. Beging im Juni 1910 in Cambridge, Massachusetts, Selbstmord, zwei Monate nach der Hochzeit seiner Schwester, da er erst das laufende Universitätsjahr hatte absolvieren wollen, um so den vollen Wert seines im voraus bezahlten Studiums zu erhalten, nicht, weil er seinen Großvätern aus Culloden und Carolina und Kentucky glich, sondern weil das restliche Stück der alten Compsonschen Quadratmeile, das zur Bezahlung der Hochzeit seiner Schwester und seines Jahres in Harvard verkauft worden war, außer eben dieser Schwester und dem Anblick eines offenen Feuers das einzige gewesen, was sein jüngster Bruder, schwachsinnig von Geburt, geliebt hatte.

Candace (Caddy). War dem Verhängnis anheimgegeben und wußte es, nahm das Verhängnis auf sich, ohne es zu suchen noch zu fliehen. Liebte ihren Bruder wider seinen Willen, liebte nicht nur ihn selbst, sondern liebte in ihm den harten Propheten und unerbittlichen, unbestechlichen Richter über das, was er als die Ehre seiner Familie und ihr Verhängnis ansah, wie er auch das, was er als das zarte, dem Verhängnis anheimgegebene Gefäß ihres Stolzes und das verdorbene Instrument ihrer Schande betrachtete, zu lieben glaubte, während er es in Wahrheit haßte; und nicht allein das, sie liebte ihn nicht nur trotz, sondern auch wegen der Tatsache, daß er keiner Liebe fähig war, und sie nahm die Tatsache hin, daß er nicht sie, sondern die Jungfräulichkeit über alles erhob, deren Hüter sie war und der sie überhaupt keinen Wert beimaß: diese kleine körperliche Verengung, die für sie nicht mehr bedeutete als ein Neidnagel. Wußte, daß der Bruder den Tod am meisten liebe, war jedoch nicht eifersüchtig, würde ihm sogar (und tat es vielleicht auch mit der überlegten Berechnung ihrer Heirat) den hypothetischen Schierlingstrank gereicht haben. War bereits zwei Monate schwanger mit eines andern Mannes Kind, das sie, ungeachtet seines künftigen Geschlechtes, Quentin genannt hatte, genannt nach ihrem Bruder, von dem sie beide (sie und der Bruder) wußten, daß er schon so gut wie tot war, als sie (1910) einen höchst annehmbaren jungen Mann aus Indiana heiratete, den sie und ihre Mutter im Sommer zuvor in French Lick kennengelernt, wo sie ihre Ferien verbracht hatten. 1911 von ihm geschieden. Heiratete 1920 einen unbedeutenden Filmmagnaten aus Hollywood, Kalifornien. 1925 in Mexiko, nach gegenseitigem Einverständnis, von ihm geschieden. Verschwand 1940 mit der deutschen Besetzung in Paris, immer noch schön und wahrscheinlich auch reich, denn sie sah mit ihren achtundvierzig um wenigstens fünfzehn Jahre jünger aus, und dann hörte man nichts mehr von ihr. Nur einmal noch: es gab in Jefferson eine Frau, die Distrikts-Bibliothekarin, eine mausgroße und mausfarbige Frau, die nie verheiratet gewesen war, die in derselben Klasse mit Candace Compson die örtlichen Schulen durchlaufen hatte und den Rest ihres Lebens in dem Bemühen zubrachte, ›Amber‹ mit seinen wechselnden Offenbarungen zurückzuhalten und die College-Junioren und Senioren an ›Jurgen‹ und ›Tom Jones‹ gar nicht erst heranzulassen, die sie sich doch von den hinteren Regalen herunterholen konnten, ohne sich auf die Zehenspitzen zu stellen, während sie erst auf eine Kiste steigen mußte, um sie dort zu verstecken. Eines Tages im Jahre 1943, nach einer Woche innerer Zerrüttung, die schon fast an Wahnsinn grenzte, einer Woche, in der ihre Kunden sie laufend dabei ertappten, wie sie hastig die Schublade ihres Pults zustieß und den Schlüssel umdrehte (so daß die ehrbaren Frauen von Bankiers und Ärzten und Rechtsanwälten — manch eine ebenfalls aus jener alten College-Klasse hervorgegangen —, die an den Nachmittagen mit den Exemplaren von ›Amber‹ und Bänden von Thorne Smith, in Zeitungen aus Memphis und Jackson der Sicht sorgfältig verborgen, kamen und gingen, daß diese Matronen glaubten, sie befinde sich am Rande einer Krankheit oder womöglich des Wahnsinns), schloß und verschloß sie die Bücherei am hellen Nachmittag und betrat, ihre Handtasche krampfhaft unter den Arm geklemmt und zwei fieberrote Flecke der Entschlossenheit auf ihren sonst so farblosen Wangen, den Laden für landwirtschaftliche Artikel, in dem Jason IV. als Angestellter begonnen hatte und wo er jetzt sein eigenes Geschäft als Baumwollhändler betrieb, schritt durch die düstere Höhle, die sonst nur Männer betraten — eine Höhle, verstopft und vermauert und stalagmitisch behangen mit Pflügen und Drehscheiben und Ringen von Zugketten und Schwengeln und Maulesel-Kummets und Schinken und billigen Schuhen und Salben für Pferde und Mehl und Sirup, düster, weil die darin gespeicherten Waren nicht gezeigt, sondern eher versteckt wurden; denn wenn man die Mississippi-Farmer oder zumindest Mississippi-Neger-Farmer gegen einen Anteil der Ernte mit landwirtschaftlichen Artikeln zu versorgen hatte, durfte man ihnen, bevor diese Ernte eingebracht und ihr Wert annähernd abzuschätzen war, nichts zeigen, was ihre Wunsche wecken konnte, sondern sie lediglich auf ihren ausgesprochenen Wunsch mit dem versorgen, was sie unbedingt brauchten —, und schritt nach hinten in Jasons Privatheiligtum: ein durch Schranken abgeteilter Bezirk, verstopft mit Regalen und Fächern voller aufgespießter staub- und fasernfangender Baumwollmaschinen-Quittungen und Hauptbücher und Baumwollmuster und stickig von dem Duftgemisch aus Käse und Kerosin und Geschirröl und dem fürchterlichen eisernen Ofen, gegen den seit fast hundert Jahren Kautabak gespien wurde, schritt zu dem langen, hohen, schrägen Zahlpult, hinter dem Jason stand, und ohne noch einmal einen Blick auf die Männer in Overalls zu werfen, die bei ihrem Eintritt sofort aufgehört hatten zu sprechen und sogar zu kauen, öffnete sie in ohnmächtiger Verzweiflung ihre Handtasche und wühlte etwas heraus und legte es offen auf das Pult und stand zitternd und schwer atmend vor Jason, während er darauf hinunterblickte: ein Bild, eine Farbfotografie, vermutlich aus einem leichten Magazin ausgeschnitten, ein von Luxus und Geld und Sonne erfülltes Bild, ein Cannebière-ähnlicher Hintergrund mit Bergen und Palmen und Zypressen und dem Meer, ein offener, starker, teurer, chromfunkelnder Sportwagen, die Frau ohne Hut, das Gesicht eingerahmt von einem wertvollen Schal und einem Seal-Mantel, alterslos und schön und kalt und gelassen und verdammt; neben ihr ein schöner schlanker Mann mittleren Alters mit Ordensschnalle und den Achselstücken eines deutschen Generals — und die mausgroße, mausfarbene Jungfer, zitternd und bestürzt über ihre eigene Tollkühnheit, starrte den kinderlosen Junggesellen an, in dem die lange Linie jener Männer endete, die noch Anstand und Stolz besaßen, sogar nachdem sie in ihrer Unfehlbarkeit versagt hatten und aus ihrem Stolz Eitelkeit und Selbstbemitleidung geworden war: angefangen bei dem Ausgewiesenen, der sein Vaterland mit kaum mehr als dem nackten Leben fliehen mußte und sich dennoch weigerte, seine Niederlage zuzugeben, über den Mann, der zweimal sein Leben und seinen guten Namen aufs Spiel setzte und zweimal verlor und sich ebenfalls weigerte, es zuzugeben, und jenem, der lediglich mit Hilfe eines klugen kleinen Viertelmeilenpferdes seinen vertriebenen Vater und Großvater rächte und ein Fürstentum gewann, und dann der große und tapfere Gouverneur und General, der trotz seinem Versagen als Schlachtenlenker stolzer und tapferer Männer mit diesem Versagen doch wenigstens sein Leben wagte, bis zu dem gebildeten Trunksüchtigen, der den Rest seines Erbes verkaufte, nicht um es zu vertrinken, sondern um einem seiner Nachfahren wenigstens die beste Chance im Leben zu geben, die er sich denken konnte.

»Das ist Caddy!« flüsterte die Bibliothekarin. »Wir müssen sie retten!«

»Caddy, soso«, sagte Jason. Dann begann er zu lachen. Er stand da und lachte über das Bild, über das kalte schöne Gesicht, das Runzeln und Eselsohren hatte von seinem einwöchigen Aufenthalt im Pult und in der Handtasche. Und die Bibliothekarin wußte, warum er lachte, er, den sie seit zweiunddreißig Jahren nie anders als Mr. Compson genannt hatte, sogar seit dem Tag im Jahre 1911, als Candace, von ihrem Mann hinausgeworfen, ihre kleine Tochter nach Hause gebracht und das Kind dort gelassen hatte und mit dem nächsten Zug zurückgefahren war,* um nie mehr wiederzukehren, und nicht nur die Negerköchin Dilsey, sondern auch die Bibliothekarin mit ihrem einfachen Instinkt erriet, daß Jason des Kindes Leben und Illegitimität irgendwie dazu benutzte, seine Mutter zu erpressen, nicht nur, daß sie für den Rest ihres Lebens Jefferson fernblieb, sondern auch, daß sie ihm die alleinige, unwiderrufliche Verwaltung des Geldes übertrug, das sie für den Unterhalt des Kindes sandte, er, mit dem überhaupt zu sprechen sie sich geweigert hatte seit jenem Tag im Jahre 1928, als die Tochter am Fallrohr der Dachrinne hinunterkletterte und mit dem Hilfsarbeiter davonlief.

»Jason!« rief sie. »Wir müssen sie retten! Jason! Jason! — — —« und rief es immer noch, als er bereits das Bild mit Daumen und Zeigefinger aufhob und ihr über das Pult weg zuwarf.

»Das Candace?« sagte er. »Daß ich nicht lache. Diese Hure hier ist noch keine dreißig. Die andere ist jetzt fünfzig.«

Und die Bücherei blieb auch den ganzen nächsten Tag verschlossen, als die Bibliothekarin um drei Uhr nachmittags, mit wunden Füßen und erschöpft, aber immer noch ohne zu erlahmen und immer noch die Handtasche krampfhaft unter den Arm geklemmt, in einen sauberen kleinen Hof im Negerviertel von Memphis einbog und die Treppe in einem sauberen kleinen Haus emporstieg und klingelte und die Tür sich öffnete und ihr eine schwarze Frau ihres Alters ruhig entgegensah. »Frony, ja?« sagte die Bibliothekarin. »Kennst du mich noch — — — Melissa Meek aus Jefferson — — —«

»Ja«, sagte die Negerin. »Kommen Sie herein, Sie wollen sicher Mama besuchen.« Und sie trat ins Zimmer, trat in das saubere, aber verstopfte Schlafzimmer einer alten Negerin, das stickig war vom Geruch alter Leute, alter Frauen, alter Neger, und dort saß die alte Frau in einem Schaukelstuhl neben dem Herd, in dem ein Feuer brannte, obwohl es Juni war — eine einst dicke und große Frau, in verwaschenem, sauberem Kattun und auf dem Kopf einen fleckenlosen Turban, darunter triefende und offenbar fast erblindete Augen —, und die Bibliothekarin legte den geknickten Ausschnitt in die schwarzen Hände, die, wie die Frauen ihrer Rasse, immer noch so glatt und zart geformt waren wie damals, als sie dreißig oder zwanzig oder sogar siebzehn gewesen.

* Anmerkung: Dies deckt sich nicht mit der Handlung im Roman »Schall und Wahn« (siehe die Seiten 193, 194), wo William Faulkner berichtet, daß Caddys Vater ihr Kind geholt habe. Siehe auch die amerikanische Ausgabe: The modern Library, New York. Seiten 215 bis 217.

»Es ist Caddy!« sagte die Bibliothekarin. »Sie ist es! Dilsey! Dilsey!«

»Was hat er gesagt?« sagte die alte Negerin. Und die Bibliothekarin wußte, wen sie mit ›er‹ meinte, und die Bibliothekarin wunderte sich auch nicht, daß die alte Negerin sowohl wußte, sie (die Bibliothekarin) wisse, wen sie mit dem ›er‹ meinte, als auch, daß die alte Negerin sofort wußte, sie habe das Bild Jason bereits gezeigt.

»Weißt du nicht, was er gesagt hat?« rief sie. »Als er merkte, daß sie in Gefahr war, sagte er, sie sei es, obwohl ich nicht einmal ein Bild hatte, um es ihm zeigen zu können. Doch sobald er merkte, daß jemand, irgend jemand, wenn es auch nur ich war, sie retten wollte, versuchen wollte, sie zu retten, sagte er, sie sei es nicht. Aber sie ist es! Schau sie dir doch an!«

»Schaun Sie meine Augen an«, sagte die alte Negerin. »Wie soll ich 'n das Bild sehn?«

»Ruf doch Frony!« rief die Bibliothekarin. »Sie kennt sie bestimmt!« Aber die alte Negerin faltete den Ausschnitt bereits nach seinen alten Knicken zusammen und reichte ihn zurück.

»Meine Augen sin zu nichts mehr gut«, sagte sie. »Ich kann's nich sehn.«

Und das war alles. Um sechs Uhr kämpfte sich die Bibliothekarin einen Weg durch den überfüllten Bus-Bahnhof, die Handtasche unter den Arm geklemmt und in der andern Hand die Rückfahrkarte, und wurde hinaus auf den tosenden Bahnsteig geschwemmt, tosend von der täglichen Flut einiger Zivilisten mittleren Alters, vorwiegend jedoch von Soldaten und Seeleuten, die auf der Reise waren entweder zum Abschied oder zum Tode, und von heimatlosen jungen Frauen, ihren Gefährtinnen, die seit zwei Jahren von einem Tag zum andern in Pullmanwagen und Hotels wohnten, wenn sie Glück hatten, und in gewöhnlichen Eisenbahnabteilen und Bussen und Bahnhöfen und Korridoren und öffentlichen Wartesälen, wenn sie keins hatten, nur so lange ihre Fahrt unterbrechend, um ihre Brut in Wohlfahrtsasylen oder Polizeistationen loszuwerden und dann weiterzuziehen, und sie kämpfte sich einen Weg zum Bus und war viel kleiner als alle anderen Leute, so daß ihre Füße nur gelegentlich den Boden berührten, bis eine Gestalt (ein Mann in Khaki, den sie überhaupt nicht sah, da sie weinte) aufstand und sie einfach hochhob und auf einen Fensterplatz setzte, von wo aus sie, immer noch still vor sich hin weinend, sehen konnte, wie die Stadt vorüberhuschte, dann hinter ihnen lag, und nun würde sie bald zu Hause sein, würde ungefährdet zu Hause sein in Jefferson, wo das Leben ebenfalls mit all seiner unbegreiflichen Leidenschaft und Unruhe und Sorge und Wut und Verzweiflung lebte, aber hier konnte man um sechs Uhr die Läden davor verschließen, und sogar die leichte Hand eines Kindes konnte es zurücklegen zwi-

schen des Lebens gesichtslose Verwandte auf den stillen ewigen Regalen und den Schlüssel umdrehen für eine ganze traumlose Nacht.
Ja dachte sie und weinte still vor sich hin *das war es sie wollte es
nicht sehen nicht wissen ob es Caddy war oder nicht weil sie weiß
daß Caddy nicht gerettet werden will daß sie überhaupt nichts mehr
besitzt das des Rettens wert wäre und daß nichts von dem was sie
verlieren kann des Verlierens wert ist*

Jason IV. Der erste geistig normale Compson seit der Zeit vor Culloden und (als kinderloser Junggeselle) der letzte. Aufs logisch Ratio-
nelle beschränkt, ein Philosoph in der alten stoischen Tradition: hielt
weder so noch so irgend etwas von Gott und achtete nur die Polizei
und fürchtete und respektierte daher bloß die Negerin, die das Essen
kochte, das er aß, und die seine geschworene Feindin war seit seiner
Geburt, und seine tödliche Feindin seit jenem Tag im Jahre 1911, als
sie durch einfache Hellseherei ebenfalls erriet, daß er die Illegitimität
seiner kleinen Nichte irgendwie dazu ausnützte, seine Mutter zu erpressen. Der sich nicht nur vor den Compsons schützte und ihnen
standhielt, sondern auch gegen die Snopes' kämpfte und ihnen standhielt, die mit der Jahrhundertwende die kleine Stadt an sich rissen,
während die Compsons und Sartoris' und alle ihres Namens langsam
daraus verschwanden (kein Snopes, dafür aber Jason Compson, der
gleich nach seiner Mutter Tod – die Nichte war bereits das Fallrohr
hinuntergeklettert und weggelaufen, so daß Dilsey keinen ihrer
Trümpfe mehr gegen ihn in der Hand hatte – seinen schwachsinnigen
Bruder dem Staat auslieferte und das alte Haus räumte, in dem er die
großen, einst glanzvollen Räume zu Apartments, wie er es nannte,
kleinhackte, und dann das Ganze einem Landmann verkaufte, der
eine Pension damit eröffnete), obwohl dies kaum einen Unterschied
machte, denn für ihn waren die ganze übrige Stadt und die Welt und
die Menschheit außer ihm selbst alle Compsons, glichen sich unerklärlicherweise, aber mit Sicherheit darin, daß man ihnen in keinem Fall
trauen konnte. Der, nachdem alles Geld für die Hochzeit seiner
Schwester und seines Bruders Jahr in Harvard draufgegangen war,
seine eigenen kärglichen Ersparnisse aus seinem niedrigen Lohn als
Verkäufer dazu benutzte, um sich selbst auf eine Schule in Memphis
zu schicken, wo er lernte, Baumwolle zu klassifizieren und zu sortie-
ren, und dann sein eigenes Geschäft gründete, mit dem er nach dem
Tode seines trunksüchtigen Vaters die ganze Bürde der zerfallenden
Familie in dem zerfallenden Haus auf sich nahm, auch den schwachsinnigen Bruder um der Mutter willen unterhielt, alle landläufigen
und seinem Alter gemäßen Vergnügungen opferte und sogar mit dreißig Jahren noch Junggeselle war, damit das Leben seiner Mutter annähernd so weitergehen könne wie bisher; nicht, weil er sie liebte,

sondern (stets als geistig normaler Mann) einfach, weil er die Negerköchin fürchtete, die er nicht einmal zum Gehen zwingen konnte, als
er versuchte, ihr den wöchentlichen Lohn vorzuenthalten; und der es
trotz alledem fertigbrachte, beinahe dreitausend Dollar ($ 2840,50,
wie er in jener Nacht zugab, als seine Nichte es gestohlen) in kärglichen und schwer errungenen Zehncentstücken und Vierteldollars und
Halbdollars zu ersparen, einen Schatz, den er nicht auf die Bank
brachte, weil ein Bankier für ihn lediglich ein weiterer Compson war,
sondern den er in einer verschlossenen Schublade in seinem Schlafzimmer aufbewahrte, wo er, seit er dort schlief, das Bett selbst machte
und wechselte und dessen Tür stets verschlossen war, außer wenn er
hindurchging. Der nach einem täppischen, fehlgeschlagenen Angriff
seines schwachsinnigen Bruders auf ein vorbeigehendes kleines Mädchen sich selbst zum Hüter seines Bruders bestimmte, ohne es seine
Mutter wissen zu lassen, und somit die Kreatur kastrieren lassen
konnte, ohne daß die Mutter überhaupt wußte, daß die Kreatur nicht
im Hause war, und der nach dem Tode seiner Mutter im Jahre 1933
in der Lage war, sich nicht nur für immer von dem schwachsinnigen
Bruder und dem Haus zu befreien, sondern auch von der Negerin,
und in die Büros über seinem Warenlager, mit den Baumwoll-Haupt-
büchern und Mustern, zog, die er als Schlafzimmer-Küche-Bad einge-
richtet hatte und in und vor denen am Wochenende eine dicke, nicht
gerade schöne, freundliche, kupferhaarige, heitere, nicht mehr sehr
junge Frau mit runden Theaterhüten und (in der passenden Saison)
einem imitierten Pelzmantel zu sehen war, und am Samstagabend
wurden die beiden, der Baumwollhändler mittleren Alters und die
Frau, die in der Stadt einfach seine Freundin aus Memphis genannt
wurde, im Kino gesehen, und am Sonntag früh stiegen sie mit Tüten
vom Lebensmittelhändler die Treppe hinauf, Tüten mit Brot und Eiern
und Orangen und Suppendosen, häuslich, unterwürfig, ehelich, bis der
letzte Nachmittagsbus die Frau zurückbrachte nach Memphis. Er war
jetzt befreit. Er war frei. »1865«, pflegte er zu sagen, »hat Abe Lin-
coln die Nigger von den Compsons befreit. 1933 befreite Jason Compson die Compsons von den Niggern.«

Benjamin. Bei der Geburt Maury genannt, nach dem einzigen Bruder seiner Mutter: einem hübschen, gerissenen, prahlerischen, arbeits-
losen Junggesellen, der sich von jedermann Geld borgte, selbst von
Dilsey, obwohl sie eine Negerin war, und ihr, als er die Hand hin-
hielt, erklärte, sie sei nicht nur in seinen Augen so gut wie ein Mitglied der Familie seiner Schwester, sondern sie würde auch überall und
in jedermanns Augen als geborene Lady betrachtet werden. Maury,
der, als sich schließlich sogar seine Mutter klarmachte, was er war,
und weinend darauf bestand, sein Name müsse geändert werden, von

seinem Bruder Quentin umgetauft wurde in Benjamin (Benjamin, unser Letztgeborener, verkauft nach Ägypten). Der drei Dinge liebte: die Wiese, die verkauft wurde, um Candaces Hochzeit zu bestreiten und Quentin ein Jahr nach Harvard zu schicken, seine Schwester Candace und Feuer. Der nichts von alledem verlor, da er sich seiner Schwester nicht erinnern konnte, nur ihres Verlustes, und da Feuer die gleiche leuchtende Gestalt hatte wie Schlafengehen, und da die Wiese verkauft noch viel besser war als vorher, denn jetzt konnten T.P. und er am Zaun entlang endlos die Bewegungen verfolgen, die, ohne daß es ihn berührte, golfstockschwingende Menschenwesen waren, und T.P. konnte ihn zu Büscheln von Gras oder Unkraut führen, wo in T.P.'s Hand plötzlich kleine weiße Kugeln erschienen, die mit dem wetteiferten und es sogar besiegten, was, wovon er überhaupt nichts ahnte, Schwerkraft und all die unveränderlichen Gesetze war, wenn man die Kugeln aus der Hand auf den Holzboden oder den festen Bürgersteig oder gegen die Mauer des Räucherhauses springen ließ. 1913 kastriert. 1933 dem Staatlichen Asyl in Jackson übergeben. Verlor auch dadurch nichts, denn mit der Wiese war es wie mit seiner Schwester: er erinnerte sich nicht an sie, nur an ihren Verlust, und das Feuer hatte noch immer dieselbe leuchtende Gestalt des Schlafs.

Quentin. Die Letzte. Candaces Tochter. Vaterlos schon neun Monate vor ihrer Geburt, namenlos bei der Geburt, und dem Verhängnis, unvermählt zu bleiben, bereits in dem Augenblick anheimgegeben, als das sich teilende Ei ihr Geschlecht entschied. Die mit siebzehn, am eintausendachthundertfünfundneunzigsten Jahrestage des Vorabends der Auferstehung Unseres Herrn, sich von dem Fenster des Zimmers, in das ihr Onkel sie am Mittag gesperrt hatte, über das Fallrohr zu dem verschlossenen Fenster seines verschlossenen, leeren Schlafzimmers schwang, eine Scheibe einschlug und durch das Fenster einstieg und mit dem Schürhaken des Onkels die verschlossene Schublade erbrach und das Geld nahm (es waren nicht $ 2840,50, es waren an die siebentausend Dollar, und dies erregte Jasons Zorn, diesen weißglühenden, unerträglichen Zorn, der ihn in dieser Nacht und in Abständen, nur wenig oder gar nicht vermindert, während der nächsten fünf Jahre immer wieder heimsuchte und von dem er ernstlich glaubte, er werde ihn in einem unerwarteten Augenblick vernichten, ihn so unvermittelt töten wie eine Kugel oder ein Blitzschlag: daß ihm nicht nur lächerliche dreitausend Dollar, sondern an die siebentausend gestohlen worden waren, konnte er niemandem anvertrauen; weil man ihm siebentausend Dollar gestohlen hatte anstatt nur dreitausend, konnte er von andern Menschen nicht einmal Genugtuung erfahren – Mitleid wollte er nicht –, er, der unglücklich genug war, eine Hure zur Schwester und eine Hure zur Nichte zu haben, ja er konnte nicht einmal zur Polizei gehen; weil er viertausend Dollar verloren hatte, die ihm nicht gehörten, konnte er auch die dreitausend nicht erwähnen, die ihm gehörten, denn diese ersten viertausend Dollar waren nicht nur der rechtliche Besitz seiner Nichte, waren nicht nur ein Teil des Geldes, das ihre Mutter sechzehn Jahre lang für ihren Unterhalt geschickt hatte, sondern sie existierten überhaupt nicht, da sie amtlich als ausgegeben und verbraucht in den Jahresberichten aufgeführt waren, die er an das Billigkeitsgericht des Distrikts zu liefern hatte, durch deren sklavische Untergebene sie von ihm als Hüter und Treuhänder eingefordert worden waren: so war er also nicht nur seines Diebesguts, sondern auch seiner Ersparnisse beraubt — und das von seinem eigenen Opfer; nicht nur die viertausend Dollar waren ihm gestohlen, mit deren Erwerb er Gefängnis riskiert hatte, sondern auch die dreitausend, die er mit Opfer und Verzicht erspart hatte, lauter Nickel und Zehncentstücke, fast volle zwanzig Jahre lang; und dies nicht bloß von seinem eigenen Opfer, sondern zudem von einem Kind, das es mit einem Schlag fertigbrachte, ohne Vorbedacht oder Plan, ohne zu wissen oder sich darum zu kümmern, wieviel sie finden würde, als sie die Schublade aufbrach; und nun konnte er nicht einmal die Polizei zu Hilfe rufen: er, der die Polizei immer geachtet und ihr nie Schwierigkeiten gemacht hatte, Jahr für Jahr die Steuern bezahlte, durch die sie in schmarotzerischer und sadistischer Faulheit leben konnte; und nicht nur das, er wagte nicht einmal, das Mädchen zu verfolgen, weil er sie einfangen könnte, und dann würde sie reden, so daß seine einzige Zuflucht ein sinnloser Traum war, der ihn noch zwei, drei, ja vier Jahre nach diesem Vorfall nachts sich schwitzend hin- und herwerfen ließ, obwohl er es doch längst hätte vergessen haben müssen; der Traum, wie er sie überraschend einfing, sie aus dem Dunkel heraus ansprang, noch ehe sie alles Geld ausgegeben hatte, und sie ermordete, noch ehe sie den Mund hatte aufmachen können) und dann in der Dämmerung an dem gleichen Fallrohr hinunterkletterte und mit dem Hilfsarbeiter davonlief, der bereits wegen Bigamie verurteilt war. Und damit verschwand; was immer für eine Besetzung sie überrollte — sie kam nicht in einem chromfunkelnden Mercedes; und welcher Schnappschuß auch immer — er enthielt keinen General.

Und das war alles. Die Folgenden waren keine Compsons. Sie waren schwarz:

T.P. Der in der Beale Street in Memphis die schönen, hellen, billigen, störrischen Anzüge trug, die von den Eigentümern der Tretmühlen in Chikago und New York eigens für ihn angefertigt worden waren.

Frony. Die einen Pullman-Dienstmann heiratete und nach St. Louis zog und später zurückkam nach Memphis, um ihrer Mutter den Haushalt zu führen, da Dilsey sich weigerte, noch weiter weg zu ziehen.

Luster. Ein Mann, vierzehn Jahre alt. Der nicht nur fähig war, einen doppelt so alten und dreimal so großen Schwachsinnigen durchaus zu versorgen und zu behüten, sondern ihn auch noch zu unterhalten.

Dilsey. Sie harrten aus.

Leben ist nur ein wandelnd Schattenbild:
ein armer Komödiant, der eine Stunde lang
sich spreizt und fuchtelt auf der Bühne, dann
nicht mehr gehört wird; eines Toren Fabel nur,
voll Schall und Wahn, jedweden Sinnes bar.

Macbeth, V. Akt, 5. Szene
William Shakespeare

7. April 1928

Durch den Zaun, zwischen den krausen Lücken der Blumen hindurch, konnte ich sie den Ball schlagen sehen. Sie kamen dahin, wo das Fähnchen war, und ich ging am Zaun entlang. Luster suchte unter dem Blütenbaum im Gras herum. Sie nahmen das Fähnchen heraus und schlugen. Dann steckten sie das Fähnchen wieder ein und gingen zum Abschlag, und er schlug ab, und der andere schlug ab. Dann gingen sie weiter, und ich ging am Zaun entlang. Luster kam vom Blütenbaum her, und wir gingen am Zaun entlang, und sie blieben stehen, und wir blieben stehen, und ich schaute durch den Zaun, während Luster im Grase suchte.

»He, Caddie.« Er schlug zu. Sie gingen fort über die Wiese. Ich hielt mich am Zaun fest und sah zu, wie sie fortgingen.

»Jetzt hör mal zu.« sagte Luster. »Du bist mir einer, dreiunddreißig Jahre bist du alt un benimmst dich immer noch so. Wo ich extra in die Stadt gegangen bin un dir den Kuchen gekauft hab. Hör auf mit dem Gejammer. Hilf mir lieber den Vierteldollar suchen, damit ich heut abend ins Theater gehn kann.«

Auf der Wiese drüben machten sie ein paar Schläge. Ich ging am Zaun entlang zurück bis dahin, wo das Fähnchen war. Es flatterte vor dem hellen Gras und den Bäumen.

»Komm jetzt.« sagte Luster. »Wir ham genug gesehn. Die kommen so bald nich wieder. Gehn wir zum Bach runter und schaun, daß wir den Vierteldollar finden, bevor ihn die Nigger finden.«

Es war rot und flatterte über dem Rasen. Dann schrägte ein Vogel daher und setzte sich darauf und wippte. Luster warf nach ihm. Das Fähnchen flatterte vor dem hellen Gras und den Bäumen. Ich hielt mich am Zaun fest.

»Hör schon auf mit dem Gejammer.« sagte Luster. »Ich kann sie doch nich herbeizaubern, oder. Wenn du nich still bist, kriegst du von Mammy auch nichts zum Geburtstag. Wenn du nich still bist, dann weißt du ja, was ich tu. Dann eß ich den ganzen Kuchen auf. Und die Kerzen eß ich auch auf. Eß die ganzen dreiunddreißig Kerzen auf. Komm, gehn wir runter zum Bach. Ich muß mein Vierteldollar finden. Vielleicht finden wir auch einen von denen ihren Bällen. Da. Da sin sie. Da drüben. Guck.« Er kam zum Zaun und deutete mit dem Arm. »Siehst du sie. Die kommen nich mehr hierher. Komm jetz.«

Wir gingen am Zaun entlang und kamen zum Gartenzaun, wo unsere Schatten waren. Mein Schatten auf dem Zaun war größer als der von Luster. Wir kamen an die Lücke und krochen hindurch.

»Halt mal.« sagte Luster. »Bist wieder an dem Nagel hängengeblieben. Kannst du denn nie hier durchkriechen, ohne an dem Nagel hängenzubleiben.«

Caddy machte mich los, und wir krochen durch. Onkel Maury hat gesagt, es darf uns niemand sehen, wir müssen also gebückt gehen, sagte Caddy. Bück dich, Benjy. So, siehst du. Wir bückten uns und gingen durch den Garten, wo die Blumen an uns streiften und knisterten. Der Boden war hart. Wir kletterten über den Zaun, wo die Schweine grunzten und schnaubten. Ich glaube, sie sind traurig, weil eins von ihnen heute abgestochen worden ist, sagte Caddy. Der Boden war hart, holprig und hucklig.

Behalt die Hände in den Taschen, sagte Caddy. Sonst erfrierst du sie dir. Du willst doch an Weihnachten keine erfrorenen Hände haben, nicht.

»Es ist zu kalt draußen.« sagte Versh. »Du solltest lieber nich rausgehn.«

»Was ist denn jetzt schon wieder.« sagte Mutter.

»Er will rausgehn.« sagte Versh.

»Laß ihn gehen.« sagte Onkel Maury.

»Es ist zu kalt.« sagte Mutter. »Besser, er bleibt im Haus. Benjamin. Nun hör schon auf damit.«

»Es wird ihm nicht schaden.« sagte Onkel Maury.

»Du, Benjamin.« sagte Mutter. »Wenn du nicht brav bist, mußt du in die Küche.«

»Mammy sagt, daß er mir heut bloß aus der Küche bleibt.« sagte Versh. »Sie sagt, sie hätt heut die ganze Kocherei.«

»Laß ihn doch gehn, Caroline.« sagte Onkel Maury. »Du machst dich ja krank vor lauter Sorge um ihn.«

»Ich weiß.« sagte Mutter. »Ich bin eben von Gott damit gestraft. Ich mache mir oft Gedanken darüber.«

»Ich weiß, ich weiß.« sagte Onkel Maury. »Du mußt dich schonen. Ich mache dir einen Toddy.«

»Das regt mich nur noch mehr auf.« sagte Mutter. »Das weißt du doch.«

»Es wird dir bestimmt gut tun.« sagte Onkel Maury. »Zieh ihn warm an, Junge, und geh ein bißchen an die Luft mit ihm.«

Onkel Maury ging fort. Versh ging fort.

»Bitte, sei still.« sagte Mutter. »Wir tun alles, daß du so schnell wie möglich hinauskommst. Ich will nicht, daß du krank wirst.«

Versh zog mir die Überschuhe und den Überzieher an, und wir nahmen meine Kappe und gingen hinaus. Onkel Maury stellte die Flasche wieder ins Buffet im Eßzimmer.

»Bleib nicht länger als 'ne halbe Stunde mit ihm draußen, Junge.« sagte Onkel Maury. »Bleib mit ihm im Hof.«

»Jawohl.« sagte Versh. »Wir lassen ihn nie vom Haus weg.«

Wir gingen hinaus. Die Sonne war kalt und hell.

»Wo willst du denn hin.« sagte Versh. »Du willst doch wohl nich in die Stadt, wie.« Wir gingen durch das raschelnde Laub. Das Torgitter war kalt. »Behalt die Hände lieber in den Taschen.« sagte Versh, »Du erfrierst dir sie ja am Torgitter, un was machst du dann. Warum wartest du nich im Haus auf sie.« Er steckte mir die Hände in die Taschen. Ich hörte ihn im Laub rascheln. Ich roch die Kälte. Das Tor war kalt.

»Da, Hickorynüsse. Hui. Is auf'n Baum rauf. Da, schau das Eichhörnchen, Benjy.«

Ich spürte das Torgitter nicht, aber ich roch die helle Kälte.

»Steck die Hände wieder in die Taschen.«

Caddy kam daher. Dann lief sie, der Schulranzen schwang und schlenkerte hinter ihr.

»Hello, Benjy.« sagte Caddy. Sie öffnete das Tor, kam herein und beugte sich vor. Caddy roch wie Laub. »Bist du mir entgegengegangen.« sagte sie. »Bist du Caddy entgegengegangen. Warum läßt du ihm die Hände so kalt werden, Versh.«

»Ich hab ihm gesagt, er soll sie in die Tasche stecken.« sagte Versh. »Hält der sich am Gitter da fest.«

»Bist du Caddy entgegengegangen.« sagte sie und rieb meine Hände. »Was ist denn. Was willst du Caddy sagen.« Caddy roch wie Bäume und wie wenn sie sagt, wir schlafen.

Worüber heulst du denn, sagte Luster. Du kannst ihnen wieder zusehn, wenn wir am Bach sin. Hier. Da hast du nen Stechapfel. Er gab mir die Blume. Wir krochen durch den Zaun aufs Grundstück.

»Was ist denn.« sagte Caddy. »Was möchtest du Caddy denn sagen. Haben sie ihn rausgeschickt, Versh.«

»Sie konnten ihn nicht drinhalten.« sagte Versh. »Er gab

keine Ruh, bis sie ihn gehn ließen, und dann ging er stracks hierher und guckte durchs Gitter.«

»Was ist denn.« sagte Caddy. »Hast du gemeint, es ist Weihnachten, wenn ich von der Schule heimkomme. Hast du das gemeint. Weihnachten ist übermorgen. Weihnachtsmann, Benjy. Weihnachtsmann. Komm, laufen wir ins Haus und wärmen uns.« Sie nahm mich bei der Hand, und wir liefen durch die hellen, knisternden Blätter. Wir liefen die Treppe hinauf, aus der hellen Kälte in die dunkle Kälte. Onkel Maury stellte gerade die Flasche wieder ins Buffet. Er rief Caddy. Caddy sagte,

»Bring ihn zum Feuer ins Zimmer, Versh. Geh mit Versh.« sagte sie. »Ich komme gleich.«

Wir gingen zum Feuer. Mutter sagte,

»Ist ihm kalt, Versh.«

»Nein, M'm.« sagte Versh.

»Zieh ihm den Überzieher und die Überschuhe aus.« sagte Mutter. »Wie oft habe ich dir schon gesagt, du sollst ihn nicht mit den Überschuhen ins Haus bringen.«

»Jawohl, M'm.« sagte Versh. »Bleib jetzt mal still stehn.« Er zog mir die Überschuhe aus und knöpfte meinen Mantel auf. Caddy sagte,

»Halt mal, Versh. Darf er nicht wieder rausgehn, Mutter. Ich möchte, daß er mit mir geht.«

»Laß ihn lieber hier.« sagte Onkel Maury. »Er war heute genug draußen.«

»Ihr solltet beide im Haus bleiben.« sagte Mutter. »Es wird kälter, sagt Dilsey.«

»Ach, Mutter.« sagte Caddy.

»Unsinn.« sagte Onkel Maury. »Sie ist den ganzen Tag in der Schule gewesen. Sie braucht frische Luft. Lauf nur, Candace.«

»Laß ihn mitgehen, Mutter.« sagte Caddy. »Bitte. Du weißt, sonst weint er.«

»Warum hast du dann vor ihm davon gesprochen.« sagte Mutter. »Warum bist du hereingekommen. Damit er wieder einen Grund hat, mich aufzuregen. Du bist heute schon genug draußen gewesen. Setz dich lieber hin und spiel mit ihm.«

»Laß sie doch gehn, Caroline.« sagte Onkel Maury. »Ein bißchen Kälte wird ihnen nicht schaden. Denk dran, du mußt dich schonen.«

»Ich weiß.« sagte Mutter. »Niemand weiß, wie mir vor Weihnachten graut. Das weiß niemand. Ich gehöre nicht zu den Frauen, die viel aushalten. Um Jasons und der Kinder willen wollte ich, ich wäre kräftiger.«

»Nimm dich zusammen, so gut es geht, und ängstige dich nicht immer um sie.« sagte Onkel Maury. »Lauft nur zu, ihr zwei. Aber bleibt jetzt nicht mehr lange draußen. Eure Mutter ängstigt sich sonst.«

»Jawohl.« sagte Caddy. »Komm, Benjy. Wir gehn wieder raus.« Sie knöpfte mir den Mantel zu, und wir gingen zur Tür.

»Willst du das Kind denn ohne Überschuhe mit hinausnehmen.« sagte Mutter. »Soll er vielleicht krank werden, wenn wir das Haus voller Gäste haben.«

»Ich dachte nicht daran.« sagte Caddy. »Ich meinte, er hat sie an.«

Wir gingen wieder zurück. »Du mußt eben denken.« sagte Mutter. *Halt jetzt still* sagte Versh. Er zog mir die Überschuhe an. »Eines Tages werde ich nicht mehr da sein, und da mußt du für ihn denken.« *Nun stampf mal auf* sagte Versh. »Komm, gib Mutter einen Kuß, Benjamin.«

Caddy führte mich zu Mutters Sessel, und Mutter nahm mein Gesicht zwischen ihre Hände und drückte mich an sich.

»Mein armes Kind.« sagte sie. Sie ließ mich los. »Du und Versh, paßt gut auf ihn auf, Liebling.«

»Jawohl.« sagte Caddy. Wir gingen hinaus. Caddy sagte,

»Du brauchst nicht mitzukommen, Versh. Ich paß schon auf ihn auf.«

»Is recht.« sagte Versh. »Ich bin froh, wenn ich nich in die Kälte raus muß.« Er ging, und wir blieben in der Diele stehen, und Caddy kniete sich hin und legte ihre Arme um mich und ihr kaltes helles Gesicht an meines. Sie roch wie Bäume.

»Du bist kein armes Kind. Nicht. Hast doch deine Caddy. Hast du nicht deine Caddy.«

Kannst du denn nich mit dem Gejammer und Gesabber aufhörn, sagte Luster. Schämst du dich nich, so'n Gelaber zu machen. Wir gingen durch die Remise, wo der Wagen war. Er hatte ein neues Rad.

»Steig jetz ein un sitz still, bis deine Ma kommt.« sagte Dilsey. Sie schob mich in den Wagen. T.P. hielt die Zügel. »Muß ja sagen, ich versteh nich, warum Jason kein neuen Kutschwagen anschaffen will.« sagte Dilsey. »Das Ding da bricht ja eines schönen Tags noch unter einem zusammen. Schau bloß die Räder an.«

Mutter kam aus dem Haus und zog ihren Schleier herunter. Sie trug Blumen.

»Wo ist Roskus.« sagte sie.

»Roskus kann heut die Arme nich hochbringen.« sagte Dilsey. »T.P. fährt ganz gut.«

»Ich habe Angst.« sagte Mutter. »Ihr könntet wirklich dafür sorgen, daß ich einmal in der Woche einen Kutscher für den Wagen habe. Das ist, weiß Gott, nicht zu viel verlangt.«

»Sie wissen genau so gut wie ich, daß Roskus so'n schlimmen Rheumatis hat, daß er nich mehr tun kann, als wie er muß, Miss Car'line.« sagte Dilsey. »Kommen Sie jetz un steigen Sie ein. T.P. kutschiert grad so gut wie Roskus.«

»Ich habe Angst.« sagte Mutter. »Mit dem Kind.«

Dilsey ging die Treppe hinauf. »Das nennen Sie 'n Kind.« sagte sie. Sie nahm Mutter am Arm. »Ein Mann so groß wie T.P. Kommen Sie jetz, wenn Sie ausfahrn wolln.«

»Ich habe Angst.« sagte Mutter. Sie kamen die Treppe herunter, und Dilsey half Mutter in den Wagen. »Vielleicht wär's am besten für uns alle.« sagte Mutter.

»Schämen Sie sich nich, so zu reden.« sagte Dilsey. »Sie wissen doch, da braucht's mehr wie'n achtzehnjährigen Nigger, daß Queenie durchgeht. Die is ja älter als er und Benjy zusammen. Un daß du mir ja keine Mätzchen mit Queenie machst, T.P., hörst du. Wenn du nich kutschierst, daß Miss Car'line zufrieden is, dann schick ich dir Roskus auf'n Hals. Dazu is er noch nich zu lahm.«

»Jawoll.« sagte T.P.

»Ich weiß bloß, es wird etwas passieren.« sagte Mutter. »Hör auf, Benjamin.«

»Geben Sie ihm eine Blume zum Halten.« sagte Dilsey, »Weiter will er nichts.« Sie streckte die Hand herein.

»Nein, nein.« sagte Mutter. »Du bringst sie alle durcheinander.«

»Halten Sie sie fest.« sagte Dilsey. »Ich nehme ihm eine heraus.« Sie gab mir eine Blume, und ihre Hand ging weg.

»Fahrn Sie jetz ab, eh Quentin Sie sieht und unbedingt mitfahrn will.« sagte Dilsey.

»Wo ist sie.« sagte Mutter.

»Unten im Haus un spielt mit Luster.« sagte Dilsey. »Los jetzt, T.P. Kutschier das Surrey, wie Roskus dir's gezeigt hat, los.«

»Jawoll.« sagte T.P. »Hühott, Queenie.«

»Quentin.« sagte Mutter. »Laß sie nicht«

»Jaja, mach ich schon.« sagte Dilsey.

Der Wagen rüttelte und knirschte über die Anfahrt. »Ich habe Angst, Quentin allein zu lassen.« sagte Mutter. »Ich hätte lieber nicht gehn sollen. T.P.« Wir fuhren durch das Gartentor, wo es nicht mehr rüttelte. T.P. zog Queenie eins mit der Peitsche über.

»Du, T.P.« sagte Mutter.

»Muß sie in Gang bringen.« sagte T.P. »Muß sie wach halten, bis wir wieder in 'n Stall kommen.«

»Kehr um.« sagte Mutter. »Ich habe Angst, Quentin allein zu lassen.«

»Kann hier nich wenden.« sagte T.P. Dann wurde es breiter.

»Kannst du hier nicht wenden.« sagte Mutter.

»Schön.« sagte T.P. Wir fingen an zu wenden.

»Du, T.P.« sagte Mutter und umklammerte mich.

»Ich muß doch irgendwie wenden.« sagte T.P. »Brr, Queenie.« Wir hielten.

»Du wirst uns umschmeißen.« sagte Mutter.

»Was soll ich'n nu machen.« sagte T.P.

»Ich habe Angst, wenn du wendest.« sagte Mutter.

»Geh, Queenie, hott.« sagte T.P. Wir fuhren weiter.

»Ich weiß bloß, Dilsey wird Quentin was zustoßen lassen, während ich weg bin.« sagte Mutter. »Wir müssen schnell zurück.«

»Hüh, los da.« sagte T.P. Er zog Queenie eins mit der Peitsche über.

»Du, T.P.« sagte Mutter und umklammerte mich. Ich hörte Queenies Hufe, und die hellen Konturen flogen geschmeidig und gleichmäßig auf beiden Seiten vorbei, und ihre Schatten flossen über Queenies Rücken. Sie flossen dahin wie die blitzenden Scheitel der Räder. Dann hörten die auf der einen Seite auf bei dem langen, weißen Pfeiler, wo der Soldat stand. Auf der andern Seite aber flogen sie geschmeidig und gleichmäßig weiter, nur ein bißchen langsamer.

»Was willst du.« sagte Jason. Er hatte die Hände in den Hosentaschen und einen Bleistift hinterm Ohr.

»Wir gehn zum Friedhof.« sagte Mutter.

»Schön.« sagte Jason. »Ich will dich nicht aufhalten, wirklich nicht. War das alles, was du bei mir wolltest, bloß mir das zu sagen.«

»Ich weiß ja, du willst nicht mitkommen.« sagte Mutter. »Ich würde mich sicherer fühlen, wenn du mitkämst.«

»Sicher vor was.« sagte Jason. »Vater und Quentin tun dir nichts.«

Mutter fuhr mit dem Taschentuch unter ihren Schleier. »Hör auf, Mutter.« sagte Jason. »Willst du, daß der verdammte Irre mitten auf dem Platz zu brüllen anfängt. Fahr weiter. T.P.«

»Hüh, Queenie.« sagte T.P.

»Ich bin von Gott gestraft.« sagte Mutter. »Aber ich werde auch bald dahingegangen sein.«

»Halt.« sagte Jason.

»Brrr.« sagte T.P. Jason sagte,

»Onkel Maury will fünfzig bei dir abheben. Wie stellst du dich dazu.«

»Was fragst du mich.« sagte Mutter. »Ich habe doch nichts zu sagen. Ich bemühe mich, dir und Dilsey nicht zur Last zu fallen. Ich werde bald dahingegangen sein, und dann bist du«

»Fahr zu, T.P.« sagte Jason.

»Hüh, Queenie.« sagte T.P. Die Konturen flossen weiter. Die auf der andern Seite fingen wieder an, hell, schnell und geschmeidig, wie wenn Caddy sagt, wir schlafen ein.

Du Heulfritze, sagte Luster. Schäm dich was. Wir gingen durch den Stall. Die Boxen waren offen. Jetzt hast du kein gescheckstes Pony zum Reiten mehr, sagte Luster. Der Boden war trocken und staubig. Das Dach kam herunter. Die Löcher in der Schräge waren voll kreisendem Gelb. Warum willst du denn da hinaus. Du willst wohl von so'nem Ball den Kopf abgeschlagen kriegen.

»Behalt die Hände in den Taschen.« sagte Caddy, »Sonst erfrierst du sie dir. Du willst doch an Weihnachten keine erfrorenen Hände haben, nicht.«

Wir gingen um den Stall herum. Die große Kuh und die kleine Kuh standen im Tor, und wir hörten Prince und Queenie und Fancy drin im Stall stampfen. »Wenn's nicht so kalt wäre, würden wir auf Fancy reiten.« sagte Caddy, »Aber es ist zu kalt heute.« Dann sahen wir den Bach, wo der Rauch aufstieg.

»Dort stechen sie das Schwein ab.« sagte Caddy. »Wir können auf dem Rückweg vorbeigehn und zusehn.« Wir gingen den Hang hinunter.

»Willst du den Brief tragen.« sagte Caddy. »Du kannst ihn tragen.« Sie nahm den Brief aus ihrer Tasche und steckte ihn in meine. »Es ist ein Weihnachtsgeschenk.« sagte Caddy. »Onkel Maury will Mrs. Patterson damit überraschen. Wir müssen ihn ihr geben, ohne daß es jemand sieht. Behalt jetzt deine Hände schön in den Taschen.« Wir kamen zum Bach.

»Er ist gefroren.« sagte Caddy, »Schau her.« Sie zerbrach die Oberfläche des Wassers und hielt mir ein Stück davon vors Gesicht. »Eis. Das bedeutet, wie sehr kalt es ist.« Sie half mir hinüber, und wir gingen den Hang hinauf. »Wir dürfen es nicht einmal Mutter und Vater sagen. Weißt du, was ich glaube, was es ist. Ich glaube, es ist eine Überraschung sowohl für die Eltern als auch für Mr. Patterson, weil Mr. Patterson dir Süßigkeiten geschickt hat. Weißt du noch, wie Mr. Patterson dir im vorigen Sommer Süßigkeiten geschickt hat.«

Da war ein Zaun. Die Ranken waren dürr, und der Wind raschelte darin.

»Ich verstehe bloß nicht, warum Onkel Maury nicht Versh geschickt hat.« sagte Caddy. »Versh erzählt nichts.« Mrs. Patterson sah zum Fenster heraus. »Warte hier.« sagte Caddy. »Warte jetzt nur hier. Ich bin gleich wieder da. Gib mir den Brief.« Sie nahm mir den Brief aus der Tasche. »Laß deine Hände in den Taschen.« Mit dem Brief in der Hand kletterte sie über den Zaun und ging durch die braunen, raschelnden Blumen. Mrs. Patterson kam zur Tür, machte sie auf und blieb darin stehen.

Mr. Patterson hackte in den grünen Blumen. Er hielt mit Hacken ein und blickte mich an. Mrs. Patterson kam durch den Garten gelaufen. Als ich ihre Augen sah, fing ich an zu weinen. Du Idiot, sagte Mrs. Patterson, ich habe ihm doch gesagt, daß er dich nicht mehr allein schicken soll. Gib ihn her. Rasch. Mr. Patterson kam schnell mit der Hacke. Mrs. Patterson beugte sich über den Zaun und streckte die Hand aus. Sie versuchte, über den Zaun zu klettern. Gib ihn her, sagte sie, Gib ihn her. Mr. Patterson kletterte über den Zaun. Er nahm den Brief. Mrs. Patterson war mit dem Kleid am Zaun hängengeblieben. Ich sah wieder ihre Augen und lief den Hang hinunter.

»Da drüben sin nur Häuser.« sagte Luster. »Wir gehn runter zum Bach.«

Unten am Bach wuschen sie. Eine sang. Ich roch die klatschende Wäsche und den Rauch, der über den Bach wehte.

»Du bleibst hier unten.« sagte Luster. »Da oben hast du nichts verlorn. Die Leute dort treffen dich bestimmt.«

»Was will er denn.«

»Der weiß ja nich, was er will.« sagte Luster. »Er meint, er will da drüben raufgehn, wo die den Ball schlagen. Du bleibst hier sitzen und spielst mit deim Stechapfel. Sieh zu, wie die Kinder im Bach spielen, wenn du schon wo zusehn mußt. Warum kannst du dich denn nich benehmen wie andre Leute.« Ich setzte mich ans Ufer, wo sie wuschen und der Rauch blau wehte.

»Habt ihr hier unten was von nem Vierteldollar gesehn.« sagte Luster.

»Was für'n Vierteldollar.«

»Den, wo ich heut früh hatte.« sagte Luster. »Hab ihn wo verlorn. Hier durch das Loch in der Tasche is er gerutscht. Wenn ich ihn nich find, kann ich heut abend nich ins Theater gehn.«

»Wo sollst du schon nen Vierteldollar her haben, Junge. Hast ihn wohl in weißer Leute Taschen gefunden, während sie nicht aufpaßten.«

»Ich hab ihn her, wo ich'n herhab.« sagte Luster. »Wo der herkommt, da gibt's noch viel mehr. Aber ich muß den finden. Hat ihn noch keiner von euch gefunden.«

»Was scher ich mich um nen Vierteldollar. Ich kümmer mich um mein eignen Kram.«

»Komm her.« sagte Luster. »Hilf mir suchen.«

»Der kennt doch kein Vierteldollar, selbst wenn er ihn sieht.«

»Deshalb kann er doch immerhin suchen helfen.« sagte Luster. »Geht ihr heut abend ins Theater.«

»Red mir nich von Theater. Wenn ich mit dem Zuber hier fertig bin, bin ich so kaputt, daß ich keine Hand mehr rührn kann.«

»Wetten, du gehst hin.« sagte Luster. »Wetten, du warst gestern auch dort. Wetten, ihr seid alle dort, wenn sie das Zelt aufmachen.«

»Sin genug Nigger da auch ohne mich. War gestern da.«

»Nigger sein Geld is grad so gut wie den Weißen ihrs, denk ich.«

»Die Weißen geben Nigger Geld, woll sie wissen, erster weißer Mann, wo mit Musikkapelle kommt, kriegt alles wieder,
un Nigger kann schuften, daß er neues kriegt.«

»Zwingt dich niemand, ins Theater zu gehn.«

»Bis jetz nich. Ham wohl noch nich dran gedacht, denk ich.«

»Was hast du gegen die Weißen.«

»Nichts hab ich gegen sie. Ich geh meiner Wege un laß die
Weißen ihrer Wege gehn. Ich scher mich nich ums Theater.«

»Is'n Mann dabei, der spielt 'n Lied auf der Säge. Spielt der
wie'n Banjo.«

»Du warst gestern dort.« sagte Luster. »Ich geh heut abend
hin. Wenn ich rauskrieg, wo ich meinen Vierteldollar verlorn
hab.«

»Nimmst den da wohl mit.«

»Ich.« sagte Luster. »Denkst du, ich laß mich mit dem wo
blicken, un auf einmal fängt er zu brüllen an.«

»Was machst'n dann, wenn er zu brüllen anfängt.«

»Ich verdresch ihn.« sagte Luster. Er setzte sich auf den
Boden und rollte seine Overalls hoch. Sie spielten im Bach.

»Habt ihr schon Bälle gefunden.« sagte Luster.

»Gib doch nich so an. Daß dich bloß deine Großmutter nich
so reden hört.«

Luster ging in den Fluß hinein, wo sie spielten. Er suchte im
Wasser am Ufer entlang.

»Hab ihn heut früh noch gehabt, wie wir hier warn.« sagte
Luster.

»Wie hast du ihn denn verlorn.«

»Grad aus dem Loch in der Tasche hier.« sagte Luster. Sie
suchten im Bach. Dann fuhren sie alle plötzlich hoch und hörten auf, und dann spritzten und balgten sie sich im Bach. Luster
erwischte ihn, und sie hockten sich ins Wasser und linsten durch
die Büsche den Hang hinauf.

»Wo sin sie.« sagte Luster.

»Noch nich zu sehn.«

Luster steckte ihn in die Tasche. Sie kamen den Hang herunter.

»Ist ein Ball hier heruntergeflogen.«

»Er muß im Wasser sein. Hat ihn keiner von euch Jungen gesehen oder gehört.«

»Nichts runterfliegen gehört.« sagte Luster. »Hörte was gegen

33

den Baum da oben schlagen. Weiß nich, wo's hingeflogen is.«

Sie suchten den Bach ab.

»Teufel noch mal. Sucht am Ufer. Er ist hier heruntergeflogen. Ich hab's gesehen.«

Sie suchten am Ufer. Dann gingen sie wieder den Hang hinauf.

»Hast du den Ball.« sagte der Junge.

»Was soll ich damit.« sagte Luster. »Ich hab kein Ball nich gesehn.«

Der Junge stieg ins Wasser. Ging weiter hinein. Er drehte sich um und schaute Luster wieder an. Er ging weiter bachabwärts.

Auf dem Hang oben sagte der Mann: »He, Caddie.« Der Junge kam aus dem Wasser und ging den Hang hinauf.

»Jetz hör dich bloß an.« sagte Luster. »Sei still.«

»Warum heult er denn.«

»Weiß der Himmel.« sagte Luster. »Er fängt einfach so an. Macht er schon den ganzen Morgen. Wohl weil sein Geburtstag is, denk ich.«

»Wie alt is er denn.«

»Dreiunddreißig.« sagte Luster. »Dreiunddreißig heut morgen.«

»Du meinst, er is seit dreißig Jahrn 'n Dreijähriger.«

»Ich halt mich an das, was Mammy sagt.« sagte Luster. »Ich weiß nich. Jedenfalls solln dreiunddreißig Kerzen auf sein Kuchen kommen. Is'n kleiner Kuchen. Werden kaum alle draufgehn. Sei still. Komm her.« Er kam zu mir und nahm meinen Arm. »Du Blödmann.« sagte er. »Ich soll dich wohl verhauen.«

»Wetten, das tust du.«

»Hab ich schon getan. Still jetz.« sagte Luster. »Ich hab dir doch gesagt, du darfst nich dort raufgehn. Die schlagen dir glattweg den Kopf ab mit so'nem Ball. Komm her.« Er zog mich zurück. »Setz dich hin.« Ich setzte mich auf den Boden, und er zog mir die Schuhe aus und krempelte meine Hosen auf. »So, jetz geh ins Wasser und spiel und schau, daß du mit dem Gesabber und Geflenn aufhörst.«

Ich war still und ging ins Wasser *und Roskus kam und sagte, wir sollen zum Essen kommen, und Caddy sagte,*

Es ist noch nicht Essenszeit. Ich geh nicht.

Sie war naß. Wir spielten im Bach, und Caddy hockte sich hin und machte ihr Kleid naß, und Versh sagte,

»Deine Mamma verhaut dich, wenn du dein Kleid naß machst.«

»Das wird sie schon nicht tun.« sagte Caddy.

»Woher weißt du das.« sagte Quentin.

»Ist ja gleich, woher ich's weiß.« sagte Caddy. »Woher weißt du's denn.«

»Weil sie's gesagt hat.« sagte Quentin. »Außerdem bin ich älter als du.«

»Ich bin sieben Jahre alt.« sagte Caddy, »Ich werd's wohl wissen.«

»Ich bin älter.« sagte Quentin. »Ich gehe in die Schule. Nicht, Versh.«

»Ich geh nächstes Jahr in die Schule.« sagte Caddy, »Wenn ich dran bin. Nicht wahr, Versh.«

»Du weißt, sie verhaut dich, wenn du dein Kleid naß machst.« sagte Versh.

»Es ist nicht naß.« sagte Caddy. Sie richtete sich aus dem Wasser auf und schaute an ihrem Kleid hinunter. »Ich ziehe es aus,« sagte sie. »Dann trocknet es.«

»Wetten, daß du das nicht tust.« sagte Quentin.

»Wetten, daß ich's tu.« sagte Caddy.

»Wetten, daß du's lieber nicht tust.« sagte Quentin.

Caddy kam zu Versh und mir und drehte sich um.

»Knöpf es auf, Versh.« sagte sie.

»Tu's ja nicht, Versh.« sagte Quentin.

»Is ja nich mein Kleid.« sagte Versh.

»Du knöpfst es auf, Versh.« sagte Caddy. »Oder ich erzähl Dilsey, was du gestern gemacht hast.« Da knöpfte Versh ihr Kleid auf.

»Untersteh dich, dein Kleid auszuziehen.« sagte Quentin. Caddy zog ihr Kleid aus und warf es am Ufer hin. Da hatte sie nichts mehr an als Leibchen und Höschen, und Quentin gab ihr einen Klaps, und sie glitschte aus und fiel ins Wasser. Als sie wieder aufgestanden war, bespritzte sie Quentin mit Wasser, und Quentin bespritzte Caddy. Versh und ich wurden ein bißchen angespritzt, und da hob Versh mich auf und setzte mich ans Ufer. Er sagte, er werde das mit Caddy und Quentin erzählen, und da fingen Quentin und Caddy an, Versh zu bespritzen. Er ging hinter einen Strauch.

»Das erzähl ich alles Mammy.« sagte Versh.

Quentin kletterte ans Ufer und wollte Versh fangen, aber Versh lief fort, und da kriegte Quentin ihn nicht. Als Quentin umkehrte, blieb Versh stehen und schrie, er werde es erzählen. Da rief Caddy ihm zu, wenn er's nicht erzählte, ließen sie ihn zurückkommen. Da sagte Versh, er werde es nicht erzählen, und da ließen sie ihn zurückkommen.

»Jetzt bist du ja wohl zufrieden.« sagte Quentin, »Jetzt werden wir alle beide verhauen.«

»Ist mir egal.« sagte Caddy. »Ich laufe fort.«

»Dazu bist du imstande.« sagte Quentin.

»Ich laufe fort und komm nie mehr wieder.« sagte Caddy. Ich fing an zu weinen. Caddy drehte sich um und sagte »Still.« Da war ich still. Dann spielten sie im Bach. Jason spielte auch. Er war für sich allein weiter unten am Bach. Versh kam hinterm Strauch hervor, hob mich hoch und setzte mich wieder ins Wasser. Caddy war hinten ganz naß und dreckig, und ich fing an zu weinen, und sie kam und hockte sich ins Wasser.

»Still jetzt.« sagte sie. »Ich lauf ja nicht fort.« Da war ich still. Caddy roch wie Bäume im Regen.

Was ist denn mit dir, sagte Luster. Kannst du nich mit dem Geflenn aufhörn und wie andere Leute im Bach spielen.

Warum bringst du ihn nicht heim. Hat man dir nicht gesagt, du sollst ihn nicht vom Haus weglassen.

Er meint immer noch, die Wiese gehört ihnen, sagte Luster. Vom Haus aus kann niemand hier runtersehn, bestimmt nich.

Wir ja. Die Leute sehn nicht gern einen Irren. Bringt kein Glück nich.

Roskus kam und sagte, wir sollten zum Abendessen kommen, und Caddy sagte, es sei noch nicht Essenszeit.

»O ja.« sagte Roskus. »Dilsey sagt, ihr sollt alle nach Hause kommen. Bring sie heim, Versh.« Er ging den Hang hinauf, wo die Kuh brüllte.

»Vielleicht sind wir trocken, bis wir im Haus sind.« sagte Quentin.

»Es war bloß deine Schuld.« sagte Caddy. »Hoffentlich werden wir durchgehauen.« Sie zog ihr Kleid an, und Versh knöpfte es zu.

»Sie wern nich merken, daß du naß geworden bist.« sagte Versh. »Wenn du's anhast, sieht man's gar nich. Außer wenn ich und Jason davon erzählen.«

»Wirst du was erzählen, Jason.« sagte Caddy.

»Was erzählen.« sagte Jason.

»Er wird nichts erzählen.« sagte Quentin. »Wirst du, Jason.«

»Wetten, daß er's erzählt.« sagte Caddy. »Er erzählt Omi davon.«

»Der kann er's nicht erzählen.« sagte Quentin. «Die ist krank. Wenn wir langsam gehn, wird's zu finster, daß sie's sehn.«

»Mir ist's egal, ob sie's sehn oder nicht.« sagte Caddy. »Ich werd es selbst erzählen. Trag ihn den Berg rauf, Versh.«

»Jason erzählt nichts.« sagte Quentin. »Erinnerst du dich an den Pfeil und Bogen, den ich dir gemacht hab, Jason.«

»Der ist kaputt.« sagte Jason.

»Laß es ihn doch erzählen.« sagte Caddy. »Da geb ich keinen Pfifferling drauf. Trag Maury den Berg rauf, Versh.« Versh hockte sich nieder, und ich stieg auf seinen Rücken.

Also bis heut abend im Theater, sagte Luster. Komm jetz. Wir müssen den Vierteldollar finden.

»Wenn wir langsam gehn, ist es finster, bis wir hinkommen.« sagte Quentin.

»Ich geh nicht langsam.« sagte Caddy. Wir gingen bergan, aber Quentin kam nicht mit. Er war noch unten am Bach, als wir dorthin kamen, wo wir die Schweine riechen konnten. Sie grunzten und schnüffelten in der Ecke im Trog herum. Jason kam hinter uns her, die Hände in den Taschen. Roskus melkte die Kuh im Stalltor.

Die Kühe kamen aus dem Stall gesprungen.

»Los.« sagte T.P. »Brüll noch mal. Ich brüll auch. Huhui!« Quentin gab T.P. wieder einen Fußtritt. Er stieß ihn in den Trog, aus dem die Schweine fraßen, und T.P. fiel hinein. »Heiliger Strohsack.« sagte T.P., »Hat er mich wieder drangekriegt. Du hast gesehn, daß mich der weiße Mann diesmal getreten hat. Huhui!«

Ich weinte nicht, aber ich konnte nicht aufhoren. Ich weinte nicht, aber der Boden war nicht fest, und da weinte ich. Der Boden ging immer schräg hinauf, und die Kühe liefen den Hang hinauf. T.P. versuchte aufzustehen. Er fiel wieder hin, und die Kühe liefen den Hang herunter. Quentin nahm mich beim Arm, und wir gingen dem Stall zu. Da war der Stall nicht da, und wir mußten warten, bis er wiederkam. Ich sah ihn nicht wiederkommen. Er kam hinter uns, und Quentin setzte mich in die

Krippe, aus der die Kühe fraßen. Ich hielt mich dran fest. Sie ging auch fort, und ich hielt mich dran fest. Die Kühe liefen wieder den Hang hinunter, durch die Tür. Ich konnte nicht aufhören. Quentin und T.P. kamen raufend den Hang herauf. T.P. fiel den Hang hinunter, und Quentin zerrte ihn den Hang herauf. Quentin schlug T.P. Ich konnte nicht aufhören.

»Steh auf.« sagte Quentin, »Du bleibst hier auf dem Fleck. Geh ja nicht fort, bis ich wiederkomme.«

»Ich un Benjy gehn wieder auf die Hochzeit.« sagte T.P. »Huhu!«

Quentin schlug T.P. wieder. Dann fing er an, T.P. gegen die Mauer zu puffen. T.P. lachte. Jedesmal wenn Quentin ihn gegen die Mauer puffte, versuchte er Huhu zu sagen, konnte es aber vor Lachen nicht sagen. Ich ließ vom Weinen ab, konnte aber nicht aufhören. T.P. fiel auf mich, und die Stalltür ging weg. Sie ging den Hang hinunter, und T.P. raufte alleine weiter, und er fiel wieder hin. Er lachte noch, und ich konnte nicht aufhören, und ich versuchte aufzustehen und fiel wieder hin und konnte nicht aufhören. Versh sagte,

»Jetz ist's aber genug. Jetzt ist's wirklich genug. Hör auf mit der Brüllerei.«

T.P. lachte immer noch. Er plumpste gegen die Tür und lachte. »Huhu.« sagte er. »Ich und Benjy gehn wieder auf die Hochzeit. Sassprilluh[1].« sagte T.P.

»Psst.« sagte Versh. »Wo kriegst'n das her.«

»Aus 'm Keller.« sagte T.P. »Huhu.«

»Psst.« sagte Versh, »Wo denn im Keller.«

»Überall.« sagte T.P. Er lachte wieder. »Mehr wie hundert Flaschen sin noch da. Mehr wie ne Million. Paß auf, Nigger, ich brülle.«

Quentin sagte: »Heb ihn auf.«

Versh hob mich auf.

»Trink das, Benjy.« sagte Quentin. Das Glas war heiß. »Still jetzt.« sagte Quentin. »Trink.«

»Sassprilluh.« sagte T.P. »Lassen Sie's mich trinken, Mr. Quentin.«

»Du hältst den Mund.« sagte Versh, »Sonst schmeißt dich Mr. Quentin raus.«

»Halt ihn fest, Versh.« sagte Quentin.

Sie hielten mich fest. Es war heiß auf meinem Kinn und auf meinem Hemd. »Trink.« sagte Quentin. Sie hielten mir den Kopf fest. Es wurde mir heiß im Leib, und ich fing wieder an. Jetzt war es Weinen, und es geschah etwas in mir drin, und ich weinte noch mehr, und sie hielten mich fest, bis es vorbei war. Dann war ich still. Es ging noch rundherum, und dann fingen die Gestalten an. »Mach den Stall auf, Versh.« Sie gingen langsam. »Breite die leeren Säcke auf dem Boden aus.« Sie gingen schneller, fast schnell genug. »So. Heb seine Füße hoch.« Sie gingen weiter, geschmeidig und hell. Ich hörte T.P. lachen. Ich ging mit ihnen den hellen Hang hinauf.

Oben auf der Anhöhe setzte Versh mich nieder. »Komm hierher, Quentin.« rief er und blickte zurück, den Hang hinunter. Quentin stand noch immer am Bach. Er duckte sich in die Schatten, wo der Bach war.

»Laß doch den Angsthasen stehn.« sagte Caddy. Sie nahm mich bei der Hand, und wir gingen am Stall vorbei und durch das Gartentor. Mitten auf dem Backsteinweg hockte ein Frosch. Caddy trat über ihn weg und zog mich weiter.

»Komm doch, Maury.« sagte sie. Der Frosch blieb sitzen, bis Jason mit der Fußspitze nach ihm stieß.

»Der macht dir ne Warze.« sagte Versh. Der Frosch hopste weg.

»Komm doch, Maury.« sagte Caddy.

»Die ham heut abend Besuch gekriegt.« sagte Versh.

»Woher weißt du das.« sagte Caddy.

»Sin doch alle Lampen an.« sagte Versh, »In allen Fenstern is Licht.«

»Wir können's uns leisten, auch ohne Besuch alle Lampen anzumachen.« sagte Caddy.

»Wetten, daß Besuch da is.« sagte Versh. »Geht lieber hintenrum und schleicht die Treppe rauf.«

»Ist mir egal.« sagte Caddy. »Ich gehe direkt in den Salon hinein, wo sie sind.«

»Wetten, daß dein Pappi dich dann verhaut.« sagte Versh.

»Ist mir egal.« sagte Caddy. »Ich geh direkt in den Salon. Ich geh direkt ins Eßzimmer und esse gleich.«

»Wo setzt du dich hin.« sagte Versh.

»Ich setz mich auf Omis Stuhl.« sagte Caddy. »Die ißt im Bett.«

»Ich hab Hunger.« sagte Jason. Er lief an uns vorbei den Weg hinauf. Er hatte die Hände in den Taschen und fiel hin. Versh hob ihn auf.

»Wenn du die Hände aus 'n Taschen nähmst, würdest du auch nich hinfalln.« sagte Versh. »Du kannst sie nie rechtzeitig genug rausbringen, wo du doch das Gleichgewicht halten mußt, weil du so dick bist.«

Vater stand an der Küchentreppe.

»Wo ist Quentin.« sagte er.

»Er kommt grad den Weg rauf.« sagte Versh. Quentin kam langsam daher. Sein Hemd war ein weißer Fleck.

»Aha.« sagte Vater. Die Treppe herunter fiel Licht auf ihn.

»Caddy und Quentin haben einander vollgespritzt.« sagte Jason.

Wir warteten ab.

»So.« sagte Vater. Quentin kam heran, und Vater sagte: »Ihr eßt heut abend in der Küche.« Er blieb stehen und hob mich hoch, und das Licht kam über die Treppe auch auf mich hereingestürzt, und ich konnte auf Caddy und Jason und Quentin und Versh hinuntersehen. Vater drehte sich nach der Treppe um. »Ihr müßt aber ruhig sein.« sagte er.

»Warum müssen wir ruhig sein, Vater.« sagte Caddy. »Haben wir Besuch bekommen?«

»Ja.« sagte Vater.

»Ich hab's euch ja gesagt, es is Besuch da.« sagte Versh.

»Ist ja nicht wahr.« sagte Caddy. »Nicht du, ich hab gesagt, es ist Besuch da. Ich sagte, ich würde«

»Still.« sagte Vater. Sie verstummten, und Vater machte die Tür auf, und wir gingen über die Hinterveranda in die Küche. Da war Dilsey, und Vater setzte mich in den Stuhl und klappte das Brett herunter und schob ihn zum Tisch, wo das Essen stand. Es dampfte.

»Ihr hört jetzt auf Dilsey.« sagte Vater. »Sieh zu, daß sie so wenig Lärm machen wie möglich, Dilsey.«

»Ja, Herr.« sagte Dilsey. Vater ging fort.

»Merkt euch, daß ihr auf Dilsey zu hören habt.« sagte er hinter uns. Ich beugte mein Gesicht vor, wo das Essen stand. Es dampfte mir ins Gesicht.

»Sag doch, daß sie heut abend auf mich hören sollen, Vater.« sagte Caddy.

»Ich tu's nicht.« sagte Jason. »Ich höre auf Dilsey.«

»Du mußt aber, wenn's Vater sagt.« sagte Caddy. »Vater, sag, sie sollen auf mich hören.«

»Ich tu's nicht.« sagte Jason. »Ich höre nicht auf dich.«

»Still.« sagte Vater. »Ihr hört also alle auf Caddy. Wenn sie fertig sind, bring sie die Hintertreppe hinauf, Dilsey.«

»Ja, Herr.« sagte Dilsey.

»So.« sagte Caddy, »Jetzt werdet ihr ja wohl alle auf mich hören.«

»Ihr haltet jetzt den Mund.« sagte Dilsey. »Ihr müßt heut abend ruhig sein.«

»Warum müssen wir heut abend ruhig sein.« flüsterte Caddy.

»Sei nicht so naseweis.« sagte Dilsey, »Du wirst's schon erfahrn, wenn Gottes Stunde gekommen is.« Sie brachte meinen Eßnapf. Dampf stieg davon auf und kitzelte mich im Gesicht. »Komm her, Versh.« sagte Dilsey.

»Wann ist denn Gottes Stunde, Dilsey.« sagte Caddy.

»Am Sonntag.« sagte Quentin. »Du weißt aber auch gar nichts.«

»Psch.« sagte Dilsey. »Mr. Jason hat doch gesagt, ihr sollt still sein. Eßt jetzt. Da, Versh. Nimm sein Löffel.« Vershs Hand mit dem Löffel kam in meinen Napf. Der Löffel kam zu meinem Mund hoch. Der Dampf kitzelte mir in den Mund. Dann hörten wir zu essen auf, und wir sahen einander an, und wir blieben still, und dann hörten wir es wieder, und ich fing zu weinen an.

»Was war denn das.« sagte Caddy. Sie legte ihre Hand auf meine Hand.

»Das war Mutter.« sagte Quentin. Der Löffel kam wieder herauf, und ich aß und dann weinte ich wieder.

»Schweig.« sagte Caddy. Aber ich schwieg nicht, und sie kam zu mir und legte die Arme um mich. Dilsey ging hin und machte die beiden Türen zu, und da konnten wir es nicht mehr hören.

»Schweig jetzt.« sagte Caddy. Ich schwieg und aß. Quentin aß nicht, aber Jason aß.

»Das war Mutter.« sagte Quentin. Er stand auf.

»Setz du dich gleich hin.« sagte Dilsey. »Da drin is Besuch und du in deinem dreckigen Zeug. Du setzt dich auch hin, Caddy, un ißt fertig.«

»Sie hat geweint.« sagte Quentin.

»Es hat jemand gesungen.« sagte Caddy. »Nicht wahr, Dilsey.«

»Jetz eßt mal alle, wie Mr. Jason gesagt hat.« sagte Dilsey.

»Ihr werd's schon erfahren, wenn Gottes Stunde gekommen is.«
Caddy ging wieder auf ihren Platz.

»Ich hab euch ja gesagt, es ist Besuch da.« sagte sie.

Versh sagte, »Er hat alles aufgegessen.«

»Gib seinen Napf her.« sagte Dilsey. Der Napf ging weg.

»Dilsey.« sagte Caddy. »Quentin ißt sein Essen nicht. Hat er nicht auf mich zu hören.«

»Iß dein Essen, Quentin.« sagte Dilsey, »Macht, daß ihr fertig werdet und aus meiner Küche kommt.«

»Ich hab keine Lust mehr zum Essen.« sagte Quentin.

»Du hast zu essen, wenn ich es sage.« sagte Caddy. »Nicht wahr, Dilsey.«

Der Napf dampfte in mein Gesicht, und Vershs Hand tauchte den Löffel ein, und der Dampf kitzelte mir in den Mund.

»Ich will nichts mehr.« sagte Quentin. »Wie können sie eine Gesellschaft geben, wenn Omi krank ist.«

»Sie können sie unten im Parterre geben.« sagte Caddy. »Und sie kann auf den Treppenabsatz kommen und zusehn. Das tu ich auch, sobald ich mein Nachthemd anhabe.«

»Mutter hat geweint.« sagte Quentin. »Hat sie nicht geweint, Dilsey.«

»Nun quäl mich doch nich, Junge.« sagte Dilsey. »Ich muß für all die Leute Essen kochen, wenn ihr gegessen habt.«

Nach einer Weile war auch Jason mit Essen fertig, und er fing an zu weinen.

»Jetzt mußt auch du noch zu heulen anfangen.« sagte Dilsey.

»Das tut er jeden Abend, seit Omi krank ist und er nicht bei ihr schlafen darf.« sagte Caddy. »Heulfritze.«

»Ich erzähl's von dir.« sagte Jason.

Er weinte. »Du hast's ja schon erzählt.« sagte Caddy. »Du hast jetzt gar nichts mehr zum Erzählen.«

»Ihr gehört alle ins Bett.« sagte Dilsey. Sie kam und hob mich herunter und wischte mir Gesicht und Hände mit einem warmen Lappen ab. »Versh, bring sie die Hintertreppe rauf, aber ganz leise. Du, Jason, hör mit dem Geflenn auf.«

»Es ist noch zu früh zum Schlafen.« sagte Caddy. »Wir brauchen sonst nie so früh ins Bett.«

»Heut geht ihr aber.« sagte Dilsey. »Hast doch gehört, wie euer Pa gesagt hat, ihr sollt gleich raufgehen, wenn ihr gegessen habt.«

»Er hat gesagt, ihr sollt auf mich hören.« sagte Caddy.

»Ich hör aber nicht auf dich.« sagte Jason.

»Du mußt aber.« sagte Caddy. »Los jetzt. Du hast zu tun, was ich sag.«

»Schau, daß sie ruhig sind, Versh.« sagte Dilsey. »Ihr müßt alle ganz ruhig sein, verstanden.«

»Warum müssen wir denn heut abend so ruhig sein.« sagte Caddy.

»Deiner Mamma is nich gut.« sagte Dilsey. »So, jetz geht alle mit Versh.«

»Ich hab dir doch gesagt, Mutter weint.« sagte Quentin. Versh nahm mich hoch und machte die Tür zur Hinterveranda auf. Wir gingen hinaus, und Versh machte die Tür wieder zu. Ich roch und spürte Versh. »Jetzt seid alle mal still. Wir gehn noch nich rauf. Mr. Jason hat gesagt, ihr sollt gleich raufgehen. Er hat gesagt, ihr sollt auf mich hörn. Auf dich hör ich nicht. Aber er hat das zu uns allen gesagt. Nicht wahr, Quentin.« Ich konnte Vershs Kopf spüren. Ich konnte uns hören. »Nicht wahr, Versh. So war's. Dann sag ich also, daß wir noch 'n bißchen rausgehn. Kommt.« Versh machte die Tür auf, und wir gingen hinaus.

Wir gingen die Treppe hinunter.

»Ich glaube, es ist gescheiter, wenn wir in die Hütte von Versh gehn, dann sind wir ja ruhig.« sagte Caddy. Versh setzte mich ab, und Caddy nahm mich bei der Hand, und wir gingen den Backsteinweg entlang.

»Komm nur.« sagte Caddy, »Der Frosch ist fort. Ist schon längst in den Garten hinübergehüpft. Vielleicht sehn wir einen andern.« Roskus kam mit den Melkeimern. Er ging weiter. Quentin kam nicht mit uns. Er saß auf der Küchentreppe. Wir gingen hinunter zum Haus von Versh. Ich hatte den Geruch von Vershs Haus gern. *Drin war ein Feuer, und T.P. hockte im Hemd davor und stieß hinein, daß es aufloderte.*

Dann stand ich auf, und T.P. zog mich an, und wir gingen in die Küche und aßen. Dilsey sang, und ich fing an zu weinen, und sie hörte auf.

»Schau, daß er jetzt vom Haus wegbleibt.« sagte Dilsey.

»Da herum dürfen wir nich gehn.« sagte T.P.

Wir spielten im Bach.

»Da drüben herum dürfen wir nich gehn.« sagte T.P. »Du weißt doch, Mammy hat gesagt, wir dürfen nich.«

Dilsey sang in der Küche, und ich fing an zu weinen.

»Sei still.« sagte T.P. »Komm weiter. Gehn wir zum Stall.«

Roskus melkte im Stall. Er melkte mit einer Hand und stöhnte. Auf der Stalltür saßen Vögel und sahen ihm zu. Einer flog herunter und fraß bei den Kühen. Ich sah zu, wie Roskus melkte, während T.P. Queenie und Prince Futter gab. Das Kalb war im Schweinekoben. Es schnüffelte am Draht herum und blökte.

»T.P.« sagte Roskus. T.P. sagte ja, da im Stall. Fancy streckte den Kopf über die Tür, weil T.P. ihr noch kein Futter gegeben hatte. »Mach, daß du da fertig wirst.« sagte Roskus. »Du mußt melken. Ich kann mit dieser Hand nichts mehr tun.«

T.P. kam und melkte.

»Warum gehst du nich zum Doktor.« sagte T.P.

»Doktor nutzt auch nichts.« sagte Roskus. »Nich in diesem Haus hier.«

»Was is denn los mit dem Haus.« sagte T.P.

»Is kein Glück nich in dem Haus.« sagte Roskus. »Hol das Kalb rein, wenn du fertig bist.«

Is kein Glück nich in dem Haus, sagte Roskus. Das Feuer schlug hoch und fiel wieder zusammen hinter ihm und Versh, flackerte über sein und Vershs Gesicht. Dilsey brachte mich ins Bett. Das Bett roch wie T.P. Das hatte ich gern.

»Was weißt du denn davon.« sagte Dilsey. »Du siehst wohl Gespenster.«

»Da brauch ich keine Gespenster nich zu sehn.« sagte Roskus. »Der Beweis dafür liegt doch da auf 'm Bett. Der Beweis dafür läuft doch seit fünfzehn Jahrn vor aller Augen rum.«

»Un wenn schon.« sagte Dilsey. »Es hat weder dir noch den Deinen Schaden getan, nich. Versh hat zu tun und Frony hat weggeheiratet, und T.P. wird groß genug, daß er deine Stelle übernehmen kann, wenn dich dein Rheuma fertigmacht.«

»Es sin jetzt zwei.« sagte Roskus. »Un wird noch einer mehr wern. Ich hab das Zeichen gesehn un du auch.«

»Heut abend hab ich 'n Käuzchen gehört.« sagte T.P. »Dan is auch nich gekommen, um sein Fressen zu kriegen. Er traut sich nich näher als bis zum Stall. Hat gleich nach Dunkelwerden zu heulen angefangen. Versh hat ihn gehört.«

»Wird noch mehr wie einer mehr wern.« sagte Dilsey. »Alle Menschen müssen sterben, gelobt sei Jesus Christus.«

»Mit'm Sterben ist's nich getan.« sagte Roskus.

»Ich weiß, was du meinst.« sagte Dilsey. »Und's nützt auch nix, wenn du bloß den Namen sagst und nicht auch bei ihm bleibst, wenn er weint.«

»Is kein Glück in dem Haus hier.« sagte Roskus. »Das hab ich von Anfang an gemerkt, aber wie sie den Namen geändert ham, hab ich's gewußt.«

»Halt den Mund.« sagte Dilsey. Sie zog die Bettdecke herauf. Die roch wie T.P. »Ihr haltet jetzt alle den Mund, bis er eingeschlafen is.«

»Ich hab das Zeichen gesehn.« sagte Roskus.

»Zeichen, daß T.P. deine ganze Arbeit tun muß.« sagte Dilsey. *Bring ihn und Quentin hinunter ins Haus und laß sie mit Luster spielen, wo Frony auf sie aufpassen kann, T.P., und geh dann hin und hilf deinem Pa.*

Wir aßen fertig. T.P. nahm Quentin hoch, und wir gingen hinunter zu T.P.s Haus. Luster spielte im Dreck. T.P. setzte Quentin hin, und sie spielte auch im Dreck. Luster hatte ein paar Garnrollen, und er und Quentin balgten sich, und da hatte Quentin die Garnrollen. Luster weinte, da kam Frony und gab Luster eine Konservenbüchse zum Spielen, und dann hatte ich die Garnrollen, und Quentin balgte sich mit mir, und ich weinte.

»Still.« sagte Frony, »Schäm dich, nem kleinen Kind einfach sein Spielzeug wegzunehmen.« Sie nahm mir die Garnrollen ab und gab sie Quentin zurück.

»Jetzt sei still.« sagte Frony, »Still, sag ich dir.«

»Schweig still.« sagte Frony. »Du gehörst mal verhauen, das gehörst du.« Sie hob Luster und Quentin auf. »Kommt mit.« sagte sie. Wir gingen in den Stall. T.P. melkte die Kuh. Roskus saß auf der Kiste.

»Was is denn jetzt wieder mit ihm.« sagte Roskus.

»Du mußt ihn hier behalten.« sagte Frony. »Er balgt sich wieder mit den Kleinen. Nimmt ihnen die Spielsachen weg. Bleib jetz hier bei T.P. und schau, daß du ne Weile still bist.«

»Mach das Euter gut sauber.« sagte Roskus. »Vorigen Winter hast du die junge Kuh trocken gemolken. Wenn du die da trokken melkst, gibt's keine Milch mehr.«

Dilsey sang.

»Nich dort herum.« sagte T.P. »Du weißt doch, daß Mammy gesagt hat, dort herum dürfen wir nich.«

Sie sangen.

»Komm.« sagte T.P. »Spielen wir mit Quentin und Luster. Komm.«

Quentin und Luster spielten im Dreck vor T.P.s Haus. Im Haus war ein Feuer, das hochloderte und zusammenfiel, und Roskus saß schwarz davor.

»Das macht drei, gelobt sei der Herr.« sagte Roskus. »Ich hab's dir schon vor zwei Jahrn gesagt. Is kein Glück nich in dem Haus hier.«

»Warum gehst du dann nich fort.« sagte Dilsey. Sie zog mich aus. »Dein Unglücksgeschwätz hat Versh die Ideen mit Memphis in den Kopf gesetzt. Das sollt dir doch eigentlich reichen.«

»Wenn Versh weiter kein Unglück hat.« sagte Roskus.

Frony kam herein.

»Bist du mit allem fertig.« sagte Dilsey.

»T.P. macht den Rest.« sagte Frony. »Miss Car'line sagt, du sollst Quentin ins Bett bringen.«

»Ich komm so schnell wie ich kann.« sagte Dilsey. »Sie könnt jetz langsam wissen, daß ich keine Flügel hab.«

»Das sag ich dir.« sagte Roskus. »Is kein Glück nich dabei, wenn man in nem Haus is, wo der Name von einem der eignen Kinner nich ausgesprochen wird.«

»Schweig still.« sagte Dilsey. »Willst du, daß er wieder anfängt.«

»Ein Kind aufziehn, wo seiner Mammy ihrn Namen nich kennt.« sagte Roskus.

»Zerbrich dir nich den Kopf über sie.« sagte Dilsey. »Ich hab sie alle aufgezogen, und da kann ich wohl noch eins aufziehn. Ruhig jetz. Laßt ihn schlafen, wenn er will.«

»Was Namen angeht.« sagte Frony. »Er kennt überhaupt niemand seinen Namen.«

»Sag ihn nur mal, dann wirst du schon sehn, ob er ihn nich kennt.« sagte Dilsey. »Sag ihn mal zu ihm, wenn er schläft; wetten, er hört dich.«

»Er weiß viel mehr als man glaubt.« sagte Roskus. »Er wußte, wann ihre Stunde gekommen war, wie der Jagdhund. Er könnt dir sagen, wann seine kommt, wenn er sprechen könnte. Oder deine. Oder meine.«

»Nimm Luster aus dem Bett da, Mammy.« sagte Frony. »Der Junge verhext ihn.«

»Halt dein Mund.« sagte Dilsey, »Bist wohl nich recht gescheit. Wozu hörst du überhaupt Roskus zu. Geh ins Bett,
Benjy.«

Dilsey schob mich, und ich ging ins Bett, wo schon Luster
drinlag. Er schlief. Dilsey nahm ein langes Stück Holz und legte
es zwischen Luster und mich. »Bleib auf deiner Seite.« sagte Dilsey. Luster klein, darfst ihm nich weh tun.«

Du darfst noch nich gehn, sagte T.P. Warte.

Wir lugten um die Ecke des Hauses herum und sahen die Wagen wegfahren.

»So jetz.« sagte T.P. Er nahm Quentin hoch, und wir liefen zur
Ecke vom Zaun und sahen sie vorbeifahren. »Da is er.« sagte
T.P. »Siehst du den mit dem Glas. Schau ihn an. Da liegt er
drin. Siehst du's.«

*Komm, sagte Luster, den Ball hier nehm ich mit heim und tu
ihn wohin, wo ich ihn nich verlier. Nö, nö, den kriegst du nich.
Wenn die Männer ihn bei dir sehn, dann sagen sie, du hättst ihn
gestohln. Sei jetz still. Ich kann ihn dir nich geben. Was willst
du denn auch damit. Kannst ja nich Ball spielen.*

Frony und T.P. spielten im Dreck vor der Tür. T.P. hatte
Leuchtkäfer in einer Flasche.

»Wie seid ihr denn alle entwischt.« sagte Frony.

»Wir haben Besuch gekriegt.« sagte Caddy. »Vater hat gesagt, alle sollen auf mich hören. Du und T.P. müßt dann auch
auf mich hören.«

»Ich hör nicht auf dich.« sagte Jason. »Frony und T.P. brauchen's auch nicht.«

»Sie werden schon, wenn ich es sage.« sagte Caddy. »Aber
vielleicht verlange ich's gar nicht von ihnen.«

»T.P hört auf niemand.« sagte Frony. »Hat die Beerdigung
schon angefangen.«

»Was ist eine Beerdigung.« sagte Jason.

»Mammy hat dir doch gesagt, du sollst ihnen nichts sagen.«
sagte Versh.

»Wo sie klagen.« sagte Frony. »Zwei Tage ham sie über
Schwester Beulah Clay geklagt.«

*In Dilseys Haus wurde geklagt. Dilsey klagte. Als Dilsey
klagte, sagte Luster, seid still, und da waren wir still, und dann
fing ich zu weinen an, und Blue heulte unter der Küchentreppe.
Dann hörte Dilsey auf, und wir hörten auf.*

»Ach.« sagte Caddy, »Das ist bei den Niggern so. Weiße Leute haben keine Beerdigungen.«

»Mammy hat uns gesagt, wir solln ihnen nichts davon sagen, Frony.« sagte Versh. »Ihnen wovon sagen.« sagte Caddy.

Dilsey klagte, und als es zum Haus drang, fing ich an zu weinen, und Blue heulte unter der Treppe. Luster, sagte Frony am Fenster, bring sie runter in den Stall. Ich kann nich kochen bei diesem Lärm. Den Hund auch. Bring sie raus.

Ich geh nich runter, sagte Luster. Ich könnt da unten meim Pappi begegnen. Gestern abend hab ich ihn im Stall gesehn, wie er mit den Armen gewinkt hat.

»Ich möcht bloß wissen, warum nich.« sagte Frony. »Weiße Leute sterben doch auch. Ich mein, deine Großmutti is genau so tot wie's jeder Nigger wäre.«

»Hunde sind tot.« sagte Caddy, »Und wie Nancy in den Graben gefallen ist und Roskus sie erschossen hat und die Bussarde kamen und ihr das Fleisch wegrissen.«

Das Gerippe wölbte sich, wo die dunklen Ranken im schwarzen Graben waren, aus dem Graben ins Mondlicht, als wären von den Konturen einige stehengeblieben. Dann blieben sie alle stehen, und es war dunkel, und als ich stehenblieb, um wieder anzufangen, konnte ich Mutter hören und sich schnell entfernende Schritte, und ich konnte es riechen. Dann kam das Zimmer, aber meine Augen fielen zu. Ich hörte nicht auf. Ich konnte es riechen. T.P. machte die Nadeln aus dem Bettzeug los.

»Still.« sagte er, »Pssst.«

Aber ich roch es. T.P. riß mich hoch und zog mir rasch die Kleider an.

»Still, Benjy.« sagte er. »Wir gehn in unsere Hütte rüber. Du willst doch in unsere Hütte gehn, wo Frony is, nich. Still. Psst.«

Er schnürte mir die Schuhe zu und setzte mir die Mütze auf, und wir gingen hinaus. In der Diele brannte Licht. Über die Diele weg konnten wir Mutter hören.

»Pssst, Benjy.« sagte T.P., »Wir sin gleich draußen.«

Eine Tür tat sich auf, und ich konnte es stärker riechen als bisher, und ein Kopf steckte sich heraus. Es war nicht Vater. Vater war krank dort drin.

»Kannst du ihn aus dem Haus bringen.«

»Gerade gehn wir raus.« sagte T.P. Dilsey kam die Treppe herauf.

»Still.« sagte sie, »Still. Nimm ihn mit heim, T.P. Frony soll ihm ein Bett zurechtmachen. Ihr paßt alle auf ihn auf. Still, Benjy. Geh mit T.P.«

Sie ging dorthin, von wo wir Mutter hörten.

»Behaltet ihn besser dort.« Es war nicht Vater. Er machte die Tür zu, aber ich konnte es noch immer riechen.

Wir gingen die Treppe hinunter. Die Treppe ging ins Dunkel hinunter. T.P. nahm mich bei der Hand, und wir gingen aus der Tür, aus dem Dunkel. Dan saß hinten im Hof und heulte.

»Er riecht's.« sagte T.P. »Hast du's so herausbekommen.«

Wir gingen die Treppe hinunter, wo unsere Schatten waren.

»Ich hab deinen Mantel vergessen«, sagte T.P. »Den müßtest du haben. Aber ich geh nich mehr zurück.«

Dan heulte.

»Still jetz.« sagte T.P. Unsere Schatten bewegten sich, aber Dans Schatten bewegte sich nicht, außer wenn er heulte.

»Ich kann dich nich mit heimnehmen, wenn du so jaulst.« sagte T.P. »War schon schlimm genug mit dir, bevor du so gebrüllt hast wie'n Ochsenfrosch. Komm weiter.«

Wir gingen den Backsteinweg entlang; unsere Schatten gingen mit. Der Schweinekoben roch nach Schweinen. Die Kuh stand auf der Weide und kaute uns an. Dan heulte.

»Du weckst noch die ganze Stadt auf.« sagte T.P. »Sei doch still.«

Wir sahen Fancy, die am Fluß weidete. Der Mond schien aufs Wasser, als wir hinkamen.

»Nö, nö.« sagte T.P., »Das is zu nah. Hier können wir nich stehnbleiben. Komm weiter. Jetz schau dich bloß an. Hast dein ganzes Bein naß gemacht. Komm her.« Dan heulte

Der Graben kam aus dem summenden Gras herauf. Das Gerippe wölbte sich aus den schwarzen Ranken heraus.

»Na na.« sagte T.P. »Jaul, daß dir der Schädel zerspringt, wenn du unbedingt willst. Hast noch die ganze Nacht un zwanzig Morgen Wiesenland, wo du drin jaulen kannst.«

T.P. legte sich in den Graben, und ich setzte mich hin und betrachtete das Gerippe, wo Nancy von den Bussarden aufgefressen wurde, die schwarz, schwerfällig, langsam aus dem Graben aufflatterten.

Ich hab ihn doch gehabt, wie wir vorher unten warn, sagte Luster. Hab ihn dir noch gezeigt. Hast du's nich gesehn. Hab ihn grad hier aus der Tasche genommen un dir gezeigt.

»Meinst du, die Bussarde fressen Omi auf.« sagte Caddy. »Du bist verrückt.«

»Du bist 'n Angsthase.« sagte Jason. Er fing an zu weinen.

»Du bist ein Dummrian.« sagte Caddy. Jason weinte. Er hatte die Hände in den Taschen.

»Jason wird mal ein reicher Mann.« sagte Versh. »Er hält immer sein Geld fest.«

Jason weinte.

»Jetzt hast du ihn wieder so weit gebracht.« sagte Caddy. »Sei still, Jason. Die Bussarde können ja nicht zu Omi hinein. Vater läßt sie nicht rein. Du tätst dich ja auch nicht von einem Bussard auffressen lassen. Sei jetzt still.«

Jason hörte zu weinen auf. »Frony hat gesagt, es ist eine Beerdigung.« sagte er.

»Es ist aber keine.« sagte Caddy. »Es ist eine Gesellschaft. Frony weiß nicht Bescheid. Er will deine Leuchtkäfer, T.P. Laß sie ihm ein bißchen.«

T.P. gab mir die Flasche mit den Leuchtkäfern.

»Wenn wir zum Fenster vom Salon rumgehn, können wir bestimmt was sehn.« sagte Caddy. »Dann werdet ihr mir glauben.«

»Ich weiß schon Bescheid.« sagte Frony. »Ich brauch nichts zu sehn.«

»Halt lieber den Mund, Frony.« sagte Versh. »Mammy verhaut dich sonst.«

»Was ist denn los.« sagte Caddy.

»Ich weiß, was ich weiß.« sagte Frony.

»Kommt.« sagte Caddy, »Gehn wir mal rum vors Haus.«

Wir gingen los.

»T.P. will seine Leuchtkäfer wieder.« sagte Frony.

»Laß sie ihm doch noch ein bißchen, T.P.« sagte Caddy. »Wir bringen sie dir zurück.«

»Ihr habt sie doch nich gefangen.« sagte Frony.

»Wenn ich sage, daß du und T.P. mitkommen dürft, läßt du sie ihm dann noch.« sagte Caddy.

»Niemand hat mir und T.P. gesagt, daß wir auf dich hörn sollen.« sagte Frony.

»Wenn ich sage, daß ihr nicht braucht, läßt du sie ihm dann noch.« sagte Caddy.

»Na, schön.« sagte Frony. »Laß sie ihm, T.P. Wir gehn hin und gucken zu, wie sie klagen.«

»Sie klagen ja gar nicht.« sagte Caddy. »Ich sag dir, es ist eine Gesellschaft. Klagen sie, Versh.«

»Wenn wir hier stehnbleiben, dann kriegen wir nich raus, was sie machen.« sagte Versh.

»Kommt.« sagte Caddy. »Frony und T.P. brauchen nicht auf mich zu hören. Aber die andern hier. Trag ihn lieber, Versh. Es wird dunkel.«

Versh nahm mich hoch, und wir gingen um die Küche herum.

Als wir um die Ecke herumlugten, sahen wir die Lichter, die die Auffahrt heraufkamen. T.P. ging wieder zur Kellertür und machte sie auf.

Wißt ihr, was da unten is, sagte T.P. Sodawasser. Ich hab Mr. Jason raufkommen sehn, wie er beide Hände voll Flaschen hatte. Wartet mal hier.

T.P. ging zur Küchentür und schaute hinein. Dilsey sagte: Was guckst du denn hier rein. Wo is Benjy.

Hier draußen, sagte T.P.

Geh, paß auf ihn auf, sagte Dilsey. Halt ihn jetz vom Haus fern. Woll, sagte T.P. Ham sie schon angefangen.

Marsch, geh und halt den Jungen außer Sichtweite, sagte Dilsey. Ich hab alle Hände voll zu tun.

Unter der Hausmauer kroch eine Schlange hervor. Jason sagte, er fürchte sich nicht vor Schlangen, und Caddy sagte, er tue es doch, aber sie nicht, und Versh sagte, sie täten's beide, und Caddy sagte, er solle ruhig sein, wie Vater gesagt habe.

Du brauchst jetz nich zu brüllen, sagte T.P. Willst du von dem Sassprilluh hier.

Es kitzelte mir Nase und Augen.

Wenn du's nich trinkst, dann laß mich dran, sagte T.P. Schön, da nimm. Wir holn am besten noch ne Flasche, solange uns niemand stört. Jetzt sei ruhig.

Wir blieben unterm Baum beim Fenster vom Salon stehen. Versh stellte mich ins nasse Gras. Es war kalt. In allen Fenstern war Licht.

»Da ist Omi drin.« sagte Caddy. »Sie ist jetzt jeden Tag krank. Wenn sie wieder gesund ist, machen wir ein Picknick.«

»Ich weiß, was ich weiß.« sagte Frony.

Die Bäume summten und auch das Gras.

»Das nächste ist das, wo wir die Masern haben.« sagte Caddy. »Wo habt ihr die Masern, du und T.P., Frony.«

»Wo wir grad sin, denk ich.« sagte Frony.

»Sie haben noch nicht angefangen.« sagte Caddy.

Sie fangen gleich an, sagte T.P. Du bleibst jetz hier stehn, un ich hol die Kiste, daß wir durchs Fenster sehn können. Da, trinken wir das Sassprilluh aus. Ich krieg davon in mir drin ein Gefühl, als wenn ich ne Nachteule wär.

Wir tranken das Sassprilluh aus, und T.P. schob die Flasche durch das Lattengitter unters Haus und ging fort. Ich konnte sie im Salon hören und krallte meine Hände in die Wand. T.P. zog die Kiste heran. Er fiel hin und fing zu lachen an. Er lag da und lachte ins Gras hinein. Er stand auf und zog die Kiste unters Fenster und verbiß sich das Lachen.

»Ich hatt Angst, ich müßt schreien.« sagte T.P. »Steig auf die Kiste und schau, ob sie angefangen ham.«

»Sie haben noch nicht angefangen, weil die Musikkapelle noch nicht da ist.« sagte Caddy.

»Es kommt keine Musikkapelle.« sagte Frony.

»Woher weißt du das.« sagte Caddy.

»Ich weiß, was ich weiß.« sagte Frony.

»Gar nichts weißt du.« sagte Caddy. Sie ging zum Baum. »Hilf mir rauf, Versh.«

»Dein Pa hat gesagt, du sollst von dem Baum da wegbleiben.« sagte Versh.

»Das ist schon lang her.« sagte Caddy. »Das hat er sicher vergessen. Übrigens hat er gesagt, ihr habt heut abend auf mich zu hören. Hat er nicht gesagt, ihr habt auf mich zu hören.«

»Ich hör nicht auf dich.« sagte Jason. »Frony und T.P. auch nicht.« »Hilf mir rauf, Versh.« sagte Caddy.

»Na gut.« sagte Versh. »Die Schläge kriegst du. Nich ich.« Er ging zu Caddy hin und half ihr bis zum ersten Ast hinauf. Wir sahen ihren schmutzigen Hosenboden. Dann sahen wir sie nicht mehr. Wir hörten den Baum krachen.

»Mr. Jason hat gesagt, wenn ihr in dem Baum was abbrecht, dann verhaut er euch.« sagte Versh.

»Ich erzähl's auch von ihr.« sagte Jason.

Der Baum krachte nicht mehr. Wir blickten in das stumme Geäst hinauf.

»Siehst du was.« flüsterte Frony.

Ich sah sie. Dann sah ich Caddy mit Blumen im Haar und einem langen Schleier wie glänzender Wind. Caddy. Caddy.

»Still.« sagte T.P., »Sie hörn dich ja. Komm schnell runter.« Er zog mich. Caddy. Ich krallte mich mit den Händen in die Wand Caddy. T.P. zog mich.

»Still.« sagte er, »Still. Komm rasch her.« Er zog mich weiter. Caddy »Sei still, Benjy. Willst du, daß sie dich hörn. Komm, trinken wir noch 'n bißchen Sassprilluh, dann können wir wieder herkommen, wenn du still bist. Wir holn uns lieber noch ne Flasche, sonst müssen wir beide brüllen. Wir können sagen, Dan hat sie getrunken. Mr. Quentin sagt immer, er so gescheit, da können wir auch sagen, er is 'n Sassprilluhhund.«

Das Mondlicht kam die Kellertreppe herunter. Wir tranken wieder Sassprilluh.

»Weißt du, was ich wollt.« sagte T.P. »Ich wollt, es käm da ein Bär an die Kellertür. Weißt du, was ich dann tät. Dann ging ich glatt auf ihn zu und tät ihm auf die Schnauze spucken. Gib mal die Flasche her, daß ich mir 's Maul stopfe, bevor ich zu brüllen anfang.«

T.P. fiel hin. Er fing an zu lachen, und die Kellertür und der Mondschein sprangen weg, und ich bekam einen Schlag.

»Sei still.« sagte T.P. und versuchte nicht zu lachen, »Herrgott, die hörn uns ja alle. Steh auf.« sagte T.P., »Steh auf, Benjy, schnell.« Er schlug um sich und lachte, und ich versuchte aufzustehen. Die Kellertreppe lief im Mondschein den Berg hinauf, und T.P. fiel den Berg hinauf in den Mondschein, und ich rannte auf den Zaun zu, und T.P. lief hinter mir her und sagte immer »Sei still sei still«. Dann fiel er in die Blumen und lachte, und ich stieß mich an der Kiste. Aber wie ich draufklettern wollte, sprang sie weg und hieb mir auf den Hinterkopf, und meine Kehle machte einen Laut. Sie machte noch einmal den Laut, und ich gab es auf, hinaufzukommen, und dann machte sie wieder den Laut, und ich fing an zu weinen. Aber meine Kehle machte immer weiter den Laut, während T.P. mich fortzog. Dauernd machte sie den Laut, und ich wußte nicht, ob ich weinte oder nicht, und T.P. fiel auf mich drauf und lachte, und sie machte immer wieder den Laut, und Quentin gab T.P. einen Tritt, und Caddy legte ihre Arme um mich, und ihr glänzender Schleier, und ich roch keine Bäume mehr und fing an zu weinen.

Benjy, sagte Caddy, Benjy. Sie legte wieder ihre Arme um mich, aber ich ging fort. »Was ist denn, Benjy.« sagte sie, »Ist es der Hut.« Sie nahm den Hut ab und kam wieder, und ich ging fort.

»Benjy.« sagte sie; »Was ist denn, Benjy. Was hat Caddy getan.«

»Er mag das affige Kleid da nicht.« sagte Jason. »Du meinst, du bist erwachsen, was. Du meinst immer, du bist was Besseres wie die andern, was. Affiger Fratz.«

»Halt den Mund.« sagte Caddy, »Du kleiner Drecksack. Benjy.«

»Bloß weil du vierzehn bist, meinst du, du bist erwachsen, was.« sagte Jason. »Du meinst, du bist wer, was.«

»Still, Benjy.« sagte Caddy. »Du störst Mutter. Sei still.« Aber ich war nicht still, und als sie fortging, ging ich ihr nach, und sie blieb an der Treppe stehen und wartete, und ich blieb auch stehen.

»Was ist denn, Benjy.« sagte Caddy. »Sag's Caddy. Sie tut's schon. Versuch's mal.«

»Candace.« sagte Mutter.

»Ja. Ma.« sagte Caddy.

»Ärgere ihn doch nicht.« sagte Mutter. »Bring ihn her.« Wir gingen in Mutters Zimmer, dort lag sie mit der Krankheit im Tuch auf ihrem Kopf.

»Was ist denn jetzt wieder los.« sagte Mutter. »Benjamin.«

»Benjy.« sagte Caddy. Sie kam wieder, aber ich ging fort.

»Du mußt ihm was getan haben.« sagte Mutter. »Laß ihn doch in Ruhe, daß ich ein bißchen Frieden habe. Gib ihm den Kasten, und bitte geh und laß ihn in Ruhe.«

Caddy holte den Kasten und stellte ihn auf den Fußboden und machte ihn auf. Es waren lauter Sterne drin. Wenn ich ruhig war, waren sie ruhig. Wenn ich mich bewegte, glitzerten und funkelten sie. Ich blieb still.

Dann hörte ich Caddy gehen, und ich fing wieder an.

»Benjamin.« sagte Mutter, »Komm her.« Ich ging zur Tür. »Du, Benjamin.« sagte Mutter.

»Was ist denn jetzt wieder.« sagte Vater, »Wo gehst du hin.«

»Bring ihn hinunter und schau, daß jemand auf ihn achtgibt, Jason.« sagte Mutter. »Du weißt doch, ich bin krank, aber du« Vater machte die Tür hinter uns zu.

»T.P.« sagte er.

»Ja, Herr.« sagte T.P. von unten.

»Benjy kommt runter.« sagte Vater. »Geh mit T.P.«

Ich ging zur Badezimmertür. Ich konnte das Wasser hören.

»Benjy.« sagte T.P. von unten.

Ich konnte das Wasser hören. Ich horchte darauf.

»Benjy.« sagte T.P. von unten.

Ich horchte auf das Wasser.

Ich konnte das Wasser nicht hören, und Caddy öffnete die Tür. »Ach, Benjy.« sagte sie. Sie sah mich an, und ich ging, und sie legte die Arme um mich. »Hast du Caddy wieder gefunden.« sagte sie. »Hast du gemeint, Caddy sei fortgelaufen.« Caddy roch wie Bäume.

Wir gingen in Caddys Zimmer. Sie setzte sich vor den Spiegel. Sie hielt die Hände still und sah mich an.

»Ja, Benjy, was ist denn.« sagte sie. »Wein doch nicht. Caddy geht nicht fort. Da, schau mal.« sagte sie. Sie nahm die Flasche, zog den Stöpsel heraus und hielt sie mir unter die Nase. »Süß. Riech mal. Gut.«

Ich ging fort, und ich blieb nicht still, und sie behielt die Flasche in der Hand und sah mich an.

»Ach.« sagte sie. Sie stellte die Flasche hin und kam und legte die Arme um mich. »Das war es also. Und du hast versucht, es Caddy zu sagen und konntest es ihr nicht sagen. Du wolltest es gern, aber du konntest es nicht, ja. Aber nein, das tut Caddy nicht. Natürlich tut Caddy das nicht. Warte nur, bis ich mich angezogen habe.«

Caddy zog sich an und nahm wieder die Flasche, und wir gingen in die Küche hinunter.

»Dilsey.« sagte Caddy. »Benjy hat dir ein Geschenk mitgebracht.« Sie beugte sich vor und steckte mir die Flasche in die Hand. »So, jetzt halt sie Dilsey hin.« Caddy nahm meine Hand und streckte sie vor, und Dilsey nahm die Flasche.

»Da sieh mal einer an.« sagte Dilsey, »Schenkt mein Kleiner seiner Dilsey wahrhaftig eine Flasche Parfum. Schau mal, Roskus.«

Caddy roch wie Bäume. »Wir mögen Parfum nicht.« sagte Caddy.

Sie roch wie Bäume.

»Komm jetz.« sagte Dilsey, »Du bist zu groß, um mit den andern zu schlafen. Du bist jetzt 'n großer Junge. Dreizehn Jahr alt. Groß genug, um allein in Onkel Maurys Zimmer zu schlafen.« sagte Dilsey.

Onkel Maury war krank. Sein Auge war krank und sein Mund. Versh brachte ihm sein Abendessen auf einem Tablett ins Zimmer.

»Maury sagt, er wird den Spitzbuben erschießen.« sagte Vater. »Ich sagte ihm, er solle vor Patterson einstweilen lieber nichts davon erwähnen.« Er trank.

»Jason.« sagte Mutter.

»Wen erschießen, Vater.« sagte Quentin. »Weswegen will Onkel Maury ihn erschießen.«

»Weil er keinen Spaß vertragen konnte.« sagte Vater.

»Jason.« sagte Mutter, »Wie kannst du nur. Du sitzt einfach da und siehst zu, wie Maury aus dem Hinterhalt niedergeschossen wird, und lachst.«

»Dann soll Maury eben gar nicht erst in den Hinterhalt geraten.« sagte Vater.

»Wen erschießen, Vater.« sagte Quentin, »Wen will Onkel Maury denn erschießen.«

»Niemand.« sagte Vater. »Ich besitze keine Pistole.«

Mutter fing an zu weinen. »Wenn du Maury das Essen mißgönnst, warum bist du dann nicht Manns genug, ihm das ins Gesicht zu sagen. Aber ihn hinter seinem Rücken vor den Kindern lächerlich zu machen.«

»Keine Rede davon.« sagte Vater, »Ich bewundere Maury. Er ist für meine Vorstellung von rassischer Überlegenheit unersetzlich. Ich würde ihn nicht für ein gutes Zweigespann hergeben. Weißt du auch, warum, Quentin.«

»Nein, Vater.« sagte Quentin.

»*Et ego in Arcadia*, ich hab um des schnöden Mammons willen mein ganzes Latein vergessen.« sagte Vater. »Na na na.« sagte er, »Ich hab ja bloß Spaß gemacht.« Er trank und stellte das Glas ab, dann ging er zu Mutter und legte ihr die Hand auf die Schulter.

»Das ist kein Spaß.« sagte Mutter. »Meine Familie ist in jeder Faser so hochgeboren wie deine. Bloß weil Maury von schwacher Gesundheit ist.«

»Selbstverständlich.« sagte Vater. »Schwache Gesundheit ist der Urgrund allen Lebens. Durch Krankheit geschaffen, von Fäulnis umgeben, zum Verfall bestimmt, Versh.«

»Ja, Herr.« sagte Versh hinter meinem Stuhl.

»Nimm die Karaffe und füll sie.«

»Und sag Dilsey, sie soll kommen und Benjamin ins Bett hinaufbringen.« sagte Mutter.

»'n großer Junge wie du.« sagte Dilsey, »Caddy hats satt, mit dir zu schlafen. Sei jetz still, damit du einschlafen kannst.« Das Zimmer ging fort, aber ich blieb nicht still, und das Zimmer kam wieder, und Dilsey kam und setzte sich ans Bett und blickte mich an.

»Jetz sei ein braver Junge und sei still.« sagte Dilsey. »Nich, bist brav. Nu wart eben noch nen Moment.«

Sie ging fort. An der Tür war nichts. Dann stand Caddy an der Tür.

»Still.« sagte Caddy. »Ich komme schon.«

Ich war still, und Dilsey schlug die Bettdecke zurück, und Caddy legte sich zwischen die Bettdecke und die Wolldecke. Sie zog ihren Bademantel nicht aus.

»So.« sagte sie, »Da bin ich.« Dilsey kam mit einer Decke und breitete sie über sie aus und stopfte sie um sie herum fest.

»Er is gleich eingeschlafen.« sagte Dilsey. »Ich laß das Licht in deim Zimmer brennen.«

»Ist gut.« sagte Caddy. Sie kuschelte ihren Kopf neben meinen auf dem Kissen. »Gute Nacht, Dilsey.«

»Gut Nacht, Kindchen.« sagte Dilsey. Das Zimmer wurde schwarz. *Caddy roch wie Bäume.*

Wir schauten auf den Baum hinauf, wo sie war.

»Was sieht sie denn, Versh.« flüsterte Frony.

»Psst.« sagte Caddy auf dem Baum. Dilsey sagte,

»Kommt her.« Sie kam um die Hausecke herum. »Warum geht ihr denn nich rauf, wie euer Pa gesagt hat, statt hinter meim Rücken rauszuschleichen. Wo sin Caddy und Quentin.«

»Ich hab ihr gesagt, sie soll nich auf den Baum klettern.« sagte Jason. »Ich erzähl's von ihr.«

»Wer is auf was für'm Baum.« sagte Dilsey. Sie trat näher und schaute zum Baum hinauf. »Caddy.« sagte Dilsey. Die Zweige fingen wieder an zu schaukeln.

»Du Satan.« sagte Dilsey. »Komm da runter.«

»Still.« sagte Caddy, »Du weißt doch, Vater hat gesagt, wir sollen ruhig sein.« Ihre Beine wurden sichtbar, und Dilsey griff hinauf und hob Caddy vom Baum herunter.

»Du solltest auch mehr Verstand ham, als sie hierherkommen zu lassen.« sagte Dilsey.

»Ich konnt nichts gegen sie machen.« sagte Versh.

»Was tut ihr denn hier.« sagte Dilsey. »Wer hat euch gesagt, ihr sollt zum Haus raufkommen.«

»Sie.« sagte Frony. »Sie hat gesagt, wir solln raufkommen.«

»Wer hat euch geheißen, das zu tun, was sie sagt.« sagte Dilsey. »Marsch jetz, heim.« Frony und T.P. gingen. Wir konnten nicht sehen, wie sie weggingen.

»Mitten in der Nacht hier draußen.« sagte Dilsey. Sie nahm mich hoch, und wir gingen in die Küche.

»Hinter meim Rücken rausschleichen.« sagte Dilsey. »Wo du gewußt hast, ihr hättet schon längst im Bett sein müssen.«

»Pst, Dilsey.« sagte Caddy. »Sprich nicht so laut. Wir sollen doch ruhig sein.«

»Dann halt den Mund und sei ruhig.« sagte Dilsey. »Wo is Quentin.«

»Quentin ist böse, weil er heut abend auf mich hören mußte.« sagte Caddy. »Er hat noch T.P.s Flasche mit den Leuchtkäfern.«

»T.P. kann ja wohl auch ohne die auskommen.« sagte Dilsey. »Geh und such Quentin, Versh. Roskus sagt, er hat ihn nach dem Stall zu gehn sehn.« Versh ging fort. Wir konnten ihn nicht sehen.

»Da drin tun sie gar nichts.« sagte Caddy. »Sitzen bloß auf Stühlen und gucken.«

»Dazu brauchen sie eure Hilfe nich.« sagte Dilsey. Wir gingen zur Küche herum.

Wo willst'n jetz wieder hin, sagte Luster. Du willst wohl wieder zurück und zusehn, wie sie Ball schlagen. Da drüben ham wir schon gesucht. Hier. Wart mal. Du wartst hier, während ich zurückgeh und den Ball hol. Mir is was eingefalln.

Die Küche war dunkel. Die Bäume waren schwarz am Himmel. Dan kam unter der Treppe hervorgetrollt und kaute an meinem Fußknöchel herum. Ich ging um die Ecke der Küche, wo der Mond war. Dan kam mir nachgeschlichen, in den Mond hinein.

»Benjy.« sagte T.P. im Haus.

Der Blütenbaum beim Fenster vom Salon war nicht dunkel, nur die dicken Bäume. Das Gras summte im Mondschein, wo mein Schatten übers Gras lief.

»Du, Benjy.« sagte T.P. im Haus. »Wo versteckst du dich. Du bist rausgeschlichen. Ich weiß es.«

Luster kam zurück. Wart, sagte er. Hier. Geh nich dort rüber.

Miss Quentin und ihr Verehrer sitzen drüben in der Hängematte.
Komm hier lang. Komm hierher zurück, Benjy.

Es war dunkel unter den Bäumen. Dan wollte nicht kommen. Er blieb im Mondschein. Dann sah ich die Hängematte und fing an zu weinen.

Komm von dort weg, Benjy, sagte Luster. Du weißt, Miss Quentin wird böse.

Erst waren zwei, dann einer in der Hängematte. Caddy, weiß in der Finsternis, kam gelaufen.

»Benjy.« sagte sie, »Wie bist du herausgeschlichen. Wo ist Versh.«

Sie legte ihre Arme um mich, und ich wurde still und hielt mich an ihrem Kleid und suchte sie wegzuziehen.

»Aber, Benjy.« sagte sie. »Was ist denn. T.P.« rief sie.

Der eine in der Hängematte stand auf und kam, und ich weinte und zog an Caddys Kleid.

»Benjy.« sagte Caddy. »Es ist ja bloß Charlie. Kennst du denn Charlie nicht.«

»Wo ist denn sein Nigger.« sagte Charlie. »Wieso läßt man ihn denn frei rumlaufen.«

»Still, Benjy.« sagte Caddy. »Geh fort, Charlie. Er kann dich nicht leiden.« Charlie ging fort, und ich wurde still. Ich zog Caddy am Kleid.

»Aber, Benjy.« sagte Caddy. »Laß mich doch hierbleiben und ein bißchen mit Charlie plaudern.«

»Ruf den Nigger.« sagte Charlie. Er kam wieder. Ich weinte und zog Caddy am Kleid.

»Geh fort, Charlie.« sagte Caddy. Charlie kam und legte seine Hände auf Caddy, und ich weinte starker. Ich weinte laut.

»Nicht, nicht.« sagte Caddy. »Nicht, nicht.«

»Er kann ja nicht reden.« sagte Charlie. »Caddy.«

»Bist du verrückt.« sagte Caddy. Ihr Atem ging schneller. »Er kann aber sehen. Nicht. Nicht.« Caddy wehrte sich. Beide atmeten rasch. »Bitte, bitte.« flüsterte Caddy.

»Schick ihn doch fort.« sagte Charlie.

»Ja, gleich.« sagte Caddy. »Laß mich los.«

»Schickst du ihn dann fort.« sagte Charlie.

»Ja.« sagte Caddy. »Laß mich los.« Charlie ging fort. »Sei still.« sagte Caddy. »Er ist fort.« Ich wurde still. Ich hörte und spürte, wie ihre Brust ging.

»Ich muß ihn erst ins Haus bringen.« sagte sie. »Sie nahm mich bei der Hand. »Ich komme.« flüsterte sie.

»Bleib da.« sagte Charlie. »Ruf doch den Nigger.«

»Nein.« sagte Caddy. »Ich komme wieder. Los, Benjy.«

»Caddy.« flüsterte Charlie laut. Wir gingen fort. »Komm ja wieder. Kommst du wieder.« Caddy und ich liefen. »Caddy.« sagte Charlie. Wir liefen in den Mondschein hinein, der Küche zu.

»Caddy.« sagte Charlie.

Caddy und ich liefen. Wir liefen die Küchentreppe hinauf in die Veranda, und Caddy kniete im Dunkeln nieder und hielt mich umschlungen. Ich konnte ihre Brust hören und spüren. »Ich tu's nicht.« sagte sie. »Ich tu's nicht mehr, nie wieder. Benjy. Benjy.« Dann weinte sie und ich weinte und wir hielten uns umschlungen. »Sei still.« sagte sie. »Sei still. Ich tu's nicht mehr.« So war ich also still, und Caddy stand auf, und wir gingen in die Küche und machten das Licht an, und Caddy nahm die Küchenseife und wusch sich am Schüttstein fest den Mund ab. Caddy roch wie Bäume.

Ich hab dir doch die ganze Zeit gesagt, du sollst da wegbleiben, sagte Luster. Sie setzten sich schnell in der Hängematte hoch. Quentin hatte ihre Hand am Haar. Er hatte eine rote Krawatte.

Du dämlicher Blödmann, sagte Quentin. Ich sag's Dilsey, daß du ihn mir überallhin nachlaufen läßt. Ich sorge schon dafür, daß du ordentlich verhauen wirst.

»Ich konnt ihn nich halten.« sagte Luster. »Komm hierher, Benjy.«

»Natürlich hättest du gekonnt.« sagte Quentin. »Du hast es bloß nicht versucht. Ihr zwei schnüffelt mir nach. Hat euch Großmutter hergeschickt, um mir nachzuspionieren.« Sie sprang von der Hängematte herunter. »Wenn du ihn nicht auf der Stelle wegbringst und machst, daß er hier fortbleibt, dann sorge ich dafür, daß Jason dich verhaut.«

»Ich kann nich mit ihm fertig wern.« sagte Luster. »Versuch du doch mal, ob du's kannst.«

»Halt den Mund.« sagte Quentin. »Wirst du ihn jetzt wegbringen.«

»Ach, laß ihn doch da.« sagte er. Er hatte eine rote Krawatte. Die Sonne war rot darauf. »Guck mal, Hanswurst.« Er zündete ein Streichholz an und steckte es in den Mund. Dann nahm er das Streichholz aus dem Mund. Es brannte noch. »Willst du's mal probieren.« sagte er. Ich ging zu ihm. »Mach den Mund auf.« sagte er. Ich machte den Mund auf. Quentin schlug mit der Hand auf das Streichholz, und es ging aus.

»Bist du verrückt geworden.« sagte Quentin. »Soll er wieder anfangen. Du weißt doch, daß er den ganzen Tag heult. Ich sag's Dilsey.« Sie lief fort.

»Na na, Kindchen.« sagte er. »He. Komm zurück. Ich will ihn auch nicht mehr verulken.«

Quentin lief auf das Haus zu. Sie ging zur Küche herum.

»Hast dich also mausig gemacht, Hanswurst.« sagte er. »Wie.«

»Er versteht nich, was Sie sagen.« sagte Luster. »Er is taub-stumm.«

»So.« sagte er. »Seit wann ist er denn so.«

»Auf den Tag dreiunddreißig Jahr.« sagte Luster. »Schwach-sinnig von Geburt. Sin Sie einer vom Theater.«

»Wieso.« sagte er.

»Ich hab Sie noch nie hier in der Gegend gesehn.« sagte Luster.

»Na und.« sagte er.

»Nichts.« sagte Luster. »Ich geh heut abend hin.«

Er sah mich an.

»Sie sin doch nich der, wo auf der Säge Musik machen kann, wie.« sagte Luster.

»Es kostet dich einen Vierteldollar, das rauszukriegen.« sagte er. Er sah mich an. »Warum wird der denn nicht eingesperrt.« sagte er. »Wozu hast du ihn hier rausgebracht.«

»Was sagen Sie mir das.« sagte Luster. »Ich werd nich mit ihm fertig. Ich bin bloß hier rübergekommen, um meinen Vierteldol-lar zu suchen, wo ich verlorn hab, damit ich heut abend ins Theater gehn kann. Sieht bald so aus, als könnt ich nich hin-gehn.« Luster blickte auf den Boden. »Sie ham wohl nich nen Vierteldollar übrig, wie.« sagte Luster.

»Nein.« sagte er. »Hab ich nicht.«

»Dann muß ich eben den andern suchen.« sagte Luster. Er fuhr mit der Hand in die Hosentasche. »Oder wolln Sie viel-leicht nen Golfball kaufen, wie.« sagte Luster.

»Was für einen Ball.« sagte er.

»nen Golfball.« sagte Luster. »Ich will bloß 'n Vierteldollar dafür.«

»Wozu.« sagte er. »Was soll ich damit.«

»Dacht mir schon, daß Sie 'n nich wolln.« sagte Luster. »Komm her, Schafskopf.« sagte er. »Komm her un sieh zu, wie sie den Ball schlagen. Da. Da hast du noch was zum Spielen zu deinem Stechapfel.« Luster hob es auf und gab es mir. Es glänzte.

»Wo hast du das her.« sagte er. Seine Krawatte war rot in der Sonne, wenn er ging.

»Unter dem Busch da gefunden.« sagte Luster. »Hab erst gemeint, es is der Vierteldollar, wo ich verlorn hab.«

Er kam und nahm es.

»Still.« sagte Luster. »Er gibt dirs ja wieder, wenn ers angesehn hat.«

»Agnes Mabel Becky.« sagte er. Er sah nach dem Haus hin.

»Sei still.« sagte Luster. »Er gibt's dir gleich wieder.«

Er gab es mir, und ich war still.

»Wer war gestern abend bei ihr.« sagte er.

»Weiß ich nich.« sagte Luster. »Kommen jeden Abend welche, wenn sie grade den Baum runterklettern kann. Ich schleich ihnen nich nach.«

»Das wär ja noch schöner, wenn man denen nicht auf die Schliche käme.« sagte er. Er sah zum Haus hin. Dann ging er und legte sich in die Hängematte. »Macht, daß ihr wegkommt.« sagte er. »Stört mich nicht.«

»Los, komm jetz.« sagte Luster. »Hast dich nu mausig genug gemacht. Miss Quentin wird's schon von dir erzählen.«

Wir gingen zum Zaun und sahen durch die krausen Lücken der Blumen. Luster suchte im Gras herum.

»Hier hab ich ihn noch gehabt.« sagte er. Ich sah das Fähnchen flattern und die Sonne schräg auf das breite Gras fallen.

»Wern schon bald ein paar daherkommen.« sagte Luster. »Da sin ein paar, aber die gehn weg. Komm, hilf mir suchen.«

Wir gingen am Zaun entlang.

»Sei still.« sagte Luster. »Ich kann sie doch nich herbeizaubern. Wart nur. Es wern gleich ein paar kommen. Sieh, da drüben. Da kommen sie schon.«

Ich ging den Zaun entlang zum Gartentor, wo die Mädchen mit den Schulranzen vorbeikamen. »Du, Benjy.« sagte Luster. »Komm zurück.«

Nützt dir ja nichts, durchs Tor zu schaun, sagte T.P. Miss

Caddy is schon längst fort. Hat geheiratet und dich verlassen. Nützt dir gar nichts, wenn du dich am Tor festhältst un heulst. Sie kann dich nicht hörn.

Was will er denn, T.P., sagte Mutter. Kannst du nicht mit ihm spielen und aufpassen, daß er still ist.

Er will da runtergehn und durchs Tor gucken, sagte T.P.

Das darf er eben nicht, sagte Mutter. Es regnet. Du mußt einfach mit ihm spielen und aufpassen, daß er ruhig ist. Du, Benjamin.

Er läßt sich durch nichts beruhigen, sagte T.P. Er meint, wenn er runter zum Tor geht, kommt Miss Caddy wieder.

Dummes Zeug, sagte Mutter.

Ich konnte sie sprechen hören. Ich ging zur Tür hinaus, und ich konnte sie nicht hören, und ich ging zum Gartentor hinunter, wo die Mädchen mit den Schulranzen vorbeikamen. Sie sahen mich an und gingen mit abgewandten Köpfen rasch weiter. Ich versuchte es zu sagen, aber sie gingen weiter, und ich ging am Zaun entlang und versuchte es zu sagen, aber sie gingen rascher. Dann liefen sie, und ich kam zur Ecke des Zauns und konnte nicht weiter gehen und hielt mich am Zaun fest und sah ihnen nach und versuchte es zu sagen.

»Du, Benjy.« sagte T.P. »Was fällt dir ein, heimlich rauszugehn. Du weißt doch, Dilsey haut dich.«

»Es nützt dir nichts, wenn du da durch den Zaun jammerst und sabberst.« sagte T.P. »Du hast den Kindern Angst gemacht. Schau, sie gehn auf die andre Straßenseite.«

Wie ist er nur hinausgekommen, sagte Vater. Hast du denn das Gartentor nicht zugeriegelt, wie du hereingekommen bist, Jason.

Natürlich, sagte Jason. Dazu bin ich doch schließlich hell genug. Meinst du, ich wollte, daß so etwas passiert. Es steht schon schlimm genug um diese Familie, weiß Gott. Das hätte ich dir die ganze Zeit schon sagen können. Ich nehme doch an, du schickst ihn jetzt nach Jackson. Wenn Mrs. Burgess ihn nicht vorher erschießt.

Sei still, sagte Vater.

Das hätte ich dir die ganze Zeit schon sagen können, sagte Jason.

Es war offen, als ich mit der Hand daran kam, und ich hielt mich in der Dämmerung daran fest. Ich weinte nicht und versuchte, stillzustehen und den Mädchen zuzusehen, die in der Dämmerung daherkamen. Ich weinte nicht.

»Da ist er.«

Sie blieben stehen.

»Er kann nicht heraus. Außerdem tut er niemand was. Komm.«

»Ich hab Angst. Ich habe Angst. Ich gehe auf die andere Straßenseite.«

»Er kann ja nicht heraus.«

Ich weinte nicht.

»Sei doch kein Frosch. Komm.«

Im Zwielicht kamen sie heran. Ich weinte nicht und hielt mich am Tor fest. Sie kamen langsam.

»Ich hab Angst.«

»Er tut dir nichts. Ich komme jeden Tag hier vorbei. Er läuft nur am Zaun entlang.«

Sie kamen heran. Ich machte das Tor auf, da blieben sie stehen und wendeten sich ab. Ich versuchte es zu sagen, und ich faßte sie, versuchte es zu sagen, und sie schrie und ich versuchte und versuchte es zu sagen, und da blieben die hellen Konturen stehen, und ich versuchte hinauszukommen. Ich versuchte, es von meinem Gesicht wegzukriegen, aber die hellen Konturen gingen wieder. Sie gingen den Hang hinauf bis dahin, wo er abfällt, und ich versuchte zu schreien. Aber. als ich Atem holte, konnte ich ihn nicht wieder ausstoßen, um zu schreien, und ich versuchte, nicht von der Höhe hinunterzufallen, und ich fiel hinunter in helle, wirbelnde Gestalten.

Da, Trottel, sagte Luster. Da kommen ein paar. Jetzt hör mit deinem Gesabber und Geflenn auf.

Sie kamen zum Fähnchen. Sie nahmen es heraus und schlugen, und dann steckten sie das Fähnchen wieder fest.

»Mister.« sagte Luster.

Er blickte sich um. »Was.« sagte er.

»Wolln Sie 'n Golfball kaufen.« sagte Luster.

»Zeig her.« sagte er. Er kam zum Zaun, und Luster reichte ihm den Ball hindurch.

»Wo hast du den her.« sagte er.

»Gefunden.« sagte Luster.

»Das kenne ich.« sagte er. »Wo. Bei jemand im Golfsack.«

»Er lag hier drüben im Garten. Da hab ich ihn gefunden.« sagte Luster. »Ich laß ihn Ihnen für nen Vierteldollar.«

»Wie kommst du darauf, er könnte dir gehören.« sagte er.

»Ich hab ihn gefunden.« sagte Luster.

»Dann schau, daß du noch einen findest.« sagte er. Er steckte den Ball in seine Tasche und ging fort.

»Ich muß unbedingt heut abend ins Theater.« sagte Luster.

»So, ach was.« sagte er. Er ging zum Abschlag. »Achtung, Caddie.« Er schlug zu.

»Ich muß schon sagen.« sagte Luster. »Du plärrst, wenn du sie siehst, und plärrst, wenn du sie nich siehst. Sei doch endlich still. Kannst dir doch denken, daß man's sattkriegt, dir immerfort zuzuhörn. Da. Hast deinen Stechapfel falln fassen.« Er hob ihn auf und gab ihn mir wieder. »Du brauchst nen frischen. Den hast du schon ganz hingemacht.« Wir standen am Zaun und sahen ihnen zu.

»Mit dem weißen Mann da is nich gut Kirschen essen.« sagte Luster. »Hast du gesehn, wie er mir den Ball abgenommen hat.« Sie gingen weiter. Wir gingen am Zaun weiter. Wir kamen zum Garten und konnten nicht weitergehen. Ich hielt mich am Zaun fest und schaute durch die Blumenlücken. Sie gingen fort.

»Jetz brauchst du über nichts mehr zu flennen.« sagte Luster. »Sei still. Jetz hab ich über etwas zu flennen, nich du. Hier. Warum hältst du den Stechapfel nich fest. Gleich wirst du wieder deswegen heuln.« Er gab mir die Blume. »Wo willst'n jetz hin.«

Unsere Schatten waren auf dem Gras. Sie kamen vor uns an die Bäume. Meiner kam zuerst hin. Dann kamen wir hin, und da waren die Schatten fort. In der Flasche war eine Blume. Ich steckte die andere Blume dazu.

»Du bist doch jetz ein erwachsener Mann.« sagte Luster. »Un spielst mit zwei Blumen in ner Flasche. Weißt du, was sie mit dir machen, wenn Miss Car'line stirbt. Dann schicken sie dich nach Jackson, wo du hingehörst. Mr. Jason hat's gesagt. Dann kannst dich den ganzen Tag am Gitter festhalten und sabbern wie die andern Irren. Was sagst du dazu.«

Luster schlug mit der Hand über die Blumen. »So machen sie's in Jackson mit dir, wenn du anfängst zu heuln.«

Ich versuchte die Blumen aufzuheben. Luster hob sie auf, und sie gingen fort. Ich fing an zu weinen.

»Heul nur.« sagte Luster. »Heul nur. Willst du was zum

Heulen ham. Also schön. Caddy.« flüsterte er. »Caddy. Jetz heul. Caddy.«

»Luster.« sagte Dilsey von der Küche her.

Die Blumen kamen zurück.

»Still.« sagte Luster. »Da sin sie ja. Da, sieh. Wieder genau so wie's vorher war. Jetz sei still.«

»Du, Luster.« sagte Dilsey.

»Ja.« sagte Luster. »Wir kommen schon. Hast dich mausig gemacht. Steh auf.« Er riß mich am Arm und ich stand auf. Wir gingen aus den Bäumen heraus. Unsere Schatten waren fort.

»Sei still.« sagte Luster. »Da, die Leute gucken schon. Still.«

»Bring ihn hierher.« sagte Dilsey. Sie kam die Treppe herunter.

»Was hast du ihm jetz getan.« sagte sie.

»Hab ihm nichts getan.« sagte Luster. »Er hat einfach zu heuln angefangen.«

»Doch hast du.« sagte Dilsey. »Du hast ihm was getan. Wo wart ihr.«

»Da drüben unter den Zedern.« sagte Luster.

»Habt Quentin ganz aufgebracht.« sagte Dilsey. »Warum bleibst'n mit ihm nich weg von ihr. Du weißt doch, sie will ihn nu mal nich um sich ham.«

»Sie kann sich genau so um ihn kümmern wie ich.« sagte Luster. »Is ja nich mein Onkel.«

»Komm mir nich dumm, Niggerlausbub.« sagte Dilsey.

»Ich hab ihm nichts getan.« sagte Luster. »Er hat da gespielt, un mit einmal fängt er zu heuln an.«

»Hast du was angestellt mit seim Friedhof.« sagte Dilsey.

»Ich hab sein Friedhof nich angerührt.« sagte Luster.

»Lüg mich nich an, Bürschchen.« sagte Dilsey. Wir gingen die Treppe hinauf in die Küche. Dilsey machte die Ofentür auf, rückte einen Stuhl davor, und ich setzte mich hin. Ich war still.

Wozu willst du sie denn aufregen, sagte Dilsey. Laß ihn doch nich da hinein.

Er hat bloß das Feuer angeschaut, sagte Caddy. Mutter hat ihm seinen neuen Namen gesagt. Wir wollten sie nicht aufregen.

Ich weiß schon, sagte Dilsey. Er auf der einen Seite vom Haus und sie auf der andern. Laß meine Sachen in Ruh. Rühr nichts an, bis ich wieder da bin.

»Schäm dich was.« sagte Dilsey. »Ihn zu hänseln.« Sie stellte den Kuchen auf den Tisch.

»Ich hab ihn nich gehänselt.« sagte Luster. »Er hat mit der Flasche gespielt, wo die Hundskamillen drin sin, und auf einmal hat er zu heuln angefangen. Du hast's ja gehört.«

»Hast du nichts mit seinen Blumen gemacht.« sagte Dilsey.

»Ich hab sein Friedhof nich angerührt.« sagte Luster. »Ich brauch dem seinen Dreck nich. Ich hab bloß mein Vierteldollar gesucht.«

»Hast ihn verlorn, wie.« sagte Dilsey. Sie steckte die Kerzen auf dem Kuchen an. Einige davon waren klein. Einige davon waren in kleine Stücke geschnittene große. »Ich hab dir ja gesagt, du sollst ihn aufheben. Jetz willst du wohl, ich soll dir einen andern von Frony holn.«

»Ich muß ins Theater, Benjy hin, Benjy her.« sagte Luster. »Ich hab keine Lust, ihm Tag und Nacht nachzulaufen.«

»Du tust das, was er von dir will, Niggerlausbub.« sagte Dilsey. »Verstanden.«

»Hab ich das nich immer getan.« sagte Luster. »Tu ich nich immer, was er will. Nich, Benjy.«

»Dann bleib dabei.« sagte Dilsey. »Ihn hier reinbringen un brüllen und sie auch noch aufregen. Jetz geht mal dran un eßt den Kuchen auf, bevor Jason kommt. Ich will nich, daß er mich anfährt wegen nem Kuchen, wo ich mit meim eigenen Geld gekauft hab. Daß ich hier nen Kuchen backe, wo er mir jedes Ei nachzählt, wo in die Küche hier kommt. Schau, daß du ihn jetz in Frieden läßt, sonst ist's nichts mit dem Theater heut abend.«

Dilsey ging fort.

»Du darfst keine Kerzen ausblasen.« sagte Luster. »Schau mal, wie ich sie ausblase.« Er beugte sich vor und blies die Bakken auf. Die Kerzen gingen fort. Ich fing an zu weinen. »Still.« sagte Luster. »Da. Guck ins Feuer, während ich den Kuchen aufschneide.«

Ich hörte die Uhr und ich hörte Caddy, die hinter mir stand, und ich hörte das Dach. Es regnet immer noch, sagte Caddy. Ich hasse Regen. Ich hasse alles. Und dann kam ihr Kopf in meinen Schoß, und sie weinte, klammerte sich an mich, und ich fing zu weinen an. Dann sah ich wieder ins Feuer, und die hellen, geschmeidigen Konturen gingen wieder. Ich hörte die Uhr und das Dach und Caddy.

Ich aß Kuchen. Lusters Hand kam und nahm noch ein Stück. Ich hörte ihn essen. Ich sah ins Feuer.

Ein langes Stück Draht kam über meine Schulter. Es ging zur Tür, und dann ging das Feuer weg. Ich fing an zu weinen.

»Worüber heulst du denn jetz wieder.« sagte Luster. »Da, schau.« Das Feuer war da. Ich wurde still. »Bleib doch sitzen und guck ins Feuer und sei still, wie dir Mammy gesagt hat.« sagte Luster. »Du sollst dich was schämen. Da. Da hast du noch Kuchen.«

»Was hast du ihm denn jetz getan.« sagte Dilsey. »Laß ihn doch endlich in Ruh.«

»Ich wollt ihn bloß zum Schweigen bringen, damit er Miss Car'line nich stört.« sagte Luster. »Es hat ihn wieder etwas aufgeregt.«

»Dem Etwas sein Namen kenn ich.« sagte Dilsey. »Wenn Versh nach Hause kommt, werd ich ihm sagen, daß er dir mal ein paar überzieht. Du machst dich bloß mausig. Das tust du schon den ganzen Tag. Hast du ihn zum Fluß mitgenommen.«

»Nö«, sagte Luster. »Wir warn den ganzen Tag hier im Hof, wie du gesagt hast.«

Seine Hand kam und griff wieder nach einem Stück Kuchen. Dilsey hieb ihm auf die Hand. »Noch einmal un ich hack dir mit dem Fleischmesser glatt die Hand ab.« sagte Dilsey. »Er hat noch kein Stück davon gekriegt.«

»Hat er doch.« sagte Luster. »Er hat schon zweimal soviel wie ich. Frag ihn doch.«

»Noch einmal.« sagte Dilsey. »Noch einmal.«

Jaja, sagte Dilsey. Jetzt bin wohl ich dran mit Weinen. Über Maury werd ich jetzt wohl auch eine Zeitlang weinen müssen.

Er heißt jetzt Benjy, sagte Caddy.

Wieso denn, sagt Dilsey. Den Namen, wo er mit geborn is, hat er doch noch nich abgenutzt, oder.

Benjamin stammt aus der Bibel, sagte Caddy. Ist ein besserer Name für ihn als Maury.

Wieso denn, sagte Dilsey.

Mutter sagt, es sei so, sagte Caddy.

Ho, sagte Dilsey. Name nutzt ihm nichts, schadt ihm auch nichts. Bringt kein Glück, wenn man Namen ändert. Ich hab Dilsey geheißen, so früh wie ich mich erinnern kann, un ich werd Dilsey heißen, wenn ich längst vergessen bin.

Wie soll man wissen, daß du Dilsey geheißen hast, wenn du längst vergessen bist, Dilsey, sagte Caddy.

Er steht im Buch, Kleines, sagte Dilsey. Aufgeschrieben.

Kannst du das lesen, sagte Caddy.

Brauch ich nich, sagte Dilsey. Die lesens für mich. Ich brauch weiter nichts zu tun als zu sagen Hier bin ich.

Der lange Draht kam über meine Schulter, und das Feuer ging weg. Ich fing zu weinen an.

Dilsey zankte sich mit Luster herum.

»Ich hab dich gesehn.« sagte Dilsey. »Oja, ich hab dich gesehn.« Sie zerrte Luster aus der Ecke heraus und beutelte ihn. »Hast ihn vielleicht nich geneckt, wie. Wart bloß, bis dein Pappi heimkommt. Ich wollte, ich wär noch so jung wie früher, dann tät ich dir glatt die Ohrn vom Kopp reißen. Ich hätt gute Lust, dich in den Keller zu sperren un dich heut abend nich ins Theater zu lassen, jawohl.«

»Au, Mammy.« sagte Luster. »Au, Mammy.«

Ich streckte meine Hand dahin aus, wo das Feuer gewesen war.

»Halt ihn.« sagte Dilsey. »Halt ihn zurück.«

Meine Hand zuckte zurück, und ich steckte sie in den Mund und Dilsey packte mich. Ich hörte immer noch die Uhr zwischen meiner Stimme. Dilsey langte nach hinten und schlug Luster auf den Kopf. Meine Stimme wurde jedesmal laut.

»Hol mal das Soda.« sagte Dilsey. Sie nahm mir die Hand aus dem Mund. Da wurde meine Stimme lauter, und meine Hand wollte wieder in den Mund, aber Dilsey hielt sie fest. Meine Stimme wurde laut. Sie streute Soda auf meine Hand.

»Schau mal in die Anrichte un reiß ein Stück von dem Lappen ab, wo an der Wand hängt.« sagte sie. »Still jetz. Willst doch nich wieder deine Ma krank machen, was. Da, guck ins Feuer. Dilsey macht gleich deine Hand heil. Guck ins Feuer.« Sie öffnete die Herdtür. Ich sah ins Feuer, aber meine Hand hörte nicht auf, und ich hörte nicht auf. Meine Hand wollte wieder in den Mund, aber Dilsey hielt sie fest.

Sie wickelte das Zeug darum. Mutter sagte,

»Was ist denn jetzt wieder. Darf ich denn nicht mal in Ruhe krank sein. Muß ich aus dem Bett aufstehen und zu ihm herunterkommen, obwohl zwei erwachsene Neger da sind, um auf ihn aufzupassen.«

»Is schon wieder gut.« sagte Dilsey. »Er hört gleich auf. Er hat sich bloß die Hand ein bißchen verbrannt.«

»Zwei erwachsene Neger, und da müßt ihr ihn ins Haus bringen und brüllen lassen«, sagte Mutter. »Ihr habt ihn absichtlich dazu gebracht, weil ihr wißt, daß ich krank bin.« Sie kam und stellte sich neben mich. »Sei still.« sagte sie. »Sei sofort still. Hast du ihm den Kuchen da gegeben.«

»Ich hab ihn gekauft.« sagte Dilsey. »Is nich aus Jasons Speisekammer. Ich wollt ihm ein Geburtstag richten.«

»Willst du ihn mit dem billigen Warenhauskuchen vergiften.« sagte Mutter. »Das also willst du. Kann ich denn keine Minute Ruhe haben.«

»Gehn Sie nur wieder hinauf un legen Sie sich hin.« sagte Dilsey. »Es wird ihm gleich nich mehr weh tun, un dann is er still. Gehn Sie nur jetz.«

»Und soll ihn hier unten bei euch lassen, daß ihr ihm was anderes antut.« sagte Mutter. »Wie kann ich da oben liegen, wenn er hier unten brüllt. Benjamin. Sei sofort still.«

»Man kann ihn doch nirgendwo anders hinbringen.« sagte Dilsey. »Wir ham nich mehr so viel Platz wie früher. Er kann nich draußen im Vorgarten bleiben und weinen, wo alle Nachbarn ihn sehn.«

»Ich weiß, ich weiß ja.« sagte Mutter. »Es ist alles meine Schuld. Ich gehe bald dahin, dann kommt ihr besser zurecht, du und Jason.« Sie fing zu weinen an.

»Sein Sie doch jetz still.« sagte Dilsey. »Sie bringen sich wieder ganz herunter. Kommen sie mit mir rauf. Luster wird mit ihm in die Biblotek gehn und spielen, bis ich sein Essen fertig hab.«

Dilsey und Mutter gingen hinaus.

»Sei still.« sagte Luster. »Du bist jetz still. Soll ich deine andere Hand auch verbrennen. Dir tut gar nichts weh. Sei still.«

»Da.« sagte Dilsey. »Jetz hör auf zu weinen.« Sie gab mir den Pantoffel, und ich wurde still. »Nimm ihn mit in die Biblotek.« sagte sie. »Un wenn ich ihn noch mal hör, dann hau ich dich eigenhändig durch.«

Wir gingen in die Bibliothek. Luster machte das Licht an. Die Fenster wurden schwarz, und die hohe schwarze Stelle an der Wand kam, und ich ging hin und berührte sie. Sie war wie eine Tür, aber es war keine Tür.

Hinter mir kam das Feuer, und ich ging zum Feuer und setzte

mich mit dem Pantoffel in der Hand auf den Fußboden. Das Feuer wurde höher. Es ging bis zum Kissen auf Mutters Sessel.

»Sei still.« sagte Luster. »Kannstn nich mal für ne Weile damit Schluß machen. Da hab ich dir ein Feuer aufgebaut, und du siehst es nich mal an.«

Dein Name ist Benjy, sagte Caddy. Hörst du. Benjy. Benjy.

Sag ihm das nicht, sagte Mutter. Bring ihn her.

Caddy hob mich unter den Armen hoch.

Steh auf, Mau . . . ich meine, Benjy, sagte sie.

Versuch doch nicht, ihn zu tragen, sagte Mutter. Kannst du ihn nicht hier herüberführen. Ist es zu viel von dir verlangt, daran zu denken.

Ich kann ihn tragen, sagte Caddy. »Laß mich ihn hinauftragen, Dilsey.«

»Geh weg, du Krümel.« sagte Dilsey. »Du bist nich stark genug, um nen Floh zu tragen. Geh weg un sei ruhig, wie Mr. Jason gesagt hat.«

Oben an der Treppe war Licht. Vater stand da in Hemdsärmeln. Seine Miene sagte Still. Caddy flüsterte,

»Ist Mutter krank.«

Versh stellte mich auf den Boden, und wir gingen in Mutters Zimmer. Darin war ein Feuer. Es stieg und fiel an den Wänden. Im Spiegel war auch ein Feuer. Ich konnte die Krankheit riechen. Auf Mutters Kopf lag ein zusammengefaltetes Tuch. Ihr Haar lag auf dem Kopfkissen. Das Feuer kam nicht bis dorthin, aber es schien auf ihre Hand, wo ihre Ringe hüpften.

»Komm und sag Mutter gute Nacht.« sagte Caddy. Wir gingen zum Bett. Das Feuer ging aus dem Spiegel heraus. Vater stand vom Bett auf, hob mich hoch, und Mutter legte ihre Hand auf meinen Kopf.

»Wieviel Uhr ist es.« sagte Mutter. Ihre Augen waren geschlossen.

»Zehn Minuten vor sieben.« sagte Vater.

»Das ist zu früh für ihn, um schlafen zu gehen.« sagte Mutter. »Dann wacht er beim Morgengrauen auf, und einen Tag wie heute kann ich einfach nich noch mal durchhalten.«

»Nun, nun.« sagte Vater. Er berührte Mutters Gesicht.

»Ich weiß, ich bin dir bloß eine Last.« sagte Mutter. »Aber ich werde bald dahingegangen sein. Dann bist du mein Gejammer los.«

»Sei still.« sagte Vater. »Ich nehme ihn ein bißchen mit hin-unter.« Er hob mich hoch. »Komm, alter Bursche. Gehen wir ein bißchen hinunter. Wir müssen ruhig sein, während Quentin lernt.«

Caddy ging zum Bett und beugte ihr Gesicht darüber, und Mutters Hand kam in den Feuerschein. Ihre Ringe hüpften auf Caddys Rücken.

Mutter ist krank, sagte Vater. Dilsey bringt dich ins Bett. Wo ist Quentin.

Versh holt ihn, sagte Dilsey.

Vater blieb stehen und sah zu, wie wir an ihm vorbeigingen. Wir konnten Mutter in ihrem Zimmer hören. Caddy sagte »Still«. Jason stieg noch die Treppe herauf. Er hatte die Hände in den Taschen.

»Ihr müßt heut abend brav sein.« sagte Vater. »Und euch ruhig verhalten, damit Mutter nicht gestört wird.«

»Wir werden ganz ruhig sein.« sagte Caddy. »Du mußt jetzt ruhig sein, Jason.« sagte sie. Wir gingen auf Zehenspitzen.

Wir konnten das Dach hören. Ich konnte auch das Feuer im Spiegel sehen. Caddy hob mich wieder hoch.

»Komm jetzt.« sagte sie. »Du kannst dann zum Feuer zurück-gehn. Still jetzt.«

»Candace.« sagte Mutter.

»Still, Benjy.« sagte Caddy. »Mutter will dich kurz sehn. Sei ein braver Junge. Dann kannst du wieder herkommen, Benjy.«

Caddy stellte mich auf den Boden, und ich war still.

»Laß ihn hierbleiben, Mutter. Wenn er vom Ins-Feuer-Guk-ken genug hat, kannst du's ihm sagen.«

»Candace.« sagte Mutter. Caddy bückte sich und hob mich auf. Wir schwankten. »Candace.« sagte Mutter.

»Still.« sagte Caddy. »Du kannst es ja noch angucken. Still.«

»Bring ihn her.« sagte Mutter. »Er ist zu groß zum Tragen für dich. Versuch es nicht immer wieder. Du verrenkst dir das Rückgrat. Alle Frauen unserer Familie waren stolz auf ihre Haltung. Willst du aussehen wie eine Waschfrau.«

»Er ist nicht zu schwer.« sagte Caddy. »Ich kann ihn gut tra-gen.«

»Nun, aber ich will nicht, daß er getragen wird.« sagte Mut-ter. »Ein fünfjähriges Kind. Nein, nein. Nicht auf meinen Schoß. Stell ihn hin.«

»Wenn du ihn hältst, dann hört er auf.« sagte Caddy. »Still.«

sagte sie. »Du darfst gleich zurück. Da. Da ist dein Kissen. Schau.«

»Nicht doch, Candace«, sagte Mutter.

»Laß es ihn angucken, dann ist er ruhig.« sagte Caddy. »Nimm mal einen Augenblick den Kopf hoch, bis ich's herausgezogen habe. Da, Benjy. Schau.«

Ich schaute es an und war still.

»Du gibst ihm zu sehr nach.« sagte Mutter. »Sowohl du als auch Vater. Ihr wollt nicht einsehen, daß ich diejenige bin, die dafür büßen muß. So hat Omi Jason verwöhnt, und es dauerte zwei Jahre, bis er das überwunden hatte, und ich habe nicht die Kraft, dasselbe mit Benjamin durchzumachen.«

»Du brauchst dir mit ihm keine Mühe zu machen.« sagte Caddy. »Ich kümmere mich gern um ihn. Nicht, Benjy.«

»Candace.« sagte Mutter. »Ich habe dir schon gesagt, du sollst ihn nicht so nennen. Es ist schlimm genug, daß dein Vater sich nicht davon abbringen ließ, dich mit dem albernen Spitznamen zu rufen, ich will nicht, daß er so genannt wird. Spitznamen sind vulgär. So was gibt es nur bei kleinen Leuten. Benjamin.« sagte sie.

»Sieh mich an.« sagte Mutter.

»Benjamin.« sagte sie. Sie nahm mein Gesicht in ihre Hände und drehte es zu sich.

»Benjamin.« sagte sie. »Nimm das Kissen fort, Candace.«

»Dann weint er.« sagte Caddy.

»Nimm das Kissen weg, wie ich dir gesagt habe.« sagte Mutter. »Er muß lernen zu folgen.«

Das Kissen ging fort.

»Still, Benjy.« sagte Caddy.

»Du gehst dort hinüber und setzt dich hin.« sagte Mutter. »Benjamin.« Sie hielt mein Gesicht an ihres.

»Hör damit auf.« sagte sie. »Hör auf.«

Ich hörte aber nicht auf, und Mutter nahm mich in die Arme und fing an zu weinen, und ich weinte. Dann kam das Kissen zurück, und Caddy hielt es über Mutters Kopf. Sie zog Mutter zurück in den Sessel, und Mutter lag weinend an das rotgelbe Kissen gedrückt.

»Sei still, Mutter.« sagte Caddy. »Geh hinauf und leg dich hin, daß du krank sein kannst. Ich hole Dilsey.« Sie führte mich zum Feuer, und ich betrachtete die hellen geschmeidigen Konturen. Ich konnte das Feuer und das Dach hören.

Vater hob mich auf. Er roch wie Regen.

»Nun Benjy.« sagte er. »Warst du heute ein braver Junge.« Caddy und Jason balgten sich im Spiegel.

»Du, Caddy.« sagte Vater.

Sie balgten sich. Jason fing an zu weinen.

»Caddy.« sagte Vater. Jason weinte. Er balgte sich nicht mehr, aber wir konnten Caddy im Spiegel sich balgen sehen, und Vater setzte mich wieder ab und ging in den Spiegel und balgte sich auch. Er hob Caddy hoch. Sie balgte sich. Jason lag auf dem Boden und weinte. Er hatte die Schere in der Hand. Vater hielt Caddy fest.

»Er hat alle Puppen von Benjy zerschnitten.« sagte Caddy. »Ich kratze ihm die Augen aus.«

»Candace.« sagte Vater.

»Das tu ich.« sagte Caddy. »Das tu ich.« Sie balgte sich. Vater hielt sie fest. Sie trat nach Jason. Er rollte in die Ecke, aus dem Spiegel heraus. Vater brachte Caddy ans Feuer. Sie waren alle aus dem Spiegel heraus. Nur das Feuer war drin. Als wenn das Feuer in einer Tür wäre.

»Laß das.« sagte Vater. »Willst du Mutter in ihrem Zimmer krank machen.«

Caddy hörte auf. »Er hat alle Puppen zerschnitten, die Mau . . . Benjy und ich gemacht haben.« sagte Caddy. »Bloß aus Gemeinheit.«

»Hab ich nicht getan.« sagte Jason. Er setzte sich auf und weinte. »Ich hab nicht gewußt, daß sie ihm gehörten. Ich hab gemeint, das seien bloß Papierfetzen.«

»Das hast du nicht gemeint.« sagte Caddy. »Du hast das absichtlich gemacht.«

»Still.« sagte Vater. »Jason.« sagte er.

»Ich mache dir morgen neue.« sagte Caddy. »Wir machen einen ganzen Haufen davon. Da, du kannst auch das Kissen ansehn.«

Jason kam herein.

Ich sag dir doch dauernd, du sollst still sein, sagte Luster.

Was ist jetzt wieder los, sagte Jason.

»Er tuts bloß zum Trotz.« sagte Luster. »So hat ers schon den ganzen Tag gemacht.«

»Dann laß ihn doch in Ruhe.« sagte Jason. »Wenn du ihn nicht ruhig halten kannst, dann mußt du ihn in die Küche hinausbringen. Wir andern können uns nicht ins Zimmer einschließen wie Mutter.«

»Mammy sagt, ich soll ihn nich in die Küche bringen, bis sie Abendessen gemacht hat.« sagte Luster.

»Dann spiel mit ihm und sorg dafür, daß er ruhig ist.« sagte Jason. »Soll ich den ganzen Tag arbeiten und dann in ein Tollhaus heimkommen.« Er schlug die Zeitung auf und las.

Du kannst das Feuer angucken und das Kissen und den Spiegel auch, sagte Caddy. Du brauchst jetzt nicht bis zum Abendessen zu warten, bis du das Kissen angucken kannst. Wir konnten das Dach hören. Wir konnten auch Jason hören, der hinter der Wand laut weinte.

Dilsey sagte: »Komm, Jason. Du läßt ihn in Ruh, ja.«

»Woll.« sagte Luster.

»Wo is Quentin.« sagte Dilsey. »Das Essen is gleich fertig.«

»Ich weiß nich.« sagte Luster. »Hab sie nich gesehn.«

Dilsey ging fort. »Quentin.« sagte sie in der Diele. »Quentin. Das Essen is fertig.«

Wir konnten das Dach hören. Auch Quentin roch wie Regen.

Was hat Jason denn getan, sagte er.

Er hat Benjys Puppen zerschnitten, sagte Caddy.

Mutter hat gesagt, man soll ihn nicht Benjy nennen, sagte Quentin. Er setzte sich auf den Kaminteppich zu uns. Wenn es nur nicht regnen würde, sagte er. Man kann nichts anfangen.

Du hast gerauft, sagte Caddy. Stimmt's.

War nicht schlimm, sagte Quentin.

Das sagst du so, sagte Caddy. Vater wird's schon merken.

Ist mir egal, sagte Quentin. Wenn es nur nicht regnen würde

Quentin sagte. »Hat Dilsey nicht gesagt, das Essen sei fertig.«

»Jawoll.« sagte Luster. Jason sah Quentin an. Dann las er wieder die Zeitung. Quentin kam herein. »Sie sagt, es is gleich fertig.« sagte Luster. Quentin ließ sich in Mutters Sessel fallen. Luster sagte,

»Mr. Jason.«

»Was.« sagte Jason.

»Schenken Sie mir zwei Zwölfnhalber.« sagte Luster.

»Wozu.« sagte Jason.

»Fürs Theater heut abend.« sagte Luster.

»Ich dachte, Dilsey holt dir einen Fünfundzwanziger von Frony.« sagte Jason.

»Hat sie auch getan.« sagte Luster. »Aber ich hab ihn verlorn. Ich und Benjy ham den ganzen Tag danach gesucht. Sie
können ihn fragen.«

»Dann borg dir einen von ihm.« sagte Jason. »Ich krieg mein
Geld auch nicht geschenkt.« Er las die Zeitung. Quentin sah ins
Feuer. Das Feuer war in ihren Augen und auf ihrem Mund. Ihr
Mund war rot.

»Ich hab alles versucht, ihn nich da hin zu lassen.« sagte Luster.

»Halt den Mund.« sagte Quentin. Jason blickte sie an.

»Was habe ich gesagt, was ich mit dir mache, wenn ich dich
wieder mit dem Kerl vom Theater sehe.« sagte er. Quentin sah
ins Feuer. »Hast du gehört.« sagte Jason.

»Ja.« sagte Quentin. »Warum tust du 's dann nicht.«

»Keine Angst.« sagte Jason.

»Ich hab keine Angst.« sagte Quentin. Jason las wieder die
Zeitung.

*Ich konnte das Dach hören. Vater beugte sich vor und be-
trachtete Quentin.*

Na, sagte er. Wer hat denn gewonnen.

»Niemand.« sagte Quentin. »Sie haben uns getrennt. Die Lehrer.«

»Wer war es denn.« sagte Vater. »Magst du es mir nicht erzählen.«

»War schon in Ordnung.« sagte Quentin. »Er war so groß wie
ich.«

»Dann ist's ja gut.« sagte Vater. »Kannst du mir sagen,
worum es ging.«

»Um nichts.« sagte Quentin. »Er sagte, er würde ihr einen
Frosch ins Pult stecken, und sie würde sich nicht trauen, ihn zu
verhauen.«

»Aha.« sagte Vater. »Sie. Und was dann.«

»Na ja.« sagte Quentin. »Und da hab ich ihn eben verhauen.«

Wir hörten das Dach und das Feuer und ein Schniefen vor
der Tür.

»Wo wollte er denn im November einen Frosch herkriegen.«
sagte Vater.

»Das weiß ich nicht.« sagte Quentin.

Wir konnten sie hören.

»Jason.« sagte Vater. Wir konnten Jason hören.

»Jason.« sagte Vater. »Komm herein und laß das.«

Wir konnten das Dach und das Feuer und Jason hören.

»Laß das jetzt.« sagte Vater. »Soll ich dich wieder verhauen.« Vater hob Jason auf einen Stuhl neben sich. Jason schniefte. Wir konnten das Feuer und das Dach hören. Jason schniefte lauter.

»Noch einmal.« sagte Vater. Wir konnten das Feuer und das Dach hören.

Dilsey sagte: So, ihr könnt zum Essen kommen.

Versh roch wie Regen. Er roch auch wie ein Hund. Wir konnten das Feuer und das Dach hören.

Wir hörten Caddy rasch gehen. Vater und Mutter sahen zur Tür. Caddy ging mit raschem Schritt vorbei. Sie sah nicht herein. Sie ging rasch.

»Candace.« sagte Mutter. Caddy blieb stehen.

»Ja, Mutter.« sagte sie.

»Sei still, Caroline.« sagte Vater.

»Komm her.« sagte Mutter.

»Sei still, Caroline.« sagte Vater. »Laß sie in Ruhe.«

Caddy kam zur Tür, blieb da stehen und sah Vater und Mutter an. Ihre Augen flogen auf mich zu und wieder weg. Ich fing zu weinen an. Es wurde laut, und ich stand auf. Caddy kam herein, stellte sich mit dem Rücken gegen die Wand und schaute mich an. Ich ging weinend auf sie zu, da wich sie zur Wand zurück, und ich sah ihre Augen und ich weinte lauter und zog sie am Kleid. Sie streckte ihre Hände aus, aber ich zog sie am Kleid. Ihre Augen rannten.

Versh sagte, du heißt jetz Benjamin. Weißt du, wieso du jetz Benjamin heißt. Sie machen ein Blaumaul[2] aus dir. Mammy sagt, ganz früher hat dein Großpuppa mal den Namen von nem Nigger geändert, un der werden Prediger, und als sie ihn ansehn, is er auch 'n Blaumaul. War nie 'n Blaumaul gewesen. Und wenn ne schwangere Frau ihm bei Vollmond ins Gesicht geguckt hat, wurd das Kind als Blaumaul geborn. Als sie dort schon bald 'n Dutzend Blaumaul-Kinner ums Haus rum hatten, kam er eines Abends nie mehr heim. Opossumjäger haben ihn im Wald gefunden, glatt aufgefressen. Un weißt du, wer'n gefressen hat. Die Blaumaul-Kinner.

Wir waren in der Diele. Caddy sah mich immer noch an. Sie preßte die Hand auf den Mund, und ich sah ihre Augen und ich weinte. Wir gingen die Treppe hinauf. Sie blieb wieder an die

Wand gedrückt stehen und sah mich an, und ich weinte und sie ging weiter, und ich ging weiter, während ich weinte, und sie sah mich an und wich zur Wand zurück. Sie machte die Tür zu ihrem Zimmer auf, aber ich zog sie am Kleid, und wir gingen ins Badezimmer, und sie stellte sich gegen die Tür und sah mich an. Dann legte sie ihren Arm übers Gesicht, und ich drängte mich weinend gegen sie.

Was tust du ihm denn, sagte Jason. Laß ihn doch in Ruhe.

Ich rühr ihn nich an, sagte Luster. Das macht er schon den ganzen Tag. Er gehört mal verhaun.

Er gehört nach Jackson geschickt, sagte Quentin. Wie soll man denn in so einem Haus leben.

Wenn 's dir nicht paßt, junge Dame, dann geh doch fort, sagte Jason.

Das tu ich auch, sagte Quentin. Keine Angst.

Versh sagte: »Rück mal ein bißchen, daß meine Beine trocknen können.« Er schob mich etwas zurück. »Jetzt brüll aber nich. Du kannst's ja noch sehn. Mehr brauchst du nich. Hast ja nich in'n Regen raus gebraucht wie ich. Du bist als Glückspilz geborn und weißt's nich.« Er lag vor dem Feuer auf dem Rücken.

»Weißt du, wie 's kommt, daß du jetz Benjamin heißt.« sagte Versh. »Deine Mamma is zu stolz auf dich. Hat Mammy gesagt.«

»Du bist jetzt still und läßt mich meine Beine trocknen.« sagte Versh. »Weißt du, was ich sonst tu. Ich zieh dir die Haut vom Hintern.«

Wir konnten das Feuer und das Dach und Versh hören.

Versh zog mit einem Ruck die Beine an und sprang auf. Vater sagte: »Schon gut, Versh.«

»Ich füttere ihn heut abend.« sagte Caddy. »Wenn Versh ihn füttert, weint er manchmal.«

»Bring das Tablett da hinauf.« sagte Dilsey. »Und komm gleich wieder und füttre Benjy.«

»Soll dich Caddy nicht füttern.« sagte Caddy.

Muß er denn den alten schmutzigen Pantoffel da auf dem Tisch lassen, sagte Quentin. Warum füttert ihr ihn nicht in der Küche. Es ist ja, als wenn man mit einem Schwein ißt.

Wenn dir's nicht paßt, wie wir essen, dann komm doch nicht an den Tisch, sagte Jason.

Von Roskus stieg Dampf auf. Er saß vor dem Herd. Die

Klappe stand auf, und Roskus hatte seine Füße darin. Vom Napf stieg Dampf auf. Caddy schob mir den Löffel leicht in den Mund. Innen im Napf war ein schwarzer Fleck.

Nu nu, sagte Dilsey. Er wird dich bald nich mehr belästigen.

Es ging unter den Fleck. Dann war der Napf leer. Er ging fort. »Heut abend hat er aber Hunger.« sagte Caddy. Der Napf kam zurück. Ich konnte den Fleck nicht sehen. Dann konnte ich es. »Er ist heut ausgehungert.« sagte Caddy. »Sieh mal, wie viel er gegessen hat.«

Natürlich wird er das, sagte Quentin. Ihr schickt ihn hinter mir her, damit er mich ausspioniert. Ich hasse dieses Haus. Ich lauf schon noch weg.

Roskus sagte: »Es wird die ganze Nacht regnen.«

Du läufst schon lang weg und bleibst doch nie länger aus als bis zum Essen, sagte Jason.

Du wirst schon noch sehn, sagte Quentin.

»Dann weiß ich nich, was ich machen soll.« sagte Dilsey. »Ich hab das Reißen in der Hüfte schon so schlimm, daß ich mich kaum bewegen kann. Den ganzen Abend das Treppensteigen.«

Ach, das würde mich gar nicht wundern, sagte Jason. Ich würde mich bei dir über gar nichts wundern.

Quentin warf ihre Serviette auf den Tisch.

Halt den Mund, Jason, sagte Dilsey. Sie ging zu Quentin und legte den Arm um sie. Setz dich hin, Liebling, sagte Dilsey. Der soll sich was schämen, daß er dir vorwirft, was nich deine Schuld is.

»Sie hat wieder schlechte Laune.« sagte Roskus.

»Halt dein Mund.« sagte Dilsey.

Quentin stieß Dilsey fort. Sie blickte Jason an. Ihr Mund war rot. Sie griff nach ihrem Wasserglas, blickte Jason an und holte mit dem Arm aus. Dilsey packte ihren Arm. Sie rangen miteinander. Das Glas zerbrach auf dem Tisch, und das Wasser lief über den Tisch. Quentin lief fort.

»Mutter ist wieder krank.« sagte Caddy.

»Klar.« sagte Dilsey. »So'n Wetter macht alle Menschen krank. Bist du endlich mit Essen fertig, Junge.«

Der Teufel hol dich, sagte Quentin. Der Teufel hol dich. Wir hörten sie die Treppe hinauflaufen. Wir gingen in die Bibliothek.

Caddy gab mir das Kissen, und ich konnte das Kissen und den Spiegel und das Feuer betrachten.

»Wir müssen ruhig sein, solange Quentin lernt.« sagte Vater.
»Was machst du denn, Jason.«

»Nichts.« sagte Jason.

»Das kannst du ja wohl auch hier tun.« sagte Vater.

Jason kam aus der Ecke heraus.

»Was kaust du denn da.« sagte Vater.

»Nichts.« sagte Jason.

»Er kaut wieder Papier.« sagte Caddy.

»Komm hierher, Jason«. sagte Vater.

Jason warf was ins Feuer. Es zischte, rollte sich auf, wurde schwarz. Dann war es grau. Dann war es weg. Caddy und Vater und Jason saßen in Mutters Sessel. Jasons Augen waren verschwollen, und sein Mund bewegte sich, als ob er etwas schmeckte. Caddys Kopf lag an Vaters Schulter. Ihr Haar war wie Feuer, und in ihren Augen waren kleine Feuerpunkte, und ich ging hin, und Vater hob mich auch auf den Sessel, und Caddy hielt mich. Sie roch wie Bäume.

Sie roch wie Bäume. In der Ecke war es dunkel, aber ich konnte das Fenster sehen. Ich hockte dort mit dem Pantoffel in der Hand. Ich konnte ihn nicht sehen, aber meine Hände sahen ihn, und ich hörte, wie es Nacht wurde, und meine Hände sahen den Pantoffel, aber ich selbst konnte ihn nicht sehen, aber meine Hände konnten den Pantoffel sehen, und ich hockte dort und hörte, wie es dunkel wurde.

Hier bist du ja, sagte Luster. Schau, was ich hab. Er zeigte es mir. Weißt du, wo ich's herhab. Hat mir Miss Quentin gegeben. Ich wußt ja, daß sie mich nich davon abhalten könnten. Was tust du denn hier drin. Ich dachte schon, du bist wieder rausgewitscht. Hast du heut noch nich genug geflennt un gesabbert, daß du dich hier im leeren Zimmer verstecken mußt un brabbeln un Theater machen. Komm jetz ins Bett, daß ich los kann, bevor's anfängt. Heut kann ich nich den ganzen Abend mit dir Quatsch machen. Beim ersten Tuten bin ich draußen.

Wir gingen nicht in unser Zimmer.

»Da haben wir die Masern.« sagte Caddy. »Warum müssen wir denn heut hier schlafen.«

»Was liegt dir dran, wo du schläfst.« sagte Dilsey. Sie machte die Tür zu, setzte sich hin und fing an mich auszuziehen. Jason fing an zu weinen. »Still.« sagte Dilsey.

»Ich will bei Omi schlafen.« sagte Jason.

»Die ist krank.« sagte Caddy. »Du kannst bei ihr schlafen, wenn sie wieder gesund ist. Nicht wahr, Dilsey.«

»Jetzt seid mal still.« sagte Dilsey. Jason war still.

»Unsere Nachthemden sind da und alles.« sagte Caddy. »Es ist, wie wenn man umzieht.«

»Schlüpft lieber endlich rein.« sagte Dilsey. »Knöpf Jason mal auf.«

Caddy knöpfte Jason auf. Er fing an zu weinen.

»Willst wohl Dresche.« sagte Dilsey. Jason war still.

Quentin, sagte Mutter im Flur.

Was, sagte Quentin hinter der Wand. Wir hörten Mutter die Tür zuschließen. Sie schaute in unsere Tür und kam herein und beugte sich über das Bett und küßte mich auf die Stirn.

Wenn du ihn im Bett hast, geh und frag Dilsey, ob sie was dagegen hat, daß ich eine Wärmflasche bekomme, sagte Mutter. Sag ihr, wenn sie was dagegen hat, werde ich auch ohne eine auskommen. Sag ihr, ich möchte es bloß wissen.

Jawohl, M'm, sagte Luster. Komm. Zieh deine Unterhosen aus.

Quentin und Versh kamen herein. Quentin hatte das Gesicht abgewandt. »Warum weinst du denn.« sagte Caddy.

»Still.« sagte Dilsey. »Zieht euch jetz aus. Du kannst heimgehn, Versh.«

Ich wurde ausgezogen und ich betrachtete mich und fing an zu weinen. Still, sagte Luster. Brauchst nich nach ihnen zu suchen. Die sin fort. Wenn du so weitermachst, dann gibt's kein Geburtstag mehr. Er zog mir das Nachthemd an. Ich war still, und dann hielt Luster inne und drehte den Kopf zum Fenster. Dann ging er zum Fenster und blickte hinaus. Er kam zurück und faßte mich am Arm. Da kommt sie, sagte er. Sei ganz still. Wir gingen zum Fenster und blickten hinaus. Aus Quentins Fenster kam etwas heraus und kletterte hinüber in den Baum. Wir sahen, wie der Baum schwankte. Das Schwanken lief den Baum hinunter, dann kam es heraus, und wir sahen, wie es über das Gras wegging. Dann konnten wir es nicht sehen. Komm, los, sagte Luster. Da hast dus. Hörst du das Tuten. Du gehst ins Bett, und ich nehm die Beine unter die Arme.

Es waren zwei Betten dort. Quentin ging in das andere. Er drehte sein Gesicht zur Wand. Dilsey legte Jason zu ihm. Caddy zog ihr Kleid aus.

»Schau bloß dein Höschen an.« sagte Dilsey. »Kannst froh sein, daß deine Ma dich nich sieht.«

»Ich hab's schon von ihr erzählt.« sagte Jason.

»Das kann ich mir denken.« sagte Dilsey.

»Wirst schon sehn, was du dir damit eingebrockt hast.« sagte Caddy. »Klatschmaul.«

»Was hab ich mir damit eingebrockt.« sagte Jason.

»Zieh endlich dein Nachthemd an.« sagte Dilsey. Sie ging zu Caddy und half ihr, Leibchen und Höschen auszuziehen. »Schau dich bloß an.« sagte Dilsey. Sie knüllte die Hosen zusammen und rieb Caddy hinten damit ab. »Bis auf die Haut durchnäßt.« sagte sie. »Aber heut abend kriegst du kein Bad. Da.« Sie streifte Caddy das Nachthemd über, und Caddy kletterte ins Bett, und Dilsey ging zur Tür und blieb dort, die Hand am Lichtschalter, stehen. »Jetzt seid ihr alle still, verstanden.« sagte sie.

»Schon gut.« sagte Caddy. »Mutter kommt heute nicht herein.« sagte sie. »Wir haben also immer noch auf mich zu hören.«

»Ja.« sagte Dilsey. »Jetzt schlaft.«

»Mutter ist krank.« sagte Caddy. »Sie und Omi sind beide krank.«

»Still.« sagte Dilsey. »Schlaf.«

Das Zimmer wurde schwarz, außer der Tür. Dann wurde die Tür schwarz. Caddy sagte: »Sei still, Maury«, und legte ihre Hand auf mich. Ich blieb also still. Wir konnten uns hören. Wir konnten das Dunkel hören.

Es ging fort, und Vater sah uns an. Er sah Quentin und Jason an, dann kam er und küßte Caddy und legte seine Hand auf meinen Kopf.

»Ist Mutter sehr krank.« sagte Caddy.

»Nein.« sagte Vater. »Paßt du auch gut auf Maury auf.«

»Ja.« sagte Caddy.

Vater ging zur Tür und sah wieder zu uns her. Dann kam das Dunkel wieder, und er stand schwarz in der Tür, und dann wurde die Tür wieder schwarz. Caddy hielt mich, und ich hörte uns alle und die Dunkelheit und etwas, das ich riechen konnte. Und dann konnte ich die Fenster sehen, wo die Bäume flüsterten. Dann fing das Dunkel an, in geschmeidige, helle Konturen überzugehen wie immer, sogar dann, wenn Caddy sagt, daß ich geschlafen habe.

Als der Fensterrahmen seinen Schatten auf die Vorhänge warf, war es zwischen sieben und acht, und dann hörte ich die Uhr und fand die Zeit wieder. Es war Großvaters Uhr, und als Vater sie mir gab, sagte er, Quentin, ich gebe dir das Mausoleum allen Hoffens und Wünschens; es ist geradezu grausam wahrscheinlich, daß du sie dazu verwendest, um die reductio ad absurdum aller menschlichen Erfahrung zu erlangen, das deinen persönlichen Bedürfnissen nicht mehr zugute kommen dürfte als den seinen oder denen seines Vaters. Ich gebe sie dir, nicht damit du dich der Zeit erinnerst, sondern daß du sie hin und wieder einen Augenblick lang vergessen und nicht deinen ganzen Atem daran verschwenden mögest, sie zu besiegen. Denn keine Schlacht wird jemals gewonnen, sagte er. Sie werden nicht einmal geschlagen. Das Schlachtfeld enthüllt dem Menschen lediglich seine eigene Dummheit und Verzweiflung, und Sieg ist nur eine Illusion von Philosophen und Toren.

Sie stand an die Kragenschachtel gelehnt, und ich lag da und horchte auf sie. Das heißt: ich hörte sie, denn niemand horcht ja wohl bewußt auf eine Taschen- oder Wanduhr. Das braucht man nicht. Man kann den Laut lange Zeit überhören, dann aber kann er binnen einer tickenden Sekunde im Bewußtsein restlos den langen verrinnenden Ablauf der Zeit erwecken, den man nicht wahrgenommen hatte. Wie Vater sagte, daß man die langen, einsamen Lichtstrahlen herunter Jesum schreiten sehen könne. Und den guten Heiligen Franziskus, der sagte: Liebe Schwester Tod; er, der nie eine Schwester hatte.

Durch die Wand hörte ich die Sprungfedern von Shreves Bett und dann das Schlurfen seiner Pantoffel auf dem Fußboden. Ich stand auf, ging zur Kommode, fuhr mit der Hand darüber, bekam die Uhr zu fassen, legte sie mit dem Zifferblatt nach unten und ging wieder ins Bett. Doch der Schatten des Fensterrahmens war noch da, und ich hatte gelernt, die Zeit fast auf die Minute genau zu bestimmen, und deswegen mußte ich ihm den Rücken zuwenden, um in den Augen, wie sie Tiere am Hinterkopf haben, ein Jucken zu verspüren, wenn er seinen Scheitelpunkt erreicht hatte. Es seien immer die überflüssigen Gewohnheiten, die man beklagt, sagte Vater. Christus sei nicht gekreuzigt worden: er sei zerstört worden durch ein winziges Ticken kleiner Räder. Er, der keine Schwester hatte.

Und sobald ich also wußte, daß ich ihn nicht sehen konnte, fing ich an, darüber nachzudenken, wieviel Uhr es sei. Vater sagte, das dauernde Nachsinnen über den Stand von mechanischen Zeigern auf einem willkürlichen Zifferblatt sei ein Symptom tätigen Bewußtseins. Eine Ausscheidung, sagte Vater, wie Schwitzen. Und ich sagte, Also gut. Denke nach. Los, denke nach.

Wenn es bewölkt gewesen wäre, hätte ich zum Fenser hinsehen und darüber nachdenken können, was er von überflüssigen Gewohnheiten sagte. Darüber nachdenken können, daß es nett wäre für die in New London unten, wenn das Wetter sich so hielte. Warum sollte es auch nicht? der Monat der Bräute, die Stimme, die über Eden *Sie lief geradenwegs aus dem Spiegel, aus dem geballten Duft. Rosen. Rosen. Mr. und Mrs. Jason Richmond Compson zeigen die Vermählung ihrer.* Rosen. Nicht jungfräulich wie Kornelkirschen, Wolfsmilch. Ich sagte, Ich habe Blutschande begangen, Vater, sagte ich. Rosen. Entzükkend und hell. Wenn man ein Jahr lang in Harvard war, ohne das Bootsrennen erlebt zu haben, sollte man sich das Schulgeld zurückzahlen lassen. Soll es Jason doch haben. Gönne Jason ein Jahr in Harvard.

Shreve stand in der Tür und knöpfte seinen Kragen zu, und seine Brillengläser schimmerten rosig, als hätte er sie mit seinem Gesicht gewaschen. »Du schwänzt wohl heute früh?«

»Ist es schon so spät?«

Er sah auf seine Uhr. »In zwei Minuten schellt es.«

»Ich hatte keine Ahnung, daß es schon so spät ist.« Er sah immer noch auf die Uhr, wobei er den Mund verzog. »Dann muß ich mich tummeln. Ich darf nicht wieder schwänzen. Der Dekan hat mir schon vorige Woche gesagt ...« Er steckte die Uhr in die Tasche zurück. Ich verzichtete auf weitere Worte.

»Dann zieh mal deine Hosen an und mach schnell«, sagte er. Er ging hinaus.

Ich stand auf und ging hin und her und horchte durch die Wand nach ihm. Er betrat das Wohnzimmer und kam auf die Tür zu.

»Bist du noch nicht fertig?«

»Noch nicht. Geh nur. Ich komme schon.«

Er ging. Die Tür fiel ins Schloß. Seine Schritte gingen den Korridor entlang. Dann hörte ich wieder die Uhr. Ich hörte auf, hin und her zu gehen und trat ans Fenster und zog den Vorhang zurück und sah zu, wie sie zum Betsaal eilten, immer dieselben, die sich alle mit den gleichen hochfliegenden Rockärmeln, den gleichen Büchern und flatternden Kragen herumschlugen, und sie trieben vorbei wie Treibholz auf einem Strom — mit ihnen Spoade. Nennt Shreve meinen Gatten. Ach, laß ihn doch in Frieden, sagte Shreve, wenn er so vernünftig ist, nicht hinter den kleinen dreckigen Nutten herzulaufen, dann geht das doch keinen was an. Im Süden schämt man sich, jungfräulich zu sein. Knaben. Männer. Darin lügen sie. Weil es Frauen weniger bedeutet, sagte Vater. Er sagte, die Männer hätten die Jungfräulichkeit erfunden, nicht die Frauen. Vater sagte, das sei wie der Tod: nur ein Zustand, in dem die andern verharren, und ich sagte, Aber wie kann man glauben, es komme nicht darauf an, und er sagte, Das ist ja das Traurige bei allem: nicht bloß bei der Jungfräulichkeit, und ich sagte, Warum mußte ich es sein, der jungfräulich war, und nicht sie, und er sagte, Deshalb ist es ja auch so traurig; nichts ist auch nur wert, daß man es ändert, und Shreve sagte, Wenn er so vernünftig ist, nicht den kleinen dreckigen Nutten nachzulaufen, und ich sagte, Hast du mal eine Schwester gehabt? Wie? Hast du eine gehabt?

Spoade wirkte in ihrer Mitte wie eine Schildkröte auf einer Straße voll dahinwehender welker Blätter, den Kragen über den Ohren und mit seinem üblichen gemächlichen Schritt. Er kam aus Südcarolina, letztes Semester. Es war der Stolz seines Clubs, daß er nie zur Betstunde lief, nie pünktlich war, in vier Jahren nie geschwänzt hatte und weder zur Betstunde noch zur ersten Vorlesung je mit einem Hemd auf dem Leib und Socken an den Füßen erschien. Gegen zehn ging er dann in Thompsons Lokal, ließ sich zwei Tassen Kaffee geben, setzte sich hin, holte seine Socken aus der Hosentasche und zog die Schuhe aus und die Socken an, während der Kaffee kalt wurde. Gegen Mittag sah man ihn mit Hemd und Kragen wie jedermann. Die andern überholten ihn im Laufschritt, er aber beschleunigte sein Tempo nie auch nur um das geringste. Kurz darauf war der Platz leer.

Ein Spatz schrägte durchs Sonnenlicht, setzte sich auf den Fenstersims und reckte sein Köpfchen zu mir hoch. Sein Auge war rund und glänzend. Zuerst guckte er mich mit dem einen

Auge an, dann, husch, war es das andere, und seine Kehle pochte rascher als jeder Puls. Der Stundenschlag setzte ein. Der Spatz hörte auf, mit den Augen abzuwechseln, und guckte mich, bis die Uhrschläge verklungen waren, ständig mit dem gleichen Auge an, als horchte auch er darauf. Dann flitzte er vom Sims weg und war verschwunden.

Es dauerte eine ganze Weile, bis der letzte Schlag verhallt war. Er blieb, mehr gespürt als gehört, noch lange in der Luft hängen. Wie alle Glocken, die jemals erklangen, immer noch in den langen, sterbenden Lichtstrahlen nachklingen und Jesus und der Heilige Franziskus über seine Schwester reden. Wenn es sich bloß um die Hölle handelte; wenn es damit getan wäre. Aus. Zu Ende. Als ob alles einfach von selbst zu Ende ginge. Niemand dort außer ihr und mir. Wenn wir bloß etwas so Grauenhaftes getan hätten, daß alle vor uns aus der Hölle fliehen würden. *Ich habe Blutschande begangen sagte ich Vater ich war es nicht Dalton Ames* Und als er sie Dalton Ames. Dalton Ames. Dalton Ames. Als er mir die Pistole in die Hand drückte, tat ich es nicht. Deshalb tat ich es nicht. Er würde ja auch dort sein und sie und ich. Dalton Ames. Dalton Ames. Dalton Ames. Wenn wir nur etwas so Grauenhaftes hätten tun können und Vater sagte Auch das ist traurig man kann etwas so Grauenhaftes nicht tun man kann nichts wahrhaft Grauenhaftes tun man kann sich nicht einmal morgen an etwas erinnern was heute grauenhaft schien und ich sagte Man kann sich vor allem drücken und er sagte Ach wirklich. Und ich werde hinabblicken und meine murmelnden Knochen sehen und das tiefe Wasser wie Wind, wie ein Dach aus Wind, und nach langer Zeit dann kann man nicht einmal mehr die Knochen auf dem einsamen, unversehrten Sand unterscheiden. Bis zum Jüngsten Tag wenn Er sagt Stehet auf und nur das Bügeleisen an die Oberfläche schwebt. Es ist nicht, daß man merkt, nichts kann einem helfen — Religion, Stolz, irgendwas —, es ist einfach, daß man merkt, man braucht keine Hilfe. Dalton Ames. Dalton Ames. Dalton Ames. Wenn ich doch seine Mutter hätte sein können, wenn ich hätte mit aufgetanem, hochgehobenem Schoß lachend daliegen können, wenn ich seinen Vater mit meiner Hand hätte festhalten können — und ihn sehen, ihm zusehen, wie er starb, bevor er gelebt hatte. *Einen Augenblick lang blieb sie in der Tür stehen.*

Ich ging zur Kommode und nahm die Uhr, die noch mit dem

Zifferblatt nach unten lag. Ich zerschlug das Uhrglas an der Ecke der Kommode, sammelte in der Hand die Splitter und legte sie in den Aschenbecher, dann drehte ich die Zeiger ab und legte sie in den Aschenbecher. Die Uhr tickte weiter. Ich drehte sie um, das leere Zifferblatt nach oben, hinter dem die Rädchen, die nun einmal nicht anders konnten, von Zahn zu Zahn schnappten. Jesus, der über Galiläa hinschreitet, Washington, aus dessen Mund keine Lüge kommt. Vater brachte Jason einmal von der Ausstellung in St. Louis einen Uhrenanhänger mit: ein winziges Opernglas, in dem man, wenn man mit dem einen Auge hineinschielte, einen Wolkenkratzer sah, eine Russenschaukel wie ein Spinnweb und den Niagarafall — alles auf einem Nadelkopf. Auf dem Zifferblatt war ein roter Fleck. Als ich ihn bemerkte, fing mein Daumen zu schmerzen an. Ich legte die Uhr hin, ging in Shreves Zimmer, holte das Jod heraus und bepinselte den Schnitt damit. Dann säuberte ich mit dem Handtuch die Fassung von Glasresten.

Ich legte zwei Garnituren Unterwäsche, Socken, Hemden, Kragen und Krawatten heraus und packte meinen Koffer. Ich tat alles hinein außer meinem neuen und einem alten Anzug, zwei Paar Schuhen, zwei Hüten und meinen Büchern. Die Bücher trug ich ins Wohnzimmer und stapelte sie auf dem Tisch auf, diejenigen, die ich von daheim mitgebracht hatte, und diejenigen, von denen *Vater sagte, früher hat man einen Gentleman an seinen Büchern erkannt; heutzutage erkennt man ihn an denen, die er nicht zurückgegeben hat,* und verschloß den Koffer und adressierte ihn. Es schlug Viertel. Ich stockte und lauschte, bis die Schläge verklangen.

Ich badete und rasierte mich. Das Wasser tat meinem Finger etwas weh, darum pinselte ich ihn nochmals. Ich zog meinen neuen Anzug an, steckte meine Uhr ein und packte den andern Anzug und die Wäsche, mein Rasierzeug und die Bürsten in meinen Handkoffer, wickelte den Kofferschlüssel in ein Stück Papier und steckte es in einen Umschlag und adressierte ihn an Vater und schrieb die zwei kurzen Briefe und klebte sie zu.

Der Schatten war noch nicht ganz von der Vortreppe verschwunden. Ich blieb innerhalb der Haustür stehen und sah zu, wie der Schatten sich bewegte. Er bewegte sich fast wahrnehmbar, kroch zurück durch die Haustür und trieb meinen Schatten in die Tür zurück. *Aber sie lief bereits, als ich es hörte. Im*

Spiegel lief sie, ehe ich wußte, was los war. Sehr schnell, die
Schleppe über den Arm genommen, lief sie aus dem Spiegel wie
eine Wolke, ihr Schleier wirbelte in langen schimmernden Strei-
fen, ihre Absätze gingen hart und rasch, und sie raffte ihr Kleid
mit der andern Hand an die Schulter und lief aus dem Spiegel
die Düfte Rosen Rosen die Stimme die über Eden hauchte[3].
Dann hatte sie die Veranda hinter sich, ich konnte ihre Absätze
nicht hören, dann im Mondschein wie eine Wolke, der fließen-
de Schatten des Schleiers lief über das Gras, hinein in das Brül-
len. Sie lief aus ihrem Kleid, den Brautschleier gerafft, lief
hinein in das Brüllen wo T.P. im Tau Hui Sassprilluh Benjy
brüllte unter der Kiste. Vater hatte einen V-förmigen silbernen
Panzer auf seiner rasenden Brust.

Shreve sagte: »Na, bist du denn nicht . . . Was ist los: Hochzeit oder Leichenschmaus?«

»Ich hab's nicht mehr geschafft«, sagte ich.

»Kunststück, wenn man sich so schniegelt. Was ist denn los?
Machst wohl heute Sonntag?«

»Die Polizei wird mich schon nicht einstecken, weil ich mal
meinen neuen Anzug trage«, sagte ich.

»Ich habe mehr an die Studenten gedacht. Bist du auch zu
stolz geworden, ins Kolleg zu gehen?«

»Ich gehe erst mal was essen.« Der Schatten auf der Vortreppe war verschwunden. Ich trat in den Sonnenschein und
fand meinen Schatten wieder. Ich ging dicht vor ihm die Stufen
hinunter. Es schlug halb. Dann verstummten die Schläge und
verhallten.

Der Pedell war auch nicht auf dem Postamt. Ich frankierte
die beiden Umschläge, sandte den an Vater ab und steckte den
an Shreve in meine Brusttasche, und dann fiel mir ein, wo ich
den Pedell zuletzt gesehen hatte. Es war am Kriegergedenktag,
wo er in der Bürgerkriegsuniform an der Parade teilgenommen
hatte. Wenn man an irgendeiner Straßenecke nur lang genug wartete, so konnte man ihn mit jeder beliebigen Parade daherkommen sehen. Die Parade zuvor hatte zum Geburtstag von Colum-
bus oder Garibaldi oder Gott weiß wem stattgefunden. Einen
Zylinder auf dem Kopf, eine zentimeterlange italienische Fahne in
der Hand und zwischen Besen und Schaufeln eine Zigarre rau-
chend, marschierte er mit der Straßenkehrer-Abteilung. Aber das
letzte Mal war es die Kriegervereinsparade, denn Shreve sagte:

»Da hast du's. Schau bloß, was dein Großvater dem armen alten Nigger angetan hat.«

»Ja«, sagte ich. »Jetzt kann er seine Tage damit zubringen, in Paraden mitzumarschieren. Wenn mein Großvater nicht gewesen wäre, müßte er arbeiten wie die Weißen.«

Ich sah ihn nirgends. Aber ich habe ja nicht mal einen arbeitenden Nigger erlebt, der da war, wenn man ihn brauchte, geschweige also einen, der wie die Lilien auf dem Felde lebte. Eine Straßenbahn kam. Ich fuhr zur Stadt hinüber, ging zu Parker und frühstückte ausgiebig. Während ich aß, hörte ich eine Uhr die volle Stunde schlagen. Aber es bedarf wohl mindestens einer Stunde, um den Begriff der Zeit zu verlieren — für einen, der eine Ewigkeit dazu gebraucht hat, sich in ihr mechanisches Fortschreiten einzuleben.

Nachdem ich gefrühstückt hatte, kaufte ich mir eine Zigarre. Die Verkäuferin sagte, die beste sei die zu fünfzig Cent; ich nahm sie also, zündete sie an und ging auf die Straße hinaus. Dort blieb ich stehen, tat einige Züge an der Zigarre, behielt sie dann in der Hand und ging auf die nächste Straßenecke zu. Ich kam am Schaufenster eines Uhrengeschäfts vorbei, blickte aber rechtzeitig weg. An der Ecke stürzten sich, mit schrillem und heiserem Geschrei wie Dohlen, zwei Schuhputzer auf mich, der eine von rechts, der andere von links. Dem einen gab ich die Zigarre, dem andern einen Nickel. Darauf ließen sie mich in Ruhe. Der mit der Zigarre suchte dem andern die Zigarre gegen den Nickel zu verkaufen.

Hoch oben in der Sonne war eine Uhr, und ich dachte darüber nach, daß der Körper einen, wenn man etwas nicht tun will, zu überlisten versucht, so daß man es sozusagen unbewußt tut. Ich konnte die Muskeln in meinem Nacken spüren, und dann konnte ich meine Uhr in der Tasche weiterticken hören, und nach einiger Zeit waren alle andern Laute ausgeschaltet, und es blieb nur noch die Uhr in meiner Tasche. Ich ging wieder die Straße zurück zu dem Schaufenster. Er arbeitete an einem Tisch hinter der Scheibe. Sein Haar war gelichtet. Er hatte ein Glas im Auge, eine Metallröhre, die ins Gesicht geklemmt war. Ich trat ein.

Der Laden war erfüllt von Ticken, wie Grillen auf einer Septemberwiese, und ich hörte eine große Uhr an der Wand über dem Kopf des Mannes. Er blickte auf, das Auge hinter dem

Glas groß, verschwommen, hastig. Ich holte meine Uhr heraus und reichte sie ihm.

»Meine Uhr ist mir entzweigegangen.«

Er drehte sie flink um und um. »Das kann man wohl sagen. Sie müssen ja draufgetreten sein.«

»Stimmt. Ich habe sie im Dunkeln von der Kommode heruntergeworfen und bin draufgetreten. Aber sie geht noch.«

Er machte den Deckel auf und schielte ins Gehäuse. »Scheint in Ordnung zu sein. Das kann ich aber erst sagen, wenn ich sie genau nachgesehen habe. Ich werd' sie heute nachmittag untersuchen.«

»Ich bringe sie Ihnen später wieder her«, sagte ich. »Wären Sie vielleicht so gut, mir zu sagen, ob eine von den Uhren im Schaufenster richtig geht?«

Er hielt meine Uhr auf seinem Handteller und schaute mit seinem verschwommenen, hin- und herschießenden Auge zu mir auf.

»Ich habe mit einem Bekannten eine Wette gemacht«, sagte ich, »Und ich habe heute früh meine Brille vergessen.«

»Na, schön«, sagte er. Er legte die Uhr hin, stand halb von seinem Hocker auf und blickte über die Schranke weg. Dann warf er einen Blick hinauf zur Wand. »Es ist zwanz . . .«

»Sagen Sie es mir bitte nicht«, sagte ich. »Sagen Sie mir nur, ob eine davon richtig geht.«

Er sah mich erneut an. Er ließ sich wieder auf dem Hocker nieder und schob das Vergrößerungsglas auf die Stirn hinauf. Ein roter Kreis blieb um sein Auge zurück, und als dieser verschwunden war, schien sein Gesicht ganz nackt. »Was für ein Fest feiern Sie denn heute?« sagte er. »Das Bootsrennen ist doch erst nächste Woche, nicht?«

»Jaja. Bloß eine private Feier. Geburtstag. Geht eine davon richtig?«

»Nein. Sie sind noch nicht reguliert und gestellt. Wenn Sie aber eine davon kaufen wollen . . .«

»Nein, nein. Ich brauche keine Taschenuhr. Wir haben eine Wanduhr in unserm Wohnzimmer. Wenn ich eine brauche, dann lasse ich die hier reparieren.« Ich streckte die Hand aus.

»Lassen Sie sie doch gleich hier.«

»Ich bringe sie später wieder.« Er gab mir die Uhr. Ich steckte sie in die Tasche. Über dem Geticke der andern konnte ich sie jetzt nicht hören. »Ich bin Ihnen sehr verbunden. Ich hoffe, ich habe Sie nicht aufgehalten.«

»Schon gut. Bringen Sie sie mir, wenn es Ihnen paßt. Und verschieben Sie diese Feier lieber, bis wir das Bootsrennen gewonnen haben.«

»Jaja. Das wäre wohl besser.«

Ich ging und schloß die Ladentür hinter dem Uhrengetick. Ich warf noch einen Blick auf das Schaufenster zurück. Er sah mir über die Schranke weg nach. In der Auslage waren mindestens ein Dutzend Uhren, von denen eine jede — mit der gleichen bestimmten und widersprechenden Sicherheit wie meine eigene, die überhaupt keine Zeiger hatte — eine andere Stunde anzeigte. Eine widersprach der andern. Ich konnte die meine hören, die unentwegt in der Tasche tickte, obschon niemand sie sehen konnte und obschon sie nichts anzuzeigen hatte, wenn jemand sie hätte sehen können.

Und so sagte ich mir, nimm doch die. Denn Vater sagte, Uhren schlagen die Zeit tot. Er sagte, die Zeit sei tot, solange sie von kleinen Rädern weggetickt werde; nur wenn die Uhr stehen bleibe, werde die Zeit lebendig. Die Zeiger wichen in einem stumpfen Winkel leicht von der Horizontale ab, so wie die Flügel einer Möwe, die sich gegen den Wind legt. Sie enthielt alles, worüber ich einmal traurig war — so wie der Mond, nach Meinung der Nigger, Wasser enthält. Der Uhrmacher arbeitete wieder über seinen Werktisch gebeugt, die Lupe ins Gesicht geklemmt. Seine Haare waren in der Mitte gescheitelt. Der Scheitel lief in einem kahlen Fleck aus; eine entwässerte Marschlandschaft im Dezember.

Auf der andern Straßenseite entdeckte ich den Eisenwarenladen.

Ich wußte nicht, daß Bügeleisen nach dem Gewicht verkauft werden.

Der Verkäufer sagte: »Die hier wiegen zehn Pfund.« Sie waren allerdings größer, als ich gedacht hatte. Ich nahm also zwei kleine sechspfündige, weil sie, eingewickelt, wie ein Paar Schuhe aussahen. Zusammen fühlten sie sich schwer genug an, aber ich dachte wieder an das, was Vater über das reductio ad absurdum der menschlichen Erfahrung gesagt hatte, und dabei an die einzige Möglichkeit, die mir anscheinend für die Immatrikulation in Harvard blieb. Vielleicht nächstes Jahr; vielleicht, dachte ich, braucht man zwei Universitätsjahre, um zu lernen, wie man so was macht.

Aber im Freien waren sie doch recht schwer. Eine Straßenbahn kam. Ich stieg ein. Ich sah nicht nach dem Fahrtrichtungsschild. Der Wagen war voll besetzt: größtenteils gutsituiert aussehende Leute, die Zeitung lasen. Der einzige freie Sitzplatz war neben einem Nigger. Er trug einen steifen Hut und glänzend gewichste Schuhe und hielt einen kalten Zigarrenstummel zwischen den Fingern. Früher glaubte ich, ein Südstaatler müsse immer niggerempfindlich sein. Ich meinte, die Nordstaatler erwarteten das von ihm. Als ich in den Osten kam, hielt ich mir ständig vor: Denk daran, daß du sie als Farbige, nicht als Nigger sehen mußt, und wenn es sich nicht ergeben hätte, daß ich nur mit wenigen von ihnen in Berührung kam, würde ich wohl viel Zeit und Ärger verschwendet haben, ehe ich lernte, daß die beste Art, die Menschen — ob schwarz oder weiß — zu nehmen, die ist, daß man sie als das nimmt, was sie selbst zu sein glauben, und sie dann in Frieden läßt. Dies geschah, als ich einsah, daß ein Nigger nicht so sehr eine Person, sondern vielmehr eine Verhaltensweise ist: eine Art Gegenstück der Weißen, unter denen er lebt. Aber anfänglich meinte ich, es müsse mir etwas fehlen, wenn ich nicht einen Haufen von ihnen um mich hätte, weil ich meinte, die Nordstaatler glaubten, es müsse so sein; allein, daß mir Roskus und Dilsey und sie alle wirklich gefehlt hatten, das merkte ich erst an jenem Morgen in Virginia. Der Zug hatte gehalten, und ich wachte auf, zog den Rollvorhang hoch und blickte hinaus. Der Wagen versperrte eine Straßenkreuzung, wo zwei weiße Zäune eine Anhöhe herunterliefen und sich dann nach außen und unten verästelten wie der Teil einer Geweihgabel, und da saß, zwischen den harten Karrenspuren, auf einem Maultier ein Nigger, der darauf wartete, daß der Zug weiterfahre. Wie lange er schon da wartete, wußte ich nicht, aber er saß, den Fetzen einer Wolldecke um den Kopf gewickelt, rittlings auf dem Maultier, als ob Mann und Tier mit dem Zaun und der Straße zugleich erschaffen wären — oder mit dem Hügel, aus diesem herausgehauen; wie ein Wegzeichen, das verkündete: Du bist wieder daheim. Einen Sattel hatte er nicht, und seine Füße baumelten beinahe bis zur Erde. Das Maultier sah aus wie ein Kaninchen. Ich schob das Fenster hoch.

»He, Onkelchen«, rief ich. »Willst du etwa hier lang?«

»Sir?« Er sah mich an, dann lockerte er die Decke und schob sie von seinem Ohr weg.

»Hier, ein Weihnachtsgeschenk!« sagte ich.

»Da bin ich gleich dabei, Boss. Habt mich ja schön festgenagelt.«

»Diesmal laß ich dich noch frei.« Ich zerrte meine Hosen aus dem kleinen Gepäcknetz und holte einen Vierteldollar heraus. »Aber paß das nächste Mal auf. Zwei Tage nach Neujahr komme ich wieder hier durch und guck dann raus.« Ich warf ihm das Geldstück zu. »Kauf dir was vom Weihnachtsmann.«

»Jawoll, Sir«, sagte er. Er stieg ab, hob die Münze auf und rieb sie an seinem Bein blank. »Dank schön, junger Herr, Dank schön.« Dann setzte sich der Zug wieder in Bewegung. Ich beugte mich aus dem Fenster in die kalte Luft hinaus und schaute zurück. Er stand neben dem ausgemergelten Karnickel von einem Maultier, beide armselig, reglos und geduldig. Der Zug bog um eine Kurve, die Lokomotive schnaufte mit schweren, kurzatmigen Stößen, und die zwei glitten außer Sicht — samt ihrem Air armseliger und zeitloser Geduld und unbeirrbarer Gelassenheit: jener Mischung aus kindlicher, bereitwilliger Unzulänglichkeit und ihr widersprechender Zuverlässigkeit, welche die beiden hegt und schützt, ohne jede Vernunft liebt und sie ständig bestiehlt und sich von Verantwortung und Verpflichtungen drückt durch Mittel und Wege, die allzu offensichtlich sind, als daß man sie Vorwände nennen könnte, und bei Diebstahl oder Drückebergerei nur mit jener offenen, spontanen Bewunderung für den Sieger hingenommen wird, die ein Gentleman für jemanden empfindet, der ihn in einem fairen Wettstreit geschlagen hat, und bei alldem eine innige, unverbrüchliche Duldsamkeit gegenüber den Launen der Weißen, wie die von Großeltern gegenüber unberechenbaren, ungebärdigen Kindern — und all das hatte ich vergessen. Und den ganzen Tag über, während sich der Zug durch stürzende Schluchten und an Steilhängen entlang wand, wo die Bewegung nur die gequälten Geräusche ausströmenden Dampfes und kreischender Räder war und die ewigen Berge im dichtverhangenen Himmel verliefen, dachte ich an zu Hause, an den öden Bahnhof und den Schlamm und die Nigger und Leute vom Lande, die sich langsam über den Marktplatz schoben, in ihren Tüten Stoffaffen und Spielzeugkarren und Zuckerwerk und herausragende Feuerwerkskörper, und in meinem Bauch regte sich ein Gefühl wie einst in der Schule, wenn es schellte.

Ich würde erst zu zählen beginnen, wenn die Uhr drei schlüge. Dann würde ich bis sechzig zählen und einen Finger umbiegen und an die weiteren vierzehn Finger denken, die darauf warteten, umgebogen zu werden, oder an die dreizehn oder zwölf oder acht oder sieben, bis ich auf einmal die Stille und die wachsamen Gedanken bemerken und sagen würde: »Madam?« »Du heißt Quentin, nicht wahr?« sagte Miss Laura. Dann wieder Stille und die grausamen, wachsamen Gedanken und die Hände, die in die Stille schnalzten. »Sag Quentin, wer den Mississippi entdeckt hat, Henry.« »De Soto.« Dann würden die Gedanken verschwinden, und nach einer Weile bekäme ich Angst, ich sei zurückgeblieben, und ich würde schnell zählen und einen weiteren Finger umbiegen, dann bekäme ich Angst, ich mache zu schnell, und würde langsamer zählen, dann bekäme ich Angst und würde wieder schnell zählen. So würde ich nie mit der Glocke übereinstimmen, schon erhob sich das erlöste Wogen der Füße, ich fühlte die Erde in dem zerscharrten Flur, und der Tag wie eine Glasscheibe schlug einen blendenden, scharfen Hieb, und in meinem Bauch würde es sich regen, während ich stillsäße. *Sich regen stillsitzen. Einen Augenblick lang stand sie an der Tür. Benjy. Brüllen. Benjamin das Kind meiner alten Tage brüllend. Caddy! Caddy!*

Ich laufe weg. Er fing zu weinen an und sie ging hin und streichelte ihn. Sei still. Ich tu's ja nicht. Still. Er war still. Dilsey.

Er riecht was man ihm sagt wenn er will. Braucht nich hörn un reden.

Kann er den neuen Namen riechen, den sie ihm gegeben haben? Kann er Unglück riechen?

Was soll er sich um Glück scheren? Glück kann ihm nichts anhaben.

Wozu hätten sie denn sonst seinen Namen geändert, als um seinem Glück nachzuhelfen?

Die Straßenbahn hielt, fuhr weiter, hielt wieder. Unterhalb des Fensters sah ich die Deckel auf den Köpfen der Leute, die unter neuen, noch nicht vergilbten Strohhüten vorbeizogen. Im Wagen waren jetzt Frauen mit Marktkörben, und Männer in Arbeitskleidung überwogen allmählich vor den gewichsten Schuhen und steifen Kragen.

Der Nigger stieß gegen mein Knie. »Verzeihung,« sagte er. Ich nahm meine Beine zur Seite, um ihn vorbeizulassen. Wir fuhren an einer kahlen Mauer entlang, das Rattern hallte in den Wagen zurück gegen die Frauen mit den Marktkörben auf den Knien und einen Mann mit einem fleckigen Hut, in dessen Band eine Pfeife steckte. Ich roch Wasser, und in einer Mauerlücke sah ich Wassergeflimmer und zwei Masten, auch eine Möwe, die reglos wie an einem zwischen den Masten gespannten Draht in der Luft hing, und ich hob meine Hand und tastete durch den Rock hindurch nach den Briefen, die ich geschrieben hatte. Als der Wagen hielt, stieg ich aus.

Die Brücke war hochgezogen, um einen Schoner durchzulassen. Er wurde von einem Schlepper bugsiert, der ihn unter seinem Heck weiterschob und eine Rauchfahne hinter sich ließ, und doch schien sich das Schiff ohne sichtbare Hilfe zu bewegen. Ein bis zur Hüfte nackter Mann rollte vorn auf der Back eine Leine auf. Sein braungebrannter Körper hatte die Farbe eines Tabakblattes. Am Ruderrad stand ein anderer Mann mit einem Strohhut, von dem nur noch die Krempe übrig war. Das Schiff fuhr unter der Brücke durch, glitt unter nacktem Gestänge dahin wie ein Gespenst am hellichten Tag, und über seinem Heck schwebten drei Möwen wie Spielzeugfiguren an unsichtbaren Drähten.

Als die Brücke wieder geschlossen war, ging ich zum andern Ufer hinüber und lehnte mich über das Geländer oberhalb der Bootshäuser. Der Ponton war leer, und die Tore zu unserm Bootshaus waren geschlossen. Die Mannschaft ruderte jetzt am Spätnachmittag, nachdem sie sich ausgeruht hatte. Der Schatten der Brücke, die Streifen des Geländers und mein Schatten lagen flach auf dem Wasser; so leicht war er zu überlisten, er, der mich nicht hatte verlassen wollen. Mindestens fünfzehn Meter war er lang; wenn ich nur etwas gehabt hätte, um ihn unters Wasser zu drücken, ihn festzuhalten, bis er ertrunken wäre, und nur noch der Schatten des Pakets, das aussah wie zwei eingewickelte Schuhe, auf dem Wasser läge. Die Nigger sagen, der Schatten eines Ertrunkenen laure allezeit auf ihn im Wasser. Es flimmerte und glitzerte, als atmete es, auch der Ponton schien zu atmen, und die herausragenden Trümmer strebten hinaus zum Meer und zu den Höhlen und Grotten des Meeres. Die Wasserverdrängung ist gleich dem Etwas von Etwas. Reductio ad absurdum aller menschlichen Erfahrung, und zwei sechspfündige Bügeleisen wiegen mehr als ein Schneiderplätteisen. Welch sündhafte Verschwendung, würde Dilsey sagen. Benjy wußte es, als Omi starb. Er weinte. *Er riecht's. Er riecht's.*

Der Schlepper fuhr wieder stromab, zerschnitt das Wasser in lange rollende Walzen, brachte den Ponton schließlich mit den auslaufenden Wellen zum Schaukeln, und der Ponton schlingerte mit einem glucksenden Laut auf die rollende Walze, und das Tor rollte mit langem Kreischen zurück, und dann tauchten zwei Männer auf, die ein Ruderboot trugen. Sie setzten es aufs Wasser, und einen Augenblick danach kam Bland mit den Riemen heraus. Er trug Flanellhosen, ein graues Jackett und einen steifen Strohhut. Er oder seine Mutter hatten wohl irgendwo gelesen, daß die Oxforder Studenten in Flanellhosen und steifen Hüten zu rudern pflegen, und so bekam Gerald gleich im März einen Skullboot-Einer gekauft und ging in Flanellhosen und steifem Hut zu Wasser. Die Leute in den Bootshäusern drohten, einen Polizisten zu holen, aber er fuhr trotzdem los. Seine Mutter kam, in einer Pelzvermummung wie ein Nordpolforscher, in einem Mietwagen zum Fluß herunter, um seinem Start bei einem Sturm von elf Metern pro Sekunde und einem Eisgang, der unausgesetzt Schollen gleich schmutzigen Schafen dahertrieb, beizuwohnen. Seit damals bin ich felsenfest davon überzeugt, daß Gott nicht nur ein Gentleman und Sportler ist: er muß zudem aus Kentucky stammen. Als er ablegte, folgte sie ihm auf einem Umweg, kam weiter unten wieder an den Fluß und fuhr im ersten Gang parallel zu ihm. Es wurde erzählt, man hätte meinen können, daß sie einander noch nie gesehen hätten, denn sie zogen, gleich König und Königin, ohne sich anzuschauen, Seite an Seite auf parallelen Bahnen wie zwei Planeten durch Massachusetts.

Er setzte sich ins Boot und stieß ab. Er ruderte jetzt schon recht anständig. Mußte er ja wohl auch. Man sagte, seine Mutter habe versucht, ihn vom Rudern abzubringen und für etwas anderes zu interessieren, für etwas, das die andern in seinem Semester nicht tun konnten oder wollten; aber dieses eine Mal blieb er eigensinnig. Das heißt, wenn man es Eigensinn nennen kann, daß er in seinen New Yorker Anzügen, mit seinem goldenen Lockenkopf, seinen veilchenblauen Augen und seinen Wimpern in der Haltung fürstlichen Gelangweiltseins dasaß, während seine Mama uns von Geralds Pferden, Geralds Niggern und Geralds Weibern erzählte. Die Ehemänner und Väter in Kentucky müssen heilfroh gewesen sein, als sie Gerald nach Cambridge verfrachtete. Sie hatte drüben in der Stadt eine Wohnung, und Gerald auch — außer seinen Zimmern im College. Sie billigte den Verkehr Geralds mit mir, weil ich immerhin ein, wenn auch zufälliges, Verständnis für noblesse oblige dadurch bewies, daß ich mich südlich der Mason-Dixon-Linie[4] hatte zur Welt bringen lassen, und seinen Verkehr mit ein paar andern Studenten, die den (minimalsten) geographischen Ansprüchen Genüge leisteten. Sie verzieh zumindest. Oder übte Nachsicht. Aber seit sie Spoade begegnet war, der gerade aus Betsaal eins herauskam Er sagte sie könne keine Dame sein keine Dame sei zu dieser Nachtstunde außer dem Hause vermochte sie ihm nicht mehr zu verzeihen, daß er fünf Namen führte, den eines lebenden englischen Herzoghauses mit eingeschlossen. Sicher bot ihr die Überzeugung Trost, daß irgendein aus der Art geschlagener Maingault oder Mortemar etwas mit der Tochter der Zimmerwirtin gehabt hatte. Was übrigens durchaus wahrscheinlich war, ob sie es nun erfand oder nicht. Spoade hielt die Weltmeisterschaft der Tagediebe, ein Titel, bei dessen Erwerb jeder Griff und Kniff erlaubt ist.

Das Boot war jetzt nur noch ein Punkt, die Riemen fingen die Sonne in gebrochenen Strahlen auf, als ob das Boot dauernd blinzelnd dahinglitte. *Hast du mal eine Schwester gehabt? Nein aber es sind alles Huren. Hast du mal eine Schwester gehabt? Einen Augenblick war sie es. Huren. Nicht Hure einen Augenblick lang stand sie in der Tür* Dalton Ames. Dalton Ames. Dalton-Hemden[5]. Ich hatte immer gemeint, sie seien aus Khaki, Militär-Khaki, denn sie machten sein Gesicht so braun, seine Augen so blau — bis ich merkte, daß sie aus schwerer chinesischer Seide oder feinstem Flanell waren. Dalton Ames. Aber die erstrebte Vornehmheit gelang nicht. Theateraufmachung. Bloß Papiermaché, faß mal an. Sieh da. Asbest. Nicht mal Bronze. *Aber will ihn nicht im Hause sehen.*

Caddy ist auch eine Frau, mußt du bedenken. Sie muß auch wie eine Frau handeln.

Warum bringst du ihn nicht mit ins Haus, Caddy? Warum mußt du es machen wie die Niggerweiber auf der Wiese in den Gräben im dunklen Wald heiß heimlich rasend im dunkeln Wald.

Und nach einer Weile hatte ich eine Zeitlang meine Uhr gehört und konnte die Briefe durch meinen Rock gegen das Geländer knittern fühlen, und ich lehnte an dem Geländer und betrachtete meinen Schatten, wie ich ihn überlistet hatte. Ich bewegte mich am Geländer entlang, aber mein Anzug war ebenfalls dunkel, und ich konnte mir die Hände abwischen, während ich meinen Schatten betrachtete, wie ich ihn überlistet hatte. Ich drängte ihn in den Schatten des Kais. Dann ging ich in östlicher Richtung.

Harvard mein Harvardjunge Harvard harvard Diesen pickelgesichtigen Halbwüchsigen hatte sie beim Wettlauf mit bunten Bändern kennengelernt. Er schlich ihr am Zaun nach und versuchte sie heranzupfeifen wie ein Hündchen. Da er sich nicht ins Eßzimmer locken ließ, glaubte Mutter, er verfüge über eine Art Zauberkraft, die er auf sie wirken ließe, wenn er mit ihr allein wäre. Aber jeder x-beliebige Lump *Er lag neben der Kiste unter dem Fenster und brüllte* der in einer Limousine mit einer Blume im Knopfloch vorfahren konnte. *Harvard. Quentin das ist Herbert. Mein Harvardjunge. Herbert wird ein großer Bruder sein hat Jason bereits eine Stellung bei der Bank versprochen.*

Jovial, Zelluloid wie ein Handlungsreisender. Gesicht voller Zähne weiß aber nicht lächelnd. *Ich hab schon von ihm gehört dort oben.* Nichts wie Zähne aber kein Lächeln. *Willst du fahren?*

Steig ein Quentin.

Fahr du.

Es ist ihr Wagen bist du nicht stolz auf dein Schwesterchen besitzt das erste Auto in der Stadt Geschenk von Herbert. Louis hat ihr jeden Morgen Unterricht gegeben hast du denn meinen Brief nicht bekommen Mr. und Mrs. Jason Richmond Compson zeigen die am fünfundzwanzigsten April neunzehnhundertzehn zu Jefferson Mississippi erfolgte Vermählung ihrer Tochter Candace mit Mr. Sydney Herbert Head an. Wieder zurück ab ersten August Nummer soundsoviel soundsovielte Avenue South Bend Indiana. Shreve sagte Willst du ihn nicht einmal aufmachen? *Drei Tage. Dreimal. Mr. und Mrs. Jason Richmond Compson* Der junge Lochinvar fuhr etwas zu früh aus dem Westen weg, nicht wahr?

Ich bin aus dem Süden. Du bist aber drollig.

Ach ja, ich weiß, es war irgendwo auf dem Land.

Du bist aber drollig. Du solltest zum Zirkus gehn.

Bin ich ja. Dort habe ich mir ja die Augen verdorben beim Tränken der Elefantenflöhe. *Dreimal.* Diese Mädchen vom Lande. Bei denen weiß man auch nie, nicht wahr. Naja, Byron jedenfalls ist nicht zum Ziel gekommen, Gott sei Dank. *Aber man soll keinen in die Brille schlagen.* Willst du ihn nicht einmal aufmachen? *Er lag auf dem Tisch eine Kerze brannte an jeder Ecke auf dem Kuvert zusammengebunden mit einem schmuddligen rosa Strumpfband zwei künstliche Blumen. Keinen in die Brille schlagen.*

Leute vom Land arme Kerle haben noch nie ein Auto gesehen viele von ihnen hup doch Candace damit *Sie wollte mich nicht ansehen* sie aus dem Weg gehen *wollte mich nicht ansehen* deinem Vater wäre es unangenehm wenn du einen von ihnen überfahren würdest ich sage dir dein Vater muß jetzt einfach ein Auto anschaffen mir tut's fast leid daß du es hergebracht hast Herbert es hat mir viel Spaß gemacht natürlich haben wir die Kutsche aber oft wenn wir ausfahren möchte haben die Schwarzen etwas für Mr. Compson zu tun und es würde mich den Kopf kosten wenn ich sie dabei störte er behauptete immer Roskus stehe mir jederzeit zur Verfügung aber ich weiß was das bedeutet ich weiß wie oft man etwas verspricht bloß um sein Gewissen zu beruhigen wirst du mein kleines Mädchen auch so behandeln Herbert aber ich weiß das wirst du nicht tun Herbert hat uns alle maßlos verwöhnt Quentin habe ich dir geschrieben daß er Jason in seiner Bank unterbringen will sobald Jason die High School hinter sich hat Jason wird ein ausgezeichneter Bankier werden er ist das einzige von meinen Kindern mit praktischer Veranlagung ihr habt es mir zu verdanken daß er nach meiner Familie schlägt alle andern sind Compsons *Jason besorgte das Kleistermehl. Sie machten Drachen auf der Hinterveranda und verkauften sie das Stück um einen Nickel, er und der kleine Patterson. Jason war der Kassierer.*

In dieser Straßenbahn war kein Nigger, und die noch nicht vergilbten Hüte strömten unterm Fenster vorbei. Nach Harvard gehen. Wir haben Benjys Wiese *Er lag auf dem Boden unterm Fenster und brüllte. Wir haben Benjys Wiese verkauft damit Quentin nach Harvard gehen kann* dein leiblicher Bruder. Dein kleiner Bruder.

Sie sollten sich einen Wagen anschaffen das würde Ihnen unendlich nützen meinen Sie nicht auch Quentin ich nenne ihn gleich Quentin ich habe ja so viel über ihn von Candace gehört.

Warum nicht ich will daß meine Jungen mehr als Freunde sind jawohl Candace und Quentin mehr als Freunde *Vater ich habe Blutschande* wie schade daß Sie nie einen Bruder oder eine Schwester hatten *Keine Schwester keine Schwester hatte keine Schwester* Fragen Sie Quentin nicht er und Mr. Compson fühlen sich immer ein wenig beleidigt wenn ich kräftig genug bin zu Tisch herunterzukommen ich zehre jetzt von der Substanz ich werde dafür büßen müssen wenn alles vorbei ist und Sie mir mein Töchterchen genommen haben *Meine kleine Schwester hatte keine. Wenn ich Mutter sagen könnte. Mutter*

Ja wenn ich nicht der Versuchung nachgebe und stattdessen Sie mitnehme ich glaube nicht daß Mr. Compson unsern Wagen einholen könnte.

Aber Herbert hast du das gehört Candace *Sie wollte mich nicht ansehen weiche eigensinnige Kinnlinie blickte nicht zurück* Aber du brauchst nicht eifersüchtig zu sein ist ja nur eine alte Frau der er schmeichelt eine verheiratete erwachsene Tochter ich kann es nicht glauben.

Unsinn Sie sehen aus wie ein junges Mädchen Sie sind viel jünger als Candace Teint wie ein junges Mädchen. *Ein anklagendes Gesicht voller Tränen ein Geruch von Kampfer und Tränen eine gleichmäßige sanfte weinerliche Stimme hinter der zwielichtigen Tür der zwielichtfarbene Duft von Geißblatt. Leere Koffer die Speichertreppe heruntergebracht sie klangen wie Särge French Lick. Den Tod nicht gefunden an der Salzlecke*[6]

Keine nicht vergilbten Hüte und keine Hüte. In drei Jahren kann ich keinen Hut tragen. Ich konnte nicht. Wird es dann Hüte geben seit ich nicht war und Harvard nicht war. Wo die besten Gedanken sagte Vater sich anklammern wie abgestorbene Epheuranken an altes totes Mauergestein. Kein Harvard mehr. Jedenfalls nicht für mich. Wieder einer. Trauriger als vorher. Wieder einer. Trauriger als alles. Wieder einer.

Spoade hatte ein Hemd an; es muß also sein. Wenn ich meinen Schatten wieder sehen kann wenn nicht vorsichtig den ich mit ins Wasser gelockt habe trete ich wieder auf meinen unverwüstlichen Schatten. Aber keine Schwester. Ich hätte es nicht getan. *Ich will nicht daß man meiner Tochter nachspioniert* ich hätte es nicht getan.

Wie kann ich über eines von ihnen Macht haben wo du ihnen immer beigebracht hast mich und meine Wünsche nicht zu respektieren ich weiß du siehst auf meine Familie herab aber ist das ein Grund meinen Kindern meinen eigenen Kindern beizubringen ich leide darunter daß mir kein Respekt entgegengebracht wird Stampfte das Skelett meines Schattens mit den Absätzen in den Beton, und dann hörte ich meine Uhr, und ich tastete nach den Briefen durch meinen Rock hindurch.

Ich leide nicht daß meiner Tochter von dir oder Quentin oder sonstwem nachspioniert wird ganz gleich was sie deiner Meinung nach getan hat

Du gibst also zu daß es gar nicht so unbegründet ist sie im Auge zu behalten

Ich hätte es nicht ich hätte es nicht. *Ich weiß schon ich wollte nicht so scharf werden aber Frauen haben keine Achtung voreinander vor sich selbst*

Aber warum meinte sie Die Turmuhr fing an zu schlagen, als ich auf meinen Schatten trat, aber es war erst Viertel. Der Pedell war nirgends zu sehen. *ich würde ich könnte*

Es war ihr nicht Ernst damit so sind Frauen eben weil sie Caddy liebt

Die Straßenlaternen würden bergabwärts gehen und dann zur Stadt ansteigen ich schritt auf dem Bauch meines Schattens. Ich konnte meine Hand darüber wegstrecken. *spürte Vater hinter mir jenseits der herben Dunkelheit von Sommer und August die Straßenlaternen* Vater und ich schützen Frauen voreinander vor sich selbst unsere Frauen *Frauen sind so sie erwerben keine Menschenkenntnis dafür sind wir da sie haben nur eine angeborene Begabung für Mißtrauen die immer wieder Ertrag bringt und für gewöhnlich zu Recht sie haben einen Spürsinn für das Böse und dafür das Böse mit dem zu versehen was ihm an sich fehlt und dafür es instinktiv um sich herum zu ziehen so wie im Halbschlaf die Bettdecke und die Seele damit zu befruchten bis das Böse seinen Zweck erfüllt hat ob es nun vorhanden war oder nicht* Er kam zwischen ein paar ersten Semestern daher. Er war noch ganz in Paradestimmung, denn er grüßte mich herablassend wie ein hoher Offizier.

»Kann ich Sie mal einen Moment sprechen«, sagte ich und blieb stehen.

»Mich? Gern. Also dann auf Wiedersehn, Jungens«, sagte er,

blieb stehen und drehte sich um, »war mir ein Vergnügen, mit euch zu plaudern.« Der Pedell, wie er leibt und lebt. Sag bloß einer, es gebe keine geborenen Psychologen. Es hieß, er habe seit vierzig Jahren bei Semesterbeginn keinen Zug versäumt, und er erkenne jeden Südstaatler auf den ersten Blick. Er irrte sich nie, und wenn er einen nur ein einzigesmal hatte sprechen hören, konnte er schon sagen, aus welchem Staat man stammte. Zu den Zügen ging er in einer regelrechten Uniform, einem Kostüm wie aus Onkel Toms Hütte, mit Flicken und allem Drum und Dran.

»Jawoll, Sir. Nur bitte hier rum, Master, bin schon da«, und nahm einem das Gepäck ab. »He, Jung, komm un pack die Koffer da.« Worauf sich ein wandelndes Koffergebirge daher-schob, unter dem ein weißer Junge von etwa fünfzehn Jahren steckte, und der Pedell hängte ihm noch einen weiteren Koffer an und schickte ihn weg. »Los jetz, un laß mir bloß nix falln. Jawoll, Master, jawoll, gebn Sie dem alten Nigger nur Ihre Zimmernummer, un wenn Sie hinkomm, is alles da un in bester Ordnung.«

Von da an ging er, bis er einen restlos unterjocht hatte, immer bei einem ein und aus, allgegenwärtig und redselig, wobei sein Gehaben, gleichzeitig mit der Verbesserung seiner Garderobe, immer nordstaatlicher wurde, bis er schließlich, wenn er einen genügend ausgenützt hatte und man sich mit ihm mehr vorsah, einen Quentin oder sonstwie nannte, und endlich trug er einen abgelegten Brooks-Anzug und einen Hut mit dem Band von irgendeinem Princeton-Club, ich weiß nicht mehr welchem, das ihm jemand geschenkt hatte und von dem er sich steif und fest einbildete, es sei ein Stück von Abe Lincolns Feldbinde. Als er beim College aufgetaucht war, weiß Gott woher er kam, hatte jemand aufgebracht, er habe ein theologisches Seminar absol-viert. Und als er schließlich begriffen hatte, was dies bedeutete, war er so davon angetan, daß er anfing, diese Geschiche selbst zu verbreiten, bis er zu guter Letzt daran glaubte. Jedenfalls gab er lange witzlose Anekdoten aus seiner Studentenzeit zum besten, wobei er ehemalige und verstorbene Professoren er-wähnte, als wären es gute alte Bekannte, und sie, meist unrich-tig, beim Vornamen nannte. Immerhin war er der Mentor, Be-treuer und Freund von ungezählten Generationen unerfahrener und einsamer Füchse gewesen, und ich nehme an, daß er trotz all seinen kleinen Kniffen und Schwindeleien nicht mehr zum Himmel stank als andere Leute.

»Hab Sie ja schon 'n paar Tage lang nich gesehen«, sagte er und musterte mich voll noch immer militärischer Würde. »Krank gewesen?«

»Nein, keineswegs. Hatte eben viel zu tun. Aber dafür habe ich Sie gesehen.«

»So?«

»Kürzlich bei der Parade.«

»Ach da. Ja, da war ich mit dabei. Ich mach mir ja nich viel aus so was, wissen Sie, aber die Jungens wolln mich immer dabei ham, wissen Sie, die Fetteranen. Die Damen wolln immer, daß alle alten Fetteranen mitmachen, na, Sie wissen ja. Da muß ich ihnen den Gefallen tun.«

»Und dann bei dem Fest der Spaghettifresser«, fuhr ich fort. »Und der ›Frauenliga gegen den Alkoholismus‹ mußten Sie wohl auch den Gefallen tun, wie?«

»Ach, damals? Da hab ich bloß meim Schwiegersohn zulieb mitgemacht. Der möcht gern nen Job bei der Stadt. Als Straßenkehrer. Ich hab ihm gesagt, er will ja doch nur nen Besen zum Draufschlafen. Sie ham mich also gesehn?«

»Ja, beide Male.«

»Ich mein, in Uniform? Wie hab ich ausgesehn?«

»Großartig. Am besten von allen. Man sollte Sie zum General ernennen.«

Er legte leicht die Hand auf meinen Arm; es war eine verarbeitete Hand und doch weich wie alle Negerhände. »Hörn Sie. Aber 's braucht keiner zu wissen. Es Ihnen zu sagen, hab ich keine Bedenken, denn Sie un ich, wir sin ja mehr oder weniger Leute vom gleichen Kaliber.« Er rückte mir noch näher auf den Leib, sprach schnell und blickte an mir vorbei. »Ich hab jetz so einige Eisen im Feuer. Warten Sie bis nächstes Jahr. Warten Sie nur ab. Dann wern Sie schon sehn, wo ich marschier. Ich brauch Ihnen nich zu sagen, wie ich das deichsle; ich sag bloß, warten Sie's ab, dann wern Sie schon sehn, mein Junge.« Jetzt schaute er mir ins Gesicht, tätschelte mir die Schulter und nickte mir zu, wobei er auf den Fersen schaukelte. »Jawollja. Bin nicht umsonst vor drei Jahrn Demokrat worn. Mein Schwiegersohn städtischer Beamter, un ich — jawollja. Wenn's Demokratwerden den Hurensohn wenigstens zum

Arbeiten brächte . . . Un was mich angeht: stelln Sie sich mal in nem Jahr vor zwei Tagen drüben an der Ecke auf, dann wern Sie schon sehn.«

»Hoffentlich. Sie hätten es verdient, Pedell. Ach, da fällt mir ein . . .« Ich zog den Brief aus der Tasche. »Bringen Sie den morgen auf mein Zimmer und geben Sie ihn Shreve. Sie kriegen auch was von ihm. Aber nicht vor morgen, verstanden?«

Er nahm den Brief und betrachtete ihn von allen Seiten. »Er is zugeklebt.«

»Ja. Und es steht drin: Zwecklos vor morgen.«

»Hm«, machte er. Er besah sich den Brief mit geschürzten Lippen. »Ich krieg was, sagen Sie?«

»Ja. Ein Geschenk von mir.«

Er sah wieder zu mir auf, und der Brief glänzte im Sonnenlicht weiß in seiner schwarzen Hand. Seine Augen waren sanft und braun und ohne Iris, und plötzlich sah ich Roskus hinter all den Masken der Weißen, ihren Uniformen, ihrer Politik und ihren Harvardmanieren: mißtrauisch, verschlossen, wortkarg, traurig. »Sie wolln doch den alten Nigger nich aufn Arm nehmen, oder?«

»Wie käme ich dazu? Hat dich schon mal ein Südstaatler auf den Arm genommen?«

»Sie ham recht. Sin feine Leute. Aber es läßt sich nich mit ihnen leben.«

»Haben Sie es überhaupt schon mal versucht?« fragte ich. Aber Roskus war verschwunden. Er war wieder in sein Gehaben zurückgefallen, das er seit langem vor den Augen der Welt zur Schau trug: großspurig, unecht, nicht gerade ungehobelt.

»Ich werd Ihrn Wünschen entsprechen, mein Junge.«

»Aber nicht vor morgen, ja?«

»Gewiß«, sagte er. »Geht in Ordnung, mein Junge. Na dann . . .«

»Ich hoffe . . .«, sagte ich. Er sah wohlwollend und tiefsinnig auf mich herunter. Plötzlich streckte ich die Hand aus, und er drückte sie feierlich — herab vom Piedestal seiner Militär- und Stadtverwaltungsträume. »Sie sind ein guter Kerl, Pedell. Ich hoffe . . . Sie haben schon vielen Jungen geholfen.«

»Ich hab mich immer bemüht, zu allen Menschen anständig zu sein«, sagte er. »Ich bin in gesellschaftlichen Unterschieden nich kleinlich. Für mich is'n Mensch ein Mensch, egal, wo er herkommt.«

»Ich hoffe, Sie werden immer so viele Freunde finden wie bisher.«

»So junge Kerle — mit denen komm ich gut aus. Die vergessen mich auch nie«, sagte er und schwenkte den Brief. Er steckte ihn in die Brusttasche und knöpfte den Rock zu. »Jawollja«, sagte er, »ich hab immer gute Freunde gehabt.«

Die Glockenschläge setzten wieder ein — halb. Ich stand im Bauch meines Schattens und lauschte auf die langsamen und ruhevollen Schläge hoch im Sonnenlicht zwischen den zarten, noch kleinen Blättern. Langsam und friedvoll und gelassen, so herbstlich im Klang, wie es Glocken immer sind, selbst im Juni, dem Monat der Bräute. *Lag brüllend unter dem Fenster auf dem Boden* Er warf einen einzigen Blick auf sie und wußte es. Aus dem Munde der Kinder und Unmündigen. *Die Straßenlaternen* Die Glockenschläge verstummten. Ich trat meinen Schatten ins Pflaster, als ich wieder zum Postamt ging. *gehen bergabwärts dann steigen sie zur Stadt auf wie Laternen die an einer Mauer übereinander aufgehängt sind.* Vater sagte, weil sie Caddy liebt, liebt sie die Menschen um ihrer Schwächen willen. Die Beine vor dem Feuer gespreizt, mußte Onkel Maury die Hand weit ausstrecken, damit er auf Weihnachten anstoßen konnte. Jason rannte los, die Hände in den Taschen, schlug hin und lag da wie ein Huhn, dem man die Flügel an den Leib gebunden hat, bis Versh ihn aufhob. *Warum läßte die Hände nich aus'm Hosensack wenn du läufst dann könntste alleine aufstehn* Rollte seinen Kopf in der Wiege hin und her rollte ihn monoton über den Nacken. Caddy erzählte Jason Versh habe gesagt Onkel Maury arbeite deshalb nicht weil er als Kind immer seinen Kopf in der Wiege hin und her gerollt habe.

Shreve watschelte plumpernst den Weg herauf, und seine Brillengläser glitzerten wie kleine Pfützen unter den dahineilenden Blättern.

»Ich habe dem Pedell einen Zettel wegen verschiedener Sachen gegeben. Ich bin vielleicht am Nachmittag nicht da; laß ihn also vor morgen nichts mitnehmen, ja?«

»Ist gut.« Er sah mich an. »Sag mal, was machst du eigentlich heute? Schwärmst aufgetakelt herum wie im Vorspiel zu einer Witwenverbrennung. Warst du heute morgen in der Psychologie?«

»Ich tu überhaupt nichts. Nicht vor morgen.«

»Was hast du denn da?«

»Ach, nichts. Ein Paar Schuhe, die ich mir habe sohlen lassen. Nicht vor morgen, hörst du?«

»Ja doch. Schon gut. Apropos, hast du heute früh den Brief vom Tisch genommen?«

»Nein.«

»Es liegt einer da. Von Semiramis. Der Chauffeur hat ihn so gegen zehn gebracht.«

»Ist gut. Ich hol ihn mir. Was die wohl jetzt schon wieder will.«

»Wahrscheinlich ihre ewige Musikmacherei. Taterata Gerald Schnädderädäng. ›Die Trommel ein bißchen lauter, Quentin.‹ Himmel, bin ich froh, daß ich kein Gentleman bin.« Ein wenig ungestalt und plumpeifrig ging er weiter und hätschelte ein Buch im Arm. *Die Straßenlaternen* glaubst du das weil einer unserer Vorfahren Gouverneur war und drei andere Generale waren und die von Mutter nicht

ein Lebender ist immer besser als ein Toter aber kein Lebender oder Toter ist viel besser als jeder andere Lebende oder Tote *Wenigstens in Mutters Anschauung. Aus. Aus. Dann waren wir alle vergiftet* du bringst Sünde und Moral durcheinander Frauen tun das nicht deine Mutter denkt an die Moral ob es Sünde ist oder nicht ist ihr nicht in den Kopf gekommen

Jason ich muß fortgehen du bleibst bei den andern ich nehme Jason mit und gehe irgendwohin wo uns niemand kennt damit er aufwachsen und all das vergessen kann die andern lieben mich nicht sie haben nie etwas geliebt mit der Compsonschen Selbstsucht und dem falschen Stolz Jason war der einzige dem sich mein Herz ohne Angst zuwandte

Unsinn Jason geht's gut ich dachte schon daran sobald dir wieder besser ist könntest du mit Caddy nach French Lick fahren

und Jason allein hier lassen nur mit dir und den Schwarzen

sie wird ihn vergessen und all das Gerede wird sich verlieren *fand nicht den Tod an der Salzlecke*

vielleicht könnte ich einen Mann für sie finden *nicht den Tod an der Salzlecke*

Die Straßenbahn kam heran und hielt. Die Glocken läuteten noch immer die halbe Stunde. Ich stieg ein, der Wagen fuhr weiter und löschte den Halbstundenschlag. Nein: den Dreiviertelschlag. Es würde also jedenfalls zehn vor werden. Von Harvard weggehen *deiner Mutter Traum Benjys Wiese dafür verkauft*

was habe ich getan daß ich solche Kinder bekam Benjamin war schon Strafe genug und jetzt auch noch sie daß sie ihre Mutter nicht mehr achtet ich habe für sie gelitten geträumt geplant geopfert ich bin ins Tal hinuntergestiegen doch seit sie die Augen aufgeschlagen hat sie für mich keinen einzigen selbstlosen Gedanken übrig gehabt zuweilen seh ich sie an und frage mich wie sie mein Kind sein kann außer Jason er hat mir keinen Augenblick Kummer gemacht seit ich ihn zum erstenmal in den Armen gehalten habe ich wußte damals gleich er würde meine Freude und meine Rettung sein ich glaubte Benjamin sei Strafe genug für alle meine Sünden ich glaubte er sei meine Strafe dafür daß ich bar jeden Stolzes einen Mann geheiratet habe der sich für etwas Besseres hielt ich beklage mich nicht ich liebte ihn mehr als alle andern eben deswegen und aus Pflichtgefühl obwohl Jason meinem Herzen immer am nächsten war aber ich erkenne jetzt daß ich nicht genug gelitten habe ich erkenne jetzt daß ich für deine Sünden ebenso büßen muß wie für die meinen was hast du begangen welche Sünden deiner hochfahrenden Familie werden an mir heimgesucht aber du setzt dich für sie ein hast immer Entschuldigungen gefunden für dein eigen Fleisch und Blut nur Jason kann sündigen weil er mehr ein Bascomb als ein Compson ist während deine eigene Tochter mein Töchterchen mein kleines Mädchen ist sie sie ist nicht mehr als das als ich ein junges Mädchen war war ich unglücklich ich war nur eine Bascomb man hat mich gelehrt daß es kein Mittelding gibt eine Frau ist entweder eine Dame oder nicht aber ich hätte nie gedacht als ich sie in den Armen hielt daß eine Tochter von mir sich so vergessen könnte weißt du nicht daß ich ihr nur in die Augen zu sehen brauche und es sagen kann du meinst wohl sie würde es dir sagen aber sie sagt nie etwas sie ist verschlossen du kennst sie nicht ich weiß was sie alles getan hat aber ich würde lieber sterben als daß ich dir etwas davon sage jawohl mäkle nur weiter an Jason herum beschuldige mich bloß daß ich ihn anstifte sie zu beobachten als ob das ein Verbrechen wäre während deine eigene Tochter ich weiß du liebst ihn nicht du willst immer Fehler an ihm finden hast ihn nie ja mach dich nur lustig über ihn wie immer über Maury du kannst mir nicht mehr weh tun als deine Kinder mir schon getan haben und wenn ich nicht mehr bin dann hat Jason niemand mehr der ihn liebt und ihn davor beschützt ich sehe ihn jeden Tag voller Angst an daß sich das Compsonblut doch noch bei ihm durchschlagen könnte bei dieser Schwester die sich vor seinen Augen herumtreibt oder ist das vielleicht was anderes hast du ihn je zu Gesicht bekommen willst du mich nicht wenigstens herausfinden lassen wer es ist es ist nicht um meinetwillen ich könnte es nicht ertragen ihn zu sehen sondern um deinetwillen um dich zu schützen aber wer kann gegen schlechtes Blut ankämpfen du willst es mich nicht herausfinden lassen wir sollen mit den Händen im Schoß dasitzen während sie nicht nur deinen Namen in den Schmutz zieht sondern auch die Luft verpestet die deine Kinder atmen Jason laß mich fortgehen ich kann es nicht mehr aushalten laß mich Jason mitnehmen und bleib du bei den andern sie sind nicht mein Fleisch und Blut wie er Fremde kein Stück von mir und ich habe Angst vor ihnen ich kann Jason mitnehmen und hingehen wo uns niemand kennt ich werde auf die Knie fallen und um Vergebung meiner Sünden flehen damit er von diesem Fluch verschont bleibt und zu vergessen suchen daß die andern je waren

Wenn das drei Viertel war — nur noch zehn Minuten. Eine Bahn war gerade weggefahren, und es warteten schon Leute auf die nächste. Ich fragte, aber er wußte nicht, ob vor Mittag noch eine gehe oder nicht, Sie wissen ja, wie es ist mit dem Vorortverkehr. Als nächstes kam also nur eine Stadtbahn. Ich stieg ein. Man spürt den Mittag. Ob wohl auch die Bergleute unter der Erde? Darum das Pfeifen: wegen der Menschen, die schwitzen, und, wenn nur weit genug vom Schweiß entfernt, hört man das Pfeifen nicht, und in acht Minuten sollte man so weit weg vom Schweiß in Boston sein. Vater sagte, ein Mensch ist die Summe seiner Mißgeschicke. Man sollte eigentlich meinen, eines Tages bekomme das Mißgeschick es satt, aber dann ist die Zeit dein Mißgeschick, sagte Vater. Eine Möwe schleppte, an einem unsichtbaren Draht, durch den Raum gespannt. Man schleppt das Sinnbild seines vergeblichen Mühens mit in die Ewigkeit. Dann sind die Flügel größer, sagte Vater, nur, wer kann schon die Harfe schlagen.

Jedesmal wenn der Wagen hielt, konnte ich meine Uhr hören, aber nicht oft sie saßen bereits *Wer würde die Harfe* Essen die

Esserei in einem drin auch Raum Raum und Zeit durcheinander Der Magen sagt Mittag das Hirn sagt Essenszeit Jedenfalls möchte ich wissen wieviel Uhr es ist wieviel. Leute stiegen aus. Die Stadtbahn, von der Essenszeit geleert, hielt jetzt nicht mehr so oft.

Dann war es nach. Ich stieg aus und stand in meinem Schatten, und nach einer Weile kam eine Straßenbahn, und ich stieg ein und fuhr zurück zur Vorort-Haltestelle. Dort wollte gerade eine Vorortbahn abfahren, und ich fand einen Fensterplatz, und sie fuhr ab, und ich sah es sich zerfransen in so etwas wie Rinnsale, und dann Bäume. Ab und zu sah ich den Fluß, und ich dachte, wie nett es für die in New London unten wäre, wenn das Wetter und Geralds Skuller feierlich den flimmernden Vormittag hinaufglitten, und ich grübelte, was die alte Dame wohl jetzt wieder wollte, weil sie mir schon vor zehn Uhr morgens einen Brief schickte. Welch ein Bild von Gerald ich einer von denen im *Dalton Ames ach Asbest Quentin hat geschossen* Hintergrund. Etwas mit Mädchen dabei. Frauen haben *ständig seine Stimme über dem Geschnatter Stimme die flüsterte* einen Hang zum Bösen, zum Glauben, man könne keiner Frau vertrauen, aber manche Männer seien zu unschuldig, sich zu schützen. Durchschnittsmädchen. Entfernte Cousinen und Bekannte, denen die bloße Bekanntschaft eine Art Blutsverpflichtung, noblesse oblige, auferlegt hat. Und sie sitzt da und erzählt uns in deren Beisein, wie schade es sei, daß Gerald alle äußeren Vorzüge der Familie mitbekommen habe, wo das ein Mann doch gar nicht brauche, ja besser dran sei ohne das, während ein Mädchen ohne das verraten und verkauft sei. Erzählt uns von Geralds Weibern *In einem Quentin hat Herbert erschossen hat seine Stimme erschossen durch den Fußboden von Caddys Zimmer* Ton selbstgefälliger Zufriedenheit. »Als er siebzehn war, sagte ich einmal zu ihm: ›Wie schade, daß du einen solchen Mund bekommen hast, der eigentlich in ein Mädchengesicht gehört‹, und können Sie sich vorstellen *die Vorhänge neigten sich herein im Zwielicht über dem Duft des Apfelbaums ihr Kopf gegen das Zwielicht ihre Arme hinter dem Kopf kimonogeflügelt die Stimme die hauchte über Eden Kleider auf dem Bett neben dem Gesicht gesehen über dem Apfel* was er darauf sagte? eben siebzehn geworden, bedenken Sie. ›Mutter‹, sagte er, ›das gibt es oft‹.« Und er saß da in fürstlicher Pose und betrachtete einige von ihnen durch die Wimpern. Wie niederschießende Schwalben stürzten sie herab, seine Wimpern. Shreve sagte, er habe sich oft *Wirst du auf Benjy und Vater achtgeben*

Je weniger du über Benjy und Vater sagst desto besser hast dich doch sonst auch nicht um sie gekümmert Caddy

Versprich es

Du brauchst dir keine Sorge um sie zu machen du gehst ja noch mit einer tadellosen Figur fort

Versprich es ich bin krank du mußt es mir versprechen gefragt wer wohl diesen Scherz aufgebracht habe aber schließlich habe er Mrs. Bland immer als eine bemerkenswert guterhaltene Dame betrachtet sagte er sie züchte Gerald dazu heran, daß er einst eine Herzogin verführen könne. Sie nannte Shreve den dicken kanadischen Jungen zweimal verschaffte sie mir ohne mich vorher zu befragen einen neuen Zimmergenossen, einmal mußte ich ausziehen, das andere Mal

In der Dämmerung machte er die Tür auf. Sein Gesicht sah aus wie ein Kürbispudding.

»Ich möchte von Herzen Lebwohl sagen. Wenn auch das unerbittliche Schicksal uns auseinanderreißt, so werde ich doch niemals einen andern lieben. Niemals.«

»Wovon redest du eigentlich?«

»Ich rede vom unerbittlichen Schicksal in sieben Metern aprikosenfarbener Seide und wohlabgewogen mehr Metall als ein Galeerensträfling und der einzige Eigentümer und Besitzer der unvergleichlichen wandelnden Verbindungskette unserer Konföderation selig.« Dann erzähte er mir, daß sie zum Proktor gegangen sei, weil sie wollte, daß er ausziehe, aber der Proktor habe eigensinnig darauf bestanden, erst Shreve anzuhören. Dann habe sie gewünscht, er solle Shreve sofort holen lassen, dies habe er jedoch abgelehnt, so daß sie Shreve seitdem nicht mehr gerade höflich behandle. »Ich spreche prinzipiell nicht schlecht über Frauen«, sagte Shreve, »aber dieses Weibsbild hat mehr von einer Hure an sich als irgendeine Dame in unsern souveränen Staaten und Dominien.« und jetzt BRIEF auf dem Tisch durch Boten, Auftrag parfümierte gefärbte Orchidee Wenn sie wüßte daß ich beinahe unter dem Fenster vorbeigegangen bin und davon wußte ohne Verehrte gnädige Frau ich hatte bisher keine Gelegenheit Ihre Mitteilung entgegenzunehmen aber ich bitte mich im voraus für heute oder gestern und morgen zu entschuldigen oder wenn Da ich ich mir vorstellen kann als nächstes wird Gerald seinen Nigger die Treppe hinunterwerfen und den Nigger bitten daß er sich ins Theologische Seminar immatrikulieren lassen dürfe um in der Nähe seines Masters seines jungen massa gerald zu sein und Wird der Nigger den ganzen Weg zum Bahnhof mit Tränen in den Augen neben dem Wagen herlaufen wenn massa gerald abfährt will ich auf den Tag warten wo die Geschichte mit der Sägemühle dran ist Ehemann kam mit einer Schrotflinte an die Küchentür Gerald ging hinunter und biß die Flinte entzwei und gab sie zurück und wischte sich die Hände an einem seidenen Taschentuch ab und warf das Taschentuch in den Ofen die habe ich nämlich erst zweimal gehört

schoß auf ihn durch den ich sah Sie hier hereingehen da habe ich die Gelegenheit wahrgenommen und kam herüber dachte wir könnten Bekanntschaft schließen nehmen Sie eine Zigarre

Danke ich rauche nicht

Nein dort muß sich allerhand verändert haben seit meiner Zeit gestatten Sie daß ich mir eine anstecke

Bitte bedienen Sie sich

Danke ich habe viel von Ihnen Ihre Mutter wird wohl nicht böse sein wenn ich das Streichholz hinter das Kamingitter werfe was viel von Ihnen gehört Candace sprach die ganze Zeit von Ihnen oben in Lick ich wurde ganz schön eifersüchtig ich sag zu mir wer ist eigentlich dieser Quentin ich muß doch mal sehn wie der Kerl aussieht denn es hat mir ziemlich zugesetzt wissen Sie vom ersten Augenblick an wo ich die Kleine sah ich schäme mich nicht Ihnen das zu erzählen ist mir nie der Gedanke gekommen es könnte ihr Bruder sein von dem sie immer sprach sie hätte nicht mehr von Ihnen sprechen können wenn Sie der einzige Mann auf der Welt gewesen wären nicht mal von einem Ehemann macht man so viel her wollen Sie nicht doch rauchen

Ich rauche nicht

Dann will ich Sie nicht drängen aber es ist ein recht anständiges Kraut en gros kosten mich hundert fünfundzwanzig Dollar ein Freund in Havanna ja es hat sich da oben wohl viel verändert ich nehme mir immer vor mal wieder dahin zu fahren komme aber nie dazu seit zehn Jahren immer schwer zu tun kann während der laufenden Semester nicht von der Bank weg die lieben Mitmenschen lassen einen manches anders ansehn was man als junger Student noch wichtig nahm wissen Sie erzählen Sie mir doch etwas von da oben

Ich sage Vater und Mutter nichts wenn es das ist worauf Sie hinauswollen

Nichts sagen nichts ach davon sprechen Sie wissen Sie es ist mir völlig schnuppe ob Sie etwas sagen oder nicht natürlich unangenehme Sache aber doch kein Verbrechen ich war nicht der erste oder der letzte ich hatte nur Pech vielleicht hätten Sie mehr Glück gehabt

Sie lügen

Nun gehn Sie mal nicht gleich hoch Sie brauchen doch nichts zu sagen wenn Sie nichts sagen wollen sollte keine Beleidigung sein ein junger Mensch wie Sie nimmt so etwas natürlich tragisch in fünf Jahren werden Sie es anders ansehn

Für mich gibt es nur eine einzige Ansicht über Betrug ich glaube nicht daß ich in Harvard zu einer anderen Ansicht darüber komme

Wir spielen ja hier das reinste Theater Sie müssen im dramatischen Unterricht gut abgeschnitten haben aber Sie haben recht nicht nötig ihnen was zu sagen wollen das Vergangene vergangen sein lassen es liegt kein Grund vor daß wir uns wegen solcher Kleinigkeit verkrachen ich mag Sie gern Quentin ich mag Ihr Gesicht Sie sehen nicht aus wie die andern Stoffel vom Lande ich bin froh daß wir uns so verstehen ich habe Ihrer Mutter versprochen etwas für Jason zu tun wäre aber auch Ihnen gern behilflich Jason würde hier ebenso gut fortkommen aber für einen jungen Mann wie Sie liegt in einem solchen Nest keine Zukunft

Vielen Dank aber halten Sie sich nur an Jason er paßt besser zu Ihnen als ich

Die Geschichte tut mir leid aber ein halbes Kind wie ich damals war Ich hatte nie eine Mutter wie die Ihre die mir eine gewisse Lebensart hätte beibringen können es wäre nicht zu vermeiden daß man ihr damit weh täte wenn sie davon erführe jaja Sie haben recht es ist nicht nötig daß dies schließt natürlich Candace mit ein

Ich sagte Vater und Mutter

Schauen Sie mich an schauen Sie mich genau an wie lange glauben Sie könnten Sie es mit mir aufnehmen

Das werden wir schnell haben wenn Sie auf der Schule ebenfalls Boxen gelernt haben versuchen Sie es doch einmal dann werden Sie schon sehen wie lange ich es mit Ihnen

Sie verdammter kleiner was glauben Sie denn was Sie damit erreichen

Versuchen Sie 's doch mal dann werden Sie schon sehen

Ach Gott die Zigarre Ihre Mutter würde mir ja was erzählen wenn sie einen Brandfleck auf ihrem Kaminsims fände war gerade noch Zeit schauen Sie Quentin wir lassen uns hier auf etwas ein was wir beide bereuen würden ich mag Sie gern mochte Sie auf den ersten Blick gern sagte mir das muß ein verdammt netter Kerl sein wer er auch sei sonst hätte es Candace nicht so wichtig mit ihm hören Sie ich stehe jetzt schon zehn Jahre auf eigenen Beinen im Leben diese Dinge sind alle nicht so wichtig das werden Sie auch noch lernen wir wollen uns doch darüber nicht in die Haare geraten zwei alte Harvardjungen ich würde es heute wohl nicht mehr wiedererkennen was Besseres gibt es für einen jungen Menschen gar nicht werde meine Söhne auch mal hinschicken die sollen es besser haben als ich nun gehen Sie doch noch nicht wollen die Sache in Ruhe besprechen ein junger Mensch hat nun mal solche Ideale und das ist auch ganz richtig das muß so sein solange er auf der Schule ist bildet seinen Charakter erhält die Tradition der Schule aber wenn er in die Welt hinauskommt muß er sich durchschlagen so gut er eben kann denn er wird bald merken daß alle andern dasselbe tun dazu sind wir nun mal verdammt kommen Sie geben wir uns die Hand und lassen wir Vergangenes vergangen sein um Ihrer Mutter willen denken Sie an ihren Gesundheitszustand kommen Sie nun geben Sie mir schon die Hand hier sehen Sie her kommt gerade aus dem Kloster noch kein Fleckchen dran nicht einmal zerknittert schauen Sie her

Zum Teufel mit Ihrem Geld

Aber aber nun nehmen Sie 's doch ich gehöre ja jetzt zur Familie nicht wahr ich weiß wie das ist bei einem jungen Mann hat eine Menge Privatausgaben es ist immer ein Kampf den alten Herrn zum Blechen zu bringen ich kenne das war ja auch mal dort ist noch gar nicht so lange her aber jetzt heirate ich und so gerade dort los seien Sie kein Narr hören Sie zu wenn wir mal dazukommen gemütlich beisammenzusitzen dann muß ich Ihnen mal von einer süßen kleinen Witwe drüben in der Stadt erzählen

Diese Geschichte kenne ich schon längst behalten Sie Ihr verdammtes Geld

Dann betrachten Sie es eben als geliehen machen Sie bloß einen Moment die Augen zu und Sie sind um fünfzig

Lassen Sie gefälligst die Pfoten von mir und nehmen Sie lieber die Zigarre vom Kamin weg

Na dann erzählen Sie es von mir aus verdammt noch mal Sie werden schon sehen was Sie damit erreichen wenn Sie nicht so ein gottverdammter Idiot wären würden Sie einsehen daß ich sie viel zu fest in der Hand habe um mich von einem noch grünen Galahad von Bruder Ihre Mutter hat mir erzählt was für Rosinen Sie im Kopf haben ach komm nur herein mein Liebes Quentin und ich haben gerade Bekanntschaft miteinander geschlossen sprachen von Harvard wolltest du zu mir kann sich von ihrem Alten nicht trennen was

Geh mal einen Augenblick hinaus Herbert ich möchte mit Quentin sprechen

Nun komm doch schon herein plaudern wir ein bißchen und freunden wir uns an ich sagte gerade zu Quentin

Geh doch Herbert laß uns mal einen Augenblick allein

Na schön Brüderchen und Schwesterchen wollen sich wohl noch einmal sehen

Nehmen Sie endlich die Zigarre vom Kamin weg

Sie haben recht wie immer mein Junge dann trolle ich mich also mögen sie einen hier herumkommandieren solange sie noch können Quentin von übermorgen ab heißt das bitte beim Alten nicht wahr Liebling gib Küßchen

Ach hören Sie doch bloß damit auf sparen Sie sich das auf für übermorgen

Dann will ich es aber mit Zinseszins zurückhaben laß nur Quentin nichts tun womit er nicht fertig wird ach übrigens Quentin habe ich schon die Geschichte von dem Mann und dem Papagei erzählt und was dem passiert ist eine traurige Geschichte erinnert mich daran vergeßt es nicht tschüs auf Wiedersehn im Witzblatt

Na

Na

Was hast du denn jetzt vor

Nichts

Nun mischst du dich schon wieder in meine Angelegenheiten hat es dir vorigen Sommer nicht gereicht

Caddy du hast ja Fieber *Du bist krank was fehlt dir*
Ich bin eben krank. Ich kann nicht fragen.
Erschoß seine Stimme durch den
Nicht diesen Lumpen Caddy

Hin und wieder flimmerte der Fluß jenseits der Dinge in niederschießendem Geflimmer über Mittag und später. Ziemlich viel später, obwohl wir schon dort vorbeigekommen waren, wo er noch immer majestätisch stromaufwärts ruderte im Angesicht Gottes, der Götter. Besser. Götter. Gott würde in Boston, Massachusetts, auch nur zum Pöbel gehören. Wenn auch nicht gerade zu den Ehemännern. Die nassen Riemen blinzelten ihm voran mit hellem Blinzeln und den Handflächen von Frauen. Schmeichelnd. Schmeichelnd, falls kein Ehemann, würde er Gott ignorieren. *Diesen Lumpen, Caddy* Der Fluß flimmerte jenseits einer niederschießenden Biegung dahin.

Ich bin krank du mußt es mir versprechen
Krank was fehlt dir
Ich bin einfach krank ich kann niemanden fragen aber versprich mir daß du
Wenn man sich um sie kümmern muß dann nur deinetwegen was fehlt dir denn Wir hörten, daß unterm Fenster das Auto zum Bahnhof abfuhr, zum 8 Uhr 10 Zug. Um die Cousinen zurückzubringen. Köpfe. Vergrößert sich Kopf um Kopf, aber keine Friseure. Maniküren. Wir hatten einmal ein Vollblut. Im Stall ja, aber unterm Sattel ein Luder. *Quentin hat all ihre Stimmen erschossen durch den Fußboden von Caddys Zimmer.*

Die Straßenbahn hielt. Ich stieg aus, stieg in die Mitte meines Schattens hinein. Eine Landstraße kreuzte die Geleise. Unter einem hölzernen Vordach saß ein alter Mann, der etwas aus einer Tüte aß, und dann war die Straßenbahn schon außer Hörweite. Die Straße führte in ein Gehölz, wo es schattig sein würde, aber das Junilaub in New England ist nicht dichter als das Aprillaub daheim in Mississippi. Ich sah einen Schornstein. Ich wandte ihm den Rücken zu und trat meinen Schatten in den Staub. *In mir war des Nachts bisweilen etwas Entsetzliches ich sah wie es mich angrinste sah es durch sie hindurch grinsen durch ihre Gesichter es ist jetzt fort und ich bin krank*
Caddy
Rühr mich nicht an versprich mir nur
Wenn du krank bist kannst du nicht

*Doch ich kann danach wird alles gut werden ist ja einerlei
laß ihn nicht nach Jackson schicken versprich es*
Ich verspreche es Caddy Caddy
Rühr mich nicht an rühr mich nicht an
Wie sieht es denn aus Caddy
Was
Das was dich immer angrinst durch sie hindurch

Ich konnte noch immer den Schornstein sehen. Da mußte das
Wasser sein, das zum Meer und den friedlichen Grotten hinaus-
strebte. Friedlich würden sie da hintaumeln, und wenn Er
sprach Stehet auf dann nur die Bügeleisen. Wenn Versh und ich
den ganzen Tag über auf der Jagd waren, hatten wir nichts
zum Essen mit, und um zwölf Uhr wurde ich hungrig. Bis um
eins blieb ich hungrig, dann aber, plötzlich, vergaß ich sogar,
daß ich gar nicht mehr hungrig war. *Die Straßenlaternen gehen
bergabwärts dann hörte ich die Bahn bergabwärts fahren. Die
Armlehne des Sessels flach kühl glatt unter meiner Stirn die sich
in den Sessel schmiegte der Apfelbaum an mein Haar gelehnt
über dem Eden Kleider neben dem Gesicht gesehen Du hast Fie-*
*ber ich hab es schon gestern gemerkt es ist als säße man neben
einem Ofen.*

Rühr mich nicht an.

Caddy du kannst es nicht tun wenn du krank bist. Diesen
Lumpen.

Irgendwen muß ich doch heiraten. *Dann wurde mir gesagt
der Knochen müsse noch einmal gebrochen werden*

Schließlich sah ich den Schornstein nicht mehr. Die Straße
lief neben einer Mauer her. Bäume neigten sich über die Mauer,
gesprenkelt vom Sonnenlicht. Der Stein war kühl. Während ich
an ihm entlangging, konnte ich die Kühle spüren. Nur war
unser Land nicht wie dieses hier. Jenes hatte so etwas Gewisses,
wenn man es durchwanderte. Eine Art stille und starke Frucht-
barkeit, die immer sättigte, sogar den Hunger nach Brot. Es
floß um einen herum, ohne jeden kargen Stein auszubrüten und
zu hegen. Wie wenn es einen Notbehelf bildete für genug Grün,
damit man unter den Bäumen dahingehen könne, und selbst das
Blau der Ferne nichts von jener üppigen Chimäre. *gesagt der
Knochen müsse noch einmal gebrochen werden und in meinem
Innern stöhnte es auf Ah Ah Ah und mir brach der Schweiß
aus. Von mir aus ich weiß was ein gebrochenes Bein ist alles ist*

es nicht der Rede wert ich werde bloß etwas länger im Hause
bleiben müssen weiter nichts und meine Kiefermuskeln werden
gefühllos und mein Mund sagt Halt Halt noch einen Augen-
blick durch den Schweiß ah ah ah hinter meinen Zähnen und
Vater zum Teufel mit dem Pferd zum Teufel mit dem Pferd.
Halt es ist meine Schuld. Jeden Morgen ging er mit einem Korb
am Zaun entlang auf die Küche zu und zog einen Stock am
Zaun entlang jeden Morgen schleppte ich mich ans Fenster samt
Gipsverband und allem und lauerte auf ihn mit einem Stück
Kohle Dilsey sagte wirst dich noch ganz kaputtmachen hast du
denn nich so viel Verstand im Kopp wo's kaum vier Tage her is
daß du dir's Bein gebrochen hast. Halt werde mich im Augenblick
dran gewöhnt haben halt nur einen Augenblick ich werde mich

Sogar der Schall schien in dieser Luft zu schwinden, als wäre
die Luft müde vom langen Tragen des Schalls. Die Stimme eines
Hundes trägt weiter als ein Zug, im Dunkeln jedenfalls. Auch
die von bestimmten Menschen. Niggern. Louis Hatcher benutzte
sogar nicht einmal sein Horn, das er außer seiner alten Laterne
immer bei sich hatte. Ich sagte: »Louis, wann hast du die Laterne da zum letztenmal geputzt?«

»Hab sie erst neulich geputzt. Wissen Sie damals, wo die vielen Leute von der großen Überschwemmung weggerissen worn
sin. An dem Tag habe ich sie geputzt. Meine Alte un ich, wir
sitzen in der Nacht am Feuer, un sie sagt: ›Louis, was solln wer
denn machen, wenn's Wasser bis hier rauf kommt?‹ un ich sag:
›Is eigentlich wahr. Ich glaub, ich muß doch mal die Laterne
putzen.‹ Un da hab ich sie noch in derselben Nacht geputzt.«

»Die Überschwemmung war doch oben in Pennsylvanien«,
sagte ich. »Da konnte das Wasser bis zu uns ja gar nicht kommen.«

»Das sagen Sie so«, sagte Louis. »Ich will doch meinen, das
Wasser kann in Jofferson genau so hoch un naß kommen wie im
Pennsylvanischen. Aber die Leute glauben ja immer, das Hoch-
wasser kommt nich so weit, daß es über'n Dachfirst rausgeht.«

»Bist du denn in der Nacht damals mit Martha rausgegan-
gen?«

»Genau so ham wer's gemacht. Ich hab die Laterne geputzt,
un dann sin wer die ganze Nacht oben auf dem Buckel hinterm
Kirchhof gehockt. Un wenn ich noch 'n höhern Platz gewußt
hätte, wärn wer dorthingangen.«

»Und seitdem hast du die Laterne nicht mehr geputzt?«

»Was soll ich sie denn putzen, wo's nich nötig is?«

»Du meinst, bis wieder mal Hochwasser kommt?«

»Immerhin hat sie uns davor bewahrt.«

»Ach, geh, Onkel Louis«, sagte ich.

»Wollwoll. Sie machen's, wie Sie's verstehn, un ich, wie ich's versteh. Wo ich doch bloß meine Laterne putzen brauch, damit 's Hochwasser nich kommt, hab ich's nich nötig, mich rumzustreiten.«

»Onkel Louis passiert nichts, wenn er bloß 'n Licht hat, wo er bei sehn kann«, sagte Versh.

»Ich hab hier schon Opossums gejagt, wo sie Ihrm Pappi den Kopp noch mit Petroleum gewaschen ham, um die Läuse zu ersäufen, Junge«, sagte Louis. »Un hab auch welche gefangen.«

»Stimmt wirklich«, sagte Versh. »Ich möchte wetten, Onkel Louis hat mehr Opossums gefangen wie je mal einer hier rum.«

»Wollwoll«, sagte Louis. »Ich hatt eben immer genug Licht, um die Opossums zu sehn, das war's. Hat sich noch keins von ihnen beklagt. Still jetz. Da is eins. Hui. Faß, Hund.« Und wir saßen da im welken Laub, das knisterte im langsamen Atem unseres Wartens und im langsamen Atem der Erde und des windstillen Oktobers, und der ranzige Geruch der Laterne verpestete die kristallische Luft, und wir horchten auf die Hunde und das Echo von Louis' verhallender Stimme. Er sprach immer gleichmäßig leise, aber in einer stillen Nacht konnten wir ihn auf der Vorderveranda hören. Wenn er die Hunde hereinrief, dann klang es wie sein Horn, das er über die Schulter gehängt trug und nie benutzte, aber klarer, schmelzender, als wäre seine Stimme ein Teil der Dunkelheit und der Stille und rollte sich aus ihr heraus und wieder in sie zurück. HuHuuuu. HuHuuuu. HuHuuuuuuuuuuu. *Muß doch irgendwen heiraten.*

Sind es denn viele gewesen Caddy

Ich kenne schon nicht so viele wirst du dich um Benjy und Vater kümmern

Du weißt also nicht von wem es ist weiß er denn was davon

Rühr mich nicht an wirst du dich um Benjy und Vater kümmern

Ich spürte das Wasser, noch ehe ich zur Brücke kam. Die Brücke war aus grauem Stein, voller Flechten und scheckig von schleichender Feuchtigkeit an den Stellen, wo sich Schwamm angesetzt hatte. Das Wasser darunter klar und still im Schatten, es murmelte und gluckerte in vergehenden Wirbeln kreisenden Himmels um den Stein. *Caddy diesen*

Irgendwen muß ich doch heiraten Versh erzählte mir einmal von einem Mann, der sich selbst verstümmelte. Er ging in den Wald, setzte sich in einen Graben und machte es mit einem Rasiermesser. Ein abgebrochenes Rasiermesser warf sie über die Schulter zurück und mit ihnen schoß das Blut im gestreckten Strahl nach hinten. Aber darum geht es nicht. Es geht nicht darum keine zu haben. Es geht darum welche gehabt zu haben dann könnte ich sagen O Das Das ist Chinesisch ich verstehe kein Chinesisch. Und Vater sagte Es kommt davon daß du jungfräulich bist: verstehst du? Frauen sind nie jungfräulich. Keuschheit ist ein negativer Zustand und darum wider die Natur. Dich quält die Natur Caddy nicht und ich sagte Das sind doch bloß Worte und er sagte Die Jungfräulichkeit auch und ich sagte Das verstehst du nicht. Das kannst du nicht verstehen und er sagte Ja. In dem Augenblick wo wir erkennen ist diese Tragödie überholt.

Wo die Brücke ihren Schatten warf, konnte ich tief hinuntersehen, aber doch nicht bis auf den Grund. Wenn man ein Blatt lange im Wasser läßt, dann hat sich nach einiger Zeit das Gewebe aufgelöst, und die feinen Rippen wogen lässig wie der Schlaf. Sie berühren einander nicht, so eng verbunden sie auch einmal waren, so dicht sie auch einmal am Stiel gesessen haben. Wenn er einst sagt Stehet auf, dann werden vielleicht auch die Augen aus der tiefen Stille und dem Schlaf emporsteigen, um die Herrlichkeit zu schauen. Und nach einer Weile werden dann wohl auch die Bügeleisen emporsteigen. Ich versteckte sie unter der Brücke, ging wieder zurück und lehnte mich übers Geländer.

Ich konnte nicht bis auf den Grund sehen, doch ich sah tief hinunter in das Strömen des Wassers, ehe das Auge nachließ, und dann sah ich einen hängenden Schatten, der sich wie ein dicker Pfeil gegen die Strömung stemmte. Eintagsfliegen schossen dicht über der Oberfläche durch den Schatten der Brücke. *Wenn es nur jenseits davon eine Hölle gäbe: die reine Flamme wir zwei mehr als tot. Dann hast du nur noch mich nur noch mich wir zwei jenseits inmitten des Fingerdeutens und des Abscheus die reine Flamme* Der Pfeil nahm ohne Bewegung zu, dann schnappte die Forelle mit blitzschneller Drehung unter der

Oberfläche eine Fliege, so riesenartig zart wie ein Elefant, der eine Erdnuß aufhebt. Der auslaufende Strudel trieb stromabwärts, und dann sah ich den Pfeil wieder, die Spitze gegen die Strömung gestemmt, wie er sich leicht hob und senkte im Rhythmus des Wassers, über dem die Eintagsfliegen hin und her schossen und sich schwebend niederließen. *Nur du und ich inmitten des Fingerdeutens und des Abscheus umschlossen von der reinen Flamme*

Zart und reglos hing die Forelle zwischen den wogenden Schatten. Drei Jungen mit Angelruten kamen auf die Brücke, und wir beugten uns übers Geländer und starrten auf die Forelle hinunter. Sie kannten den Fisch. Er war schon in der ganzen Umgegend berühmt.

»Seit fünfundzwanzig Jahren versuchen sie, die Forelle da zu fangen. Ein Geschäft in Boston hat eine Angelrute im Wert von fünfundzwanzig Dollar als Preis ausgesetzt, für den, der sie fängt.«

»Warum fangt ihr sie dann nicht? Wollt ihr denn die Angelrute für fünfundzwanzig Dollar nicht haben?«

»Doch«, sagten sie. Sie beugten sich übers Geländer und starrten auf die Forelle hinunter. »Ich schon«, sagte der eine.

»Ich würde die Rute nicht nehmen«, sagte der zweite. »Ich ließe mir statt dessen das Geld geben.«

»Das bekämst du wahrscheinlich gar nicht«, sagte der erste. »Ich wette, daß du die Rute nehmen müßtest.«

»Dann würd ich sie verkaufen.«

»Aber du bekämst keine fünfundzwanzig Dollar dafür.«

»Dann nähme ich, was ich bekäme. Ich kann mit meiner Angelrute ebenso viele Fische fangen wie mit einer zu fünfundzwanzig Dollar.« Dann unterhielten sie sich darüber, was sie mit fünfundzwanzig Dollar anfangen würden. Sie redeten alle durcheinander, ereiferten, erregten, stritten sich, machten aus einer Unwirklichkeit eine Möglichkeit, dann eine Wahrscheinlichkeit, dann eine unumstößliche Tatsache, wie es die Menschen eben machen, wenn sie ihre Wünsche Wort werden lassen.

»Ich würde mir Pferd und Wagen kaufen«, sagte der zweite.

»So siehst du aus«, sagten die andern.

»Und ob ich das würde. Ich weiß, wo ich 'n Gespann für fünfundzwanzig Dollar kriege. Ich kenne den Mann.«

»Wer ist er denn?«

»Der ist, wer er ist. Ich kriege es für fünfundzwanzig Dollar.«

»Ach, hör doch auf«, sagten die andern. »Der weiß überhaupt nichts. Der gibt ja bloß an.«

»Was ihr nicht sagt!« sagte der Junge. Sie zogen ihn weiter auf, aber er widersprach nicht mehr. Er beugte sich übers Geländer und starrte auf die Forelle hinab, deren Erlös er bereits ausgegeben hatte, und plötzlich klangen die Stimmen der beiden andern nicht mehr scharf und streitsüchtig, als ob es auch ihnen vorkäme, er hätte den Fisch gefangen und Wagen und Pferd dafür gekauft, und so verfielen auch sie in die Gewohnheit der Erwachsenen, sich durch stumm zur Schau getragene Überlegenheit überzeugen zu lassen. Es ist wohl so, daß die Menschen, die doch sich selbst und einander so sehr durch Worte abnutzen, wenigstens darin übereinstimmen, daß sie der Weisheit eine schweigende Zunge zuerkennen, und eine Zeitlang spürte ich, wie die beiden andern Jungen fieberhaft nach Mitteln und Wegen suchten, um es mit ihm aufzunehmen und ihm Pferd und Wagen abzuluchsen.

»Du kriegst doch niemals fünfundzwanzig Dollar für die Angelrute«, sagte der erste. »Ich wett meinen Kopf, daß du das nicht kriegst.«

»Er hat die Forelle ja noch gar nicht gefangen«, sagte der dritte plötzlich, und dann schrien sie beide:

»Da hast du's! Wie heißt denn der Mann? Weißt's ja selber nicht. Den gibt's gar nicht.«

»Ach, halt's Maul«, sagte der zweite. »Schau mal, Da ist sie wieder.« Sie beugten sich übers Geländer, reglos und in gleicher Richtung, und ihre Angelruten neigten sich ebenfalls in gleicher Richtung schlank im Sonnenlicht. Die Forelle stieg gelassen hoch, ein zunehmender Schatten, der sich leicht hob und senkte, wieder lief der kleine Strudel langsam stromabwärts aus. »Mensch«, murmelte der erste.

»Wir versuchen gar nicht mehr, ihn zu fangen«, sagte er. »Wir sehen jetzt bloß noch zu, wenn Leute von Boston herkommen und es probieren.«

»Ist denn das der einzige Fisch in diesem Wasser?«

»Ja. Er hat alle andern vertrieben. Der beste Platz zum Fischen hier in der Gegend ist unten beim Großen Strudel.«

»Ach wo«, sagte der zweite. »Bei Bigelows Mühle ist's noch

mal so gut.« Dann stritten sie eine Weile darüber, wo der beste Angelplatz sei, und dann hörten sie plötzlich damit auf, um zuzusehen, wie die Forelle wieder hochstieg und der aufkommende Wasserwirbel ein Stückchen Himmel aufsaugte. Ich fragte, wie weit es zur nächsten Ortschaft sei. Sie sagten es mir.

»Aber zur nächsten Straßenbahn-Haltestelle geht's dort entlang«, sagte der zweite und zeigte die Straße zurück. »Wo wollen Sie denn hin?«

»Nirgendwohin. Ich gehe bloß spazieren.«

»Sind Sie vom College?«

»Ja. Gibt's dort Fabriken?«

»Fabriken?« Sie blickten mich an.

»Nein«, sagte der zweite. »Dort nicht.« Sie musterten meine Kleidung. »Suchen Sie Arbeit?«

»Vielleicht Bigelows Mühle?« sagte der dritte. »Das ist eine Fabrik.«

»Das nennst du Fabrik? Er meint eine richtige Fabrik.«

»Eine mit einer Sirene«, sagte ich. »Ich habe noch keine Sirene zur Mittagspause gehört.«

»Ach so«, sagte der zweite. »Am Turm von der Unitarierkirche ist eine Uhr. Da können Sie sehn, wieviel Uhr es ist. Haben Sie denn da an der Kette keine Uhr?«

»Die ist mir heut früh entzweigegangen.« Ich zeigte ihnen meine Taschenuhr. Sie untersuchten sie ernsthaft.

»Sie geht noch«, sagte der zweite. »Was kostet so eine Uhr?«

»Ich habe sie geschenkt bekommen«, sagte ich. »Zum Abitur, von meinem Vater.«

»Sind Sie Kanadier?« fragte der dritte. Er hatte rote Haare.

»Kanadier?«

»So spricht er aber nicht«, sagte der zweite. »Ich hab schon welche reden hören. Er redet wie einer von so 'ner Negerkapelle.«

»Hör mal«, meinte der dritte, »du hast wohl gar keine Angst, daß er dir eine runterhaut?«

»Warum soll er mir eine runterhauen?«

»Weil du gesagt hast, er redet wie ein Farbiger.«

»Ach, halt die Luft an«, sagte der zweite. »Sie können den Kirchturm sehn, wenn Sie über die Anhöhe dort weg sind.«

Ich dankte ihnen. »Petri Heil! Holt euch aber nicht den alten Burschen da. Der verdient, daß man ihn in Frieden läßt.«

»Den Fisch kriegt sowieso keiner«, sagte der erste.

Sie beugten sich über das Geländer und starrten ins Wasser, und die drei Angelruten neigten sich wie drei gelbe Feuerfäden in der Sonne. Ich ging auf meinem Schatten, stampfte ihn wieder in die gefleckten Baumschatten. Die Straße machte eine Kurve und führte vom Wasser weg bergan. Sie lief über den Hügel, dann in Windungen bergab, und trug das Auge, trug den Sinn voraus unter einem stillen, grünen Tunnel, und dann der viereckige Turm über den Bäumen und das runde Auge der Uhr, wenn auch noch weit entfernt. Ich setzte mich an den Straßenrand. Das Gras knöcheltief, zahllos. Die Schatten auf der Straße waren so reglos, als wären sie mit einer Schablone aufgezeichnet, mit den schrägen Stiften der Sonne. Aber es war nur ein Eisenbahnzug, und nach einer Weile erstarb es hinter den Bäumen, erstarb das nachhallende Rattern, und dann konnte ich meine Uhr und den verhallenden Zug hören, als ob er durch einen weiteren Monat und einen weiteren Sommer irgendwohin raste, als ob er dahinstürzte unter der in der Luft hängenden Möwe und alle Dinge stürzten. Außer Gerald. Auch er würde nahezu grandios wirken, wie er da einsam durch den Mittag pullte, sich direkt aus dem Mittag hinausruderte, die leuchtende Bahn durch die Luft hinauf, gleich einer Auferstehung, wie er da aufstieg in eine schlummernde Unendlichkeit, darin nur er und die Möwe weilten, die eine erschreckend reglos, der andere mit stetigem, regelmäßigem Durchziehen und Wiederaufrichten, das teilhatte an der Trägheit selbst, und die Welt winzig unter ihren Schatten auf der Sonne. *Caddy den Lumpen den Lumpen Caddy*

Ihre Stimmen kamen über den Hügel, dann die drei schlanken Angelruten wie sich wiegende Fäden laufenden Feuers. Im Vorbeigehen blickten sie, ohne anzuhalten, zu mir herüber.

»Nun«, sagte ich, »ich seh ihn ja gar nicht.«

»Wir haben überhaupt nicht versucht, ihn zu fangen«, sagte der erste. »Den Fisch kann man nicht fangen.«

»Dort ist die Uhr«, sagte der zweite und deutete auf den Kirchturm. »Wenn Sie ein bißchen näher dran sind, können Sie sehn, wie spät es ist.«

»Ja, danke«, sagte ich und stand auf. »Geht ihr in die Stadt?«

»Wir gehn zum Großen Strudel, Döbel fangen«, sagte der erste.

»Am Großen Strudel kann man gar nichts fangen«, sagte der zweite.

»Willst du etwa zur Mühle gehn, wo die Leute mit ihrem Geplantsche alle Fische verscheuchen?«

»Am Großen Strudel kann man gar nichts fangen.«

»Wir werden überhaupt nirgends was fangen, wenn wir nicht weitergehn«, sagte der dritte.

»Ich versteh nicht, warum ihr immerzu vom Großen Strudel redet«, sagte der zweite. »Dort kann man gar nichts fangen.«

»Du brauchst ja nicht mitzugehn«, sagte der erste. »Ich hab dich doch nicht angebunden.«

»Gehn wir zur Mühle und schwimmen«, sagte der dritte.

»Ich gehe zum Großen Strudel und angle«, sagte der erste. »Ihr könnt ja machen, was ihr wollt.«

»Sag mal, wann hast du zum letztenmal von jemand gehört, der am Großen Strudel was gefangen hat?« sagte der zweite zum dritten.

»Gehn wir zur Mühle und schwimmen«, sagte der dritte. Der Kirchturm versank langsam hinter den Bäumen, das runde Gesicht der Uhr noch weit entfernt. Wir gingen weiter im gefleckten Schatten. Wir kamen an einen Obstgarten — rosa und weiß. Er war voll von Bienen; schon konnten wir sie summen hören.

»Gehn wir zur Mühle und schwimmen«, sagte der dritte. Neben dem Obstgarten bog ein Pfad ab. Der dritte Junge ging langsamer und blieb stehen. Der erste ging weiter, und Sonnenflecken glitten die Angelrute entlang und über seine Schulter und den Rücken seines Hemdes hinunter. »Kommt«, sagte der dritte. Der zweite blieb nun auch stehen. *Warum mußt du irgendeinen heiraten Caddy*

Soll ich es aussprechen meinst du wenn ich es ausspreche ist es nicht mehr da

»Gehn wir doch zur Mühle«, sagte er. »Kommt.«

Der erste Junge ging weiter. Seine nackten Füße waren nicht zu hören, leiser als Blätter sanken sie in den feinen Staub. Im Obstgarten summten die Bienen wie aufkommender Wind, es war ein Ton, der wie durch einen Zauber immer kurz vor Crescendo und Sostenuto gebannt blieb. Der Pfad führte überdacht und überwältigt von Blüten an der Mauer entlang und lief zwischen Bäumen aus. Verstreut fiel schräg und gierig das Sonnen-

licht herein. Gelbe Schmetterlinge taumelten gleich Sonnenflek-
ken über den Schatten.

»Wozu willst du denn zum Großen Strudel gehn?« fragte der
zweite Junge. »Du kannst ja an der Mühle angeln, wenn du
willst.«

»Ach, laß ihn doch«, sagte der dritte. Sie sahen dem ersten
Jungen nach. Sonnenlicht glitt in Tupfen über seine sich vor-
wärtsbewegenden Schultern und flimmerte an der Angelrute
entlang wie gelbe Ameisen.

»Kenny«, sagte der zweite. *Sag es Vater willst du ja ich bin
meines Vaters ERZEUGER ich habe ihn erfunden geschaffen ich
ihn Sag es ihm es wird nicht sein weil er sagen wird ich sei nicht
und dann du und ich aus Liebe zur Nachkommenschaft*

»Ach, komm doch«, sagte der Junge. »Es werden schon
welche drin sein.« Sie sahen dem ersten Jungen nach. »Bäh«,
riefen sie plötzlich, »dann geh doch, du Feigling. Wenn er
schwimmen geht, kriegt er nasse Haare, und dann setzt's bei
ihm daheim Prügel.« Sie bogen in den Pfad ein und gingen weiter, und die gelben Schmetterlinge schrägten im Schatten um sie
herum.

*es ist weil sonst nichts ist ich glaube es ist sonst etwas aber
vielleicht auch nicht und dann Du wirst merken daß selbst Unrecht kaum dem angemessen ist was du zu sein glaubst* Er
schenkte mir keine Beachtung, ich sah sein Kinn im Profil und
sein ein wenig abgewandtes Gesicht unter dem zerrissenen Hut.

»Warum gehst du nicht mit ihnen schwimmen?« sagte ich.
diesen Lumpen Caddy

*Du wolltest wohl unbedingt einen Streit vom Zaun brechen
was*

*Ein Lügner und ein Schuft Caddy wurde aus dem Club
hinausgeworfen weil er beim Kartenspiel mogelte wurde nach
Coventry geschickt beim Mogeln im Zwischenexamen erwischt
und exmittiert*

Na wenn schon ich habe nicht vor mit ihm Karten zu spielen

»Gehst du lieber angeln als schwimmen?« sagte ich. Das Bie-
nengesumm wurde schwächer, hielt jedoch noch an, als ob, statt
daß es in Schweigen sänke, das Schweigen zwischen uns nur an-
wüchse wie steigendes Wasser. Die Chaussee machte wieder
einen Bogen und führte als Straße zwischen schattigen Rasen
und weißen Häusern weiter. *Caddy diesen Lumpen wie kannst*

du wenn du an Benjy und Vater denkst so etwas tun es ist nicht wegen mir

Woran sonst kann ich denn denken und woran sonst habe ich gedacht Der Junge wandte sich von der Straße ab. Ohne einen Blick zurückzuwerfen, kletterte er über einen Zaun, ging über den Rasen zu einem Baum, legte die Angelrute nieder, kletterte in die Astgabel und saß da, mit dem Rücken zur Straße, und die gefleckte Sonne bewegungslos auf seinem weißen Hemd. *Was sonst habe ich gedacht ich kann nicht einmal weinen ich bin letztes Jahr gestorben ich habe es dir damals schon gesagt aber ich wußte nicht was ich damit meinte ich wußte nicht* was ich sagte So sind bei uns zu Hause manchmal die späten August-tage, die Luft durchsichtig und erregend wie heute, voll Trauer, Sehnsucht und Vertrautheit. Der Mensch ist die Summe seiner klimatischen Erfahrungen, sagte Vater. Der Mensch: die Summe von dem, was er hat. Ein Problem, das — bei unkeuschen Eigen-heiten — sich hinschleppt zu einem unabänderlichen Nichts: schachmatt von Unflat und Begierde. *Aber jetzt weiß ich daß ich tot bin das sag ich dir*

Warum mußt du dann hör zu wir könnten doch fortgehen du und Benjy und ich irgendwohin wo uns niemand kennt wo Das Buggy wurde von einem Schimmel gezogen, und die Pferdehufe trommelten dumpf im feinen Staub; spinnwebige Räder rassel-ten dünn und trocken, fuhren bergauf durch eine rieselnde Decke von Laub. Ulme. Nein: Ulleme. Ulleme.

Wovon von deinem Studiengeld dem Geld für die Wiese die verkauft wurde damit du in Harvard studieren kannst siehst du denn nicht ein daß du jetzt fertig studieren mußt wenn du nicht fertig studierst dann hat er gar nichts

Die Wiese verkauft Bewegungslos war sein weißes Hemd in der Astgabel, im zitternden Schatten. Die Räder wie Spinnweb. Die Hufe vor dem nachdrängenden Buggy zierlich geschwind wie die Hände einer Stickerin, sie bewegten sich, immer kleiner werdend, auf der Stelle wie ein Schauspieler auf einer Dreh-bühne, der rasch hinter der Szene verschwindet. Die Straße machte wieder einen Bogen. Ich konnte den weißen Turm sehen, die runde dumme Selbstsicherheit der Uhr. *Die Wiese verkauft*

Sie sagen Vater wird bis in einem Jahr tot sein wenn er nicht zu trinken aufhört und er wird nicht aufhören er kann nicht aufhören seit ich seit letzten Sommer und dann werden sie

Benjy nach Jackson schicken ich kann nicht weinen nicht mal eine Minute lang kann ich weinen sie stand in der Tür sofort zerrte er sie am Kleid und brüllte seine Stimme hämmerte in Wellen hin und her zwischen den Wänden und sie schrak zurück gegen die Wand wurde kleiner und kleiner mit ihrem weißen Gesicht ihre Augen wie mit den Daumen hineingedrückt bis er sie aus dem Zimmer stieß seine Stimme hämmerte hin und her als ob ihre eigene Schwungkraft sie nicht wieder aufhören ließe als ob in der Stille kein Platz für sie wäre Brüllen

Wenn man die Tür aufmachte, bimmelte eine Glocke, aber nur einmal, hoch und klar und dünn in dem makellosen Dunkel über der Tür, als ob sie genau abgemessen und abgestimmt wäre, bloß diesen einzigen klaren, dünnen Ton von sich zu geben, damit sie sich weder abnütze noch den Aufwand beanspruche, zu viel Stille herstellen zu müssen, wenn die Tür zu dem frischen warmen Backgeruch aufging; ein kleines schmutziges Mädchen mit Augen wie ein Teddybär und zwei Zöpfchen wie aus Lackleder.

»Tag, Kleines.« In der weichen warmen Leere wirkte das Gesichtchen wie eine Tasse Milch mit einem Schuß Kaffee. »Ist jemand da?«

Doch das Kind starrte mich bloß an, bis eine Tür aufging und die Frau erschien. Über dem Ladentisch mit den Reihen knuspriger Laibe hinter Glas kam, wie an einem Draht herausgezogen, ihr sauberes graues Gesicht mit dem straffen und spärlichen Haar auf dem sauberen grauen Schädel und der Brille in sauberer grauer Fassung, fuhr heraus wie die Schublade einer Registerkasse. Sie sah aus wie eine Bibliothekarin. Ein Jemand inmitten verstaubter Regale voll wohlgeordneter Überzeugungen, die längst von der Wirklichkeit getrennt waren und friedlich vertrockneten, als ob ein Hauch jener Luft, in der Unrecht geschieht

»Bitte, zwei von diesen da, Ma'am.«

Sie holte unterm Ladentisch ein viereckig zugeschnittenes Stück Zeitungspapier hervor, legte es auf den Ladentisch und nahm zwei süße Semmeln heraus. Das kleine Mädchen betrachtete sie mit starren, stillen Augen, die zwei schwarzen, reglos in einer Tasse dünnen Kaffees schwimmenden Korinthen glichen. Land der Jidds Heimat der Makkaronifresser. Es starrte auf die Semmeln, auf die sauberen grauen Hände und den breiten Goldreif am linken Zeigefinger, den ein blauer Knöchel festhielt.

»Backen Sie selbst, Ma'am?«

»Bitte, mein Herr?« sagte sie. So: Bitte, mein Herr? Wie auf dem Theater: mein Herr. »Fünf Cent. Darf es noch etwas sein?«

»Nein, Ma'am. Nicht für mich. Aber die kleine Dame hier möchte etwas.« Sie war nicht groß genug, um über die Auslage hinwegsehen zu können, darum ging sie um den Ladentisch herum und blickte das Kind an.

»Ist sie mit Ihnen gekommen?«

»Nein. Ma'am. Sie war schon da, als ich hereinkam.«

»Du freches Gör«, sagte sie. Sie machte ein paar Schritte auf das kleine Mädchen zu, berührte es aber nicht. »Du hast dir wohl was in die Tasche gesteckt?«

»Sie hat ja gar keine Tasche«, sagte ich. »Sie hat überhaupt nichts getan. Sie stand bloß da und wartete auf Sie.«

»Warum hat es dann nicht geklingelt?« Sie funkelte mich an. Es fehlte ihr bloß noch eine Rute und hinter ihr eine Schultafel mit $2 \times 2 = 5$. »Sie versteckt's unterm Kleid, so daß man's nicht sieht. Du, Kleine, wie bist du denn hereingekommen?«

Das kleine Mädchen schwieg. Es sah die Frau an, warf dann mir einen flüchtigen Blick zu und sah wieder die Frau an. »Diese Ausländer!« sagte die Frau. »Wie ist sie denn hereingekommen, ohne daß es geklingelt hat?«

»Sie kam herein, als ich die Tür aufmachte«, sagte ich. »Es klingelte für uns beide zusammen. Außerdem, sie konnte ja nirgends hinaufreichen. Ich glaube auch nicht, daß sie so was täte. Nicht wahr, Kleines?« Das kleine Mädchen sah mich verschlossen und nachdenklich an. »Was möchtest du denn? Brot?«

Sie streckte ihre geballte Hand vor. Diese öffnete sich über einem Nickel, der feucht und schmutzig war von den feuchten Schmutzfurchen ihres Handtellers. Die Münze war schweißig und warm. Sie roch schwach metallisch.

»Haben Sie ein Fünf-Cent-Brot, Ma'am?«

Sie zog unter dem Ladentisch ein zugeschnittenes Stück Zeitungspapier hervor und legte es auf den Ladentisch und wickelte das Brot hinein. Ich legte die Münze und eine zweite auf den Ladentisch. »Und noch eine von den süßen Semmeln, bitte.«

Sie nahm noch eine Semmel aus dem Glaskasten. »Geben Sie mir das Päckchen«, sagte sie. Ich gab es ihr, und sie wickelte auf und legte die dritte Semmel dazu und wickelte alles wieder ein und nahm die Geldstücke und kramte in ihrer Schürze nach zwei Kupferstücken und gab sie mir. Ich reichte sie dem kleinen Mädchen. Seine Finger schlossen sich feucht und warm darum wie Würmer.

»Wollen Sie der Kleinen die Semmel geben?« fragte die Frau.

»Hm«, sagte ich. »Ich glaube, Ihr Gebäck wird ihr ebenso gut schmecken wie mir.«

Ich nahm die Sachen auf und gab dem Kind das Brot, während die Frau hinterm Ladentisch, eisengrau von Kopf bis Fuß, uns mit kalter, selbstsicherer Miene musterte. »Warten Sie mal«, sagte sie. Sie ging nach hinten. Die Tür ging auf und wieder zu. Das kleine Mädchen blickte mich an und preßte das Brot gegen sein schmutziges Kleid.

»Wie heißt du?« sagte ich. Sie wandte die Augen ab, blieb jedoch völlig regungslos. Sie schien nicht einmal zu atmen. Die Frau kam zurück. Sie hatte ein seltsam aussehendes Ding in der Hand. Sie hielt es fast so, als wäre es die Leiche einer zahmen Ratte.

»Da«, sagte sie. Das Kind sah sie an. »Nimm's«, sagte die Frau und drängte es dem Kind auf. »Es sieht nur so sonderbar aus. Bestimmt merkst du den Unterschied gar nicht, wenn du es ißt. Nun nimm schon. Ich kann nicht den ganzen Tag hier herumstehen.« Das Kind nahm es und sah die Frau immer noch an. Die Frau wischte sich die Hände an der Schürze ab. »Ich muß die Klingel reparieren lassen«, sagte sie. Sie ging zur Tür und riß sie auf. Die kleine Glocke bimmelte einmal, schwach und klar und unsichtbar. Wir gingen auf die Tür und das Starren der Frau zu.

»Danke für den Kuchen«, sagte ich.

»Diese Ausländer«, sagte sie und äugte hinauf ins Dunkel, wo die Glocke bimmelte. »Ich will Ihnen mal einen guten Rat geben: lassen Sie die Finger von denen, junger Mann.«

»Hm«, sagte ich. »Komm, Kleines.« Wir gingen hinaus. »Danke, Ma'am.«

Sie schlug die Tür zu, riß sie dann wieder auf, und die Glocke gab ihren einzigen dünnen Ton von sich. »Ausländer,« sagte sie, während sie zu der Klingel hinaufäugte.

Wir gingen weiter. »Na«, sagte ich, »wie wär's jetzt mit einem Eis?« Sie kaute auf dem mißratenen Kuchen herum. »Ißt du gern Eis?« Sie warf mir einen schwarzen, stummen Blick zu und kaute weiter. »Na, komm mal mit.«

Wir gingen zum Drugstore und ließen uns Eis geben. Sie wollte ihr Brot nicht ablegen. »Leg's doch hin, dann kannst du besser essen«, sagte ich und wollte es ihr abnehmen. Aber sie hielt es fest und nagte an dem Eis herum, als wäre es Kandiszucker. Das angebissene Stück Kuchen lag auf dem Tisch. Sie aß langsam ihr Eis, dann fiel sie wieder über den Kuchen her und betrachtete dabei die Auslagen. Ich aß meine Portion auf und wir gingen.

»Wo wohnst du?« sagte ich.

Ein Buggy, der mit dem Schimmel. Nur daß Dog Peabody plump ist. Fast dreihundert Pfund. Man sitzt auf der bergauf gewandten Seite und hält sich fest. Kinder. Zu Fuß gehen ist immer noch bequemer als sich an der bergauf gewandten Seite festhalten zu müssen. *Warst du schon beim Doktor Caddy bist du schon beim*

Brauche ich nicht ich kann jetzt nicht fragen hinterher ist es was anderes da macht es nichts

Weil Frauen so heikel so rätselhaft sagte Vater. Heikles Gleichgewicht periodischen Schmutzes zwischen zwei Mondwechseln ausbalanciert. Monde sagte er voll und gelb wie Erntemonde ihre Hüften Schenkel. Immer außen außen bei ihnen aber. Gelb. Gleich Fußsohlen vom Gehen. Dann wissen daß ein Mann dem all dies Rätselhafte und anmaßend Verborgene. Bei all dem was sie in sich drin haben bildet sich eine äußere Lieblichkeit die auf eine Berührung wartet um. Flüssige Fäulnis wie ins Wasser gefallene Dinge die wie blasser schlaff gefüllter Gummi darauf schwimmen und sich mit dem Geruch von Geißblatt vermischt haben.

»Du mußt doch wohl dein Brot heimbringen, oder nicht?«

Sie sah mich an. Sie kaute ruhig und gleichmäßig; in regelmäßigen Abständen glitt eine leichte Schwellung ihre Kehle hinunter. Ich faltete mein Papier auseinander und gab ihr eine von den süßen Semmeln. »Adieu«, sagte ich.

Ich ging weiter. Dann sah ich zurück. Sie war hinter mir. »Wohnst du in dieser Richtung?« Sie gab keine Antwort. Sie ging neben mir, sozusagen unter meinem Ellbogen, und aß. Wir gingen weiter. Es war still, kaum ein Mensch weit und breit *sich mit dem Geruch von Geißblatt vermischt Sie würde es mir gesagt haben wenn sie mich nicht auf der Treppe hätte sitzen lassen hörte ihre Tür Dämmerung zufallen hörte Benjy immer noch weinen Abendessen dazu mußte sie herunterkommen mit dem Geruch von Geißblatt darin vermischt* Wir kamen an die Straßenecke.

»Jetzt muß ich aber hier hinuntergehen«, sagte ich. »Adieu.« Sie blieb ebenfalls stehen. Sie schlang den Rest ihres Kuchens hinunter, dann machte sie sich an die Semmel und schaute mich unentwegt an. »Adieu«, sagte ich. Ich bog in die Straße ein und ging weiter, blieb aber erst an der nächsten Ecke stehen.

»Wo wohnst du denn?« fragte ich. »In dieser Richtung?« Ich deutete die Straße entlang. Sie sah mich bloß an. »Wohnst du in dieser Richtung? Du wohnst doch sicher am Bahnhof, da, wo die Züge sind. Nicht?« Sie sah mich bloß an, gelassen und rätselhaft und kauend. Die Straße war auf beiden Seiten leer, Rasen und Häuser lagen sauber und still zwischen den Bäumen, und kein Mensch weit und breit, außer hinter uns. Wir kehrten um und gingen zurück. Vor einem Laden saßen zwei Männer auf Stühlen.

»Kennen Sie dieses kleine Mädchen? Es hat sich an mich gehängt, und ich kann nicht herausbekommen, wo es wohnt.«

Die zwei Männer blickten von mir weg und auf das Kind.

»Muß eins von diesen neuen Italienerfamilien sein«, sagte der eine. Er trug einen rostbraunen Arbeitsmantel. »Hab's schon mal gesehn. Wie heißt du denn, Kleine?« Sie sah die Männer eine Weile schwarz an, und dabei mahlten ihre Kinnbacken gleichmäßig. Sie schluckte, ohne mit Kauen aufzuhören.

»Vielleicht kann es nicht Englisch«, sagte der andere.

»Wenn es zum Brotholen geschickt worden ist«, sagte ich, »dann muß es doch auch irgendwas sprechen können.«

»Wie heißt denn dein Papa?« fragte der erste. »Pete? Joe? Heißt John, hä?« Es biß wieder in die Semmel.

»Was soll ich nur mit ihm anfangen?« sagte ich. »Es läuft mir einfach nach. Ich muß wieder nach Boston zurück.«

»Sind Sie vom College?«

»Ja. Und ich muß mich beeilen, daß ich zurückkomme.«

»Gehn Sie doch die Straße hier weiter und übergeben Sie das Kind Anse. Der wird da oben im Mietstall sein. Ist der Gendarm.«

»Es wird mir wohl nichts anderes übrigbleiben«, sagte ich. »Irgendwas muß mit dem Mädchen ja geschehen. Vielen Dank. Komm, Kleines.«

Wir gingen auf der Schattenseite die Straße hinauf, und der unterbrochene Schatten der Fassaden kleckste träge auf unseren Weg. Wir kamen zum Mietstall. Der Gendarm war nicht da. Ein Mann, der auf einem nach hinten gekippten Stuhl in der breiten niedrigen Tür saß, wo ein dunkler kühler Ammoniakgeruch von den Boxen herwehte, sagte, ich solle mal auf dem Postamt nachfragen. Er kannte das Kind auch nicht.

»Diese Ausländer. Einer sieht aus wie der andere. Bringen Sie das Gör doch über die Bahngleise, da wohnen die alle, wird sich schon einer finden, dem es gehört.«

Wir gingen zum Postamt. Es lag ein Stück die Straße zurück. Der Mann im Arbeitsmantel schlug gerade eine Zeitung auf.

»Anse ist eben weggefahren«, sagte er. »Sie gehn am besten da runter, am Bahnhof vorbei und dann an den Häusern am Fluß entlang. Dort kennt sie sicher jemand.«

»Wird wohl nichts anderes übrigbleiben«, sagte ich. »Komm, Kleines.« Sie steckte das letzte Stückchen von der Semmel in den Mund und verschlang es. »Noch eine?« sagte ich. Sie kaute und sah mich mit schwarzen und großen und freundlichen Augen an. Ich nahm die zwei Semmeln aus dem Papier, gab ihr die eine und biß in die andere. Ich fragte einen Mann nach dem Bahnhof, und er zeigte mir den Weg. »Komm, Kleines.«

Wir kamen an den Bahnhof und überquerten die Geleise dem Fluß zu. Über den Fluß führte eine Brücke, und an seinem Ufer zog sich eine Straße mit den verschiedenartigsten Holzhäusern entlang, die ihre Rücken dem Wasser zukehrten. Eine schäbige Straße, und trotzdem: fremdartig und voller Leben. In der Mitte eines verwahrlosten Grundstücks, das von einem lückenhaften Zaun aus abgebrochenen Pfählen umgeben war, stand eine uralte schiefe Kutsche und ein verwittertes Haus, in dessen Oberstock ein grellrotes Kleid aus dem Fenster hing.

»Sieht dein Haus so aus wie dies hier?« sagte ich. Sie sah mich über die Semmel hinweg an. »Das da?« sagte ich und deutete darauf. Sie kaute einfach weiter, aber es schien mir, als ob in ihrer Haltung etwas wie Bejahung und Zustimmung — wenn auch nicht allzu offensichtlich — läge. »Das da?« sagte ich. »Na, dann komm mal mit.« Ich ging durch das zerfallene Gartentor. Ich warf einen Blick auf sie zurück. »Hier?« sagte ich. »Sieht dein Haus so aus wie das?«

Sie nickte rasch mit dem Kopf, sah mich an und nagte an

dem feuchten Halbmond ihrer Semmel. Wir gingen weiter. Ein Weg aus wahllos zusammengesetzten, zerbrochenen Fliesen, zwischen denen kräftiges hartes Gras sproßte, führte zu der zusammengebrochenen Vortreppe. Nichts regte sich um das Haus herum, und das rote Kleid hing von keinem Wind bewegt aus dem oberen Fenster. Ein Glockenzug mit einem Porzellangriff war an einem fast zwei Meter langen Draht befestigt, und nach einer Weile hörte ich zu ziehen auf und klopfte. Das kleine Mädchen hatte die Kruste quer im Mund und kaute.

Ein Frau öffnete die Tür. Sie sah mich an, dann redete sie in hastigem Italienisch auf das Kind ein, wobei sich ihre Gebärden immer mehr steigerten, bis sie eine fragende Pause machte. Danach sprach sie wieder auf das Mädchen ein, das über seine Kruste zu ihr aufsah und versuchte, den Rest mit seiner schmutzigen Hand in den Mund zu schieben.

»Sie sagt, sie wohne hier«, sagte ich. »Ich habe sie in der Stadt gefunden. Ist das eins von Ihnen?«

»Nix spreken«, sagte die Frau. Sie redete wieder auf das kleine Mädchen ein. Das kleine Mädchen sah sie bloß an.

»Nix hier wohnen?« sagte ich. Ich deutete auf das Mädchen, dann auf sie, dann auf die Tür. Die Frau schüttelte den Kopf. Sie redete hastig. Sie kam vor bis an die Treppe und deutete unter einem Wortschwall die Straße hinunter.

Ich nickte ebenfalls lebhaft. »Sie mitkommen, zeigen?« sagte ich. Ich faßte sie beim Arm und wies mit der andern Hand nach der Straße. Sie redete schnell drauflos und deutete hinunter. »Sie mitkommen, zeigen«, sagte ich und versuchte, sie die Stufen hinabzudrängen.

»Si si«, sagte sie abwehrend und zeigte auf irgend etwas. Wieder nickte ich.

»Danke. Danke. Danke.« Ich ging die Stufen hinunter und auf das Gartentor zu, und wenn auch nicht im Laufschritt, so doch recht schnell. Ich kam ans Gartentor und blieb stehen und betrachtete das kleine Mädchen eine Weile. Die Kruste war jetzt verschwunden, und es sah mich mit seinem schwarzen freundlichen Starren an. Die Frau stand auf der Vortreppe und beobachtete uns.

»Na, dann komm schon«, sagte ich. »Wir werden das richtige bestimmt noch finden.«

Sie ging dicht unter meinem Ellbogen neben mir her. Wir

schritten weiter. Die Häuser schienen alle leer zu sein. Keine
Menschenseele weit und breit. Ein Erstarrtsein, wie es leeren
Häusern eigen ist. Aber sie konnten doch nicht alle leer sein.
All die vielen Zimmer, wenn man nur schlagartig die Fassaden
aufklappen könnte, Madam, bitte sehr, Ihre Tochter. Nein. Madam, um Gottes willen, Ihre Tochter. Sie ging dicht unter
meinem Ellbogen neben mir her, ihre glänzenden Zöpfe, und
dann lag das letzte Haus hinter uns, und die Straße machte
einen Bogen und verlor sich jenseits einer Mauer, die den
Fluß entlanglief. Die Frau kam aus dem zerfallenen Gartentor,
mit einem Tuch über dem Kopf, das sie unterm Kinn
zusammenhielt Die Straße bog immer weiter ab, menschenleer. Ich fand eine Münze und gab sie dem kleinen Mädchen.
Ein Vierteldollar. »Adieu, Kleines«, sagte ich. Dann rannte
ich.

Ich rannte so schnell wie möglich, ohne mich umzublicken.
Kurz bevor die Straße jenseits der Mauer verschwand, blickte
ich zurück. Sie stand auf der Straße, eine kleine Gestalt, die den
Brotlaib an das schmutzige Kleid gepreßt hielt, mit ruhigen und
schwarzen und großen Augen. Ich rannte weiter.

Von der Straße zweigte ein Weg ab. Ich bog ein und fiel nach
einiger Zeit zurück in Geschwindschritt. Der Weg führte zwischen Hintergehöften dahin — ungestrichene Häuser mit noch
mehr von jenen fröhlichen und grellen Kleidern auf Wäsche-
leinen, eine Scheune mit eingefallener Rückwand, die zwischen
üppigen Obstbäumen still für sich vermoderte, nie beschnittene,
von Unkraut umwucherte Obstbäume, rosa und weiß und sum-
mend von Sonnenlicht und Bienen. Ich sah zurück. Der Anfang
des Weges war leer. Ich ging langsamer, und mein Schatten hielt
schritt mit mir, wobei er seinen Kopf durch das Unkraut zog,
das den Zaun verhüllte.

Der Weg führte wieder zurück zu einem geschlossenen Gatter
und verlief im Gras zu einem Pfad — eine Narbe, die kaum
sichtbar ins junge Gras getreten war. Ich kletterte über das Gatter, gelangte in ein kleines Gehölz und ging hindurch und kam
wieder zu einer Mauer und ging an ihr entlang, jetzt von meinem Schatten gefolgt. Da, wo bei uns zu Hause Geißblatt gewesen wäre, wuchs hier wilder Wein und Dorngerank. Näher
und näher Kommen, vor allem in der Dämmerung, wenn es
regnete, mit dem Geruch von Geißblatt vermischt, als ob es

nicht ohne das schon genug gewesen wäre, nicht unerträglich genug. *Warum hast du es zugelassen daß er dich küßte küßte*

Ich ließ es nicht zu ich brachte ihn dazu daß er mir zusehen mußte wie ich toll wurde Was sagst du nun? Roter Abdruck meiner Hand flammte auf in ihrem Gesicht als wäre unter der Hand eine Lampe angezündet worden ihre Augen leuchteten auf

Nicht wegen des Küssens habe ich dich geohrfeigt. Ellbogen von fünfzehnjährigen Mädchen Vater sagte du schluckst als hättest du eine Fischgräte im Hals was ist denn mit dir und Caddy da hinterm Tisch los daß ihr mich nicht anseht. Ich hab dich geohrfeigt weil es so ein elender Laffe aus der Stadt war du willst wohl na sag's doch schon daß ich ein grüner Junge bin Meine rote Hand flammte auf in ihrem Gesicht. Was sagst du nun scheuerte ihren Kopf im Gras stupfte kreuz und quer ins Fleisch scheuerte stechend an ihrem Kopf. Sag grüner Junge sag's doch

Ich jedenfalls habe so ein Luder wie Natalie nicht geküßt Die Mauer lief in den Schatten, und dann auch mein Schatten, ich hatte ihn wieder überlistet. Ich hatte den Fluß entlang der Straße vergessen, der zugleich mit ihr abbog. Ich kletterte auf die Mauer. Und da sah sie mich, wie ich hinuntersprang, und sie hielt den Brotlaib gegen ihr Kleid gepreßt.

Ich stand im Unkraut, und eine Weile schauten wir einander an.

»Warum hast du mir nicht gesagt, daß du hier draußen wohnst, Kleines?« Das Brot hatte sich langsam durch das Papier gebohrt; es wäre bereits ein neues nötig gewesen. »Na, dann komm mal und zeig mir das Haus.« *kein solches Luder wie Natalie. Es regnete, wir konnten es auf dem Dach hören, es seufzte durch die hohe süße Leere der Scheune.*

Da? ich berührte sie

Da nicht

Da? es regnete nicht stark aber wir konnten nichts hören außer dem Dach und etwas das mein Blut oder ihr Blut hätte sein können

Sie stieß mich die Leiter hinunter und rannte weg und ließ mich zurück Caddy

Hat es dir da weh getan als Caddy wegrannte hat es dir da weh getan

Oh Sie ging dicht unter meinem Ellbogen neben mir her, der Scheitel ihres Lacklederkopfes, der Brotlaib, der sich durchs Papier scheuerte.

»Wenn du jetzt nicht bald heimgehst, wird dir das Brot noch aus dem Papier rutschen. Was wird deine Mama dann sagen?« *Ich wette ich kann dich hochheben*

Das kannst du nicht ich bin zu schwer

Lief Caddy fort ging sie ins Haus man kann die Scheune von unserm Haus aus nicht sehen hast du einmal versucht die Scheune zu sehen vom

Es war ihre Schuld sie stieß mich sie rannte fort

Ich kann dich hochheben siehst du

Oh ihr Blut oder mein Blut Oh Wir gingen weiter im feinen Staub, unsere Füße lautlos wie Gummi im feinen Staub, und Sonnenstrahlen fielen schräg in die Bäume. Und wieder spürte ich Wasser, das schnell und friedvoll im geheimnisreichen Schatten floß.

»Hör mal, du wohnst aber weit. Da bist du ja mächtig helle, daß du schon allein so weit in die Stadt gehen kannst.« *Es ist wie im Sitzen tanzen hast du schon mal im Sitzen getanzt? Wir konnten den Regen hören, eine Ratte in der Krippe, der leere Stall ohne Pferde. Wie hältst du einen beim Tanzen hältst du so*

Oh

Ich halte im allgemeinen so du hast wohl gedacht ich sei nicht stark genug wie

Oh Oh Oh Oh

Im Halten allgemeine ich so ich meine hast du gehört was ich sagte ich sagte

oh oh oh oh

Die Straße lief weiter, still und leer, und die Sonne fiel immer schräger. Ihre steifen Zöpfchen waren an den Enden mit roten Stoffstreifen zusammengebunden. Wenn sie ging, flatterte ein Stück des Einwickelpapiers ein wenig und entblößte das Ende des Brotlaibs. Ich blieb stehen.

»Hör mal. Wohnst du in der Straße da unten? Wir sind doch schon über einen Kilometer gegangen und an keinem Haus vorbeigekommen.«

Sie sah mich an, schwarz, freundlich und geheimnisvoll.

»Wo wohnst du nur, Kleines? Wohnst du denn nicht da hinten in der Stadt?«

Irgendwo im Wald jenseits der gebrochenen und spärlich einfallenden Sonnenstrahlen mußte ein Vogel sein.

»Dein Papa wird sich Sorgen um dich machen. Hast du nicht Angst, daß du Prügel bekommst, weil du mit dem Brot nicht gleich heimgegangen bist?«

Der Vogel flötete wieder — unsichtbar, ein sinnloser und tiefer, eintöniger Schall, der wie mit einem Messer abgeschnitten endete, dann wieder — und das Gefühl von Wasser, schnell und friedvoll über geheimnisreichen Stellen, gefühlt und nicht zu sehen, nicht zu hören.

»Ach, verdammt noch mal.« Fast das halbe Papier hing lose herunter. »So nützt es dir doch nichts mehr.« Ich riß es ab und warf es weg. »Komm. Wir müssen zur Stadt zurück. Wir gehen am Fluß entlang.«

Wir verließen die Straße. Im Moos wuchsen blasse kleine Blumen, und dabei immer das Gefühl von stummem, ungesehenem Wasser. *Im Halten allgemeine ich so ich meine im allgemeinen halte ich Sie stand in der Tür blickte uns an die Hände in die Hüften gestemmt*

Du hast mich gestoßen es war deine Schuld mir hat es auch weh getan

Wir tanzten im Sitzen ich wette Caddy kann nicht im Sitzen tanzen

Laß das laß das

Ich wollte nur die Halme von deinem Kleid hinten abbürsten Laß deine Dreckpfoten von mir es war deine Schuld du hast mich hinuntergestoßen ich hab eine Wut auf dich

Das ist mir einerlei sie hat uns gesehen hab doch eine Wut sie ist fort Jetzt hörten wir die Rufe und das Plätschern; einen Augenblick lang sah ich einen braunen Körper aufblitzen.

Dann hab doch eine Wut. Mein Hemd und mein Haar wurden naß. Über dem Dach hörte ich das Dach jetzt laut ich sah Natalie im Regen durch den Garten gehen. Werd du nur naß hoffentlich bekommst du Lungenentzündung geh heim blöde Kuh. Ich sprang so heftig wie ich konnte in die Schweinesuhle der stinkende Schlamm färbte mich gelb bis zur Hüfte ich hopste darin herum bis ich hinfiel und mich im Kot herumwälzte »Hörst du sie da baden, Kleines? Das möcht ich jetzt am liebsten auch.« Wenn ich Zeit hätte. Sobald ich Zeit habe. Ich konnte meine Uhr hören. *der Schlamm war wärmer als der*

Regen er roch scheußlich. Sie hatte mir den Rücken zugedreht ich ging um sie herum und trat vor sie hin. Weißt du was ich getan habe? Sie drehte mir den Rücken zu ich ging um sie herum und trat vor sie hin der Regen kroch in den Schlamm ihr Mieder zeichnete sich durch das eng am Körper klebende Kleid ab abscheulicher Gestank. Ich umarmte sie ja das tat ich. Sie drehte mir den Rücken zu ich ging um sie herum und trat vor sie hin. Ich umarmte sie kannst es mir ruhig glauben.

Es ist mir verdammt egal was du mit ihr gemacht hast.

Es ist dir es ist dir ich werde ich werde schon dafür sorgen daß es dir nicht verdammt egal ist. Sie schlug meine Hände weg mit der andern Hand beschmierte sie mich mit Schlamm ich spürte nicht den nassen klatschenden Schlag ihrer Hand ich streifte Schlamm von meinen Beinen und beschmierte damit ihren nassen festen sich windenden Körper ich hörte ihre Finger in meinem Gesicht landen konnte aber nichts spüren selbst dann nicht als der Regen auf meinen Lippen plötzlich süß schmeckte

Die im Wasser sahen uns zuerst, Köpfe und Schultern. Sie schrien, und einer sprang aus der Hocke zwischen sie. Sie sahen aus wie Biber, johlten, und das Wasser wellte um ihr Kinn.

»Gehn Sie mit dem Mädchen weg! Sie können doch nicht ein Mädchen hierherbringen! Macht daß ihr fortkommt!«

»Die beißt euch doch nicht. Wir wollen euch bloß ein bißchen zusehen.«

Sie hockten im Wasser. Die Köpfe schoben sich zu einem Klumpen zusammen. Die Jungen musterten uns, dann stoben sie auseinander, stürmten auf uns zu und bespritzten uns. Wir zogen uns rasch zurück.

»Nun laßt doch, Jungen; sie beißt euch bestimmt nicht.«

»Ab mit Ihnen, Harvard!« Es war der zweite Junge, der vorhin an der Brücke von Pferd und Wagen geträumt hatte. »Los ihr, spritzt sie voll!«

»Kommt, wir gehn raus und schmeißen sie ins Wasser«, sagte ein anderer. »Ich hab vor keinem Mädchen Angst.«

»Spritzt sie! Spritzt sie!« Sie stürmten auf uns zu und bespritzten uns. Wir wichen zurück. »Fort mit euch«, grölten sie. »Fort mit euch!«

Wir gingen. Sie kauerten dicht unterm Ufer, ihre glatten Köpfe in einer Reihe vor dem glitzernden Wasser. Wir gingen weiter. »Das ist nichts für uns, wie.« Hier und dort fiel die

Sonne ins Moos, wenn auch nicht mehr so schräg wie vorhin. »Armes Ding, bist bloß ein Mädchen.« Kleine Blumen wuchsen im Moos, die kleinsten, die ich je gesehen hatte. »Bist bloß ein Mädchen. Armes Ding.« Ein Pfad lief in Windungen neben dem Fluß her. Dann war das Wasser wieder still, dunkel und still und schnell. »Nur ein Mädchen. Armes Kleines.« *Wir lagen keuchend im nassen Gras der Regen wie eisige Schrotkörner auf meinem Rücken. Macht's dir jetzt was aus jetzt jetzt jetzt*

Mein Gott das ist ja eine schöne Schweinerei steh auf. Wo der Regen über meine Stirn lief schmerzte es jetzt meine Hand wurde rot und vom Regen rosa gestreift verwaschen. Tut es weh

Natürlich was glaubst du denn

Ich wollte dir die Augen auskratzen mein Gott wir stinken ja nicht schlecht gehen wir uns doch im Bach waschen »So, da wären wir wieder in der Stadt, Kleines. Jetzt mußt du aber heimgehen. Ich muß wieder zurück zur Schule. Schau, wie spät es schon ist. Du gehst jetzt heim, nicht wahr?« Aber sie sah mich nur mit ihrem schwarzen, geheimnisvollen, freundlichen Blick an, den halb entblößten Laib an die Brust gepreßt. »Es ist ja ganz naß. Ich dachte, wir seien rechtzeitig zurückgesprungen.« Ich nahm mein Taschentuch und wollte das Brot abwischen, aber da löste sich die Kruste, und so hörte ich damit auf. »Dann muß es eben von alleine trocknen. Halt es so.« Sie hielt es so. Es sah jetzt aus, als hätten die Ratten daran genagt. *und das Wasser stieg und stieg an dem kauernden Rücken empor der abgelöste Schlamm stank zur Oberfläche und beblatterte die platschende Oberfläche wie Fett auf einem heißen Herd. Ich sagte dir doch ich werde schon dafür sorgen daß er dir*

Es ist mir Gott verdammt noch mal egal was du tust

Dann hörten wir das Laufen, und wir blieben stehen und schauten zurück und sahen ihn den Weg herauflaufen, und die waagrechten Schatten tanzten auf seinen Beinen.

»Der hat's aber eilig. Wir wollen ...« dann sah ich noch einen Mann, einen älteren Mann, der einen Stock umklammert hielt und schwerfällig rannte, und dann einen Jungen, mit nacktem Oberkörper, der beim Laufen seine Hose festhielt.

»Da ist Julio«, sagte das kleine Mädchen, und dann sah ich sein italienisches Gesicht und seine Augen, als er mich ansprang. Wir stürzten. Seine Hände fuhren mir ins Gesicht, und er sagte etwas und wollte mich wohl beißen, und dann zerrten sie ihn hoch und hielten ihn fest, und er bäumte sich und schlug um sich und schrie, und sie hielten seine Arme fest, und er trat nach mir, bis sie ihn weggezogen hatten. Das kleine Mädchen heulte und hielt den Brotlaib in beiden Armen. Der halbnackte Junge schoß hin und her und hüpfte vor und zurück, wobei er immer seine Hose festhielt, und jemand zog mich gerade noch rechtzeitig hoch, daß ich eine splitternackte Gestalt, die ein paar brettsteife Kleidungsstücke hinter sich her zog, um die still daliegende Wegbiegung heranlaufen, doch mitten im Lauf eine andere Richtung einschlagen und in den Wald springen sah. Julio schlug noch immer um sich. Der Mann, der mich hochgezogen hatte, sagte: »Aha, da wär er ja. Jetzt haben wir Sie erwischt.« Er hatte keinen Rock an, sondern nur eine Weste. Darauf glänzte ein Metallschildchen. In der andern Hand hielt er einen polierten Knotenstock.

»Sie sind Anse, nicht wahr«, sagte ich. »Ich habe Sie schon gesucht. Was ist denn los?«

»Ich mache Sie darauf aufmerksam, daß alles, was Sie sagen, zu Protokoll genommen wird«, sagte er. »Sie sind verhaftet.«

»Ich ihn umbringen«, sagte Julio. Er schlug um sich. Zwei Leute hielten ihn fest. Das Mädchen heulte in einem fort und hielt sein Brot fest. »Du stehlen meine Swester«, sagte Julio. »Lassen los, meine 'erren.«

»Seine Schwester gestohlen?« sagte ich. »Aber ich habe doch...«

»Mund halten«, sagte Anse. »Sie können das dem Friedensrichter erzählen.«

»Seine Schwester gestohlen?« sagte ich, und Julio riß sich von den Männern los und sprang mich wieder an, der Gendarm aber trat ihm in den Weg, und sie rangen miteinander, bis die beiden andern seine Arme wieder gepackt hatten. Keuchend ließ Anse von ihm ab.

»Du verdammter Ausländer«, sagte er, »Hätt gute Lust, dich auch noch einzulochen — von wegen Widerstand und so.« Er wandte sich wieder an mich. »Kommen Sie gutwillig mit oder brauchen Sie Handschellen?«

»Ich komme gutwillig mit«, sagte ich. »Alles, was Sie wollen, wenn ich nur jemand finden... etwas tun kann in... Seine Schwester gestohlen«, sagte ich. »Seine Schwester...«

»Ich hab Sie gewarnt«, sagte Anse. »Der will Sie nämlich

wegen vorsätzlichen Kindsraubs anzeigen. He, ihr da, stopft doch dem Gör das Maul.«

»Ach so«, sagte ich. Dann fing ich an zu lachen. Zwei weitere Jungen mit angeglitschten Haaren und runden Augen kamen aus dem Gebüsch, wobei sie ihre Hemden zuknöpften, die an Schultern und Armen schon durchnäßt waren, und ich versuchte, mit Lachen aufzuhören, brachte es aber nicht fertig.

»Paß auf den auf, Anse, ich glaube, der ist verrückt.«

»Wenn i-ich nur a-aufhören könnte«, sagte ich, »Es hö-hört bestimmt gleich auf. Das letzte Mal hieß es hahaha«, sagte ich lachend. »Ich muß mich einen Augenblick hinsetzen.« Ich setzte mich, sie beobachteten mich, und das kleine Mädchen mit dem verschmierten Gesicht und dem angenagt aussehenden Brotlaib, und das Wasser schnell und friedvoll unterhalb des Weges. Nach einiger Zeit ließ das Lachen nach. Aber in meiner Kehle lachte es immer noch, genau so, wie man würgt, wenn der Magen schon leer ist.

»Heda, Sie«, sagte Anse. »Jetzt reißen Sie sich mal zusammen.«

»Ja«, sagte ich und spannte meine Kehle an. Da war wieder ein gelber Schmetterling wie ein lebendig gewordener Sonnenfleck. Nach einer Weile konnte ich meine Kehle lockerer lassen. Ich stand auf. »Ich bin bereit. Wo soll's jetzt hingehen?«

Wir folgten dem Weg, die beiden andern bewachten Julio und das kleine Mädchen, und die Jungen kamen hinterdrein. Der Weg führte am Fluß entlang zur Brücke. Wir überquerten die Brücke und die Geleise, die Leute kamen an die Türen, um uns zu begaffen, und noch mehr Jungen tauchten von irgendwoher auf, so daß wir, als wir in die Hauptstraße einbogen, bereits eine Prozession bildeten. Vor dem Drugstore stand ein Wagen, ein sehr großer, aber ich erkannte sie nicht, bis Mrs. Bland sagte:

»Nanu, Quentin! Quentin Compson!« Dann sah ich Gerald, und dann im Rücksitz Spoade, der den Nacken gegen das Polster gelehnt hatte. Und Shreve. Die beiden Mädchen kannte ich nicht.

»Quentin Compson!« sagte Mrs. Bland.

»Guten Tag«, sagte ich und zog den Hut. »Ich bin verhaftet. Es tut mir leid, daß ich Ihre Nachricht nicht erhalten habe. Hat Shreve es Ihnen ausgerichtet?«

»Verhaftet?« sagte Shreve. »Einen Augenblick mal«, sagte er. Er stemmte sich hoch und kletterte über die Füße der andern und stieg aus. Er hatte eine meiner Flanellhosen an, die ihn wie ein Handschuh umspannte. Ich erinnerte mich nicht, sie vergessen zu haben. Ich erinnerte mich auch nicht, daß Mrs. Bland so viel Kinne hatte. Das hübscheste Mädchen saß natürlich vorn bei Gerald. Sie betrachteten mich durch ihre Schleier mit vornehmem Abscheu. »Wer ist verhaftet?« sagte Shreve. »Was soll denn das heißen?«

»Gerald«, sagte Mrs. Bland, »Schick die Leute da weg. Und Sie steigen hier ein, Quentin.«

Gerald stieg aus. Spoade hatte sich nicht gerührt.

»Was hat er denn angestellt, Captain?« sagte er. »Einen Hühnerstall ausgeraubt?«

»Nicht frech werden«, sagte Anse. »Kennen Sie den Häftling?«

»Natürlich kennen wir ihn«, sagte Shreve. »Hören Sie . . .«

»Dann kommen Sie doch mit zum Friedensrichter. Hier halten Sie mich nur in meiner Amtsausübung auf. Los jetzt.« Er schüttelte mich am Arm.

»Na dann, auf Wiedersehen«, sagte ich. »Freut mich, Sie getroffen zu haben. Tut mir leid, daß ich nicht mit Ihnen kommen kann.«

»Du, Gerald«, sagte Mrs. Bland.

»Hören Sie, Wachtmeister«, sagte Gerald.

»Ich mache Sie darauf aufmerksam, daß Sie es mit einem Vertreter des Gesetzes zu tun haben«, sagte Anse. »Wenn Sie etwas zu sagen haben, dann kommen Sie mit zum Friedensrichter und sagen Sie dort als Zeuge aus.« Wir gingen weiter. Wir bildeten jetzt bereits eine Prozession, angeführt von Anse und mir. Ich hörte, wie sie ihnen erzählten, um was es sich handelte, wie Spoade Fragen stellte, dann Julio wild auf italienisch dazwischenredete, und ich schaute zurück und sah das kleine Mädchen am Randstein stehen und mir mit seinem freundlichen, unergründlichen Blick nachsehen.

»Mars, nach 'ause«, schrie Julio zurück. »Ich 'aue dir krumm un lahm.«

Wir gingen die Straße hinunter und bogen in einen kleinen Vorgarten ein, wo — ein wenig von der Straße zurückliegend — ein einstöckiges, weiß gestrichenes Backsteinhaus stand. Wir gingen über den mit Steinplatten belegten Weg zur Tür, wo Anse alle außer uns draußen bleiben hieß. Wir betraten einen kahlen Raum, in dem es nach abgestandenem Tabakrauch roch. In der Mitte eines mit Sand gefüllten Holzrahmens stand ein gußeiserner Ofen, an der Wand hing eine verblichene Landkarte und das schmierige Kartennetz des Distrikts. Hinter einem zerkratzten, mit Wust überhäuften Tisch saß ein Mann mit einem wilden Busch eisengrauer Haare, der uns über die Stahlränder seiner Brille hinweg entgegenplierte.

»Hast ihn also erwischt, Anse?« sagte er.

»Jawoll, Squire.«

Er schlug ein riesiges, verstaubtes Buch auf und zog es zu sich heran und tunkte eine verkrustete Feder in ein Tintenfaß, das wie mit Kohlenstaub gefüllt aussah.

»Hören Sie, Mister«, sagte Shreve.

»Name des Häftlings«, sagte der Friedensrichter. Ich sagte meinen Namen. Er schrieb ihn langsam in das Buch, und die Feder kratzte mit einer Hartnäckigkeit, daß es einem durch Mark und Bein fuhr.

»Hören Sie, Mister«, sagte Shreve. »Wir kennen den Mann da. Wir . . .«

»Ruhe vorm hohen Gericht«, sagte Anse.

»Sei still, Dicker«, sagte Spoade. »Laß ihn doch. Der macht ja doch, was er will.«

»Alter«, sagte der Friedensrichter. Ich sagte es ihm. Er schrieb es auf und bewegte die Lippen, während er schrieb. »Beruf.« Ich sagte es ihm. »Was, Student in Harvard?« sagte er. Er schob den Hals etwas vor, um über den Brillenrand wegblicken zu können, und sah zu mir auf. Er hatte helle und kalte Augen wie ein Ziegenbock. »Wie kommen Sie dazu, bei uns hier draußen Kinder zu entführen?«

»Die sind ja verrückt, Squire«, sagte Shreve. »Wer in aller Welt behauptet denn, daß er ein Kind entführt hat . . .«

Julio fuhr wütend herum. »Verrickt?« sagte er. »Ich ihn 'aben nich ertappen, eh? Ich nich sehn 'aben mit eigenes Auge . . .«

»Sie lügen«, sagte Shreve. »Sie haben nicht . . .«

»Ruhe, Ruhe«, donnerte Anse, diesmal lauter.

»Haltet den Mund, ihr zwei da«, sagte der Friedensrichter. »Wenn sie sich nich ruhig verhalten, schmeiß sie raus, Anse.«

Sie verhielten sich ruhig. Der Friedensrichter betrachtete Shreve, dann Spoade, dann Gerald. »Sie kennen diesen jungen Mann?« sagte er zu Spoade.

»Jawohl, Euer Ehren«, sagte Spoade. »Er kommt vom Lande und geht hier in die Schule. Er ist ganz harmlos. Der Wachtmeister kann sicher feststellen, daß alles auf einem Irrtum beruht. Sein Vater ist kongregationalistischer Pfarrer.«

»Hm«, machte der Friedensrichter. »Wie war denn das nun eigentlich mit Ihnen?« Ich berichtete ihm, und er betrachtete mich mit seinen kalten, blassen Augen. »Was sagst du nun dazu, Anse?«

»Kann schon so sein«, sagte Anse. »Diese verdammten Ausländer.«

»Ich Americano«, sagte Julio. »Ich 'aben Papier.«

»Wo ist das Gör?«

»Er hat's heimgeschickt«, sagte Anse.

»War's verschreckt oder so?«

»Erst als Julio den Häftling angefallen hat. Sie gingen gerade am Fluß entlang auf die Stadt zu. 'n paar Jungen, die da badeten, ham uns gesagt, wohin sie gegangen warn.«

»Es war alles ein Irrtum, Squire«, sagte Spoade. »Kinder und Hunde laufen dem nun mal nach. Er kann nichts dafür.«

»Hm«, machte der Friedensrichter. Dann sah er eine Weile zum Fenster hinaus. Wir beobachteten ihn. Ich hörte, wie Julio sich kratzte. Der Friedensrichter blickte wieder auf uns.

»Sie da, geben Sie sich damit zufrieden, daß das Gör kein Schaden genommen hat?«

»Bis jetz kein Schaden«, sagte Julio verschnupft.

»Haben Sie Ihre Arbeit liegenlassen, um das Gör zu suchen?«

»'abe ich. Ich laufen. Ich laufen wie Teifel. Ich gucken hier, ich gucken dort, dann Mann mir sagen, er sehen: er geben ihm essen. Sie gehen mit.«

»Hm«, machte der Friedensrichter. »Na, mein Junge, ich schätze, Sie sin Julio 'ne Kleinigkeit schuldig, weil Sie ihn von seiner Arbeit abgehalten ham.«

»Jawohl«, sagte ich. »Wieviel?«

»'n Dollar genügt.«

Ich gab Julio einen Dollar.

»Na,« sagte Spoade, »Wenn das alles ist ... dann ist er wohl jetzt entlassen, Euer Ehren.«

Der Friedensrichter würdigte ihn keines Blicks. »Wie weit bist du ihm nachgelaufen, Anse?«

»Mindestens zwei Meilen. Wir ham fast zwei Stunden gebraucht, bis wir ihn hatten.«

»Hm«, machte der Friedensrichter. Er überlegte. Wir betrachteten ihn, seinen borstigen Schopf und seine auf der Nasenspitze hockende Brille. Der gelbe Umriß des Fensters fraß sich langsam über den Fußboden, erreichte die Wand und kletterte daran empor. Sonnenstäubchen wirbelten und schrägten. »Sechs Dollar.«

»Sechs Dollar?« sagte Shreve. »Wofür denn das?«

»Sechs Dollar«, sagte der Friedensrichter. Einen Augenblick sah er Shreve an, dann wieder mich.

»Aber hören Sie mal«, sagte Shreve.

»Sei doch still«, sagte Spoade. »Gib sie ihm schon, und machen wir, daß wir fortkommen. Die Damen warten auf uns. Hast du sechs Dollar bei dir?«

»Ja«, sagte ich. Ich gab ihm die sechs Dollar.

»Der Fall ist erledigt«, sagte er.

»Laß dir eine Quittung geben«, sagte Shreve. »Du hast für das Geld eine unterschriebene Quittung zu bekommen.«

Der Friedensrichter warf Shreve einen nachsichtigen Blick zu. »Der Fall ist erledigt«, sagte er, ohne die Stimme zu erheben.

»Da hört sich doch alles auf . . .« sagte Shreve.

»Komm jetzt«, sagte Spoade und nahm ihn beim Arm. »Guten Tag, Herr Richter. Sehr verbunden.« Als wir aus der Tür gingen, hörten wir noch einmal Julios wütendes Geschimpfe — dann nichts mehr. Spoade sah mich an, seine braunen Augen blickten spöttisch und beinahe kalt. »Na, mein Lieber, nach all dem wirst du jetzt wohl lieber in Boston den kleinen Mädchen nachsteigen.«

»Du alter Dummkopf«, sagte Shreve. »Was, zum Donnerwetter, soll denn das überhaupt, sich hier herumtreiben und mit diesen verdammten Makkaronifressern einlassen?«

»Kommt«, sagte Spoade, »Die werden schon ungeduldig.«

Mrs. Bland sprach gerade mit ihnen. Es waren Miss Holmes und Miss Daingerfield, sie hörten ihr nicht mehr weiter zu und betrachteten mich wieder mit jenem vornehmen und neugierigen Abscheu, die Schleier zurückgeschlagen über die weißen Näschen, und die Augen scheu und rätselhaft unter den Schleiern.

»Quentin Compson«, sagte Mrs. Bland, »Was würde wohl Ihre Mutter dazu sagen? Ein junger Mann kann natürlich mal in eine Patsche geraten, aber sich von einem Landgendarmen in flagranti verhaften zu lassen! Was soll er denn getan haben, Gerald?«

»Nichts«, sagte Gerald.

»Unsinn. Was war es denn, Spoade?«

»Er versuchte, das kleine verdreckte Mädchen von vorhin zu entführen, wurde aber noch rechtzeitig geschnappt«, sagte Spoade.

»Unsinn«, sagte Mrs. Bland, aber ihre Stimme sackte auf einmal ab, und sie starrte mich einen Augenblick an, und die Mädchen holten gleichzeitig hörbar Atem. »Dummes Zeug«, sagte Mrs. Bland scharf, »Das sieht diesen ungebildeten Yankee-Hinterwäldlern mal wieder ähnlich. Steigen Sie ein, Quentin.«

Shreve und ich setzten uns auf die beiden Klappsitze. Gerald kurbelte den Wagen an und stieg ein, und wir fuhren ab.

»So, Quentin, jetzt erzählen Sie mir einmal, was dieser ganze Unsinn soll«, sagte Mrs. Bland. Ich erzählte, Shreve saß zusammengekauert und verärgert auf seinem Klappsitz, und Spoade lehnte sich neben Miss Daingerfield wieder mit dem Nacken gegen das Polster.

»Und das Tollste daran ist, daß Quentin uns die ganze Zeit zum besten gehalten hat«, sagte Spoade. »Wir hatten ihn immer für einen Musterknaben gehalten, dem jeder seine Tochter anvertrauen könne, bis ihn die Polizei nun bei seinem ruchlosen Handwerk überrascht hat.«

»Jetzt aber Schluß, Spoade«, sage Mrs. Bland. Wir fuhren die Straße hinunter und über die Brücke und kamen an dem Haus vorbei, wo das rote Kleid aus dem Fenster hing. »Das kommt davon, daß Sie meinen Brief nicht gelesen haben. Warum haben sie ihn sich nicht geholt? Wie Mr. MacKenzie mir sagte, hat er mit Ihnen doch davon gesprochen.«

»Stimmt schon. Ich hatte es ja auch vor, aber ich bin nicht noch mal in mein Zimmer gekommen.«

»Sie hätten uns da Gott weiß wie lange warten lassen, wenn Mr. MacKenzie nicht gewesen wäre. Als er sagte, Sie seien nicht zurückgekommen, hatten wir dadurch einen Platz frei und baten ihn mitzukommen. Wir freuen uns aber sehr, Sie bei uns zu haben, Mr. MacKenzie.« Shreve schwieg. Er hatte die Arme vor der Brust gekreuzt und starrte unbewegt geradeaus an Geralds Mütze vorbei. Es war eine Mütze, wie man sie in England zum Autofahren trug. Wenigstens laut Mrs. Bland. Wir fuhren an dem Haus vorbei und noch an drei weiteren, und dann an einem Grundstück, wo das kleine Mädchen am Hoftor stand. Das Brot hatte sie nicht mehr bei sich, und ihr Gesicht sah aus wie mit Ruß beschmiert. Ich winkte ihr zu, aber sie sprach nicht darauf an und drehte, als der Wagen vorbeifuhr, nur langsam den Kopf und verfolgte uns mit ihren großen Augen. Dann eilten wir der Mauer entlang, unsere Schatten eilten der Mauer entlang, und danach kamen wir an einem Fetzen Zeitungspapier vorbei, der am Straßenrand lag, und ich begann wieder zu lachen. Ich spürte es in der Kehle, und ich schaute hinauf in die Bäume, wo schräg der Nachmittag hing, und dachte an den Nachmittag und an den Vogel und an die Jungen beim Schwimmen. Doch ich konnte immer noch nicht damit aufhören, und da sah ich ein, daß ich, wenn ich mich allzu sehr anstrengte, damit aufzuhören, weinen müßte, und ich dachte darüber nach, wie ich darüber nachgedacht hatte, daß ich nicht jungfräulich sein könne, wo ihrer so viele in den Schatten umhergingen und mit ihren sanften Mädchenstimmen flüsterten und in den Schatten verweilten und die Worte herausdrangen und Parfum und Augen, die man spüren, aber nicht sehen konnte, aber wenn es so einfach war, dann war es doch überhaupt nichts, und wenn es überhaupt nichts war, was war dann ich, und dann sagte Mrs. Bland: »Quentin? Ist ihm nicht gut, Mr. MacKenzie?« und dann berührte Shreves fette Hand mein Knie, und Spoade fing an zu reden, und ich versuchte nicht länger, damit aufzuhören.

»Wenn ihm der Korb im Weg ist, Mr. MacKenzie, dann schieben Sie ihn doch zu sich hinüber. Ich habe einen Korb mit Wein mitgebracht, weil ich finde, junge Herren sollten ruhig Wein trinken, obwohl mein Vater, Geralds Großvater« *das jemals tun Hast du das jemals getan Im grauen Dunkel ein kleines Licht um das sie ihre Hände geschlossen*

»Das tun sie schon, wenn sie welchen kriegen«, sagte Spoade. »Was, Shreve?« *ihre Knie ihr Gesicht zum Himmel gewandt der Geruch von Geißblatt auf Gesicht und Hals*

»Bier auch«, sagte Shreve. Seine Hand berührte wieder mein Knie. Ich zog mein Knie erneut zurück. *wie ein Hauch von lila Farbe sprach von ihm brachte*

»Du bist kein Gentleman«, sagte Spoade. *ihn zwischen uns bis ihr Umriß verschwamm nicht durch die Dunkelheit*

»Nein. Ich bin Kanadier«, sagte Shreve. *sprach von ihm die Ruderblätter blinzelten ihn blinzelnd voran die MÜTZE die zum Autofahren in England entworfen wurde und die Zeit stürzte darunter weg und die zwei verschwammen für ewig ineinander er war Soldat gewesen hatte Menschen getötet*

»Ich liebe Kanada«, sagte Miss Daingerfield. »Ich finde es einfach herrlich.«

»Hast du schon mal Parfum getrunken?« sagte Spoade. *er konnte sie mit einer Hand bis zu seiner Schulter stemmen und mit ihr laufen laufen Laufen*

»Nein,« sagte Shreve. *lief das Tier mit den zwei Rücken und sie verschwamm im Laufen mit den blinzelnden Rudern die Schweine des Eubuleus die sich im Laufen paarten wie viele Caddy*

»Ich auch nicht«, sagte Spoade. *ich kenne gar nicht so viele es war etwas Schreckliches in mir Schreckliches in mir Vater ich habe Blutschande Hast du das wirklich getan Wir haben wir haben es nicht getan haben wir es getan*

»und Geralds Großvater pflückte sich vorm Frühstück immer selbst Pfefferminzblätter, solange der Tau noch darauf lag. Nicht einmal der alte Wilkie durfte sie anrühren; weißt du noch, Gerald, wie er sie immer sammelte und sich selbst seinen Julep mixte. Mit seinem Julep war er so zimperlich wie eine alte Jungfer, mischte ihn sich immer nach einem Rezept, das er auswendig wußte. Es gab nur einen Menschen, dem er je dieses Rezept verriet; nämlich« *wir haben es getan wieso weißt du das nicht wenn du mir Zeit läßt erzähle ich dir wie es war es war ein Verbrechen wir haben ein schreckliches Verbrechen begangen es läßt sich nicht verheimlichen du glaubst es läßt sich aber warte nur ab Armer Quentin du hast es nie getan nicht wahr aber ich werde dir erzählen wie es war dann werde ich es Vater erzählen das muß sein weil du Vater liebst dann werden wir fortgehen müssen inmitten des Fingerdeutens und Abscheus die reine Flamme ich werde dich zwingen daß du es zugibst ich bin stärker als du ich werde dir klarmachen daß wir es getan haben du hast gemeint es seien sie aber es war ich hör zu ich hab dich die ganze Zeit an der Nase herumgeführt ich war es du hast gemeint ich sei im Hause wo das verdammte Geißblatt versuchte nicht zu denken die Schaukel die Zedern das dunkle Wogen das gepreßte Atmen den wilden Atem trinken das ja Ja Ja ja* »war selbst nie dazu zu bringen, Wein zu trinken, aber er sagte stets ein Korb welches Buch lasen Sie das in dem wo Geralds Ruderdreß Wein gehöre unbedingt zur Picknick-Ausrüstung eines Gentlemans« *hast du sie geliebt Caddy hast du sie geliebt Wenn sie mich anfaßten war ich wie tot*

sie stand einen Augenblick lang da gleich darauf schrie er und zerrte sie am Kleid sie gingen in die Diele und die Treppe hinauf und er schrie und stieß sie die Treppe hinauf zur Badezimmertür und sie blieb stehen mit dem Rücken gegen die Tür und den Arm überm Gesicht und er schrie und versuchte sie ins Badezimmer zu stoßen als sie zum Abendessen hereinkam fütterte ihn T.P. gerade und er fing zuerst bloß an zu wimmern bis sie ihn berührte da schrie er und sie stand da mit Augen wie die gehetzter Ratten dann lief ich hinaus ins graue Dunkel es roch nach Regen und allen Blumendüften die in der feuchten warmen Luft hingen und die Grillen zirpten im Gras und umgaben mich mit einer kleinen wandernden Insel des Schweigens Fancy beobachtete mich über den Zaun gefleckt wie eine Flickendecke auf der Leine ich dachte der Teufel hole diesen Nigger er hat wieder vergessen ihr Futter zu geben ich rannte den Hang hinunter in dem Vakuum der Grillen wie ein Atemhauch der über einen Spiegel wandert sie lag im Wasser den Kopf auf der kleinen Sandbank das Wasser umspülte ihre Hüften im Wasser war es ein wenig heller ihr halb vollgesogener Rock klatschte gegen ihre Flanken im Rhythmus des Wassers das in kräftigen kleinen Wellen ins Nirgendwo floß und sich aus seiner eigenen Bewegung antrieb und ich stand am Ufer und roch das Geißblatt an der Flußenge schien die Luft zu triefen vom Geißblatt und dem Geschabe der Grillen das man gleich Stoff auf der Haut spürte

weint Benjy noch

ich weiß nicht ja ich weiß nicht

armer Benjy

ich setzte mich ans Ufer das Gras war ein bißchen feucht da merkte ich daß meine Schuhe naß waren

komm aus dem Wasser heraus bist du verrückt

aber sie rührte sich nicht ihr Gesicht war ein weißer Fleck der durch ihr Haar aus dem Sandfleck herausgehoben wurde komm jetzt heraus

sie richtete sich hoch dann stand sie auf ihr triefender Rock klatschte gegen ihren Körper sie kletterte die Uferböschung hinauf und ihre Kleider klatschten und sie setzte sich hin

warum wringst du es denn nicht aus willst du krank werden

ja

das Wasser saugte und gurgelte über die Sandbank und weiter ins Dunkel unter den Weiden über der Untiefe kräuselte sich das Wasser wie Stoff und enthielt immer noch ein wenig Licht wie man es beim Wasser gewohnt

er ist über alle Meere gefahren rund um die Welt

dann sprach sie von ihm die Hände um die nassen Knie gefaltet den Kopf zurückgelegt im grauen Licht der Duft von Geißblatt in Mutters Zimmer war Licht und in dem von Benjy wo T.P. ihn ins Bett brachte

liebst du ihn

sie streckte die Hand aus ich rührte mich nicht sie fuhr an meinem Arm hinunter und legte meine Hand flach auf ihre Brust ihr Herz klopfte

nein nein

hat er dich also gezwungen er hat dich gezwungen es zu tun ihn gewähren zu lassen er war stärker als du und er morgen bringe ich ihn um das schwöre ich dir Vater braucht es erst hinterher zu wissen und dann werden du und ich es braucht nie jemand davon zu erfahren wir können meine Kolleggelder nehmen ich kann meine Immatrikulation annullieren lassen Caddy du haßt ihn nicht wahr nicht wahr

sie hielt meine Hand auf ihrer Brust ihr Herz klopfte ich wandte mich um und ergriff ihren Arm

Caddy du haßt ihn nicht wahr

sie führte meine Hand bis zu ihrem Hals hinauf wo ihr Herz hämmerte

armer Quentin

ihr Gesicht blickte zum Himmel auf er hing niedrig so niedrig daß alle Düfte und Laute der Nacht zusammengepreßt schienen wie unter ein schlaffhängendes Zelt vor allem der Geißblattduft er war in meinen Atem gedrungen und lag auf ihrem Gesicht und ihrem Hals wie Schminke ihr Blut pochte gegen meine Hand ich lehnte auf meinem andern Arm er fing zu zittern und zu zucken an und ich mußte keuchen um überhaupt Luft zu bekommen aus diesem satten grauen Geißblattduft

ja ich hasse ihn ich würde sterben für ihn ich bin schon für ihn gestorben jedesmal wenn das passiert sterbe ich wieder für ihn

als ich meine Hand hob brannten in meiner Handfläche immer noch die Zweige und Grashalme die sich kreuz und quer darin eingedrückt hatten

armer Quentin

sie streckte ihre Arme und lehnte sich zurück die Hände um die Knie gefaltet

du hast es nie getan nicht wahr

was getan was

das was ich getan was ich getan habe

o doch viele Male mit vielen Mädchen

dann weinte ich ihre Hand berührte mich wieder und ich weinte an ihrer feuchten Bluse dann legte sie sich auf den Rükken und blickte an meinem Kopf vorbei in den Himmel ich sah den weißen Rand unter ihrer Iris und klappte mein Messer auf

weißt du noch der Tag an dem Omi starb als du dich in deinen Hosen ins Wasser gesetzt hast

ja

ich setzte ihr die Spitze des Messers an die Kehle

es dauerte nur eine Sekunde eine einzige Sekunde dann mache ich es bei mir dann mache ich es bei mir

gut kannst du es bei dir auch wirklich selbst machen

ja die Klinge ist lang genug Benjy ist jetzt im Bett

ja

es dauert nur eine Sekunde ich werde versuchen dir nicht weh zu tun

gut

wirst du die Augen zumachen

nein sonst mußt du stärker zustoßen

leg deine Hand darauf

aber sie rührte sich nicht ihre Augen waren weit offen und blickten an meinem Kopf vorbei in den Himmel hinauf

Caddy weißt du noch wie Dilsey sich aufgeregt hat weil deine Hose schmutzig war

weine nicht

ich weine nicht Caddy

stoß zu tu's doch
soll ich
ja stoß zu
lege deine Hand darauf
weine nicht armer Quentin

aber ich konnte nicht aufhören sie hielt meinen Kopf gegen ihre feuchte feste Brust ich hörte wie ihr Herz jetzt gleichmäßig und langsam schlug und nicht mehr hämmerte und das Wasser gurgelte im Dunkel unter den Weiden und Wellen von Geißblattduft stiegen auf mein Arm und meine Schulter waren verdreht

was ist los was tust du
ihre Muskeln spannten sich ich richtete mich auf
mein Messer ich hab es fallenlassen
sie richtete sich auf
wieviel Uhr ist es
ich weiß es nicht
sie stand auf ich tastete auf dem Boden herum
ich geh laß es doch liegen
ich spürte wie sie dastand ich roch ihre feuchten Kleider und fühlte sie da
es muß hier herum sein
laß es doch liegen du kannst es morgen suchen kommt jetzt
warte ich finde es gleich
hast du Angst daß
da ist es ja es lag die ganze Zeit hier
nun komm aber
ich stand auf und folgte ihr wir gingen den Hang hinauf die Grillen verstummten vor uns
komisch da sitzt man und läßt was fallen und muß dann ewig herumsuchen
das Grau es war grau vom Tau der schräg in den Himmel emporstieg dann jenseits die Bäume
das verdammte Geißblatt hört das denn gar nicht mehr auf
du hast es doch immer gern gemocht
wir kamen oben an und gingen auf die Bäume zu sie stieß mit mir zusammen wich zur Seite der Graben war eine schwarze Wunde im grauen Gras sie stieß wieder mit mir zusammen sie sah mich an und wich zur Seite wir kamen an den Graben
gehen wir dort rüber

wieso

schauen wir doch mal ob Nancys Gerippe noch da ist ich war
schon lange nicht mehr dort du vielleicht

es war von Ranken und Dornengestrüpp dunkel überwuchert

hier war es man kann wirklich nicht mehr sagen ob es noch
zu sehen ist oder nicht

laß das Quentin

komm

der Graben verengte sich lief aus sie ging auf die Bäume zu

laß das Quentin

Caddy

ich trat wieder vor sie hin

Caddy

laß das

ich hielt sie fest

ich bin stärker als du

sie war starr hart unnachgiebig aber ruhig

ich mag mich nicht balgen laß das laß doch

Caddy nicht Caddy

es führt zu nichts das weißt du doch zu gar nichts laß mich
los

der Geißblattduft triefte und triefte ich hörte die Grillen die
uns im Kreis umlauerten sie wich zurück ging um mich herum
und auf die Bäume zu

geh zurück zum Haus du brauchst nicht mitzukommen

ich ging weiter

warum gehst du denn nicht ins Haus zurück

dies verdammte Geißblatt

wir kamen zum Zaun sie kroch hindurch ich kroch hindurch
als ich mich wieder aufrichtete trat er aus den Bäumen hervor
ins Grau auf uns zu kam auf uns zu dick und plump und unbeweglich er bewegte sich sogar so als wäre er unbeweglich sie
ging auf ihn zu

das ist Quentin ich bin naß ich bin durch und durch naß du
brauchst nicht wenn du nicht willst

ihre Schatten ein einziger Schatten ihr Kopf hob sich er war
über dem seinen höher am Himmel ihre zwei Köpfe

du brauchst nicht wenn du nicht willst

dann keine zwei Köpfe die Finsternis roch nach Regen nach
feuchtem Gras und Laub das graue Licht rieselte wie Regen der

Geißblattduft stieg in feuchten Wellen auf ich sah ihr Gesicht
verschwommen an seiner Schulter er hielt sie in seinem Arm als
wäre sie nicht größer als ein Kind er streckte seine Hand aus

freut mich Sie kennenzulernen

wir gaben uns die Hand dann standen wir da ihr Schatten
hoch über seinem Schatten ein einziger Schatten

was machst du jetzt Quentin

ich werd wohl einen Spaziergang machen ich gehe durch den
Wald zur Landstraße und dann durch die Stadt zurück

ich wandte mich zum Gehen

gute Nacht

Quentin

ich blieb stehen

was ist

im Wald witterten die Laubfrösche den Regen und fingen an
zu quaken es klang wie Spieldosen die schwer zu drehen sind
und das Geißblatt

komm her

was ist

komm her Quentin

ich ging zurück ihr Schatten lehnte sich vor und sie berührte
meine Schulter ihr verschwommenes Gesicht lehnte sich vor aus
seinem hohen Schatten ich wich zurück

hör mal her

geh nach Haus

ich bin nicht müde ich gehe jetzt spazieren

warte am Fluß auf mich

ich gehe spazieren

ich komme gleich nach warte auf mich warte

nein ich gehe durch den Wald

ich blickte nicht zurück die Laubfrösche kümmerten sich
nicht um mich das graue rieselnde Licht wie Moos in den Bäumen doch es regnete immer noch nicht nach einer Weile drehte
ich um und ging zurück zum Waldrand kaum war ich dort roch
ich schon wieder das Geißblatt ich sah den Lichtschein auf der
Rathausuhr und das Geflimmer der Stadt die Silhouette am
Himmel und die dunklen Weiden am Fluß und das Licht in
Mutters Fenstern und das Licht das immer noch in Benjys Zimmer brannte und ich schlüpfte unter dem Zaun durch und
rannte über die Wiese ich rannte im grauen Gras zwischen den

Grillen der Geißblattduft und der Geruch des Wassers wurden stärker und stärker dann sah ich das Wasser grau wie Geißblatt ich legte mich ans Ufer das Gesicht dicht an der Erde so daß ich das Geißblatt nicht mehr riechen konnte ich konnte es dann nicht mehr riechen und ich lag da und spürte die Erde durch meine Kleider dringen und lauschte dem Wasser und schon bald mußte ich nicht mehr so stark atmen und ich lag da und dachte wenn ich meinen Kopf nicht bewegte müßte ich nicht so stark atmen und es riechen und dann dachte ich überhaupt nichts mehr sie kam am Ufer daher und blieb stehen ich rührte mich nicht

es ist spät geh nach Haus

was

geh nach Haus es ist spät

von mir aus

ihr Kleid raschelte ich rührte mich nicht es hörte auf zu rascheln

gehst du jetzt heim wie ich dir gesagt habe

ich habe nichts gehört

Caddy

ja ich tu's wenn du es willst ich tu's

ich richtete mich auf sie saß auf dem Boden die Hände um die Knie gefaltet

geh ins Haus rüber wie ich dir gesagt habe

ja ich tue alles was du willst ja alles

sie sah mich nicht einmal an ich faßte sie an der Schulter und schüttelte sie heftig

hör auf

ich schüttelte sie

hör auf hör auf

jaja

sie hob mir ihr Gesicht entgegen da sah ich daß sie mich nicht einmal anblickte ich konnte nur den weißen Rand erkennen

steh auf

ich zog sie hoch sie war ganz schlaff ich stellte sie auf die Füße

komm jetzt

hat Benjy noch geweint als du fortgingst

nun geh schon weiter

wir überquerten den Fluß das Dach kam in Sicht dann die

oberen Fenster

er schläft jetzt

ich mußte stehenbleiben und das Tor schließen sie ging weiter im grauen Licht im Geruch nach Regen aber es wollte immer noch nicht regnen und der Geißblattduft strömte jetzt vom Zaun her strömte sie ging in den Schatten hinein dann hörte ich ihre Schritte

Caddy

ich blieb an der Treppe stehen ich konnte ihre Schritte nicht hören

Caddy

dann hörte ich ihre Schritte meine Hand berührte sie nicht warm nicht kalt nur starr ihr Kleid noch etwas feucht

liebst du ihn jetzt

kein Atem nur ewas Träges wie fernes Atmen

Caddy liebst du ihn jetzt

ich weiß nicht

jenseits des grauen Lichts die Schatten aller Dinge wie tote Dinge in stehendem Gewässer

ich wollte du wärst tot

wirklich komm jetzt herein

denkst du jetzt an ihn

ich weiß nicht

sag mir was du gerade denkst sag es mir

hör auf hör auf Quentin

schweig schweig hörst du schweig willst du wohl schweigen

schon gut ich höre auf wir sind zu laut

ich bringe dich um hörst du

gehen wir zur Schaukel rüber hier hört man dich

ich weine nicht meinst du ich weine

nein still jetzt wir wecken Benjy auf

geh ins Haus geh jetzt

ich bin weine nicht ich bin nun einmal schlecht da kann man nichts machen

auf uns ruht ein Fluch es ist nicht unsere Schuld ist es unsere Schuld

still komm und geh jetzt ins Bett

du kannst mir nicht befehlen es ruht ein Fluch auf uns

endlich sah ich ihn er ging gerade in den Friseurladen er schaute heraus ich ging weiter und wartete ich suche Sie schon seit ein paar Tagen

wollten Sie mich sprechen

ich werde gleich mit Ihnen sprechen

mit wenigen schnellen Griffen drehte er sich eine Zigarette und strich das Zündholz am Daumennagel an

hier können wir uns nicht unterhalten wollen wir uns nicht irgendwo treffen

ich komme auf Ihr Zimmer Sie sind doch im Hotel

nein das ist nicht das richtige Sie kennen doch die Brücke über dem Fluß und gleich dahinter

ja einverstanden

geht's um ein Uhr

ja

ich wandte mich zum Gehen

bin Ihnen sehr verbunden

hören Sie

ich blieb stehen blickte zurück

geht's ihr gut

in seinem Khakihemd sah er aus wie eine Bronzefigur

sie braucht mich jetzt sehr

ich bin um ein Uhr dort

sie hörte wie ich T.P. sagte er solle um ein Uhr Prince satteln sie beobachtete mich dauernd und aß kaum etwas und kam dann auch dazu

was hast du vor

nichts kann ich nicht ausreiten wann ich will

du hast etwas vor was denn

das geht dich nichts an du Hure du Hure

T.P. führte Prince am Seitenausgang vor

ich brauche ihn nicht ich gehe zu Fuß

ich ging die Anfahrt hinunter und zum Tor hinaus ich bog in den Fußweg ein dann rannte ich noch ehe ich an der Brücke war sah ich ihn ans Geländer gelehnt sein Pferd war im Gehölz angebunden er blickte über die Schulter dann drehte er mir den Rücken zu und schaute nicht mehr auf bis ich auf der Brücke neben ihm stehenblieb er hatte ein Stück Rinde in der Hand von der er Stückchen abbrach und sie übers Geländer ins Wasser warf

ich bin hierhergekommen um Sie aufzufordern die Stadt zu verlassen er brach sorgfältig ein Stück Rinde ab ließ es bedächtig ins Wasser fallen und sah zu wie es wegschwamm

ich sagte Sie müssen die Stadt verlassen

er schaute mich an

hat sie Sie geschickt

ich sage Sie müssen fortgehen nicht mein Vater noch sonst jemand sagt es ich sage es

hören Sie sparen Sie sich das erst einmal auf ich möchte wissen ob es ihr gut geht hat sie zu Haus Scherereien gehabt

darüber brauchen Sie sich nicht den Kopf zu zerbrechen

dann hörte ich mich sagen ich gebe Ihnen bis zum Sonnenuntergang Zeit die Stadt zu verlassen

er brach ein Stück Rinde ab und warf es ins Wasser dann legte er die Rinde aufs Geländer und drehte sich mit schnellen Griffen eine Zigarette und schnippte das Zündholz übers Geländer

was machen Sie wenn ich nicht gehe

dann bringe ich Sie um glauben Sie nicht daß ich weil ich neben Ihnen wie ein Kind aussehe

aus seiner Nase strömte der Rauch in zwei Strahlen über sein Gesicht

wie alt sind Sie

ich fing an zu zittern meine Hände lagen auf dem Geländer ich dachte wenn ich sie verstecke dann weiß er warum

ich gebe Ihnen Zeit bis zum Abend

hören Sie Kleiner wie heißen Sie eigentlich Benjy das ist der Irre nicht wahr Sie sind

Quentin

meine Lippen sagten es nicht ich sagte es

ich gebe Ihnen Zeit bis Sonnenuntergang

Quentin

er streifte die Asche bedächtig am Geländer ab er tat es langsam und bedächtig als spitzte er einen Bleistift meine Hände zitterten nicht mehr

hören Sie es ist doch sinnlos das so tragisch zu nehmen ist ja nicht Ihre Schuld Kleiner es wäre eben sonst ein anderer Mann gewesen

haben Sie jemals eine Schwester gehabt

nein aber sie sind ja doch alle Huren

ich schlug zu meine offene Hand beherrschte sich ihn nicht ins

Gesicht zu fausten seine Hand war so rasch wie die meine die Zigarette flog übers Geländer ich holte mit der andern Hand aus er packte auch diese noch ehe die Zigarette im Wasser versank hielt er meine beiden Handgelenke mit einer Hand zusammen seine andere Hand fuhr unter den Rock zur Achselhöhle hinter ihm schrägte die Sonne und ein Vogel sang irgendwo jenseits der Sonne wir blickten einander an während der Vogel sang und er ließ meine Hände los

sehen Sie mal her

er nahm die Rinde vom Geländer und warf sie ins Wasser sie tanzte auf und nieder und wurde von der Strömung erfaßt und fortgetrieben seine Hand lag auf dem Geländer und hielt locker den Revolver wir warteten

würden Sie die jetzt noch treffen

nein

sie trieb davon im Wald war es totenstill ich hörte wieder den Vogel und das Wasser danach hob sich der Revolver er zielte überhaupt nicht die Rinde verschwand dann schnellten einzelne Stücke davon verstreut an die Oberfläche er traf noch zwei von den Rindenstückchen die nicht größer waren als Silberdollars

das genügt wohl

er klappte die Trommel zurück und blies in den Lauf ein dünner Rauchfaden schwand dahin er lud die drei Kammern wieder schloß die Trommel und reichte ihn mir mit dem Kolben voran

was soll das ich kann mich mit Ihnen doch nicht messen

das werden Sie aber müssen nach dem was Sie gesagt haben ich gebe Ihnen den hier weil Sie jetzt gesehen haben was er ausrichtet

ich pfeife auf Ihr Schießeisen

ich schlug zu und versuchte noch auf ihn einzuschlagen nachdem er längst meine Handgelenke gepackt hatte aber ich versuchte es dann immer noch es war als sähe ich ihn durch farbiges Glas ich konnte mein Blut hören und dann konnte ich den Himmel und die Zweige davor wieder sehen und die Sonne die schräg hindurchfiel und er stützte mich

haben Sie mich geschlagen

ich konnte nichts hören

was

hab ich wie ist Ihnen

schon gut lassen Sie mich los

er ließ mich los ich lehnte mich gegen das Geländer

ist Ihnen wirklich gut

lassen Sie mich in Ruhe mir fehlt nichts

können Sie allein heimgehen

gehen Sie lassen Sie mich in Ruhe

gehen Sie lieber nicht zu Fuß nehmen Sie mein Pferd

nein nun gehen Sie doch schon

Sie brauchen bloß die Zügel auf den Sattelknopf zu hängen und es laufen zu lassen es findet seinen Stall alleine

lassen Sie mich in Ruhe gehen Sie und lassen Sie mich in Ruhe

ich beugte mich übers Geländer und schaute ins Wasser ich hörte ihn das Pferd losbinden und wegreiten und nach einer Weile hörte ich nichts mehr als das Wasser und dann wieder den Vogel ich verließ die Brücke und setzte mich mit dem Rücken gegen einen Baum und lehnte meinen Kopf gegen den Baum und schloß die Augen ein Sonnenfleck fiel durchs Laub fiel über meine Augen und ich rückte ein bißchen um den Baum herum ich hörte wieder den Vogel und das Wasser und dann schien alles davonzutreiben, und ich fühlte überhaupt nichts mehr mir war jetzt beinahe wohl nach all den Tagen und Nächten voller Geißblattduft der aus der Dunkelheit in mein Zimmer strömte wo ich mich verzweifelt zu schlafen bemühte sogar als mir auf einmal bewußt wurde daß er mich nicht geschlagen hatte daß er gelogen hatte auch um ihretwillen und daß ich einfach ohnmächtig geworden war wie ein Mädchen machte mir auch dies alles nichts mehr aus und ich saß am Baum und kleine Sonnenflecken streiften über mein Gesicht wie gelbe Blätter an einem Zweig und ich lauschte auf das Wasser und dachte überhaupt nichts selbst als ich das Pferd herangaloppieren hörte blieb ich mit geschlossenen Augen sitzen und hörte die Trommelschlegel seiner Füße über den aufspritzenden Sand jagen und dann eilige Füße und ihre harten eiligen Hände

du Dummkopf du Dummkopf bist du verletzt

ich schlug die Augen auf ihre Hände eilten über mein Gesicht ich wußte nicht wohin bis ich die Schüsse hörte wußte ich nicht wohin ich hätte doch nie gedacht daß ihr beide euch davonstehlen mir weglaufen könntet ich hätte doch nie gedacht daß er

sie hielt mein Gesicht zwischen den Händen und stieß meinen Kopf gegen den Baum

laß laß das
ich packte sie an den Handgelenken
hör auf hör doch auf
ich wußte er würde es nicht tun ich wußte es ja
sie versuchte meinen Kopf gegen den Baum zu stoßen
ich hab ihm gesagt daß er mir nie mehr unter die Augen
kommen soll ich hab ihm gesagt
sie versuchte ihre Handgelenke freizubekommen
laß mich los
hör auf ich bin stärker als du hör jetzt auf
laß mich los ich muß ihn einholen und ihn bitten um seine
laß mich los Quentin bitte laß mich los laß mich los
plötzlich gab sie den Kampf auf ihre Gelenke wurden schlaff
ja ich kann ihm sagen ich kann ihm vormachen jederzeit
kann ich ihm vormachen
Caddy
sie hatte Prince nicht angebunden er konnte ungehindert nach
Hause laufen wenn es ihm einfiel
jederzeit wird er mir glauben
liebst du ihn Caddy
ob ich was
sie sah mich an dann wurden ihre Augen leer und glichen den
Augen von Statuen leer und blicklos und gelassen
lege deine Hand an meinen Hals
sie nahm meine Hand und drückte sie flach gegen ihren Hals
jetzt sage seinen Namen
Dalton Ames
da spürte ich die erste Woge des Blutes sie wogte in starken
schneller werdenden Wellen
sag ihn noch einmal
sie richtete ihr Gesicht zu den Bäumen hinauf wo schräg die
Sonne einfiel und wo der Vogel
sag ihn noch einmal
Dalton Ames
ihr Blut wogte gleichmäßig klopfend und klopfte gegen
meine Hand
Es lief noch lange weiter, und mein Gesicht war kalt und wie abgestorben, und mein Auge und die Wunde am Finger schmerzten
wieder. Ich hörte Shreve an der Pumpe, dann kam er mit dem
Becken zurück, in dem ein runder Klecks Zwielicht schaukelte mit

einem gelben Rand wie ein erschlaffender Ballon, dann mein Spiegelbild. Ich versuchte, mein Gesicht darin zu sehen.

»Hat es aufgehört?« sagte Shreve. »Gib mir den Lappen.« Er wollte ihn mir aus der Hand nehmen.

»Laß nur«, sagte ich. »Ich mache es schon. Ja, es hat fast aufgehört.« Ich tauchte den Lappen wieder ein, und der Ballon zerriß. Der Lappen färbte das Wasser. »Wenn ich nur einen sauberen hätte.«

»Man müßte ein Stück rohes Fleisch für dein Auge haben«, sagte Shreve. »Das gibt bis morgen ein verflucht schönes blaues Auge. So ein Schweinehund«, sagte er.

»Habe ich ihn verletzt?« Ich wrang das Taschentuch aus und versuchte, meine Weste vom Blut zu säubern.

»Das bekommst du so nicht weg«, sagte Shreve. »Das mußt du in die Reinigung geben. Komm, halt es an dein Auge, das ist gescheiter.«

»Ein bißchen geht schon weg«, sagte ich. Aber es nützte nicht viel. »Wie sieht denn mein Kragen aus?«

»Ich weiß nicht«, sagte Shreve. »Halt es doch ans Auge. Da.«

»Laß nur«, sagte ich. »Ich mach das schon. Habe ich ihn verletzt?«

»Möglich, daß du ihm einen verpaßt hast. Vielleicht habe ich gerade nicht hingesehen oder geblinzelt oder was weiß ich. Er hat dich saumäßig verdroschen. Du hast ganz hübsch was einstecken müssen. Warum wolltest du dich auch unbedingt mit ihm boxen? Du Riesenidiot. Wie geht's dir denn jetzt?«

»Ausgezeichnet«, sagte ich. »Ob es wohl etwas gibt, womit ich die Weste sauber bekomme?«

»Ach, hör doch mit deinen verdammten Klamotten auf. Tut dir das Auge weh?«

»Mir geht's ausgezeichnet«, sagte ich. Alles war stumm und wie in Violett getaucht, der Himmel über dem Hausgiebel verblaßte zu mattem Gold, und vom Schornstein stieg eine Rauchfahne in die tote Luft. Ich hörte wieder die Pumpe. Ein Mann füllte einen Eimer und sah über seinen pumpenden Arm zu uns herüber. Eine Frau ging im Haus an der Tür vorbei, blickte aber nicht heraus. Irgendwo brüllte eine Kuh.

»Nun komm schon«, sagte Shreve, »Laß deinen Anzug und halte lieber den Lappen ans Auge. Das erste, was ich morgen früh tue, ist, daß ich deinen Anzug wegbringe.«

»Danke. Mir tut bloß leid, daß er sich nicht wenigstens mit meinem Blut verschmiert hat.«

»Dieser Schweinehund«, sagte Shreve. Spoade trat aus dem Haus, sprach mit jemand, wahrscheinlich mit der Frau, und kam über den Hof. Er sah mich mit seinen kalten, spöttischen Augen an.

»Na, Kleiner«, sagte er und sah mich an, »Verdammt, ich muß ja sagen, du läßt dir dein Vergnügen was kosten. Erst Kindsraub, dann 'ne Rauferei. Was tust du an Sonn- und Feiertagen? Häuser in Brand stecken?«

»Mir fehlt doch nichts«, sagte ich. »Was hat Mrs. Bland gesagt?«

»Sie hat Gerald furchtbar ausgeschimpft, weil er dich blutig geschlagen hat. Und wenn sie dich erst sieht, wird sie dich auch noch ausschimpfen, weil du es so weit hast kommen lassen. Sie hat nichts gegen Raufen, aber Blut findet sie einfach anstößig. Ich glaube, du hast bei ihr etwas an gesellschaftlichem Ansehen eingebüßt, weil du dein Blut nicht bei dir behalten hast. Wie geht's dir?«

»Natürlich«, sagte Shreve, »Wenn man schon kein Bland ist, so bleibt einem nur noch, mit einer Bland Ehebruch zu begehen oder sich zu betrinken und einen Bland zu verhauen, je nachdem, wie der Fall liegt.«

»Sehr richtig«, sagte Spoade. »Aber ich wußte nicht, daß Quentin betrunken war.«

»War er auch nicht«, sagte Shreve. »Muß man unbedingt betrunken sein, um diesen Schweinehund verhauen zu wollen?«

»Na, ich glaube, ich müßte schon gewaltig betrunken sein, um mich mit dem anzulegen, nachdem ich gesehen habe, wie es bei Quentin ausgegangen ist. Wo hat der denn Boxen gelernt?«

»Er ist jeden Tag zu Mike in die Stadt gefahren«, sagte ich.

»Tatsächlich?« sagte Spoade. »Hast du das gewußt, als du auf ihn losgingst?«

»Ich weiß nicht«, sagte ich. »Ich glaube. Ja.«

»Mach es wieder naß«, sagte Shreve. »Willst du frisches Wasser?«

»Das hier geht noch«, sagte ich. Ich tauchte das Tuch wieder ein und legte es aufs Auge. »Wenn ich bloß etwas hätte, um meine Weste sauber zu machen.« Spoade betrachtete mich immer noch.

»Sag mal«, sagte er, »Warum bist du eigentlich auf ihn losgegangen? Was hat er denn gesagt?«

»Ich weiß es nicht. Ich weiß nicht warum.«

»Ich weiß nur noch, daß du plötzlich aus heiterem Himmel
aufgesprungen bist und gesagt hast: ›Hast du je eine Schwester
gehabt? Ja?‹ und als er Nein sagte, schlugst du auf ihn los.
Ich merkte zwar, daß du ihn dauernd anstiertest, aber es sah
nicht aus, als hörtest du überhaupt, wovon die Rede war, bis
du plötzlich aufsprangst und ihn fragtest, ob er Schwestern
habe.«

»Na ja, er gab eben mal wieder an mit seinen Weibergeschich-
ten«, sagte Shreve. »Ihr wißt ja: immer die alte Platte, wie er
es bei den Mädchen macht, so daß sie gar nicht wissen, wovon
er redet. Ewig diese verfluchten Anspielungen und Lügen und
ein Haufen Quatsch, wohinter gar nichts steckt. Und wie er uns
das von dem Flittchen erzählte, mit dem er sich in Atlantic-City
zum Tanzen verabredet hatte, und dann ließ er sie sitzen und
ging ins Hotel und ins Bett, und dann lag er da und bedauerte
sie, weil sie jetzt am Pier wartete und von ihm nicht bekam,
was sie erhofft hatte. Wie er von der Schönheit des Leibes
schwafelte und wie dann hinterher alles schal sei, und wie
schwer es die Frauen hätten, weil sie nichts anderes könnten als
sich auf den Rücken legen. Leda, die nach ihrem Schwan äch-
zend und lechzend durch Flur und Hain streift, na ihr wißt
schon. Dieser Hurensohn. Ich hätte ihm am liebsten auch einen
verpaßt. Aber ich hätte ihren blöden Weinkorb dazu genommen, wenn ich's gewesen wäre.«

»Oho«, sagte Spoade, »der beschützende Ritter der Frauen.
Freundchen, du versetzt mich nicht nur in Bewunderung, sondern auch in Schrecken.« Er betrachtete mich kalt und spöttisch. »Großer Gott«, sagte er.

»Tut mir leid, daß ich auf ihn losgegangen bin«, sagte ich.
»Sehe ich ordentlich genug aus, daß ich zurückgehen und die
Sache klarbiegen kann?«

»Sich auch noch entschuldigen? Blödsinn«, sagte Shreve, »Die
sollen sich doch zum Teufel scheren. Wir gehen jetzt in die
Stadt.«

»Er sollte doch zurückgehen, damit sie wissen, er schlägt sich
wie ein Gentleman«, sagte Spoade. »Das heißt, er läßt sich wie
ein Gentleman verhauen.«

»In dem Zustand?« sagte Shreve, »Mit seinem verbluteten Anzug?«

»Na, schön«, sagte Spoade, »Du mußt es ja wissen.«

»Er kann doch nicht im Unterhemd hingehen«, sagte Shreve, »Schließlich ist er noch kein älteres Semester. Los, gehn wir in die Stadt.«

»Ihr braucht nicht mitzukommen«, sagte ich. »Geht ihr nur wieder zurück zum Picknick.«

»Ich pfeif auf die«, sagte Shreve. »Komm jetzt.«

»Und was soll ich ihnen erzählen?« sagte Spoade. »Soll ich ihnen erzählen, du hättest dich nun auch noch mit Shreve geschlagen?«

»Erzähl ihnen gar nichts«, sagte Shreve. »Erzähl ihr, ihre Option sei bei Sonnenuntergang abgelaufen. Komm mit, Quentin. Ich frage mal die Frau hier, wo die nächste Vorortbahn...«

»Nein«, sagte ich, »Ich gehe nicht in die Stadt zurück.«

Shreve blieb stehen und schaute mich an. Als er sich umwandte, sahen seine Brillengläser wie kleine gelbe Monde aus.

»Was hast du denn vor?«

»Ich gehe noch nicht in die Stadt zurück. Geht ihr nur wieder zum Picknick. Sagt ihnen, ich könne nicht mehr kommen, weil mein Anzug schmutzig sei.«

»Hör mal«, sagte er, »Was hast du eigentlich vor?«

»Nichts. Ist schon alles in Ordnung. Geh du nur mit Spoade wieder zurück. Bis morgen also.« Ich ging über den Hof auf die Straße zu.

»Weißt du, wo die Haltestelle ist?« sagte Shreve.

»Ich werde sie schon finden. Bis morgen also. Und sagt Mrs. Bland, es tue mir leid, daß ich ihre Party verdorben hätte.« Die beiden sahen mir nach. Ich ging um das Haus herum. Zur Straße hin führte ein Weg aus Feldsteinen. Zu beiden Seiten des Weges wuchsen Rosen. Ich ging durch das Tor auf die Straße. Sie führte bergab zum Wald, und in der Ferne sah ich das Auto am Straßenrand stehen. Ich ging bergan. Je höher ich kam desto heller wurde es, und noch ehe ich auf der Kuppe war, hörte ich einen Wagen. Es klang weit entfernt im Zwielicht, und ich blieb stehen und horchte. Das Auto konnte ich jetzt nicht mehr sehen, nur noch Shreve, der vor dem Haus auf der Straße stand und den Berg heraufblickte. In dem gelben Licht hinter ihm sah das Hausdach wie hell gestrichen aus. Ich hob die Hand und ging über die Kuppe weg und horchte dabei auf den Wagen. Dann war das Haus verschwunden, und ich blieb im grüngelben Licht stehen und hörte den Wagen lauter und lauter werden, und dann wurde er leiser und war gleich darauf nicht mehr zu hören. Ich wartete, bis ich ihn wieder anfahren hörte. Dann ging ich weiter.

Während ich die Straße hinunterging, schwand das Licht allmählich, ohne dabei jedoch seinen Charakter zu verlieren, als ob im Abnehmen nicht das Licht, sondern ich mich veränderte, denn selbst als die Straße unter die Bäume führte, hätte man noch Zeitung lesen können. Bald kam ich an einen Fußweg. Hier bog ich ab. Er war schmaler und dunkler als die Straße, aber als er an der Vorortbahnhaltestelle herauskam — wieder eine hölzerne Wartehalle —, hatte sich das Licht noch immer nicht verändert. Nach dem Weg schien es heller zu sein, als ob ich auf dem Weg durch die Nacht gegangen und wieder in den Morgen hinausgetreten wäre. Bald kam denn auch eine Bahn. Ich stieg ein, sie drehten alle die Köpfe und schauten auf mein Auge, und ich fand einen Platz auf der linken Seite.

Im Wagen brannte schon Licht, und so konnte ich, während wir zwischen den Bäumen dahinfuhren, nichts sehen als mein eigenes Gesicht und auf der andern Seite eine Frau, die ihren mit einer geknickten Feder garnierten Hut mitten auf den Kopf gepflanzt hatte, aber als wir die Bäume hinter uns hatten, konnte ich das Zwielicht wieder sehen, jene Art von Licht, als stünde die Zeit für eine Weile still, wobei die Sonne dicht unter dem Horizont hing, und dann fuhren wir an der Wartehalle vorbei, wo der alte Mann aus seiner Tasche gegessen hatte, und die Straße lief weiter unter dem Zwielicht, ins Zwielicht hinein, und dann das Spüren vom dahinter fließenden friedvollen und schnellen Wasser. Dann fuhr die Bahn weiter, der Luftzug, der durch die offene Tür drang, wurde immer stärker, bis er den Wagen gleichmäßig mit dem Geruch von Sommer und Dunkelheit — nur nicht mit dem Duft des Geißblatts — durchzog. Geißblatt hat den traurigsten Duft, den es gibt, finde ich. Ich erinnere mich an viele Gerüche. Glyzinien zum Beispiel. Wenn es Mutter an einem Regentag nicht so schlecht ging, daß wir vom Fenster wegbleiben mußten, dann spielten wir unter den Glyzinien. Wenn Mutter im Bett blieb, zog Dilsey uns alte Kleider an und ließ uns in den Regen hinaus, weil sie meinte, Regen schade kleinen Leuten nichts. Aber wenn Mutter außer Bett war, dann spielten wir immer auf der Veranda, bis sie sagte, wir machten zuviel Lärm, dann gingen wir hinaus und spielten in der Glyzinienlaube.

Hier ungefähr war es gewesen, daß ich den Fluß diesen Morgen zum letztenmal gesehen hatte. Ich konnte das Wasser hinter dem Zwielicht spüren, riechen. Wenn es im Frühling blühte und dann regnete war der Geruch überall zu andern Zeiten merkte man ihn kaum aber wenn es regnete dann drang der Geruch bei Zwielicht bis ins Haus entweder regnete es bei Zwielicht stärker oder es lag am Licht selbst auf jeden Fall roch es dann immer am stärksten bis ich im Bett lag und dachte wenn es nur aufhörte wenn es nur aufhörte. Der Luftzug von der Tür her roch nach Wasser ein feuchter gleichmäßiger Hauch. Manchmal konnte ich mich zum Einschlafen bringen indem ich dies immer wiederholte bis der Geißblattduft sich völlig damit vermischt hatte und mir das Ganze zum Sinnbild von Nacht und Unrast wurde mir war dann als schliefe ich weder noch wachte ich als blickte ich einen langen engen Gang aus grauem Dämmer hinunter darin alle festen Dinge schattenhaft paradox geworden waren alles was ich getan hatte wurde zu Schatten alles was ich gefühlt gelitten hatte nahm sichtbare Form an grotesk und widernatürlich und spöttisch ohne die ihm zukommende Bedeutung und den Sinn verleugnend den es hätte haben müssen und ich dachte ich sei ich sei nicht wer sei nicht sei nicht wer.

Ich roch die Windungen des Flusses jenseits der Dämmerung, und ich sah das letzte Licht, still ausgestreckt auf den kleinen Sandbänken wie Spiegelscherben, dann blitzten jenseits davon in der blassen klaren Luft Lichter auf, zitternd wie in der Ferne taumelnde Falter. Benjamin das Kind meines. Wie er immer vor dem Spiegel saß. Nie versagende Zuflucht, darin jeder Widerspruch ausklang, verstummte und sich aufhob. Benjamin, das Kind meines Alters, als Geisel in Ägypten. O Benjamin. Dilsey sagte, es komme daher, daß Mutter zu stolz auf ihn gewesen sei. So dringen sie in das Leben der Weißen ein als jähe, stechende schwarze Tropfen, welche die Angelegenheiten der Weißen für einen Augenblick in einer unwiderlegbaren Wahrheit isolieren wie unterm Mikroskop; sonst aber sind sie nichts als Stimme, die lacht, wo es nichts zu lachen gibt, und weint, wo kein Grund zum Weinen besteht. Sie bringen es fertig, bei einem Begräbnis

Wetten über die gerade oder ungerade Zahl der Leidtragenden abzuschließen. In Memphis verfiel einmal ein ganzes Bordell von ihnen in religiösen Wahnsinn, und sie rannten nackt auf die Straße hinaus. Es bedurfte dreier Polizisten, um auch nur eine einzige von ihnen zu überwältigen. Ja Jesus O du guter Mann Jesus O der gute Mann.

Die Bahn hielt. Ich stieg aus, und sie schauten wieder auf mein Auge. Die Stadtbahn, die jetzt kam, war überfüllt. Ich stellte mich auf die hintere Plattform.

»Da vorne sind noch Sitzplätze«, sagte der Schaffner. Ich blickte ins Wageninnere. Auf der linken Seite war kein Platz frei.

»Ich fahre nicht weit«, sagte ich. »Ich bleibe lieber hier stehen.«

Wir fuhren über den Fluß. Das heißt über die Brücke, die sich langsam hoch in den Raum wölbte. Zwischen Schweigen und Nichts waren Lichter — gelbe und rote und grüne —, sie flimmerten, sich ständig wiederholend, in der klaren Luft.

»Gehn Sie doch nach vorn und setzen Sie sich«, sagte der Schaffner.

»Ich steige gleich aus«, sagte ich. »Nur noch ein paar Straßen weit.«

Ich stieg aus, bevor wir beim Postamt waren. Jetzt saßen sie wohl alle irgendwo beisammen, und dann hörte ich meine Uhr und begann, auf die Glockenschläge zu lauschen, und ich tastete durch den Rock nach Shreves Brief, wobei die gezackten Schatten der Ulmen über meine Hand glitten. Und dann, als ich in den Hof einbog, hub die Glocke zu schlagen an, und ich ging weiter, während der Schall wie Wellen auf einem Teich heraneilte, über mich hinwegrollte und weiterlief und sagte, Viertel wovon? Also gut. Viertel davon.

Unsere Fenster waren dunkel. Der Eingang war leer. Als ich eingetreten war, ging ich dicht an der linken Wand entlang, aber es war alles leer: nur die Treppe wand sich in die Schatten hinauf, die Echos von den Füßen vieler trostloser Generationen wie leichter Staub auf den Schatten, meine Füße wirbelten sie auf wie Staub, der sich lautlos wieder setzte.

Ich konnte den Brief erkennen, noch ehe ich das Licht angedreht hatte, er war an ein Buch auf dem Tisch gelehnt, damit ich ihn gleich sehe. Nannten ihn meinen Gatten. Und dann sagte

Spoade, sie gingen irgendwohin, würden erst spät zurückkommen und Mrs. Bland müsse sich einen andern Kavalier suchen. Aber dann müßte ich ihn doch gesehen haben, er bekommt vor einer Stunde keine Bahn mehr, weil nach sechs Uhr. Ich nahm meine Uhr heraus und horchte auf ihr unentwegtes Ticken, ohne zu ahnen, daß sie nicht einmal lügen konnte. Dann legte ich sie mit dem Zifferblatt nach oben auf den Tisch und nahm Mrs. Blands Brief und zerriß ihn und warf die Fetzen in den Papierkorb und legte Rock, Weste, Kragen, Krawatte und Hemd ab. Die Krawatte war ebenfalls fleckig, aber für so einen Nigger. Vielleicht konnte er sie mit diesem Blutfleck als die von Christus ausgeben. In Shreves Zimmer fand ich Benzin, und ich breitete die Weste auf dem Tisch aus, damit sie glattliege, und öffnete die Flasche.

das erste Auto in der Stadt ein Mädchen MÄDCHEN das war es was Jason nicht vertragen konnte von Benzingeruch wurde ihm übel und dann wurde er noch viel wütender weil ein Mädchen hatte keine Schwester außer Benjamin Benjamin das Kind meiner kummervollen wenn ich nur eine Mutter hätte daß ich sagen könnte Mutter Mutter Ich brauchte eine Menge Benzin, und dann konnte ich nicht mehr unterscheiden, was der Fleck und was vom Benzin war. Davon hatte die Wunde wieder angefangen zu schmerzen, und so ging ich mich waschen, hängte die Weste über einen Stuhl und zog die Lampe tief herunter, damit die Birne die nasse Stelle trocknen könne. Ich wusch mir Gesicht und Hände, aber auch dann noch konnte ich es trotz der Seife riechen, und es stach mir so in die Nase, daß es mir die Nasenflügel zusammenzog. Dann machte ich den Handkoffer auf und nahm Hemd und Kragen und Krawatte heraus und legte die blutigen Sachen hinein und schloß den Koffer und zog mich an. Während ich mir die Haare bürstete, schlug es halb. Aber es war sowieso noch Zeit bis drei Viertel, es sei denn *sah im vorbeistürmenden Dunkel nur sein eigenes Gesicht keine geknickte Feder es sei denn deren zwei aber keine zwei solche fahren noch diesen Abend nach Boston dann für einen Augenblick mein Gesicht sein Gesicht über dem Krachen wenn aus dem Dunkel zwei erleuchtete Fenster in brutalem Vorbeifliegen zusammenstoßen sein und mein Gesicht verschwunden gerade sehe ich sah sah ich nicht lebwohl die Wartehalle leer von Essenden die Straße leer im Dunkel im Schweigen die Brücke wölbt sich ins Schweigen Dunkel Schlaf das Wasser friedvoll und schnell nicht lebwohl*

Ich drehte das Licht aus und ging ins Schlafzimmer, aus dem Benzingeruch hinaus, aber ich konnte ihn immer noch riechen. Ich stand am Fenster, die Vorhänge wehten aus dem Dunkel und hauchten über mein Gesicht wie der Atem eines Schlafenden, wehten atmend wieder ins Dunkel und ließen den Hauch zurück. *Nachdem sie hinaufgegangen waren, legte sich Mutter in den Sessel zurück und preßte das nach Kampfer riechende Taschentuch an den Mund. Vater hatte sich nicht gerührt, er saß immer noch neben ihr und hielt ihre Hand, das Brüllen Hämmern fern, wie wenn dafür kein Platz in der Stille* In einem der Bücher meiner Kindheit war ein Bild, ein dunkler Raum, in den ein einziger schwacher Lichtstrahl schräg auf zwei aus dem Schatten herausgehobene Gesichter fiel. *Weißt du was ich täte wenn ich KÖNIG wäre?* nie war sie eine Königin oder eine Fee sie war immer ein König oder ein Riese oder ein General *Dann würde ich diesen Kerker da aufbrechen und die beiden herausholen und sie ordentlich auspeitschen* Es war herausgerissen und ein ganzes Stück davon fehlte. Darüber war ich froh. Ich hätte es sonst immer wieder ansehen müssen bis der Kerker Mutter selbst war sie und Vater oben im schwachen Licht sich an den Händen haltend und wir irgendwo unter ihnen verloren ohne auch nur einen Lichtstrahl. Dann drang der Geißblattduft herein. Sobald ich das Licht ausgemacht haben und zu schlafen versuchen würde würde er in Wellen ins Zimmer dringen immer stärker und stärker werden bis ich überhaupt nur noch keuchend Luft holen könnte bis ich aufstehen und mich durchs Zimmer tasten müßte wie damals als kleiner Junge *Hände können sehen im Geiste berühren unsichtbare Tür formen TÜR jetzt können Hände nichts sehen* Meine Nase konnte die Benzinflasche sehen, die Weste auf dem Tisch, die Tür. Der Gang war immer noch leer von all den Füßen trostloser Generationen, die Wasser suchten. *doch die nicht sehenden Augen wie Zähne zusammengepreßt nicht zweifelnd sogar den Mangel an Schmerz bezweifelnd Schienbein Knöchel Knie das lange unsichtbare Fließen des Treppengeländers wo ein Fehltritt im Dunkel erfüllt von Schlaf Mutter Vater Caddy Jason Maury Tür ich habe keine Angst nur Mutter Vater Caddy Jason Maury rücken so weit weg im Schlaf ich will schnell schlafen wenn ich Tür TÜR*

Tür Sie war ebenfalls leer, die Rohre, das Porzellan, die fleckigen starren Wände, der Thron der Betrachtung. Ich hatte das Glas vergessen, aber ich konnte *Hände können sehen kühlende Finger unsichtbarer Schwanenhals wo weniger als Moses' Stab das Glas Berühren Versuch nicht zu klappern schlanker kühler Hals klappern kühlen das Metall das Glas voll übervoll kühlen das Glas die Finger schwemmen den Schlaf hinweg hinterlassen den Geschmack von dumpfem Schlaf im langen Schweigen der Kehle* Ich ging durch den Gang zurück und weckte dabei in der Stille die verschollenen Füße zu flüsternden Bataillonen auf, ging zurück in den Benzingeruch, wo die Uhr auf dem dunklen Tisch ihre wahnwitzige Lüge erzählte. Dann hauchten aus dem Dunkel die Vorhänge über mein Gesicht und ließen den Hauch auf meinem Gesicht zurück. Noch eine Viertelstunde. Und dann werde ich nicht sein. Die friedvollsten Worte. Friedvollsten Worte. *Non fui. Sum. Fui. Non sum.* Einmal hörte ich irgendwo Glocken. In Mississippi oder Massachusetts. Ich war. Ich bin nicht. Massachusetts oder Mississippi. Shreve hat eine Flasche in seinem großen Koffer. *Willst du ihn nicht einmal aufmachen* Mr. und Mrs. Jason Richmond Compson zeigen die *DREIMAL. Drei Tage. Willst du ihn nicht einmal aufmachen* Vermählung ihrer Tochter Candace *dieser Schnaps hier lehrt dich die Mittel mit dem Zweck verwechseln.* Ich bin. Trinke. Ich war nicht. Verkaufen wir doch Benjys Wiese, damit Quentin nach Harvard gehen kann und dann darf ich mit den Knochen klappern und klappern. Ich werde tot sein in. War es ein Jahr wie Caddy sagte. Shreve hat eine Flasche im Koffer. Sir ich brauche die von Shreve nicht ich habe Benjys Wiese verkauft und ich kann in Harvard tot sein sagte Caddy in den Höhlen und Grotten des Meeres friedvoll schaukeln mit den wogenden Gezeiten denn Harvard das hat einen guten Klang vierzig Morgen sind nicht zuviel für einen guten Klang. Ein guter toter Klang wir geben Benjys Wiese her für einen guten toten Klang. Von dem wird er noch lange was haben denn er kann ihn nicht hören es sei denn er kann ihn riechen *sobald sie in der Tür erschien fing er an zu weinen* ich hatte immer geglaubt es sei bloß einer von diesen Stadtfatzken mit denen Vater sie stets neckte bis. Ich hatte ihn nicht mehr beachtet als jeden andern Fremden Geschäftsreisenden oder so was dachte es seien Militärhemden bis ich auf einmal merkte daß ich für ihn überhaupt nicht als Urheber von

Schwierigkeiten in Frage kam sondern daß er an sie dachte wenn er mich ansah wenn er mich durch sie hindurch ansah wie durch ein Stück farbiges Glas *warum mischst du dich aber auch in meine Sachen du weißt doch daß dabei nichts herauskommt ich dachte du überließest das Mutter und Jason*

hat Mutter Jason beauftragt dir nachzuspionieren ich hätte nicht.

Frauen wenden nur anderer Leute Ehrenkodex an sie liebt Caddy eben blieb unten selbst wenn sie krank war damit Vater Onkel Maury nicht vor Jason aufziehen könne Vater sagte Onkel Maury habe zu wenig klassische Bildung um dem unsterblichen blinden Knaben persönlich gegenübertreten zu können er hätte sich Jason aussuchen sollen denn Jason würde auch nur die gleichen Fehler gemacht haben Onkel Maury hätte keinen einzigen gemacht für den er mit einem blauen Auge zahlen mußte der Junge von Pattersons war außerdem kleiner als Jason sie verkauften die Papierdrachen für einen Nickel das Stück bis der Streit ums Geld Jason nahm sich einen neuen Teilhaber einen noch kleineren jedenfalls genügend kleinen denn T.P. sagte Jason sei immer noch Schatzmeister aber Vater sagte wozu solle Onkel Maury arbeiten wenn er Vater fünf bis sechs Nigger ernähren müsse die weiter nichs täten als mit den Beinen am Feuer zu sitzen da könne er doch auch Onkel Maury hin und wieder Kost und Wohnung geben und ihm ein bißchen Geld leihen ihm der den Glauben seines Vaters an die göttliche Abstammung seiner eigenen Familie so eifrig schürte dann weinte Mutter immer und sagte Vater halte seine Familie für etwas Besseres als die ihre er mache sich über Onkel Maury lächerlich um uns dasselbe beizubringen sie sehe nicht ein warum Vater uns beibringen wolle alle Menschen seien nur ein einziger Haufen von Puppen, die mit Sägemehl ausgestopft seien, das man aus den Kehrichthaufen aller früheren weggeworfenen Puppen zusammengefegt habe das Sägemehl das aus irgendeiner Wunde an irgendeiner Seite floß nicht für mich gestorben nicht. Damals stellte ich mir den Tod als einen Mann vor der ungefähr wie Großvater aussah als einen seiner Freunde als seinen ganz intimen und speziellen Freund so wie wir von Großvaters Schreibtisch dachten den wir nie anrührten und wir wagten nicht einmal laut zu sprechen in dem Zimmer wo er stand ich stellte mir sie immer irgendwo zusammen vor wie sie die ganze

Zeit auf Colonel Sartoris warteten daß er zu ihnen komme und sich zu ihnen setze sie warteten noch an einem Hang hinter Zedern Colonel Sartoris schaute ganz oben auf dem Berg weit hinauf auf etwas und sie warteten darauf daß er damit fertig werde danach zu schauen und herunterkomme Großvater hatte seine Uniform an und wir konnten ihre Stimmen hinter den Zedern murmeln hören sie unterhielten sich dauernd und Großvater hatte immer recht.

Es begann drei Viertel zu schlagen. Der erste Schlag hallte gemessen und gelassen klar und bestimmt und leerte die träge Stille für den nächsten das wär's also wenn doch auch die Menschen für immer so einander abwechseln ineinander aufgehen könnten wie eine Flamme die einen Augenblick lang auflodert dann endgültig ausgeblasen wird ins kühle ewige Dunkel statt herumzuliegen und krampfhaft zu versuchen nicht an die Schaukel zu denken bis alle Zedern den strengen toten Parfümgeruch verströmten den Benjy so verabscheute. Ich brauchte mir bloß die Baumgruppe vorzustellen dann meinte ich schon Geflüster geheime Sehnsüchte zu hören das Pochen heißen Blutes unter leidenschaftlichem geheimnislosem Fleisch zu riechen und sah hinter geröteten Lidern die zu Paaren losgelassenen Schweine gepaart ins Meer stürzen und er wir haben nur eine kleine Weile wachzubleiben und zuzusehen wie Böses geschieht es ist ja nicht für immer und ich für einen Mann mit Mut braucht es nicht einmal so lange zu sein und er hältst du das für Mut und ich jawohl du nicht und er jeder Mensch ist Herr seiner Tugenden ob du es für mutig hältst oder nicht ist von größerer Bedeutung als die Handlung selbst als jede Handlung sonst wäre es nicht dein voller Ernst und ich du glaubst nicht daß ich es ernst meine und er ich glaube du nimmst es zu ernst als daß du mich beunruhigen könntest sonst hätte es dich nicht zu der Ausflucht gedrängt mir zu erzählen du habest Blutschande begangen und ich ich habe nicht gelogen ich habe nicht gelogen und er du wolltest eine natürliche menschliche Dummheit zu einer Greueltat erheben und diese dann durch die Wahrheit sühnen und ich ich wollte sie ja nur von der lärmenden Welt absondern wollte daß die Welt uns zwangsläufig fliehe und das Echo davon bewirke als wäre es nie geschehen und er hast du versucht sie dazu zu bringen und ich ich hatte Angst ich hatte Angst sie könnte es tun und es wäre doch sinnlos gewesen aber ich dachte wenn ich es dir sagen könnte daß wir es getan haben dann würde es so sein und dann würden die andern nicht so sein und dann würde die Welt losbrüllen und er und was nun das andere betrifft so lügst du jetzt auch nicht aber du bist immer noch blind für das was in dir ist für diesen Teil der allgemeinen Wahrheit für die Konsequenz natürlicher Ereignisse und ihrer Ursachen die eines jeden Menschen Stirn überschatten sogar die von Benjy du denkst nicht an die Endlichkeit du erwartest eine Auferstehung bei der ein zeitlich begrenzter Seinszustand über das Fleisch hinaus auf einer höheren Ebene weiter besteht und dabei sowohl seiner selbst als auch des Fleisches bewußt ist das du nicht abzustreifen brauchtest ja du würdest nicht einmal tot sein und ich zeitlich begrenzt und er du kannst den Gedanken nicht ertragen daß es dir eines Tages nicht mehr weh tut wie diese Sache jetzt damit kommen wir zum springenden Punkt du scheinst es nur als eine Art Erlebnis zu betrachten das über Nacht dein Haar bleichen wird und das sozusagen dein Äußeres überhaupt nicht verändert unter diesen Bedingungen wirst du es nicht tun es wird ein Hasardspiel sein und das Seltsame ist daß der Mensch der durch Zufall empfangen und für den ein jeder Atemzug ein neuer Wurf von im voraus zu seinen Ungunsten gefälschten Würfeln ist nicht dem letzten Gang die Stirn bieten will von dem er schon im voraus weiß daß er ihm unbedingt die Stirn bieten muß ohne es mit Ausflüchten zu versuchen die von Gewalttat bis zu kleinlicher Schikane reichen auf die kein Kind hereinfallen würde bis er eines Tages vor lauter Ekel alles auf eine Karte setzt kein Mensch tut das je in der ersten Raserei der Verzweiflung oder Reue oder Trauer er tut es nur wenn er erkannt hat daß selbst die Verzweiflung oder Reue oder Trauer für den dunklen Würfelspieler kaum von Bedeutung sind und ich zeitlich begrenzt und er es ist sicherlich denkbar daß eine Liebe oder ein Kummer so etwas wie ein planlos erworbener Pfandbrief ist der nolens volens verfällt und ohne vorherige Mitteilung gekündigt wird um durch irgendein Papier ersetzt zu werden das die Götter gerade in dieser Zeit auf den Markt werfen nein du wirst es nicht tun ehe du nicht einsiehst daß wahrscheinlich nicht einmal sie die Verzweiflung wert war und ich ich werde es nie tun niemand weiß was ich weiß und er es wäre meiner Ansicht nach am besten du gingst gleich nach Cambridge oder auch für einen Monat hinauf nach Maine du kannst es dir leisten wenn du sparsam bist ja das wäre vielleicht eine gute Idee Geldzählen hat mehr Wunden geheilt als Jesus und ich angenommen ich sähe das ein von dem du glaubst daß ich es nächste Woche oder nächsten Monat dort oben einsehen werde und er dann wirst du dich daran erinnern daß deine Mutter seit deiner Geburt davon geträumt hat dich nach Harvard zu schicken und kein Compson hat jemals eine Dame enttäuscht und ich zeitlich begrenzt wird es besser für mich und uns alle sein und er jeder Mensch ist Herr seiner Tugenden aber kein Mensch soll einem andern Vorschriften für sein Wohlergehen machen und ich zeitlich begrenzt und er war das trostloseste Wort von allen es ist nichts sonst in der Welt es ist nicht Verzweiflung bis die Zeit es ist nicht einmal Zeit bis es war

Der letzte Schlag hallte. Schließlich verklang er vibrierend, und die Dunkelheit war wieder stumm. Ich ging ins Wohnzimmer und schaltete das Licht ein. Ich zog meine Weste an. Das Benzin roch nur noch schwach, fast nicht mehr wahrnehmbar, und im Spiegel war der Blutfleck nicht mehr zu sehen. Jedenfalls nicht wie mein Auge. Ich zog den Rock an. Shreves Brief knisterte durch das Tuch hindurch, ich nahm ihn heraus und prüfte die Adresse und steckte ihn in die Seitentasche. Dann trug ich die Uhr in Shreves Zimmer und legte sie in seine Kommode und ging in mein Zimmer und holte ein frisches Taschentuch und ging zur Tür und legte meine Hand auf den Lichtschalter. Dann fiel mir ein, daß ich mir die Zähne nicht geputzt hatte, und so mußte ich den Koffer wieder öffnen. Ich nahm die Zahnbürste heraus und holte mir etwas von Shreves Paste und ging hinaus und putzte mir die Zähne. Ich drückte die Zahnbürste aus, so gut es ging, und legte sie in den Koffer zurück und schloß ihn und ging wieder zur Tür. Bevor ich das Licht ausknipste, sah ich mich um, ob sonst noch etwas sei, und entdeckte, daß ich den Hut vergessen hatte. Ich mußte doch am Postamt vorbei, wo ich sicher ein paar von ihnen begegnete, und die würden dann glauben, ich sei einer von den Harvard-Square-Studenten, die sich als alte Semester aufspielen wollen. Ich hatte auch vergessen, den Hut abzubürsten, aber Shreve hatte eine Bürste, und so brauchte ich den Koffer nicht mehr zu öffnen.

6. April 1928

Hure bleibt Hure, sag ich immer. Ich sag, wenn's weiter nichts ist, als daß sie die Schule schwänzt, kannst du noch zufrieden sein. Ich sag, anstatt daß sie jetzt hier unten in der Küche ist, sitzt sie oben in ihrem Zimmer und schmiert sich das Gesicht an und wartet, daß ihr sechs Nigger das Frühstück machen, Nigger, die nicht mal vom Stuhl hochkommen, wenn man ihnen nicht erst das Maul mit Fleisch und Brot stopft, damit sie wenigstens das Gleichgewicht halten können.

»Aber daß die in der Schule meinen, ich hätte keine Macht über sie, das kann ich nicht . . .«

»So«, sag ich, »Du kannst nicht, wie? Du hast doch nie versucht, dir mit ihr Mühe zu geben«, sag ich, »Bildest du dir wirklich ein, du kannst jetzt damit anfangen, wo sie siebzehn Jahre alt ist?«

Sie dachte nach.

»Aber daß sie dort meinen . . . Ich wußte nicht einmal, daß sie ein Zeugnis bekommen hat. Vorigen Herbst hat sie mir erzählt, dieses Jahr gebe es keine. Und nun ruft mich Professor Junkin an und sagt mir, wenn sie noch ein einziges Mal von der Schule wegbleibe, werde sie hinausgeworfen. Wie ist das möglich? Wo geht sie denn hin? Du bist doch den ganzen Tag in der Stadt, du müßtest sie doch sehen, wenn sie auf der Straße ist.«

»Ja«, sag ich, »Wenn sie auf der Straße wäre. Ich kann mir nicht vorstellen, daß sie die Schule schwänzt, bloß um etwas zu tun, was sie vor aller Augen tun kann.«

»Was willst du damit sagen?« sagt sie.

»Gar nichts«, sag ich. »Ich habe nur deine Frage beantwortet.«

Da fing sie wieder an zu weinen und davon zu reden, daß ihr eigen Fleisch und Blut wie ein Fluch auf ihr laste.

»Du wolltest's ja wissen«, sag ich.

»Dich habe ich damit nicht gemeint«, sagte sie. »Du bist der einzige, der mir keine Schande gemacht hat.«

»Natürlich«, sag ich, »Ich hatte ja auch nie Zeit dazu. Ich hatte nie Zeit, nach Harvard zu gehn wie Quentin oder mich totzusaufen wie Vater. Ich mußte ja arbeiten. Aber bitte, wenn du willst, daß ich ihr überallhin nachlaufe, um zu sehen, was sie treibt, dann kann ich mir ja eine andere Stelle suchen, wo ich Nachtdienst habe. Dann kann ich sie bei Tag im Auge behalten, und für die Nachtschicht kannst du ja Ben einsetzen.«

»Ich weiß, ich bin dir nur eine Last«, sagt sie und weint ins Kopfkissen.

»Das müßte ich ja langsam wissen«, sag ich. »Du erzählst es mir schon seit dreißig Jahren. Sogar Ben müßte das jetzt wissen. Willst du, daß ich mit ihr darüber spreche?«

»Versprichst du dir etwas davon?« sagt sie.

»Nicht, wenn du wieder runterkommst und dich einmischst, wenn ich gerade anfangen will«, sag ich. »Wenn ich die Sache in die Hand nehmen soll, dann sag es, aber laß du die Finger davon. Jedesmal, wenn ich loslege, kommst du hereingeplatzt, und dann lacht sie uns beide aus.«

»Vergiß nicht, daß sie dein eigen Fleisch und Blut ist«, sagt sie.

»Natürlich«, sag ich. »Das ist's ja gerade, woran ich denke — ans Fleisch. Und wenn's nach mir ginge, dürfte auch noch ein bißchen Blut dabei sein. Wenn sich einer wie ein Nigger benimmt, ganz gleich, was er ist, muß man ihn eben auch wie einen Nigger behandeln.«

»Ich fürchte, du wirst die Beherrschung verlieren«, sagt sie.

»Wenn schon«, sag ich, »Mit deiner Erziehungsmethode hast du nicht viel Glück gehabt. Du willst doch, daß ich mich der Sache annehme, nicht? Sag jetzt endlich ja oder nein; ich muß wieder an die Arbeit.«

»Ich weiß, du mußt dir für uns die Seele aus dem Leib schuften«, sagt sie. »Wenn es nach mir ginge, hättest du ein eigenes Büro und eine Arbeitszeit, wie sie sich für einen Bascomb schickt. Denn du bist ein Bascomb, trotz deines Namens. Ich weiß, wenn dein Vater hätte voraussehen können . . .«

»Na«, sag ich, »Er hat sich doch wohl auch ab und zu mal irren dürfen wie jeder Smith oder Jones.« Sie fing wieder an zu weinen.

»Muß ich mit anhören, daß du so über deinen toten Vater sprichst«, sagt sie.

»Schon gut«, sag ich, »Schon gut. Wie du willst. Aber da ich nun mal kein eigenes Büro habe, muß ich jetzt dahin, wo ich was habe. Soll ich also mit ihr sprechen?«

»Ich habe Angst, du wirst die Beherrschung verlieren«, sagt sie.

»Schön«, sag ich. »Ich spreche also nicht mit ihr.«

»Aber es muß doch etwas geschehen«, sagt sie. »Ich kann doch nicht auf mir sitzen lassen, daß die Leute glauben, ich erlaubte ihr, die Schule zu schwänzen und sich auf der Straße herumzutreiben, oder wenigstens, daß ich es nicht verhindern könne ... Jason, Jason«, sagt sie, »Warum — warum hast du mich mit dieser Last allein gelassen?«

»Na, na«, sag ich, »Du machst dich ja krank. Entweder schließ sie den ganzen Tag über ein oder überlaß sie mir und sorg dich nicht länger um sie.«

»Mein eigen Fleisch und Blut«, sagt sie und weint. Ich sag also,

»Schön. Ich werd ihr den Kopf zurechtsetzen. Hör jetzt auf zu weinen.«

»Verlier die Beherrschung nicht«, sagt sie. »Bedenk, sie ist noch ein Kind.«

»Nein«, sag ich, »Ich werde sie schon nicht verlieren.« Ich ging hinaus und schloß die Tür.

»Jason«, sagt sie. Ich gab keine Antwort. Ich ging den Flur hinunter. »Jason«, sagt sie hinter der Tür. Ich ging die Treppe hinunter. Im Eßzimmer war niemand, dann hörte ich sie in der Küche. Sie wollte gerade Dilsey überreden, ihr noch mal Kaffee zu geben. Ich ging hinein.

»Das ist wohl dein Schulkleid, wie?« sag ich. »Oder ist heut ein Feiertag?«

»Bloß noch eine halbe Tasse, Dilsey«, sagt sie. »Bitte.«

»Is nich«, sagt Dilsey. »Das gibt's nich. Eine Tasse is mehr als genug für dich, so ein Gör von siebzehn Jahrn, ganz zu schweigen von dem, was Miss Car'line sagen tät. Raus jetzt mit dir, un zieh dich für die Schule an, dann kannst du mit Jason in die Stadt fahrn. Kommst sonst wieder zu spät.«

»Diesmal nicht«, sag ich. »Das werden wir jetzt gleich mal in Ordnung bringen.« Sie blickte mich an und hielt die Tasse in der Hand. Sie strich sich die Haare aus dem Gesicht, dabei rutschte ihr der Morgenrock von der Schulter. »Stell die Tasse hin und komm mal mit hier herein«, sag ich.

»Wozu?« sagt sie.

»Komm nur«, sag ich. »Stell die Tasse auf den Schüttstein und komm mit rein.«

»Was hast'n vor, Jason?« sagt Dilsey.

»Wenn du dir einbildest, du kannst mit mir umspringen wie mit deiner Großmutter und allen andern«, sag ich, »dann bist du im Irrtum. Ich gebe dir zehn Sekunden Zeit, um die Tasse hinzustellen.«

Sie wandte den Blick von mir ab und schaute zu Dilsey hinüber. »Wieviel Uhr ist es, Dilsey?« sagt sie. »Wenn zehn Sekunden herum sind, dann pfeif. Bloß noch eine halbe Tasse, Dilsey, bi . . .«

Ich packte sie am Arm. Sie ließ die Tasse fallen, die auf dem Fußboden zerbrach. Sie starrte mich an und wollte sich losreißen, aber ich hielt ihren Arm fest. Dilsey erhob sich von ihrem Stuhl.

»Du, Jason«, sagt sie.

»Laß mich los«, sagt Quentin, »Oder ich hau dir eine runter.«

»Wirklich?« sag ich, »Wirklich, willst du das wirklich?« Sie schlug nach mir. Ich packte auch den zweiten Arm und hielt sie fest wie eine Wildkatze. »Wirklich, willst du das wirklich?« sag ich. »Na, willst du nicht?«

»Du, Jason!« sagt Dilsey. Ich schleifte sie ins Eßzimmer. Ihr Morgenrock ging auf, schlug zurück und gab ihren verdammt nackten Körper frei. Dilsey kam uns nachgehumpelt. Ich drehte mich um und knallte ihr die Tür vor der Nase zu.

»Du bleibst draußen«, sag ich.

Quentin lehnte sich gegen den Tisch und schloß ihren Morgenrock. Ich blickte sie an.

»So«, sag ich, »Jetzt möcht ich mal wissen, was das heißen soll, daß du die Schule schwänzst und deiner Großmutter was vorlügst und ihren Namen auf dem Zeugnis fälschst, so daß sie schon ganz krank ist vor Aufregung. Was soll das alles heißen?«

Sie schwieg. Sie schloß den Morgenrock unterm Kinn und zog ihn eng um sich und blickte mich an. Sie hatte sich noch nicht angemalt, und ihr Gesicht sah aus, als hätte sie es mit einem Gewehrlappen poliert. Ich ging auf sie zu und ergriff sie am Handgelenk. »Also, was soll das heißen?« sag ich.

»Das geht dich einen Dreck an«, sagt sie. »Laß mich los.«

Dilsey machte die Tür auf. »Du, Jason«, sagt sie.

»Mach, daß du rauskommst, ich hab's dir doch schon mal gesagt«, sag ich und dreh mich nicht einmal um. »Willst du mir gefälligst sagen, wo du hingehst, wenn du die Schule schwänzst«, sag ich. »Wenn du auf der Straße wärst, müßt ich dich doch sehn. Mit wem treibst du dich herum? Du verkriechst dich wohl im Wald mit einem von diesen verdammten Pomadenjünglingen? Wie?«

»Du ... du widerlicher Kerl!« sagt sie. Sie wehrte sich, aber ich hielt sie fest. »Du verdammter, widerlicher Kerl!« sagt sie.

»Ich werd's dir schon zeigen«, sag ich. »Du kannst vielleicht eine alte Frau ins Bockshorn jagen, aber nicht mich. Ich werd dir schon zeigen, wen du vor dir hast.« Ich hielt sie mit einer Hand fest, da wehrte sie sich plötzlich nicht mehr und sah mich nur an mit weit aufgerissenen schwarzen Augen.

»Was willst du tun?« sagt sie.

»Wart nur, bis ich den Gürtel da loshabe, dann wirst du schon sehn«, sag ich und zog meinen Gürtel ab. Da fiel mir Dilsey in den Arm.

»Jason«, sagt sie, »Du Jason! Schämst du dich denn nich?«

»Dilsey«, sagt Quentin, »Dilsey.«

»Ich laß es nich zu«, sagt Dilsey, »Keine Angst nich, Herzchen.« Sie hielt meinen Arm fest. Da hatte ich den Gürtel ab, riß mich los und schleuderte sie von mir. Sie taumelte gegen den Tisch. Sie war so altersschwach, daß sie kaum mehr gehen konnte. Aber das muß ja wohl so sein: man braucht schließlich jemand, der in der Küche die Reste aufißt, mit denen die jungen Leute nicht fertig werden. Sie humpelte herbei, drängte sich zwischen uns und wollte mich wieder festhalten. »Dann schlag mich«, sagt sie, »wenn du unbedingt jemand schlagen mußt. Schlag mich«, sagt sie.

»Denkst wohl, ich tu's nicht?« sag ich.

»O doch, ich weiß schon, du bist zu jeder gottverdammten Gemeinheit fähig«, sagt sie. Dann hörte ich Mutter auf der Treppe. Ich hätte mir ja denken können, daß sie sich nicht heraushalten konnte. Ich ließ los. Sie taumelte gegen die Wand und hielt ihren Morgenrock zu.

»Na gut«, sag ich, »Aufgeschoben ist nicht aufgehoben. Aber glaub ja nicht, du kannst mit mir umspringen, wie du willst. Ich bin weder eine alte Frau noch ein verkalktes Niggerweib. Du verdammte kleine Schlampe«, sag ich.

»Dilsey«, sagt sie, »Dilsey, ich will zu meiner Mutter.«

Dilsey ging zu ihr hinüber. »Nu, nu«, sagt sie, »Der rührt mir dich nich an, solang ich noch hier bin.« Mutter war jetzt unten an der Treppe.

»Jason«, sagt sie, »Dilsey.«

»Nu, nu«, sagt Dilsey, »Der rührt mir dich nich an.« Sie legte die Hand auf Quentin. Aber die stieß sie weg.

»Verdammtes altes Niggerweib«, sagt sie. Und sie lief zur Tür.

»Dilsey«, sagt Mutter unten an der Treppe. Quentin rannte an ihr vorbei die Treppe hinauf. »Quentin«, sagt Mutter, »Du, Quentin.« Quentin rannte weiter. Ich hörte, wie sie oben ankam und durch den Flur lief. Dann schlug ihre Tür zu.

Muter hatte gezögert. Dann schleppte sie sich weiter. »Dilsey«, sagt sie.

»Is gut«, sagt Dilsey, »Ich komm schon. Geh du jetz und hol'n Wagen raus und wart auf sie«, sagt sie, »damit du sie in die Schule fahrn kannst.«

»Keine Angst«, sag ich. »Ich fahre sie in die Schule und sorge dafür, daß sie dort bleibt. Ich habe die Sache nun mal in die Hand genommen, jetzt fechte ich sie auch durch.«

»Jason«, sagt Mutter an der Treppe.

»Nu geh schon«, sagt Dilsey und wendet sich zur Tür. »Willst doch nich, daß sie auch noch anfängt? Ich komm schon, Miss Car'line.«

Ich ging hinaus. Ich hörte die beiden auf der Treppe. »Sie gehn jetzt wieder ins Bett«, sagt Dilsey, »Sie wissen doch, Sie sin nich kräftig genug zum Aufstehn. Gehn Sie wieder ins Bett. Ich guck schon, daß sie richtig in die Schule kommt.«

Ich ging nach hinten, um den Wagen herauszuholen, aber dann mußte ich wieder um das ganze Haus herum, bis ich die zwei fand.

»Ich hab dir doch gesagt, du sollst den Hinterreifen wechseln«, sag ich.

»Hatt keine Zeit«, sagt Luster. »Is niemand da, der auf ihn aufpaßt, solang Mammy in der Küche sein muß.«

»Jaja«, sag ich, »Da füttere ich eine ganze verdammte Küche voll Niggern, damit sie auf ihn aufpassen, aber wenn ich mal einen Reifen gewechselt haben will, muß ich es selbst machen.«

»War keiner da, der mir ihn abgenommen hätt«, sagt er. Da fing er an zu jammern und zu sabbern.

»Bring ihn doch hinters Haus«, sag ich. »Was zum Teufel bringst du ihn denn hier vor, wo ihn alle Leute sehen können?« Ich schickte die zwei fort, bevor er mit Brüllen loslegte. Es ist

schon an den Sonntagen schlimm genug, wenn der ganze verdammte Platz voll mit Menschen ist, die zu Hause nicht so
einen Extra-Spaß haben und sechs Nigger durchfüttern müssen
und deshalb hierherkommen, um so eine verdammte zu groß ge-
ratene Mottenkugel herumzuschlagen. Da läuft er ewig am Zaun
auf und ab und brüllt jedesmal wenn sie auftauchen, und es
wird bald so weit kommen, daß sie von mir noch den Beitrag
zum Golfclub verlangen, und dann müssen Mutter und Dilsey
ein paar Porzellantürknöpfe und einen Spazierstock nehmen
und ihn abarbeiten, es sei denn, ich spiele bei Nacht mit der
Laterne in der Hand. Dann können sie uns ja gleich alle nach
Jackson schicken. Weiß Gott, die würden das Maul überhaupt
nicht mehr zukriegen, wenn's erst mal so weit wäre.

Ich ging wieder zurück zur Garage. Da stand der Reifen an
die Wand gelehnt, aber ich hatte verdammt keine Lust, ihn aus-
zuwechseln. Ich fuhr rückwärts hinaus und wendete dann. Sie
stand bei der Einfahrt. Ich sag,

»Ich weiß ja, Bücher gibt's bei dir nicht. Aber vielleicht darf
ich höflich fragen, was du mit ihnen gemacht hast? Natürlich
steht es mir nicht zu, danach zu fragen«, sag ich, »Ich bin ja
bloß derjenige, der vorigen September $ 11.65 dafür bezahlt
hat.«

»Meine Bücher schafft Mutter an«, sagt sie. »Von deinem
Geld hängt überhaupt kein Cent an mir. Lieber nichts von dir
und verhungern.«

»So?« sag ich. »Erzähl das mal deiner Großmutter, dann wirst
du schon hören, was sie dazu zu sagen hat. Ganz nackt läufst du
eigentlich nicht herum«, sag ich, »wenn auch die Schmiere auf
deinem Gesicht mehr von dir zudeckt als alles, was du sonst anhast.«

»Meinst du, das alles hat auch nur einen Cent von deinem
oder ihrem Geld gekostet?« sagt sie.

»Frag doch deine Großmutter«, sag ich. »Frag sie mal, was aus
diesen Schecks geworden ist. Wenn ich mich recht erinnere, hast
du ja selbst gesehn, wie sie mal einen verbrannt hat.« Sie hörte
gar nicht zu, und ihre Augen in dem völlig von Schminke ver-
klebten Gesicht blickten kaltblütig wie die eines Straßenköters.

»Weißt du, was ich täte, wenn das hier auch nur mit einem
Cent von deinem oder ihrem Geld gekauft wäre?« sagt sie und
deutet auf ihr Kleid.

»Na, was würdest du dann tun?« sag ich, »Einen Sack anziehen?«

»Ich würde es mir auf der Stelle vom Leib reißen und auf die Straße werfen«, sagt sie. »Glaubst du mir nicht?«

»Warum nicht?« sage ich. »Du hast ja Erfahrung darin.«

»Schau her, ob ich's nicht tue«, sagt sie. Und sie packte mit beiden Händen den Kragen ihres Kleides, als wollte sie es zerreißen.

»Zerreiß das Kleid nur«, sag ich, »Aber dann leg ich dich über, daß du deiner Lebtag daran denkst.«

»Schau doch her«, sagt sie. Ich sah, daß sie es tatsächlich zerreißen, sich einfach vom Leib reißen wollte. Bis ich den Wagen zum Stehen gebracht und ihre Hände gepackt hatte, standen bereits ein Dutzend Gaffer um uns herum. Ich geriet darüber so in Wut, daß ich nur noch rot sah.

»Wenn du so was noch einmal machst, dann wird es dir leid tun, daß du je geboren bist«, sag ich.

»Das tut mir schon jetzt leid«, sagt sie. Sie hörte auf, und in ihre Augen kam ein sonderbarer Blick, da sag ich zu mir, wenn die hier im Wagen mitten auf der Straße zu weinen anfängt, dann haue ich sie durch. Dann schlage ich sie krumm und lahm. Zum Glück für sie tat sie es nicht, so ließ ich also ihre Handgelenke los und fuhr weiter. Gottlob waren wir gerade an einer Seitengasse, so daß ich in die hintere Straße einbiegen und den Platz umfahren konnte. Auf dem Beardschen Grundstück wurde bereits das Zelt aufgebaut. Ich hatte von Earl schon die zwei Freikarten für die in unserem Schaufenster ausgehängten Theater-Plakate bekommen. Sie saß mit abgewandtem Gesicht da und biß sich auf die Lippen. »Das tut mir schon jetzt leid«, sagt sie, »Ich weiß überhaupt nicht, warum ich je geboren bin.«

»Und ich kenne zumindest einen Menschen, der das, was er darüber weiß, genausowenig versteht«, sagte ich. Ich hielt vor der Schule. Es hatte gerade geläutet, und die letzten gingen eben hinein.

»Jetzt bist du wenigstens einmal pünktlich«, sag ich. »Gehst du nun hinein und bleibst drin, oder muß ich mitkommen und auf dich aufpassen?« Sie stieg aus und warf den Schlag zu. »Vergiß nicht, was ich dir gesagt habe«, sag ich. »Es ist mein Ernst. Wenn ich noch einmal höre, daß du dich heimlich mit einem von diesen verdammten Halbstarken in den Hintergassen herumdrückst . . .«

Sie fuhr herum. »Ich drücke mich nicht herum«, sagt sie. »Was ich tue, können meinetwegen alle wissen.«

»Es wissen ja auch alle«, sag ich. »Die ganze Stadt weiß, was du für eine bist. Aber ich dulde das nicht mehr, verstanden? Mir persönlich ist es egal, was du treibst«, sag ich, »Aber ich habe eine Stellung in dieser Stadt, und ich dulde nicht, daß sich jemand aus meiner Familie herumtreibt wie ein Niggerflittchen. Hast du gehört?«

»Das ist mir egal«, sagt sie, »Ich bin schlecht und ich komme in die Hölle, und das ist mir egal. Lieber in der Hölle, als irgendwo, wo du bist.«

»Wenn ich noch ein einziges Mal höre, daß du nicht in der Schule gewesen bist, dann mache ich dich so fertig, daß du dich noch nach der Hölle sehnst«, sag ich. Sie drehte sich um und lief über den Hof. »Noch ein einziges Mal, denk dran«, sag ich. Sie schaute sich nicht mehr um.

Ich ging zum Postamt und holte die Post ab und fuhr zum Geschäft und parkte den Wagen. Als ich eintrat, blickte Earl auf. Ich war darauf gefaßt, daß er etwas über mein Zuspätkommen bemerken würde, aber er sagte bloß,

»Die Hackmaschinen sind gekommen. Du kannst Onkel Job beim Montieren helfen.«

Ich ging nach hinten, wo der alte Job sie aus den Lattenkisten holte, indem er in der Stunde etwa drei Schrauben losmachte.

»Du solltest bei mir arbeiten«, sag ich. »Alle Nigger der ganzen Stadt, die nichts taugen, futtern in meiner Küche.«

»Ich arbeit für den Mann, wo mir Samstagabend mein Lohn zahlt«, sagt er. »Da bleibt mir nich mehr viel Zeit, andere Leute zu bedien.« Er schraubte eine Mutter ab. »Hierzulande tut keiner nich viel außer'm Rüsselkäfer«, sagt er.

»Sei froh, daß du keiner von den Rüsselkäfern bist, auf die es diese Maschine hier abgesehen hat«, sag ich. »Du würdest dich ja totarbeiten müssen, wenn du der entkommen wolltest.«

»Das is wohl wahr«, sagt er, »So'n Rüsselkäfer hat's schon schwer. Muß tagein, tagaus in der Hitze wurschteln, ob's regnet oder schneit. Hat keine Veranda, wo er sitzen un die Wassermelonen wachsen sehn kann, un vom Samstag weiß er gar nich, was er bedeutet.«

»Du wüßtest auch nicht, was Samstag bedeutet«, sag ich,

»Wenn ich dir den Lohn zu zahlen hätte. Jetzt hol endlich das Zeug da aus den Kisten und bring es hinein.«

Zuerst machte ich ihren Brief auf und nahm den Scheck heraus. Typisch Frau. Sechs Tage zu spät. Dabei wollen sie dauernd den Männern weismachen, sie könnten genausogut ein Geschäft führen. Wie lange könnte sich wohl ein Mann im Geschäftsleben halten, wenn er meinte, der Monatserste falle auf den Sechsten. Und wenn die Bank den Kontoauszug schickt, dann würde sie sich wahrscheinlich auch wundern, wenn ich mein Gehalt erst am Sechsten eingezahlt hätte. Aber so was überlegen sich die Weiber überhaupt nicht.

»Auf meinen Brief wegen Quentins Osterkleid habe ich noch keine Antwort. Ist es gut angekommen? Ich habe auch noch keine Antwort auf die beiden letzten Briefe an sie, obwohl der dem zweiten Brief beigelegte Scheck mit dem andern Scheck zusammen eingelöst wurde. Ist sie krank? Gib mir sofort Nachricht, sonst komme ich hin und sehe selbst nach dem Rechten. Du hattest mir versprochen, mich zu benachrichtigen, wenn sie etwas braucht. Ich erwarte, daß ich noch vor dem 10. von dir höre. Nein, telegraphiere mir lieber gleich. Du öffnest meine Briefe an sie. Ich weiß das so genau, als wenn ich dich dabei sähe. Telegraphiere mir also gleich wegen ihr an meine umstehende Adresse.«

Da hörte ich Earl den alten Job anschreien, und so legte ich die Post weg und ging hinüber, um ihm Beine zu machen. Was diesem Land fehlt, sind weiße Arbeitskräfte. Man sollte diese verdammten faulen Nigger mal ein paar Jährchen hungern lassen, dann würden sie schon merken, wie gut sie es eigentlich haben.

Gegen zehn Uhr ging ich nach vorn. Ein Vertreter war da. Es war noch nicht ganz zehn, und ich lud ihn zu einem Coca-Cola über die Straße ein. Wir kamen auf die Ernte zu sprechen.

»Ist nicht viel los damit«, sag ich, »Baumwolle ist nur was für Spekulanten. Die setzen dem Farmer lauter Raupen in den Kopf, damit er möglichst viel anbaut und sie nachher auf dem Markt dicke Geschäfte machen und die Dummen hineinlegen können. Glauben Sie denn, der Farmer profitiert dabei mehr als einen roten Nacken und ein steifes Kreuz? Glauben Sie, der Mann, der im Schweiße seines Angesichts anbaut, bekommt dafür auch nur einen roten Heller mehr als er zum nackten Leben braucht?« sag ich. »Wird die Ernte groß, dann lohnt sich das Pflücken nicht; wird sie klein, dann lohnt sich das Entkernen nicht. Und warum das alles? Damit so eine Bande verdammter Juden aus dem Osten, ich spreche nicht von Leuten jüdischer Konfession«, sag ich, »ich kenne auch Juden, die gute Staatsbürger sind. Vielleicht sind Sie selbst einer«, sag ich.

»Nein«, sagt er, »Ich bin Amerikaner.«

»Nichts für ungut«, sag ich. »Ich achte jeden Menschen, ganz gleich, was für eine Religion er hat und so. Gegen Juden im einzelnen habe ich gar nichts«, sag ich. »Es ist bloß die Rasse. Sie geben doch zu, daß sie nichts leisten. Sie ziehen hinter den Pionieren her ins neue Land und verkaufen ihnen Kleider.«

»Sie meinen die Armenier«, sagt er, »nicht wahr? Was soll ein Pionier mit neuen Kleidern?«

»Nichts für ungut«, sag ich. »Ich werfe keinem seine Religion vor.«

»Natürlich«, sagt er. »Ich bin Amerikaner. In meiner Familie ist französisches Blut, daher meine Nase. Ich bin Amerikaner, das geht schon in Ordnung.«

»Ich auch«, sag ich. »Gibt nicht mehr viele von uns. Aber um darauf zurückzukommen: ich sprach von diesen Brüdern, die da oben in New York sitzen und die Dummen zum Spekulieren verführen.«

»Richtig«, sagt er. »Arme Leute sollten nicht spekulieren. Dagegen sollte es ein Gesetz geben.«

»Hab ich nicht recht?« sag ich.

»Jawohl«, sagt er. »Da haben Sie völlig recht. Der Farmer muß es ausladen, wie's auch kommt.«

»Ich weiß, daß ich recht habe«, sag ich. »Es ist ein Glücksspiel für die Dummen, es sei denn, man bekommt seine Tips von einem, der weiß, was gespielt wird. Ich habe zufällig Beziehungen zu Leuten, die dick drinstecken in diesem Geschäft. Sie werden von einem bekannten Fachmann in New York beraten. So wie ich das mache«, sag ich, »riskiere ich immer nur wenig auf einmal. Die lauern ja bloß auf den, der sich einbildet, er wisse genau Bescheid und könne mit drei Dollar einen Haupttreffer landen. Deshalb machen die ja das große Geschäft.«

Dann schlug es zehn. Ich ging zum Telegrafenbüro. Die Eröffnungskurse waren ganz gut, wie vorausgesagt. Ich ging in eine Ecke und nahm das Telegramm noch einmal heraus, um sicherzugehen. Während ich es durchlas, kam eine Notierung. Zwei Punkte höher. Alles kaufte. Ich merkte es an dem, was sie sagten. Alle stiegen ein. Als ob sie überzeugt wären, es könne immer bloß bergauf gehen. Als ob es ein Gesetz oder so was gäbe, daß man nichts anderes als kaufen dürfe. Na, die Juden im Osten müssen ja auch leben. Aber es ist doch eine verdammte Schweinerei, daß jeder hergelaufene Ausländer, der in seinem eigenen gottgeschenkten Vaterland kein Auskommen hat, zu uns kommt und uns Amerikanern das Geld aus der Tasche ziehen darf. Wieder zwei Punkte höher. Vier Punkte. Zum Donnerwetter, schließlich saßen die ja mittendrin und wußten, was gespielt wird. Und wenn ich ihre Tips nicht ausnützte, wozu bezahlte ich dann monatlich zehn Dollar dafür. Ich ging hinaus, da fiel es mir wieder ein, und ich kehrte um und sandte das Telegramm ab. »Alles wohlauf. Q schreibt heute.«

»Q?« sagte der Telegrafist.

»Ja«, sag ich, »Q. Haben Sie Q nicht auf Ihrer Buchstabiertafel?«

»Ich wollte bloß sichergehn«, sagt er.

»Schicken Sie es nur so, wie ich es geschrieben habe, und ich garantiere Ihnen, daß Sie sichergehn«, sag ich. »Mit Gebührennachnahme.«

»Was telegrafieren Sie denn da, Jason«, sagt Doc Wright und schaut mir über die Schulter. »Ist das ein Kaufauftrag in Codeworten?«

»Überlassen Sie das nur mir«, sag ich, »und handeln Sie nach Ihrem eigenen Gutdünken. Sie alle verstehen ja sowieso mehr davon als die in New York.«

»Ja, müßte ich eigentlich«, sagt Doc, »ich hätte dieses Jahr schön was auf der hohen Kante, wenn ich nur zwei Cent das Pfund hinaufgegangen wäre.«

Eine neue Notierung traf ein. Sie war um einen Punkt niedriger.

»Jason verkauft«, sagt Hopkins. »Schaut nur sein Gesicht an.«

»Überlaß das gefälligst mir, was ich hier mache«, sag ich. »Handelt ihr nur alle nach eurem eigenen Gutdünken. Diese reichen New Yorker Juden müssen ja auch leben«, sag ich.

Ich ging wieder ins Geschäft. Earl arbeitete vorne im Laden.

Ich ging nach hinten zum Schreibpult und las Lorraines Brief. »Lieber Daddy wollte du wärst hier. Ist einfach nichts los wenn Daddy nicht da ist vermisse meinen süßen Daddy.« Kann ich mir denken. Das letzte Mal habe ich ihr vierzig Dollar gegeben. Hab ich tatsächlich. Ich verspreche einer Frau nie etwas und sage ihr auch nicht, wieviel ich ihr geben werde. Nur so kann man sie an der Kandare halten. Man muß sie immer im ungewissen lassen. Wenn man keine andere Überraschung für sie hat, haut man ihnen eben eine in die Fresse.

Ich zerriß ihn und verbrannte ihn überm Spucknapf. Ich hebe grundsätzlich keine Zeile von einer Frau auf und schreibe ihnen auch nie. Lorraine drängt mich immer, ich solle ihr schreiben, aber ich sag, wenn ich was vergessen habe, dann sag ich's dir, wenn ich wieder nach Memphis komme, aber, sag ich, ich habe nichts dagegen, wenn du mir ab und zu in einem neutralen Umschlag schreibst, aber wenn du jemals wagst, mich anzurufen, dann fliegst du aus Memphis hinaus, sag ich. Ich sag, wenn ich bei euch da oben bin, dann mache ich alles mit, aber ich dulde es nicht, daß eine Frau mich anruft. Hier, sag ich, und gebe ihr die vierzig Dollar. Aber wenn du dich je besäufst und dir einfallen läßt, mich anzurufen, dann denk an das, was ich dir gesagt habe, und zähle bis zehn, ehe du es tust.

»Wann wird das sein?« sagt sie.

»Was?« sag ich.

»Daß du wieder kommst«, sagt sie.

»Ich gebe dir Nachricht«, sag ich. Dann wollte sie Bier bestellen, aber ich verbot es ihr. »Spar dein Geld«, sag ich. »Kauf dir ein Kleid dafür.« Dem Mädchen gab ich auch einen Fünfer. Schließlich, sag ich immer, hat Geld keinen Wert, es kommt nur darauf an, wofür man es ausgibt. Es gehört niemand, warum es also auf die hohe Kante legen. Es gehört bloß dem, der es erwischt und festhält. Da war doch hier in Jefferson ein Mann, der 'ne Menge Geld verdient hat an altem Kram, den er Niggern andrehte, er wohnte in einem Zimmer über dem Laden, kaum so groß wie ein Schweinekoben, und kochte sich selbst. Vor vier oder fünf Jahren wurde er krank. Da hat er's mit der Angst zu tun gekriegt, und wie er wieder gesund wurde, lief er dauernd in die Kirche und beteiligte sich mit fünftausend Dollar im Jahr an einer chinesischen Mission. Ich denke oft daran, wie fuchsteufelswild der sein wird, wenn er einmal stirbt und merkt, daß es gar keinen Himmel gibt, und dann an seine fünftausend Dollar im Jahr denkt. Wie ich immer sage, für den wäre es besser, er würde gleich sterben, dann könnte er wenigstens sein Geld sparen.

Nachdem er völlig verbrannt war, wollte ich gerade die andern einstecken, als mir einfiel, ich könnte den an Quentin aufmachen, bevor ich heimging, aber da rief vorne Earl nach mir, und so steckte ich sie weg und ging nach vorn und wartete, ob sich der verdammte Hinterwäldler nach nun schon einer Viertelstunde dazu entschließen könne, welchen Kummetriemen er nehmen solle: den zu zwanzig oder den zu fünfunddreißig Cent.

»Nehmen Sie doch lieber den besseren«, sag ich. »Wie wollt ihr Burschen es denn je zu etwas bringen, wenn ihr immer mit billigem Material arbeitet?«

»Wenn der da nichts taugt«, sagt er, »warum verkauft ihr ihn dann?«

»Ich habe nicht gesagt, daß er nichts taugt«, sag ich, »Ich habe nur gesagt, er sei nicht so gut wie der andere.«

»Woher wissen Sie das?« sagt er. »Ham Sie schon mal mit einem gearbeitet?«

»Weil er keine fünfunddreißig Cent kostet«, sag ich. »Daher weiß ich, daß er nicht so gut ist.«

Er hielt den zu zwanzig Cent in der Hand und zog ihn durch die Finger. »Ich glaube, ich nehm den da«, sagte er. Ich wollte ihm den Riemen einwickeln, aber der Mann rollte ihn zusammen und steckte ihn in seine Overalls. Dann holte er einen Tabaksbeutel hervor, band ihn umständlich auf und schüttete ein paar Münzen heraus. Er gab mir einen Vierteldollar. »Für die fünfzehn Cent krieg ich schon wieder 'n Mittagessen«, sagt er.

»Na schön«, sag ich. »Sie müssen es ja wissen. Aber kommen Sie nächstes Jahr nicht und beklagen sich, Sie brauchten bereits wieder einen neuen.«

»Bin ja noch nicht bei der Ernte vom nächsten Jahr«, sagt er. Endlich wurde ich ihn los, aber jedesmal, wenn ich den Brief vornehmen wollte, kam etwas dazwischen. Die ganze Stadt war voll wegen der Theatervorstellung, die Leute strömten nur so herbei, um ihr Geld für etwas auszugeben, wovon die Stadt nichts hatte und wovon nichts hier blieb als das, was diese Schieber vom Bürgermeisteramt unter sich teilten, und Earl schoß herum wie eine Henne im Drahtkorb und sagte, »Jawohl,

Ma'am, Mr. Compson wird Sie sofort bedienen. Jason, zeige der Dame ein Butterfaß« — oder »für zehn Cent Wandhaken.«

Naja, Jason arbeitet ja gern. Ich sag, akademische Bildung habe ich natürlich nicht, aber in Harvard lernt man ja sowieso nur, wie man bei Nacht schwimmt, wenn man gar nicht schwimmen kann, und in Sewanee lernt man nicht einmal, was Wasser ist. Ich sag, meinetwegen könnt ihr mich auf die Staatsuniversität schicken; vielleicht lerne ich dort, wie man die Wanduhr mit der Nasenspitze anhält, und dann könnt ihr Ben zur Marine schicken, sag ich, oder auch zur Kavallerie, bei der Kavallerie gibt es ja noch mehr Wallache. Und dann, als sie uns auch noch Quentin zum Füttern aufhalste, sag ich, ist ja wohl ganz in Ordnung so, anstatt daß ich nach Norden fahren muß, um Arbeit zu kriegen, schicken sie mir die Arbeit hier runter, und da weinte Mutter, und ich sag, ich habe ja nichts dagegen, daß es da ist; wenn es dich beruhigt, dann kündige ich meine Stelle und ziehe das Kind selber auf und überlasse es dir und Dilsey, dafür zu sorgen, daß der Mehlsack voll ist — oder Ben. Gebt ihn doch zu einer Schaubude; irgendwo werden sich schon Leute finden, die es sich zehn Cent kosten lassen, ihn besichtigen zu dürfen, und da weinte sie noch mehr und sagte in einem fort Mein armes bresthaftes Kind und ich sag Ja der wird dir eine große Stütze sein wenn er erst seine volle Größe erreicht hat wo er jetzt schon anderthalbmal so groß ist wie ich und sie sagt sie werde ja bald tot sein und dann hätten wir es alle besser und da sag ich Schon gut schon gut wie du willst. Es ist wenigstens dein Enkelkind, und das ist mehr als die meisten Großeltern mit Sicherheit behaupten können. Bloß, sag ich, es ist eine reine Zeitfrage. Denn wenn du glaubst, sie hält ihr Versprechen und versucht nicht, es zu sehen, dann irrst du dich; das war damals, als Mutter damit anfing, dauernd zu sagen, Gott sei Dank, daß du kein Compson bist, außer dem Namen nach, du bist jetzt alles, was mir geblieben ist, du und Maury, und ich sag, na, ich würde ganz gern auf Onkel Maury verzichten, und dann kamen sie und sagten, sie seien fertig. Da hörte Mutter zu weinen auf. Sie zog ihren Schleier herunter, und wir gingen die Treppe hinab. Onkel Maury kam aus dem Eßzimmer und hielt das Taschentuch vor den Mund. Sie bildeten so etwas wie ein Spalier, und wir gingen zur Tür hinaus und sahen gerade noch, wie Dilsey Ben und T.P. hinters Haus schickte. Wir gingen die Vortreppe hinunter und stiegen ein. Onkel Maury brabbelte immerzu um etwas in seinem Mund herum: Armes Schwesterchen, armes Schwesterchen, und tätschelte Mutters Hand. Gott weiß, um was er da herumbrabbelte.

»Hast du deinen Trauerflor an?« sagt sie. »Warum fahren wir denn nicht ab, bevor Benjamin herauskommt und sich aufregt? Armer kleiner Junge. Er weiß von nichts. Er würde es sich nicht einmal vorstellen können.«

»Na na«, brabbelte Onkel Maury um das in seinem Mund herum und tätschelte ihre Hand. »Ist ja auch besser so. Wozu so etwas an ihn heranlassen. Er lernt den Schmerz noch früh genug kennen.«

»Andere Frauen haben in ihren Kindern eine Stütze in solchen Stunden«, sagt Mutter.

»Du hast doch Jason und mich«, sagt er.

»Das ist eben so schrecklich für mich«, sagt sie, »Die beiden hintereinander in kaum zwei Jahren.«

»Na na«, sagt er. Kurz darauf schlich seine Hand heimlich zum Mund und ließ etwas aus dem Fenster fallen. Da wußte ich, was ich die ganze Zeit gerochen hatte. Gewürznelken. Wahrscheinlich dachte er, dies sei das mindeste, was er bei Vaters Begräbnis tun könne, oder vielleicht meinte das Büfett, er sei Vater, und stellte ihm ein Bein, als er vorbeiging. Wie ich immer sage, wenn er schon etwas verkaufen mußte, um Quentin nach Harvard zu schicken, dann wäre es für uns alle verdammt besser gewesen, wenn er dieses Büfett verscheuert und einen Teil des Geldes dazu benutzt hätte, sich eine Zwangsjacke mit einem einzigen Ärmel zu kaufen. Wahrscheinlich hat sich alles Compsonsche deswegen verflüchtigt, ehe es auf mich kam — wie Mutter behauptet —, weil er es versoffen hat. Jedenfalls habe ich nie gehört, daß er sich erboten hätte, etwas zu verkaufen, um mich nach Harvard zu schicken.

So tätschelte er ihr also dauernd die Hand und sagte »Armes Schwesterchen«, tätschelte ihr die Hand mit einem von den schwarzen Handschuhen, für die wir vier Tage später die Rechnung erhielten, denn es war der Sechsundzwanzigste, und an einem Sechsundzwanzigsten war Vater damals hinaufgefahren und hatte es geholt und mit heimgebracht und wollte kein Wort darüber sagen, wo sie sei oder sonst etwas, und Mutter weinte und sagte »Hast du ihn denn nicht einmal gesehen? Hast du ihn nicht einmal dazu bewegen können, daß er für den Unterhalt sorgt?« und Vater sagt »Nein, sie rührt mir sein Geld nicht an, nicht einen Cent davon« und Mutter sagt »Er kann gesetzlich gezwungen werden. Er kann überhaupt nichts beweisen, es sei denn ... Jason Compson«, sagt sie, »Warst du vielleicht so töricht, ihm zu erzählen ...«

»Still, Caroline«, sagt Vater, dann schickte er mich zu Dilsey, ich solle ihr helfen, die alte Wiege vom Speicher zu holen, und ich sag,

»Na, jetzt haben sie mir ja die Arbeit ins Haus gebracht«, denn wir hatten die ganze Zeit gehofft, es werde sich alles wieder einrenken, und er werde sie behalten, denn Mutter hatte die ganze Zeit gesagt, sie werde doch wenigstens so viel Rücksicht auf die Familie nehmen, daß sie meine Ausbildung nicht aufs Spiel setze, nachdem sie und Quentin eine erhalten hätten.

»Wo sonst gehört es denn hin?« sagt Dilsey. »Wer soll's schon aufziehn außer mir? Hab ich nich euch alle aufgezogen?«

»Ist ja auch was Schönes draus geworden«, sag ich. »Na, jedenfalls hat sie jetzt etwas, worüber sie sich gehörig aufregen kann.« Wir trugen also die Wiege hinunter, und Dilsey stellte sie in ihrem alten Zimmer auf. Dann legte Mutter auch schon gehörig los.

»Pst, Miss Car'line«, sagt Dilsey, »Sie wecken's doch auf.«

»Da hinein?« sagt Mutter, »Damit es von dieser Atmosphäre vergiftet wird? Als ob es nicht so schon schwer genug wäre — mit dieser Erbschaft in ihrem Blut.«

»Still«, sagt Vater, »Sei doch nicht albern.«

»Warum soll's denn nich hier schlafen?« sagt Dilsey, »Im gleichen Zimmer, wo ich seine Ma jeden Abend ins Bett gelegt hab, seit sie groß genug war, daß sie allein schlafen konnte.«

»Das verstehst du nicht«, sagt Mutter, »Meine eigene Tochter von ihrem Mann vor die Tür gesetzt. Armes, kleines, unschuldiges Baby«, sagt sie und schaut auf Quentin hinunter. »Du wirst nie ahnen, wieviel Leid du heraufbeschworen hast.«

»Still, Caroline«, sagt Vater.

»Wie können Sie vor Jason über all so was reden?« sagt Dilsey.

»Ich habe mich bemüht, ihn zu schützen«, sagt Mutter. »Ich habe mich immer bemüht, ihn davor zu schützen. Zumindest will ich jetzt alles tun, um es zu beschützen.«

»Ich möcht bloß wissen, was ihm das schaden soll, wenn's hier im Zimmer schläft«, sagt Dilsey.

»Ich kann nun mal nicht anders«, sagt Mutter. »Ich weiß, ich bin nur eine lästige alte Frau. Aber ich weiß auch, daß man nicht ungestraft der Gesetze Gottes spottet.«

»Dummes Zeug«, sagt Vater. »Dann stell die Wiege eben in Miss Carolines Zimmer, Dilsey.«

»Sag du nur dummes Zeug«, sagt Mutter. »Jedenfalls darf es nie etwas davon wissen. Es darf niemals auch nur den Namen erfahren. Dilsey, ich verbiete dir, jemals den Namen in seiner Gegenwart auszusprechen. Ich würde Gott danken, wenn es großwerden könnte, ohne zu wissen, daß es eine Mutter gehabt hat.«

»Red doch keinen Unsinn«, sagt Vater.

»Ich habe mich nie in deine Erziehungsmethoden eingemischt«, sagt Mutter, »Aber jetzt reicht es mir. Wir müssen uns heute abend noch entscheiden. Entweder der Name wird in seiner Gegenwart nie ausgesprochen, oder es muß aus dem Haus — oder ich gehe. Du hast die Wahl.«

»Still«, sagt Vater, »Du bist einfach erregt. Stell die Wiege hier herein, Dilsey.«

»Sie sin aber auch krank«, sagt Dilsey. »Sie sehen aus wie 'n Gespenst. Sie gehn jetzt ins Bett, un ich mach Ihnen nen Toddy, un dann schaun Sie, daß Sie schlafen können. Ich wett, Sie ham keine Nacht durchgeschlafen, seit Sie weg warn.«

»Nein«, sagt Mutter. »Hast du vergessen, was der Doktor gesagt hat? Warum verführst du ihn auch noch zum Trinken? Das ist doch gerade der springende Punkt bei ihm. Sieh mich an, ich bin auch leidend, aber ich bin nicht so schwach, daß ich mich mit Whisky umbringen muß.«

»Papperlapapp«, sagt Vater, »Was weiß so ein Doktor schon? Der verdient sein Brot doch bloß damit, daß er den Leuten rät, sie sollen das tun, was sie gerade nicht tun, weiter reicht sein Wissen über den degenerierten Affen nicht. Demnächst wirst du noch einen Pfarrer holen, damit er mir die Hand hält.«

Da weinte Mutter, und er ging hinaus. Ging die Teppe hinunter, und dann hörte ich das Büfett. Ich wachte auf und hörte ihn wieder hinuntergehen. Mutter war wohl eingeschlafen, denn im Haus war es endlich still. Auch er bemühte sich, still zu sein, denn ich konnte nichts hören außer dem Saum seines Nachthemds und seinen nackten Füßen vor dem Büfett.

Dilsey machte die Wiege fertig und zog es aus und legte es hinein. Es war noch nicht aufgewacht, seit Vater es ins Haus gebracht hatte.

»Is fast schon zu groß dafür«, sagt Dilsey. »So — jetzt. Ich leg mir da drüben nen Strohsack hin, da brauchen Sie in der Nacht nich aufzustehn.«

»Ich schlafe doch nicht«, sagt Mutter. »Geh du nur nach Haus. Mir macht es nichts aus. Ich werde glücklich sein, wenn ich ihm den Rest meines Lebens schenken darf — Hauptsache, ich kann verhindern . . .«

»Still jetz«, sagt Dilsey. »Wir werden schon dafür sorgen. Un du gehst auch ins Bett«, sagt sie zu mir, »Du mußt morgen wieder in die Schule.«

Ich ging hinaus, aber da rief mich Mutter zurück und weinte ein Weilchen an mich hin.

»Du bist meine einzige Hoffnung«, sagt sie. »Jeden Abend danke ich Gott, daß ich dich habe.« Während wir darauf warteten, daß wir abführen, sagt sie, Gott sei gedankt, daß du mir geblieben bist und nicht Quentin, wo auch er mir noch genommen werden mußte. Gott sei gedankt, daß du kein Compson bist, denn ich habe jetzt nichts mehr außer dir und Maury, und ich sag, Na, ich könnte auf Onkel Maury verzichten. Er tätschelte mit seinem schwarzen Handschuh in einem fort ihre Hand und redete an ihr vorbei. Als er an die Reihe kam, zog er die Handschuhe aus, um die Schaufel zu nehmen. Er trat nach vorn, wo sie die Schirme über einen hielten und hin und wieder aufstampften, um die Erde von den Schuhen zu schütteln, und den Lehm von den Schaufeln abschlugen, der dumpf hallte, wenn er darauffiel, und als ich zum Wagen zurückging, sah ich ihn hinter einem Grabstein, wie er gerade wieder einen aus der Flasche nahm. Ich dachte, er werde überhaupt nicht mehr aufhören, überdies hatte ich auch noch meinen neuen Anzug an, aber die Räder waren gar nicht so verdreckt, nur Mutter sah es und sagt, Wer weiß, wann du je wieder einen neuen bekommst, und Onkel Maury sagt, »Nu, nu. Reg dich doch nicht auf. Du kannst immer mit mir rechnen.«

Und das können wir. Jederzeit. Der vierte Brief war von ihm. Aber es war nicht notwendig, ihn aufzumachen. Ich hätte ihn selbst schreiben oder ihn ihr auswendig hersagen können — zur Sicherheit um zehn Dollar aufgerundet. Bei dem anderen

Brief hatte ich so eine Ahnung. Ich spürte, es war wieder an der Zeit, daß sie mit einem ihrer Tricks ankam. Nach jenem ersten Mal war sie ganz schön gewitzt geworden. Sie hat ziemlich schnell herausbekommen, daß ich aus anderm Holz geschnitzt bin wie Vater. Als es allmählich zugeschüttet war, fing Mutter gehörig zu weinen an, und so stieg Onkel Maury mit ihr ein, und sie fuhren ab. Er sagt, Du kannst mit einem andern zurückfahren; die nehmen dich alle gerne mit. Ich muß mich deiner Mutter annehmen, und ich hätte am liebsten gesagt, Ja, du hättest zwei Flaschen statt bloß einer mitbringen sollen, aber dann fiel mir ein, wo wir uns befanden, und so ließ ich sie gehen. Sie kümmerten sich nicht darum, daß ich naß wurde, nur damit sich Mutter nachher wieder anstellen und jammern konnte, ich bekäme Lungenentzündung.

Ich malte mir das so aus, während ich zusah, wie sie Erde aufschütteten und sie gleichgültig draufklatschen ließen, als machten sie Mörtel oder so was oder errichteten eine Mauer, und da wurde mir auf einmal ziemlich komisch, und so entschloß ich mich, noch ein bißchen auf und ab zu laufen. Ich sagte mir, gehe ich der Stadt zu, dann überholen sie mich und wollen, daß ich mitfahre, darum ging ich nach hinten zum Niggerfriedhof. Ich stellte mich unter ein paar Zedern, wo der Regen kaum durchdrang, nur ab und zu ein Tropfen, und von wo aus ich sehen konnte, wann sie fertig waren und weggingen. Nach einiger Zeit waren sie alle verschwunden, und ich wartete noch einen Augenblick und ging wieder nach vorn.

Ich mußte auf dem Weg bleiben, weil ich nicht durchs nasse Gras gehen konnte, und so sah ich erst, als ich ganz nahe dran war, wie sie da in ihrem schwarzen Umhang stand und die Blumen betrachtete, und ich wußte sofort, wer es war, noch ehe sie sich umwandte, mich anblickte und ihren Schleier hob.

»Tag, Jason«, sagt sie und streckt mir die Hand hin. Wir gaben uns die Hand.

»Was tust du denn hier?« sag ich. »Ich denke, du hast ihr versprochen, nicht mehr herzukommen. Ich hätte dich für vernünftiger gehalten.«

»So?« sagt sie. Sie betrachtete wieder die Blumen. Sie mußten mindestens fünfzig Dollar gekostet haben. Jemand hatte einen Strauß auf das von Quentin gelegt. »Wirklich«, sagt sie wieder.

»Andererseits überrascht es mich gar nicht«, sag ich. »Dir

trau ich alles zu. Du nimmst auf niemand Rücksicht. Du kümmerst dich einen Dreck um die andern.«

»Ach«, sagt sie, »diese Geschichte meinst du.« Sie betrachtete das Grab. »Tut mir leid, Jason.«

»Kann ich mir denken«, sag ich. »Jetzt kommst du angekrochen. Aber du hättest nicht hierherzukommen brauchen. Es ist rein nichts geblieben. Frag Onkel Maury, wenn du mir nicht glaubst.«

»Ich will ja gar nichts«, sagt sie. Sie betrachtete das Grab. »Warum habt ihr es mir nicht geschrieben?« sagt sie. »Ich habe es ganz zufällig in der Zeitung gelesen. Auf der letzten Seite. Ganz zufällig.«

Ich sagte nichts. Wir blieben stehen und betrachteten das Grab, und da mußte ich daran denken, wie wir noch klein gewesen waren und all so was, und es wurde mir wieder ganz komisch, ja ich wurde irgendwie wütend, als ich daran dachte, daß wir jetzt dauernd Onkel Maury im Haus haben würden, wobei alles in dem Stil zuginge wie eben, als er mich einfach stehen ließ, so daß ich allein im Regen heimlaufen mußte. Ich sage,

»Du bist wirklich sehr rücksichtsvoll, daß du jetzt erst angekrochen kommst, wo er tot ist. Aber das nützt dir nichts. Glaub nur nicht, es schaut etwas dabei heraus, wenn du jetzt angekrochen kommst. Wenn du dich auf deinem hohen Roß nicht mehr halten kannst, mußt du eben zu Fuß gehen«, sag ich. »In unserm Haus gibt es deinen Namen nicht mehr«, sag ich. »Weißt du das? Dich und ihn und Quentin gibt es einfach nicht mehr bei uns«, sag ich. »Weißt du das?«

»Ich weiß«, sagt sie. »Jason«, sagt sie und betrachtete das Grab, »wenn du es so machst, daß ich sie nur einen Augenblick sehen kann, gebe ich dir fünfzig Dollar.«

»Du hast doch keine fünfzig Dollar«, sag ich.

»Einverstanden?« sagt sie, ohne mich anzusehen.

»Zeig her«, sag ich. »Ich glaube nicht, daß du fünfzig Dollar hast.«

Ich sah, wie ihre Hände unter dem Umhang herumtasteten, dann streckte sie eine Hand heraus. Ich will verdammt sein, wenn sie nicht voll Geld war. Ich sah ein paar gelbe Scheine darunter.

»Gibt er dir immer noch Geld?« sag ich. »Wieviel schickt er dir denn?«

»Ich gebe dir hundert«, sagt sie. »Einverstanden?«

»Aber nur einen Augenblick«, sag ich, »und nur, wenn du dich genau nach mir richtest. Nicht um tausend Dollar möchte ich, daß sie es erfährt.«

»Ja«, sagt sie. »Ich richte mich ganz nach dir. Bloß, daß ich es einen Augenblick sehen kann. Ich mache bestimmt keine Szene oder so was. Ich gehe dann sofort wieder.«

»Gib mir das Geld«, sag ich.

»Ich gebe es dir hinterher«, sagt sie.

»Traust du mir nicht?« sag ich.

»Nein«, sagt sie. »Ich kenne dich. Ich bin mit dir aufgewachsen.«

»Du bist mir ja die Richtige, über Vertrauen zu reden«, sag ich. »Na dann«, sag ich. »Ich muß machen, daß ich aus dem Regen komme. Adieu.« Ich tat, als wollte ich gehen.

»Jason«, sagt sie. Ich blieb stehen.

»Ja?« sag ich. »Nun mach schon. Ich werde naß.«

»Also gut«, sagt sie. »Hier.« Es war niemand in Sicht. Ich ging auf sie zu und nahm das Geld. Aber sie hielt es immer noch fest. »Wirst du's auch tun?« sagt sie und schaut mich durch den Schleier an, »Versprichst du es mir?«

»Laß los«, sag ich, »Oder willst du, daß jemand vorbeikommt und uns sieht?«

Sie ließ los. Ich steckte das Geld in die Tasche. »Wirst du's auch tun, Jason?« sagt sie. »Ich würde dich nicht darum bitten, wenn ich einen andern Weg wüßte.«

»Du hast verdammt recht, es gibt keinen andern Weg«, sag ich. »Natürlich tu ich's. Ich hab es doch versprochen, nicht? Nur mußt du dich genau nach mir richten.«

»Ja«, sagt sie, »Bestimmt.« Ich sagte ihr also, wo wir uns treffen wollten, und ging zum Mietstall. Ich beeilte mich und kam gerade dazu, wie die Gäule ausgespannt wurden. Ich fragte, ob schon bezahlt worden sei, und er sagte, Nein, und ich sagte, Mrs. Compson habe etwas vergessen und brauche ihn noch einmal, und so überließ man ihn mir. Mink kutschierte. Ich schenkte ihm eine Zigarre, und so fuhren wir in den Hintergassen herum, wo man ihn nicht sehen konnte, bis es dunkel wurde. Dann sagte Mink, er müsse das Gespann zurückbringen, und ich sagte, ich würde ihm noch eine Zigarre kaufen, und wir bogen in den Weg ein, und ich ging über den Hof ins Haus. Ich blieb im Flur stehen, bis ich Mutter und Onkel Maury im oberen Stock hörte, und dann ging ich nach hinten zur Küche. Es saß mit Ben bei Dilsey. Ich sagte, Mutter wolle es sehen, und nahm es mit. Ich sah Onkel Maurys Regenmantel und hüllte es darin ein und nahm es auf den Arm und ging zurück zum Weg und stieg in die Droschke. Ich sagte Mink, er solle zum Bahnhof fahren. Er wollte nicht am Stall vorbei, und so mußten wir einen Umweg machen, und ich sah sie an der Ecke unter einer Laterne stehen und sagte Mink, er solle dicht an den Bordstein heranfahren, und wenn ich sagte, Los, solle er auf die Gäule einhauen. Dann schälte ich es aus dem Regenmantel und hielt es ans Fenster und Caddy sah es und sprang vor.

»Hau drauf, Mink!« sag ich, und Mink zog ihnen eins über, und wir rasten an ihr vorbei wie die Feuerwehr. »Jetzt geh zu deinem Zug, wie du versprochen hast«, sag ich. Durchs Rückfenster konnte ich sie hinter uns herrennen sehen. »Gib ihnen noch eins«, sag ich, »Nun aber heim.« Als wir um die Ecke bogen, rannte sie immer noch.

Am Abend zählte ich also das Geld wieder einmal und steckte es weg, und dann fühlte ich mich gleich bedeutend besser. Das wird dir wohl eine Lehre sein, sag ich. Nun weißt du ja wohl, daß du mir nicht einfach eine Anstellung vermasseln und mich dann sitzen lassen kannst. Ich wäre nie auf die Idee gekommen, sie könne ihr Versprechen, gleich abzufahren, vielleicht nicht halten. Aber damals wußte ich noch nicht viel von ihnen; Ich war so blöd, alles zu glauben, was sie sagten, und da kommt sie doch am andern Morgen einfach ins Geschäft geschneit, wenn sie auch immerhin so viel Verstand hatte, den Schleier zu tragen und mit niemand zu sprechen. Es war ein Samstagmorgen, denn ich war im Laden, und sie kam gleich nach hinten und schoß auf mein Schreibpult zu.

»Lügner«, sagt sie, »Lügner.«

»Bist du wahnsinnig?« sag ich. »Was soll das heißen? Kommst einfach so hier rein?« Sie wollte loslegen, aber ich schnitt ihr das Wort ab. Ich sag, »Du hast mich schon mal um eine Stelle gebracht; soll ich die hier jetzt auch noch verlieren? Wenn du mir etwas zu sagen hast, dann können wir uns ja irgendwo treffen, wenn es dunkel ist. Was hast du mir überhaupt zu sagen?« sag ich, »Hab ich vielleicht nicht alles getan, was ich versprochen habe? Ich habe gesagt, nur für einen Augenblick, stimmt's? Na, hast du es etwa nicht gesehen?« Sie stand einfach da und starrte mich an, zitternd wie in Fieberschauern, die Hände verkrampft und zuckend. »Ich habe genau das getan, was ich versprochen habe«, sag ich, »Du aber hast gelogen. Du hattest versprochen, gleich abzufahren. Oder hast du das vielleicht nicht versprochen, wie? Wenn du dir einbildest, du bekämst dein Geld zurück, dann versuch's mal«, sag ich. »Und wenn du mir tausend Dollar gegeben hättest, dann wärst du mir immer noch was schuldig — bei dem Risiko, das ich auf mich genommen habe. Und wenn ich sehe oder höre, daß du noch in der Stadt bist, wenn der Zug Nummer 17 schon abgefahren ist, erzähle ich es Mutter und Onkel Maury«, sag ich. »Dann kannst du schwarz werden, bis du es wiedersiehst.« Sie stand einfach da und sah mich an, und ihre Hände waren ineinander verkrampft.

»Hol dich der Teufel«, sagt sie, »Hol dich der Teufel.«

»Jaja«, sag ich, »Ist schon gut. Aber denk dran, was ich dir gesagt habe. Zug Nummer 17 oder ich erzähle es ihnen.«

Als sie fort war, fühlte ich mich wieder besser. Du wirst es dir jetzt wohl gründlich überlegen, sag ich, ehe du mich noch mal um eine Stelle bringst, die mir versprochen war. Damals war ich ein Kind. Ich glaubte daran, wenn die Leute versprachen, etwas für mich zu tun. Inzwischen bin ich heller geworden. Außerdem, wie ich immer sage, brauche ich von niemand Hilfe, um weiterzukommen, ich kann auf meinen eigenen Füßen stehen, wie ich's bisher ja auch gemußt habe. Dann auf einmal fielen mir Dilsey und Onkel Maury ein. Es fiel mir ein, daß sie Dilsey ohne weiteres herumkriegen würde und daß Onkel Maury für zehn Dollar alles täte. Und da konnte ich nun nicht einmal vom Geschäft weg, um meine eigene Mutter zu beschützen. Sie sagt doch immer, wenn mir schon eins von euch genommen werden mußte, dann kann ich nur Gott danken, daß du es bist, der mir blieb, und ich sag, schon gut, ich werde wohl kaum je so weit vom Geschäft weggehen, daß du mich nicht erreichen könntest. Einer muß ja das bißchen festhalten, was uns noch geblieben ist, denk ich.

Sobald ich nach Hause kam, nahm ich mir Dilsey vor. Ich sagte Dilsey, sie habe die Lepra, und ich holte die Bibel und las vor, wie ein Mann bei lebendigem Leib verfault ist, und ich sagte ihr, wenn sie oder Ben oder Quentin sie auch nur anschauten, bekämen sie es auch. Ich dachte also, ich hätte alles ins Lot gebracht, bis ich eines Tages heimkam und Ben brüllen hörte. Brüllte wie am Spieß und war nicht zum Schweigen zu bringen. Mutter sagte, Na, dann gib ihm den Pantoffel eben. Dilsey tat, als hätte sie nichts gehört. Mutter sagte es noch einmal, und ich sag, Ich gehe fort, ich kann den verdammten Lärm nicht aushalten. Wie ich immer sage, ich kann eine ganze Menge vertragen und erwarte mir nicht viel von den andern, aber wenn ich den ganzen Tag in diesem verdammten Geschäft arbeiten muß, dann habe ich doch wohl, verdammt noch mal, ein bißchen Frieden und Ruhe beim Essen verdient. So sag ich also, Ich gehe, und Dilsey sagt schnell, »Jason!«

Ja, und da verstand ich blitzartig, was eigentlich los war, aber um sicherzugehen, holte ich den Pantoffel, und wie ich mir gedacht hatte: als er ihn sah, tat er, als wollten wir ihn umbringen. Da zwang ich Dilsey, mit der Sprache herauszurücken, und sagte es dann Mutter. Wir mußten sie hinauf ins Bett bringen, und als dann wieder ein wenig Ruhe eingetreten war, machte ich Dilsey die Hölle heiß. Das heißt, soweit man das bei einem Nigger eben fertigbringt. Das ist ja der Ärger bei diesen Niggerdienstboten: wenn sie einmal lang genug im Haus sind, dann nehmen sie sich so wichtig, daß überhaupt nichts mehr mit ihnen anzufangen ist. Glauben, sie könnten die ganze Familie tyrannisieren.

»Ich möcht bloß wissen, was das schadet, wenn man das arme Ding sein eigenes Kind sehn läßt«, sagt Dilsey. »Wär Mr. Jason noch da, wär alles anders.«

»Aber Mr. Jason ist nicht mehr da«, sag ich. »Ich weiß, daß du nicht auf mich hörst, aber ich denke, du wirst wenigstens tun, was Mutter sagt. Wenn du ihr noch mehr solche Aufregungen bescherst, dann wirst du sie auch bald ins Grab gebracht haben, und dann kannst du ja Krethi und Plethi ins Haus lassen. Wie bist du bloß auf die Idee gekommen, den verdammten Irren sie sehen zu lassen?«

»Bist 'n kaltherziger Mensch, Jason, wenn du überhaupt 'n Mensch bist«, sagt sie. »Ich dank meim Schöpfer, daß er mir mehr Herz gegeben hat, wenn's auch schwarz is.«

»Jedenfalls bin ich euch gut genug, den Mehlsack aufzufüllen«, sag ich. »Und wenn so was noch einmal vorkommt, dann kriegst du nichts mehr aus diesem Mehlsack.«

Als ich sie wiedersah, sagte ich ihr, wenn sie sich noch einmal an Dilsey heranmache, dann werde Mutter Dilsey hinauswerfen und Ben nach Jackson schicken und mit Quentin fortziehen. Sie schaute mich lange an. Es war keine Straßenlaterne in der Nähe, und ich konnte ihr Gesicht nicht genau sehen. Aber ich fühlte doch ihren Blick auf mir. Als wir noch klein waren und sie dann wütend wurde und ihren Willen nicht durchsetzen konnte, fing immer ihre Oberlippe an zu zucken. Jedesmal, wenn sie zuckte, entblößte sie mehr und mehr die Zähne, dabei stand sie die ganze Zeit reglos wie ein Pfahl, ohne daß sich auch nur ein Muskel regte, außer der Lippe, die sich zuckend immer höher über die Zähne hinaufschob. Aber sie sagte nichts. Sagte nur,

»Also gut. Wieviel?«

»Na, wenn ein Blick durchs Wagenfenster hundert wert war«, sag ich. Danach benahm sie sich ganz anständig, doch auf einmal verlangte sie, den Kontoauszug von der Bank zu sehen.

»Ich weiß, daß Mutter die Schecks eingelöst hat«, sagt sie, »Aber ich möchte den Kontoauszug sehn. Ich möchte mich selbst überzeugen, wo die Schecks bleiben.«

»Das ist Mutters Privatangelegenheit«, sag ich. »Wenn du meinst, du seist berechtigt, in ihren Privatangelegenheiten herumzuschnüffeln, dann werd ich ihr sagen, du habest sie im Verdacht, die Schecks widerrechtlich verwendet zu haben, und du verlangest eine amtliche Buchprüfung, weil du ihr nicht trauen könntest.«

Sie sagte nichts und rührte sich nicht. Ich hörte sie nur murmeln, Daß dich der Teufel hole, der Teufel hole, der Teufel hole.

»Sprich dich nur aus«, sag ich. »Ist ja kein Geheimnis, was wir zwei voneinander denken. Vielleicht willst du dein Geld zurück«, sag ich.

»Hör zu, Jason«, sagt sie, »Lüg mich jetzt nicht an. Von wegen ihr. Ich will ja gar nichts sehen. Wenn es bisher nicht genug war, dann schicke ich jeden Monat mehr. Nur versprich mir, daß sie ... daß sie dafür was ... Das kannst du doch tun. Sachen für sie. Sei lieb zu ihr. Kleinigkeiten, die ich ihr nicht, die man mich nicht ... Aber du tust es ja doch nicht. Du hattest nie einen Funken Liebe in dir. Hör zu«, sagt sie, »Wenn du Mutter dazu bringst, sie mir zurückzugeben, bekommst du tausend Dollar von mir.«

»Du hast doch keine tausend Dollar«, sag ich, »Jetzt belügst du mich aber bestimmt.«

»Doch, ich habe sie. Ich bekomme sie. Ich kann sie bekommen.«

»Und ich weiß auch, wie du sie bekommst«, sag ich, »Du bekommst das Geld genau so, wie du sie bekommen hast. Und wenn sie erst groß genug ist . . .« Zuerst glaubte ich, sie wolle auf mich einschlagen, aber dann begriff ich nicht mehr, was jetzt kam. Sie benahm sich einen Augenblick wie ein überdrehtes Aufziehspielzeug, das gleich auseinanderfliegt.

»Ach, ich bin ja verrückt«, sagt sie, »Ich bin wohl nicht bei Trost. Ich kann sie ja nicht zu mir nehmen. Behalte sie. Wie bin ich bloß darauf gekommen? Jason«, sagt sie und packt mich am Arm. Ihre Hände waren fieberheiß. »Du mußt mir versprechen, für sie zu sorgen, sie . . . Sie ist blutsverwandt mit dir; gehört zu unserer Familie. Versprich mir das, Jason. Du trägst Vaters Namen: glaubst du, ihn hätte ich zweimal bitten müssen? Ja, auch nur einmal?«

»So«, sag ich, »Er hat mir also etwas hinterlassen. Was soll ich denn nun tun«, sag ich, »Einen Laufstall und mir eine weiße Schürze kaufen? Ich habe dich ja nicht in diese Lage gebracht«, sag ich. »Ich habe dabei mehr zu verlieren als du, du setzt schließlich nichts aufs Spiel. Wenn du also erwartest . . .«

»Nein«, sagt sie, dann brach sie in Lachen aus und versuchte gleichzeitig, es zurückzuhalten. »Nein. Ich setze nichts aufs Spiel«, sagt sie glucksend und preßt die Hand gegen den Mund. »Ni . . . ni . . . nichts«, sagt sie.

»Na«, sag ich, »Nun hör aber auf!«

»Ich ver . . . such's ja schon«, sagt sie und preßt die Hände gegen den Mund. »Ach Gott, ach Gott.«

»Ich geh jetzt«, sag ich, »Ich kann mich hier nicht sehen lassen. Und du verschwindest sofort aus der Stadt, verstanden?«

»Warte noch«, sagt sie und hält mich am Arm fest. »Ich habe ja aufgehört. Ich fange auch nicht wieder an. Versprichst du mir, Jason?« sagt sie, und ich spüre ihren Blick auf mir, als berührten ihre Augen mein Gesicht. »Versprichst du es? Mutter . . . wegen dem Geld . . . wenn sie mal etwas braucht . . . Wenn ich dir Schecks für sie schicke, außer den monatlichen, wirst du sie ihr geben? Und nichts davon erzählen? Willst du dafür sorgen, daß sie alles bekommt wie andere Mädchen?«

»Natürlich«, sag ich, »Solange du dich anständig aufführst und tust, was ich dir sage.«

Als Earl, mit dem Hut auf dem Kopf, nach vorn kam, sagt er, »Ich mach schnell einen Sprung zu Rogers rüber und eß da eine Kleinigkeit. Wir werden wohl kaum Zeit finden, zum Essen heimzugehen.«

»Wieso — warum sollen wir denn keine Zeit haben?« sag ich.

»Na, wegen dem Theater und so«, sagt er. »Es ist doch auch eine Nachmittagsvorstellung, da wollen die alle noch vorher einkaufen, damit sie rechtzeitig fertig sind. Ist also gescheiter, wir gehn rasch zu Rogers.«

»Schön«, sag ich, »Ist ja dein Magen. Wenn du dich zum Sklaven deines Geschäfts machen willst — mir ist's recht.«

»Du wirst wohl nie der Sklave eines Geschäfts werden«, sagt er.

»Nicht, wenn es nicht Jason Compsons eigenes Geschäft ist«, sag ich.

Als ich nun nach hinten ging und ihn öffnete, war ich nur darüber erstaunt, daß kein Bankscheck, sondern ein Postbarscheck darin lag. Wahrhaftig. Man kann doch keiner von ihnen trauen. Und das nach all dem Risiko, das ich auf mich genommen habe, wo ich doch ständig das Risiko eingehe, Mutter könnte herausfinden, daß sie ein paarmal im Jahr herkommt, und ich Mutter deswegen dauernd anlüge. Das ist nun der Dank. Und ich traue ihr durchaus zu, daß sie das Postamt benachrichtigt, niemand außer ihr dürfe das Geld abholen. Einem solchen Kind fünfzig Dollar in die Hand zu geben. Ich habe nie fünfzig Dollar auf einem Haufen gesehen, ehe ich einundzwanzig war, und dabei mußte ich auch noch immer im Laden arbeiten, wenn die andern Jungen ihren Nachmittag und ihren Samstag frei hatten. Wie ich immer sage, wie können sie erwarten, daß man mit ihr fertig wird, wenn die ihr hinter unserm Rücken Geld gibt. Sie hat dieselbe Heimat, die du hattest, sag ich, und erhält dieselbe Erziehung. Ich denke, Mutter weiß besser, was sie braucht, als du, die du nicht einmal ein Heim hast. »Wenn du ihr Geld geben willst«, sag ich, »Dann schick es Mutter, gib es ihr nicht selbst. Wenn ich alle paar Monate so ein Risiko auf mich nehmen soll, dann mußt du dafür auch tun, was ich dir sage, sonst ist es aus und vorbei.«

Und so wollte ich gerade damit anfangen, denn wenn Earl glaubte, ich würde über die Straße rennen, um rasch für ein paar Cent was hinunterzuschlingen und mir den Magen zu verderben, dann war er schief gewickelt. Ich kann meine Füße zwar nicht auf einen Mahagonischreibtisch legen, aber ich werde schließlich nur für das bezahlt, was ich hier im Haus tue, und wenn es sich nicht einrichten läßt, daß ich außerhalb des Geschäfts ein zivilisiertes Leben führe, dann geh ich dahin, wo ich das darf. Ich brauche von niemand einen Mahagonischreibtisch als Stütze. So wollte ich gerade damit anfangen. Da mußte ich alles stehen und liegen lassen und laufen, weil irgend so ein Hinterwäldler für zehn Cent Nägel oder so was haben wollte, und Earl nicht da, mußte ja sein Sandwich hinunterschlingen und war wahrscheinlich schon wieder auf halbem Weg zurück, und dann merkte ich, daß ich keine Blankoschecks mehr hatte. Es fiel mir ein, daß ich hatte welche holen wollen, aber jetzt war es zu spät dazu, und dann blickte ich auf und sah Quentin. An der Hintertür. Ich hörte, wie sie den alten Job fragte, ob ich da sei. Ich hatte gerade noch Zeit, alles in die Schublade zu werfen und sie zuzumachen.

Sie kam herüber zum Pult. Ich sah auf meine Uhr.

»Warst du schon zu Hause zum Essen?« sag ich. »Es ist Punkt zwölf; gerade hab ich es schlagen hören. Du mußt ja hin und zurück geflogen sein.«

»Ich gehe nicht zum Essen heim«, sagt sie. »Ist heute ein Brief für mich gekommen?«

»Hast du einen erwartet?« sag ich. »Hast du einen Verehrer, der schreiben kann?«

»Von Mutter«, sagt sie. »Ist ein Brief von Mutter für mich gekommen?« sagt sie und schaute mich an.

»Mutter hat einen von ihr bekommen«, sag ich. »Ich habe ihn nicht aufgemacht. Du mußt warten, bis sie ihn aufmacht. Sie wird ihn dir wohl zeigen, denk ich.«

»Bitte, Jason«, sagt sie, ohne darauf einzugehen, »Habe ich einen bekommen?«

»Was soll das eigentlich bedeuten?« sag ich. »Ich habe noch nie gesehen, daß du es mit jemand so wichtig gehabt hast. Du erwartest wohl Geld von ihr?«

»Sie sagte, sie würde ...« sagt sie. »Bitte, Jason«, sagt sie, »Ist was gekommen?«

»Du bist heut anscheinend in der Schule gewesen«, sag ich, »Dir haben sie ja plötzlich beigebracht, bitte zu sagen. Warte einen Augenblick, ich muß einen Kunden bedienen.«

Ich ging und bediente ihn. Als ich zurückkam, war sie hinterm Pult verschwunden. Ich lief. Ich lief um das Pult herum und erwischte sie dabei, wie sie die Hand aus der Schublade zog. Ich schlug ihre Knöchel so lange gegen die Schreibtischplatte, bis sie ihn losließ. Ich nahm ihr den Brief weg.

»Du unterstehst dich?« sag ich.

»Gib in mir«, sagt sie, »Du hast ihn schon aufgemacht. Gib ihn mir. Bitte, Jason. Er gehört mir. Ich habe die Anschrift gesehen.«

»Ich hole gleich so einen Kummetriemen hier«, sag ich. »Das kannst du kriegen. An meine Papiere zu gehen!«

»Ist Geld darin?« sagt sie und greift danach. »Sie hat gesagt, sie werde mir Geld schicken. Sie hat es versprochen. Gib ihn mir.«

»Wozu brauchst du denn Geld?« sag ich.

»Sie hat gesagt, sie schicke mir welches. Gib ihn mir. Bitte, Jason. Ich werde dich nie mehr um etwas bitten, wenn du ihn mir diesmal gibst.«

»Nun mal langsam, laß mir doch Zeit«, sag ich. Ich zog den Brief und den Postbarscheck heraus und gab ihr den Brief. Sie griff sofort nach dem Scheck und beachtete den Brief kaum. »Erst mußt du unterschreiben«, sag ich.

»Wieviel ist es?« sagt sie.

»Lies den Brief«, sag ich. »Da wird's wohl drinstehen.«

Sie überflog den Brief mit zwei Blicken.

»Zehn Dollar«, sag ich.

»Zehn Dollar?« sagt sie und starrt mich an.

»Es steht nicht drin«, sagt sie und schaut auf. Sie ließ den Brief auf den Boden fallen. »Wieviel ist es?«

»Du solltest verdammt froh sein, so viel zu bekommen«, sag ich, »Ein junges Ding wie du. Warum bist du auf einmal so aufs Geld versessen?«

»Zehn Dollar?« sagt sie langsam, als spräche sie im Traum, »Bloß zehn Dollar?« Sie wollte nach dem Scheck greifen. »Du lügst«, sagt sie. »Du Dieb!« sagt sie. »Du Dieb!«

»Du unterstehst dich?« sag ich und halte sie mir vom Leib.

»Gib ihn her!« sagt sie, »Er gehört mir! Sie hat ihn mir geschickt. Ich muß ihn sehen. Ich muß.«

»Du mußt?« sag ich und halte sie fest. »Ich bin ja mal gespannt, wie du das machen willst.«

»Laß ihn mich nur sehen, Jason«, sagt sie, »Bitte. Ich werde
dich dann nie wieder um etwas bitten.«

»Du denkst, ich lüge, was?« sag ich. »Schon deshalb zeige ich
ihn dir nicht.«

»Aber bloß zehn Dollar«, sagt sie, »Sie hat doch gesagt ...
sie hat gesagt ... Jason, bitte, bitte, bitte. Ich brauche unbedingt
Geld. Ich brauche es unbedingt. Gib ihn mir, Jason. Ich tu alles,
was du willst.«

»Sag mal, wozu brauchst du denn das Geld?« sag ich.

»Ich brauch es eben«, sagt sie. Sie sah mich an. Dann, plötzlich, hörte sie auf mich anzusehen, ohne daß sich ihre Augen bewegten. Ich wußte, jetzt würde sie lügen. »Ich schulde jemand
Geld«, sagt sie. »Ich muß es zurückzahlen. Ich muß es heute
noch zurückzahlen.«

»Wem denn?« sag ich. Ihre Hände verkrampften sich. Ich
sah ihr an, daß sie verzweifelt nach einer Lüge suchte. »Hast
du wieder in Geschäften anschreiben lassen?« sag ich. »Das
brauchst du mir gar nicht erst auf die Nase zu binden. Ich freß
einen Besen, wenn du einen einzigen Menschen in der Stadt
findest, der dir noch etwas auf Pump gibt, nach dem, was ich
allen gesagt habe.«

»Es ist ein Mädchen«, sagt sie. »Es ist ein Mädchen. Ich habe
mir von einem Mädchen Geld gepumpt. Ich muß es zurückzahlen. Jason, gib es mir. Bitte. Ich tue alles. Ich muß es haben.
Mutter wird es dir wiedergeben. Ich werde ihr schreiben, daß
sie es dir wiedergeben soll und daß ich sie dann nie mehr um
etwas bitten werde. Ich laß dich den Brief lesen. Bitte, Jason.
Ich muß es haben.«

»Sag mir, wozu du es brauchst, dann werden wir weiter
sehen«, sag ich. »Sag's mir.« Sie stand nur da und verkrallte die
Hände in ihr Kleid. »Also gut«, sag ich, »Wenn dir zehn
Dollar zu wenig sind, dann nehm ich das Geld mit heim zu
Mutter, und du weißt, was dann damit geschieht. Natürlich,
wenn du so reich bist, daß du die zehn Dollar nicht
brauchst ...«

Sie blickte zu Boden und murmelte vor sich hin. »Sie hat gesagt, sie würde mir Geld schicken. Sie hat gesagt, sie würde mir
hierher Geld schicken, und du sagst, sie hat nichts geschickt. Sie

hat gesagt, sie habe schon viel Geld hierher geschickt. Sie hat gesagt, es sei für mich. Daß ich auch etwas davon bekommen soll. Und du sagst, wir hätten kein Geld bekommen.«

»Du weißt darüber genau so gut Bescheid wie ich«, sag ich. »Du weißt, was aus diesen Schecks wird.«

»Ja«, sagt sie und blickt zu Boden. »Zehn Dollar«, sagt sie, »Zehn Dollar.«

»Du solltest dem Himmel danken, daß es zehn Dollar sind«, sag ich. »Hier«, sag ich. Ich legte den Postbarscheck mit der Rückseite nach oben auf das Pult und hielt die Hand darauf, »Unterschreibe.«

»Laß ihn mich doch sehen«, sagt sie. »Ich will ihn doch bloß einmal ansehen. Ganz egal, was draufsteht, ich will bloß zehn Dollar. Den Rest kannst du behalten. Ich will's bloß mal sehen.«

»Nicht nach dem, wie du dich aufgeführt hast«, sag ich. »Du hast eines zu lernen: wenn ich dir befehle, dann hast du zu gehorchen. Und nun unterschreibe hier auf dieser Zeile.«

Sie nahm den Federhalter, aber statt zu unterschreiben, blieb sie mit gesenktem Kopf stehen, und der Federhalter zitterte in ihrer Hand. Genau wie ihre Mutter. »O Gott«, sagt sie, »o Gott.«

»Ja«, sag ich, »Wenn du auch sonst nichts lernst — das hast du zu lernen. Unterschreib jetzt und mach, daß du rauskommst.«

Sie unterschrieb. »Wo ist das Geld?« sagt sie. Ich nahm den Scheck, löschte die Tinte und steckte ihn in die Tasche. Dann gab ich ihr zehn Dollar.

»Heute nachmittag gehst du mir aber in die Schule, verstanden?« sag ich. Sie gab keine Antwort. Sie zerknüllte den Geldschein in der Hand wie irgendeinen Fetzen Papier und ging zur Vordertür hinaus, als eben Earl eintrat. Mit ihm kam ein Kunde, und sie blieben vorne stehen. Ich räumte die Sachen zusammen und setzte den Hut auf und ging nach vorn.

»Viel zu tun gewesen?« sagte Earl.

»Nicht viel«, sag ich. Er sah zur Tür hinaus.

»Ist das dein Wagen da drüben?« sagt er. »Es ist besser, wenn du nicht zum Essen nach Hause gehst. Bevor das Theater anfängt, gibt es bestimmt noch einen großen Ansturm. Hol dir was zum Essen bei Rogers und lege den Bon in die Kasse.«

»Sehr verbunden«, sag ich. »Aber ich kann schon selbst für mein Essen aufkommen.«

Und da würde er jetzt wohl stehenbleiben und die Tür beobachten wie ein Habicht, bis ich wieder zurückkäme. Nun, er
mußte eben eine Weile warten; ich tat, was ich konnte. Das
letzte Mal sag ich, das ist nun der letzte; ich darf nicht vergessen, gleich wieder welche zu besorgen. Aber wer kann schon in
diesem Tohuwabohu an alles denken. Und da mußte nun dieses
verdammte Theater ausgerechnet an dem Tag hierherkommen,
wo ich wegen einem Blankoscheck in der Stadt herumrasen
mußte, gar nicht zu reden von all dem andern, was ich noch zu
erledigen hatte, damit das Brötchengeld nicht ausging, und gerade dann paßte Earl an der Tür auf wie ein Habicht.

Ich ging zum Schreibwarenschäft und erzählte ihm, ich wolle
einem Freund einen Streich spielen, aber er hatte nichts Der-
artiges. Dann sagte er mir, ich solle einmal ins alte Opernhaus
gehen, dort habe jemand eine Masse Altpapier und so was auf-
gestapelt, das der bankrottgegangenen Commerz- und Agrar-
Bank gehört hatte, so drückte ich mich also durch ein paar
Seitengassen, damit Earl mich nicht sehen konnte, und fand
schließlich auch den alten Simmons und bekam den Schlüssel
von ihm und ging hinauf und stöberte da herum. Endlich fand
ich ein Scheckbuch von einer Bank in St. Louis. Natürlich würde
sie ihn diesmal ganz genau ansehen. Aber es mußte auch so irgendwie gehen. Ich konnte jetzt nicht noch mehr Zeit verlieren.

Ich ging zurück ins Geschäft. »Ich habe die Papiere vergessen,
die ich für meine Mutter auf die Bank bringen sollte«, sag ich.
Ich ging nach hinten zum Schreibpult und machte den Scheck
fertig. Ich beeilte mich, und ich sag zu mir, ist bloß gut, daß ihr
Augenlicht nachläßt — mit diesem Hürchen da im Haus; eine
christliche langmütige Frau wie Mutter. Ich sag, du weißt so gut
wie ich, wozu die sich auswachsen wird, aber ich sag, das ist
deine Sache, wenn du sie im Haus behalten und sie aufziehen
willst, bloß um Vaters willen. Dann fing sie wieder zu weinen
an und sagt, es sei ihr eigen Fleisch und Blut, und da sag ich
eben, Also schön, wie du willst. Wenn du es aushältst, dann
halte ich es auch aus.

Ich brachte den Brief wieder in Ordnung und klebte ihn zu
und ging hinaus.

»Sieh zu, daß du nicht länger ausbleibst als nötig«, sagt Earl.

»Schon gut«, sag ich. Ich ging zum Telegraphenbüro. Es fehlte
keiner von den gerissenen Jungen.

»Hat einer von euch schon seine Million gemacht?« sag ich.

»Mit solch einer Börse kann doch kein Mensch was anfangen«, sagt Doc.

»Wie steht's denn?« sag ich. Ich ging hinein und überzeugte mich selbst. Der Stand lag drei Punkte unter dem Eröffnungskurs. »Ihr werdet euch doch nicht von so einer Lappalie wie den Baumwollkursen ins Bockshorn jagen lassen«, sag ich. »Dafür hätte ich euch für viel zu gerissen gehalten.«

»Was heißt hier gerissen?« sagt Doc. »Um zwölf Uhr waren die Kurse um zwölf Punkte gefallen. Ich bin völlig pleite.«

»Zwölf Punkte?« sag ich. »Warum, zum Teufel, hat mir das niemand mitgeteilt? Warum haben Sie mir das nicht mitgeteilt?« sag ich zum Telegrafisten.

»Ich nehme auf, wie's kommt«, sagte er. »Ich hab hier doch keine Winkelbörse.«

»Sie sind mir ja ein ganz Kluger«, sag ich. »Ich finde, für das viele Geld, das ich bei Ihnen liegenlasse, könnten Sie sich wenigstens die Zeit nehmen, mich anzurufen. Oder steckt eure verdammte Gesellschaft womöglich mit den verdammten Schiebern im Osten unter einer Decke?«

Er gab keine Antwort und tat, als hätte er schrecklich viel zu tun.

»Sie scheinen sich einen zu großen Anzug zugelegt zu haben«, sag ich. »Sie werden Ihr Brot schon auch noch mit Arbeit verdienen müssen.«

»Warum regst du dich denn so auf?« sagt Doc. »Du hast ja immer noch drei Punkte gut.«

»Ja«, sag ich. »Wenn ich verkaufen würde. Mir war so, als hätte ich das schon einmal gesagt. Seid ihr alle pleite?«

»Mich hat es zweimal erwischt«, sagt Doc. »Ich bin gerade noch im rechten Moment ausgestiegen.«

»Na«, sagt I.O.Snopes, »Bisher hab immer ich zugepackt; es is nur recht und billig, denk ich, daß es mich auch mal packt.«

Ich verließ sie also, und sie kauften und verkauften weiter untereinander, den Punkt für einen Nickel. Ich trieb einen Nigger auf und schickte ihn nach meinem Wagen und stand an der Ecke und wartete. Ich konnte nicht sehen, wie er die Sraße hinauf- und hinunterspähte, immer mit einem Auge auf der Uhr, weil von hier aus die Ladentür nicht zu sehen war.

Nach einer Ewigkeit kam er mit dem Wagen zurück.

»Wo, zum Teufel, bleibst du denn?« sag ich, »Bist wohl erst einmal herumkutschiert, damit dich die Nutten bewundern können?«

»Ich hab so schnell gemacht wie's ging«, sagt er, »Ich hab um den ganzen Platz rumfahrn müssen, von wegen den vielen Karrn.«

Ich habe nie einen Nigger erlebt, der nicht für alles, was er tat, ein hieb- und stichfestes Alibi hatte. Aber man braucht so einen Kerl bloß auf einen Wagen loszulassen, und schon spielt er sich auf. Ich stieg ein und fuhr um den Platz herum. Dabei erhaschte ich einen Blick von Earl, der jenseits des Platzes unter der Ladentür stand.

Ich ging sofort in die Küche und sagte Dilsey, sie solle sich gefälligst mit dem Essen beeilen.

»Quentin is noch nich da«, sagt sie.

»Na und?« sag ich. »Nächstens wirst du mir erzählen, Luster sei noch nicht zum Essen bereit. Quentin weiß, wann hier im Haus gegessen wird. Also mach jetzt rasch.«

Mutter war in ihrem Zimmer. Ich gab ihr den Brief. Sie machte ihn auf und nahm den Scheck heraus und saß da und hielt ihn in der Hand. Ich holte die Kohlenschaufel aus der Ecke und gab Mutter ein Zündholz. »Los«, sag ich, »Mach's kurz. Sonst fängst du doch gleich an zu weinen.«

Sie nahm das Zündholz, strich es aber nicht an. Sie saß nur da und schaute den Scheck an. Genau wie ich es mir vorgestellt hatte.

»Es ist mir einfach schrecklich«, sagt sie, »Die ganze Last auf deinen Schultern auch noch durch Quentin zu vermehren . . .«

»Wir werden schon durchkommen«, sag ich. »Los. Mach's kurz.«

Aber sie saß nur da und hielt den Scheck in der Hand.

»Der ist ja auf eine andere Bank ausgestellt«, sagt sie. »Früher war es eine Bank in Indianapolis.«

»Ja«, sag ich. »Auch Frauen dürfen das.«

»Was?« sagt sie.

»Konten bei zwei verschiedenen Banken führen«, sag ich.

»Ach«, sagt sie und betrachtete den Scheck. »Es beruhigt mich, daß sie so . . . daß sie so viel hat . . . Gott weiß, daß ich recht tue . . .«

»Los«, sag ich, »Nun mach schon. Mach Schluß mit dem Spaß.«

»Spaß?« sagt sie, »Wenn ich bedenke . . .«

»Ich dachte, du verbrennst die zweihundert Dollar jeden Monat zum Spaß«, sag ich. »Los jetzt. Soll ich dir das Streichholz anzünden?«

»Ich könnte mich überwinden, es anzunehmen«, sagt sie. »Um meiner Kinder willen. Ich bin nicht so stolz.«

»Es würde dir keine Ruhe lassen«, sag ich, »Das weißt du doch. Du hast die Sache nun einmal so entschieden, jetzt laß es auch dabei. Wir kommen schon durch.«

»Ich verlasse mich ganz auf dich«, sagt sie. »Aber manchmal bekomme ich Angst, ich nähme euch das weg, was euch rechtmäßig zusteht. Vielleicht werde ich dafür büßen müssen. Wenn du willst, unterdrücke ich meinen Stolz und nehme es an.«

»Was für einen Sinn hätte das, jetzt damit anzufangen, wo du die Schecks seit fünfzehn Jahren vernichtet hast?« sag ich. »Wenn du so weitermachst, hast du nichts verloren, wenn du aber jetzt anfängst, sie anzunehmen, dann hast du fünfzigtausend Dollar eingebüßt. Wir sind doch bisher ausgekommen, oder?« sag ich. »Ich hab dich noch nicht im Armenhaus gesehen.«

»Du hast recht«, sagt sie. »Wir Bascombs sind auf keine Wohltaten angewiesen. Schon gar nicht auf die einer gefallenen Frau.«

Sie strich das Zündholz an und hielt den Scheck in die Flamme und legte ihn und den Umschlag auf die Schaufel und sah zu, wie sie verbrannten.

»Du weißt nicht, wie das ist«, sagt sie, »Danke Gott, daß du nicht ahnst, wie es einer Mutter ums Herz ist.«

»Es gibt massenhaft Frauen auf der Welt, die nicht besser sind als sie«, sag ich.

»Aber das sind nicht meine Töchter«, sagt sie. »Die gehen mich nichts an«, sagt sie. »Ich würde sie mit Freuden wieder aufnehmen, trotz all ihrer Sünden; sie ist nun mal mein Fleisch und Blut. Aber es geht hier um Quentin.«

Nun, ich hätte ja sagen können, an Quentin ist nicht mehr viel zu verderben, aber, wie ich immer sage, ich will ja gar nicht viel, ich will bloß essen und schlafen, ohne daß dauernd ein paar Weiber im Haus zanken und heulen.

»Und um dich«, sagt sie. »Ich weiß, wie du zu ihr stehst.«

»Von mir aus kann sie ruhig zurückkommen«, sag ich.

»Nein«, sagt sie. »Das bin ich dem Andenken deines Vaters schuldig.«

»Wo er damals, als Herbert sie hinausgeworfen hat, dich dauernd zu überreden versuchte, sie wieder heimkommen zu lassen?« sag ich.

»Das verstehst du nicht«, sagt sie. »Ich weiß, du willst es mir nicht noch schwerer machen. Aber es ist mir nun einmal auferlegt, für meine Kinder zu leiden«, sagt sie. »Ich kann es tragen.«

»Ich finde, du machst dir dadurch eine Menge unnötiger Sorgen«, sag ich. Das Papier war verbrannt. Ich trug die Asche zum Kamin und warf sie hinein. »Ist doch eigentlich eine Schande, gutes Geld zu verbrennen«, sag ich.

»Möge ich nie den Tag erleben, wo meine Kinder darauf angewiesen sind, diesen Sündenlohn anzunehmen«, sagt sie. »Lieber sähe ich sogar dich tot im Sarg liegen.«

»Wie du meinst«, sag ich. »Wird bald gegessen?« sag ich, »Wenn nicht, muß ich gleich wieder zurück. Wir haben heute schrecklich viel zu tun.« Sie stand auf. »Ich hab es ihr schon einmal gesagt«, sag ich, »Sie wartet, scheint's, auf Quentin oder Luster oder Gott weiß wen. Laß nur, ich rufe sie schon. Bleib doch.« Aber sie ging hinaus zum Treppenabsatz und rief.

»Quentin is noch nich da«, sagt Dilsey.

»Na, dann geh ich jetzt wieder«, sag ich. »Ich esse in der Stadt ein Sandwich. Ich will Dilseys Programm nicht durcheinanderbringen«, sag ich. Da legte sie von neuem los, und Dilsey humpelte herum und brummelte vor sich hin,

»Is gut, is gut, ich mach so schnell wie ich kann.«

»Ich will es ja nur euch allen recht machen«, sagt Mutter, »Ich gebe mir solche Mühe, dir alles so weit wie möglich zu erleichtern.«

»Habe ich mich etwa beklagt?« sag ich. »Habe ich auch nur ein Wort gesagt, außer, daß ich wieder ins Geschäft muß?«

»Ich weiß«, sagt sie, »Ich weiß ja, du hast es nicht so gut gehabt wie die andern, du mußt dich in einem kleinen Provinzladen vergraben. Ich wollte, daß du vorwärtskämst. Aber dann merkte ich, dein Vater würde nie einsehen, daß du der einzige mit Geschäftssinn bist, und als dann alles schief ging, hoffte ich, wenn sie heiratete, würde Herbert ... wie er versprochen hatte ...«

»Nun, der hat vermutlich auch gelogen«, sag ich. »Womöglich

hatte er nicht einmal eine Bank. Und selbst wenn, dann wäre er ja wohl auch nicht bis nach Mississippi gekommen, um sich einen Angestellten zu suchen.«

Wir aßen. Ich hörte Ben in der Küche, wo Luster ihn fütterte. Wie ich immer sage: wenn wir schon ein weiteres Maul stopfen müssen und sie das Geld nicht nehmen will, warum schickt man ihn dann nicht nach Jackson. Dort, bei seinesgleichen, wär er bestimmt glücklicher. Ich sag, in unserer Familie gibt's, weiß Gott, nicht viel, worauf man stolz sein könnte, aber es gehört nicht viel Stolz dazu, sich zu schämen, wenn ein dreißigjähriger Mann mit einem Niggerjungen im Vorgarten spielt, am Zaun auf und ab rennt und jedesmal brüllt wie ein Stier, wenn sie drüben Golf spielen. Ich sag, wenn man ihn gleich nach Jackson geschickt hätte, dann wären wir heute alle besser dran. Ich sag, du hast deine Pflicht an ihm getan; du hast alles getan, was man von dir verlangen kann, und mehr als die meisten Menschen tun würden, warum schickst du ihn also nicht hin und ziehst wenigstens diesen Vorteil aus den Steuern, die wir zahlen. Dann sagt sie, »Ich werde bald dahingegangen sein. Ich weiß, ich bin nur eine Last für dich«, und ich sag, »Das sagst du nun schon so lange, daß ich langsam anfange, es zu glauben«, aber, sag ich, wenn du sichergehen willst, dann laß es mich lieber nicht wissen, wenn du dahingegangen bist, denn sonst setze ich ihn garantiert noch am selben Abend in Zug Nummer 17 und, sag ich, ich weiß auch für sie einen Ort, wo man sie hinbringen wird und wo bestimmt nicht Milch und Honig fließen. Da fing sie zu weinen an, und ich sag, Schon gut, schon gut, aber ich habe schließlich wie jeder in Punkto Verwandtschaft meinen Stolz, wenn ich auch nicht immer weiß, wo sie herstammt.

Wir aßen. Mutter schickte Dilsey an die Haustür, damit sie noch einmal nach Quentin ausschaue.

»Ich sag dir doch schon die ganze Zeit, sie kommt nicht zum Essen«, sag ich.

»Das würde sie nicht wagen«, sagt Mutter, »Sie weiß ganz genau, ich erlaube es nicht, daß sie in der Stadt herumbummelt und nicht zur Essenszeit zu Hause ist. Hast du auch richtig nachgesehen, Dilsey?«

»Dann laß es doch nicht zu«, sag ich.

»Was kann ich schon tun?« sagt sie. »Ihr habt mich ja immer alle nur verhöhnt.«

»Wenn du mir nicht dauernd in die Quere kämst, würde ich ihr die Flötentöne schon beibringen«, sag ich. »Ich brauchte nicht mehr als einen Tag, um ihr den Kopf zurechtzusetzen.«

»Du wärest zu brutal zu ihr«, sagt sie. »Du hast das Temperament von Onkel Maury.«

Das erinnerte mich an den Brief. Ich zog ihn heraus und gab ihn ihr. »Du brauchst ihn gar nicht erst aufzumachen«, sag ich. »Die Bank wird es dich schon wissen lassen, wieviel es diesmal ist.«

»Er ist an dich adressiert«, sagt sie.

»Mach ihn nur auf«, sag ich. Sie öffnete ihn und las ihn und gab ihn mir. Onkel Maury schrieb,

»Mein lieber junger Neffe,

Du wirst Dich freuen, zu hören, daß ich jetzt in der Lage bin, eine Chance wahrzunehmen, von der ich Dir aus Gründen, die ich Dir noch darlegen werde, Genaueres erst mitteilen möchte, sobald ich Gelegenheit finde, mich Dir auf weniger unsicherem Weg zu offenbaren. Meine geschäftliche Erfahrung hat mich gelehrt, mich davor zu hüten, Dinge vertraulicher Natur einem konkreteren Verständigungsmittel als der Sprache zu überantworten, und meine äußerste Vorsicht in diesem Fall dürfte Dich seine Bedeutung ahnen lassen. Es bedarf keiner Erwähnung, daß ich die Sache nach jeder Richtung hin einer erschöpfenden Prüfung unterzogen habe, und ich stehe nicht an, Dir anzudeuten, daß es sich hier um eine jener einzigartigen Chancen handelt, wie sie einem nur einmal im Leben geschenkt wird, und ich sehe nun das Ziel meines langen, unermüdlichen Strebens klar vor mir liegen, nämlich, die endgültige Solidität meiner geschäftlichen Angelegenheiten, die mich in den Stand setzen dürfte, der Familie, deren letztes noch lebendes männliches Mitglied zu sein ich die Ehre habe, die Stellung wiederzugeben, auf die sie berechtigten Anspruch hat, der Familie, zu der ich stets Deine Frau Mutter und ihre Kinder gezählt habe.

Da ich nun einerseits nicht so ganz in der Lage bin, diese Chance so weit wahrzunehmen, daß auch die letzte Garantie gegeben ist, andererseits aber auch die Familie nicht davon ausschließen möchte, hebe ich heute vom Bankkonto Deiner Mutter den kleinen Betrag ab, der zur Vervollständigung meines eigenen Anlagekapitals nötig ist, und ich lege darüber, der Ordnung halber, einen von mir ausgestellten Schuldschein zu 8 % per annum bei. Es erübrigt sich wohl zu bemerken, daß dies lediglich eine Formalität ist, um Deine Mutter im Falle jener Schicksalsstunde zu sichern, die an jeden von uns rasch und unerwartet herantreten kann. Denn selbstverständlich gedenke ich mich dieses Betrags zu bedienen, als wäre es mein eigener, und dadurch ist es Deiner Mutter gestattet, ebenfalls diese Chance wahrzunehmen, die sich nach meiner erschöpfenden Prüfung als eine — wenn Du mir diese billige Redensart gestatten willst — Glücksquelle von reinstem Wasser und eine Goldgrube von echtestem Glanz erwiesen hat.

Dies alles, wie Du verstehen wirst, ganz im Vertrauen, sozusagen von Geschäftsmann zu Geschäftsmann; wir wollen das unter uns abmachen, nicht wahr? Und da ich die zarte Gesundheit Deiner Mutter sowie die Ängstlichkeit kenne, die unsere verzärtelt herangewachsenen Damen des Südens natürlicherweise angesichts geschäftlicher Dinge hegen, andererseits auch deren charmante Neigung, sich über derlei bei Gesprächen unbedacht zu verbreiten, möchte ich Dir nahelegen, die Sache vor ihr überhaupt nicht zu erwähnen. Bei nochmaliger Überlegung muß ich Dir sogar sehr raten, das nicht zu tun. Es ist wohl am besten, diesen Betrag später auf das Konto zurückzuzahlen, sagen wir, alles auf einmal, also auch die andern kleinen Beträge, die ich ihr schulde, und hiervon überhaupt kein Aufhebens zu machen. Es ist unsere Pflicht, sie vor der Berührung mit der rohen materialistischen Welt so weit wie irgend möglich zu bewahren.

Dein Dich liebender Onkel
Maury L. Bascomb.«

»Was gedenkst du also zu tun?« sag ich und schubse den Brief über den Tisch.

»Ich weiß ja, daß du ihm alles mißgönnst, was ich ihm gebe«, sagt sie.

»Es ist dein Geld«, sag ich. »Selbst wenn du es zum Fenster hinauswirfst, ist das deine Sache.«

»Er ist mein Bruder«, sagt Mutter. »Er ist der letzte Bascomb. Wenn wir beide dahin sind, gibt es keine mehr.«

»Na, darüber dürfte die Welt ja sehr traurig sein«, sag ich. »Aber schön, wie du willst«, sag ich. »Es ist dein Geld. Tu damit, was dir Spaß macht. Soll ich die Bank anweisen, den Betrag auszuzahlen?«

»Ich weiß, du mißgönnst es ihm«, sagt sie. »Ich weiß, welche Last auf deinen Schultern liegt. Wenn ich dahingegangen bin, wirst du es leichter haben.«

»Ich könnte es schon jetzt leichter haben«, sag ich. »Aber gut, wie du willst, ich rede nicht mehr davon. Kannst ja hier ein Irrenhaus aufmachen, wenn es dir Spaß macht.«

»Er ist doch dein Bruder«, sagt sie, »Auch wenn er schwachsinnig ist.«

»Ich nehme dein Scheckbuch mit«, sag ich, »Ich will heute mein Geld abheben.«

»Er hat dich sechs Tage warten lassen«, sagt sie. »Bist du sicher, daß das Geschäft solid ist? Ich kann mir nicht vorstellen, daß ein zahlungsfähiges Geschäft seine Angestellten nicht pünktlich entlohnt.«

»Es ist alles in Ordnung bei ihm«, sag ich. »Er ist sicher wie eine Bank. Ich sag ihm stets, er soll nicht an mein Gehalt denken, ehe wir die monatlichen Außenstände eingetrieben haben. Deshalb wird es manchmal etwas später damit.«

»Ich könnte es einfach nicht ertragen, wenn du das Wenige verlieren würdest, das ich für dich investiert habe«, sagt sie. »Ich habe mir schon manchmal Gedanken darüber gemacht, ob Earl ein guter Geschäftsmann ist. Ich weiß, er zieht dich nicht in dem Maße ins Vertrauen, wie es deine Einlage im Geschäft rechtfertigen würde. Ich werde einmal mit ihm reden.«

»Nein. Laß ihn in Frieden«, sag ich. »Es ist sein Geschäft.«

»Du hast aber tausend Dollar darin stecken.«

»Laß ihn in Frieden«, sag ich, »Ich passe schon auf. Ich habe ja deine Prozeßvollmacht. Es geht bestimmt alles in Ordnung.«

»Du weißt nicht, welch ein Trost du mir bist«, sagt sie. »Du bist immer mein Stolz und meine Freude gewesen, aber als du dann aus eigenem Antrieb zu mir kamst und darauf bestandest, dein Gehalt jeden Monat auf mein Konto einzuzahlen, da dankte ich Gott dafür, daß du es warst, der mir blieb, nachdem er mir die andern genommen hatte.«

»Die waren schon recht«, sag ich. »Die wollten sicher auch nur ihr Bestes tun.«

»Wenn du so sprichst, weiß ich immer, daß du mit Bitterkeit deines Vaters gedenkst«, sagt sie. »Du hast vielleicht ein Recht darauf. Und dennoch bricht es mir das Herz, wenn ich dich so reden höre.«

Ich stand auf. »Wenn du jetzt ein bißchen weinen möchtest«, sag ich, »so mußt du das für dich allein tun, denn ich muß wieder ins Geschäft. Ich hole jetzt dein Scheckbuch.«

»Ich hole es«, sagt sie.

»Bleib sitzen«, sag ich. »Ich hole es.« Ich ging die Teppe hinauf und nahm das Scheckbuch aus ihrem Schreibtisch und ging zurück in die Stadt. Ich ging auf die Bank und zahlte den Bankscheck und den Postbarscheck und die zehn Dollar ein und hielt dann am Telegrafenbüro. Es stand einen Punkt überm Eröffnungskurs. Ich hatte bereits dreizehn Punkte verloren, alles bloß, weil sie um zwölf Uhr hereinschneite und mir wegen des Briefes die Hölle heiß machte.

»Wann ist diese Notierung eingetroffen?« sag ich.

»Vor etwa einer Stunde«, sagt er.

»Vor einer Stunde?« sag ich. »Wofür bezahlen wir Sie eigentlich?« sag ich. »Für Wochenberichte? Was soll ein Mensch damit anfangen? Der ganze Laden könnte in die Luft gehen, ohne daß wir es zu wissen kriegen.«

»Ich erwarte auch gar nicht, daß Sie was damit anfangen«, sagt er. »Die haben doch das Gesetz über die Spekulationen auf dem Baumwollmarkt längst geändert.«

»So«, sag ich. »Das erste, was ich höre. Die Nachricht muß über die Western Union verbreitet worden sein.«

Ich ging zurück ins Geschäft. Dreizehn Punkte. Ich will verflucht sein, wenn ich glaube, daß irgendein Mensch von diesem ganzen verdammten Kram auch nur das Geringste versteht, außer denen, die da oben in ihren New Yorker Büros sitzen und bloß darauf warten, daß die Lackel aus der Provinz zu ihnen kommen und sie anflehen, ihr Geld zu nehmen. Na ja, ein Mann, der einfach drauflos kauft, beweist nur, daß er kein Selbstvertrauen hat, und wie ich immer sage, wenn man einen Rat nicht annehmen will, was hat es dann für einen Zweck, ihn zu bezahlen. Außerdem sitzen diese Leute an der Quelle; die wissen, was gespielt wird. Ich fühlte das Telegramm in meiner Tasche. Ich brauchte ja bloß zu beweisen, daß die Telegrafengesellschaft zu betrügerischen Zwecken benutzt wird. Damit wäre sie als Winkelbörse überführt. Ich würde mir das auch gar nicht lange überlegen. Aber, man sollte doch, verdammt noch mal, glauben, eine so große und reiche Gesellschaft wie die Western Union könnte ihre Börsennotierungen rechtzeitig bringen. Wenigstens halb so schnell wie sie einem ein Telegramm schickt, das lautet, Ihr Konto überzogen. Aber was liegt denen schon an unsereinem? Die stecken ja mit den New Yorker Brüdern unter einer Decke. Das sieht doch jeder.

Als ich eintrat, sah Earl auf die Uhr. Aber er sagte kein Wort, bis der Kunde gegangen war. Dann sagt er,

»Warst du zu Haus zum Essen?«

»Ich mußte zum Zahnarzt«, sag ich, denn es geht ihn nichts an, wo ich esse, aber schließlich muß ich den ganzen Nachmittag mit ihm im Laden stehen. Wo er sich dann, nach allem, was ich ausgehalten habe, auch noch das Maul zerreißt. Man braucht sich bloß so einen kleinen Dorfkrämer anzusehen, wie ich immer sage, nur so ein Mann mit gerade fünfhundert Dollar auf der Bank kann sich aufregen, als ob es um fünfzigtausend ginge.

»Das hättest du mir doch sagen können«, sagt er, »Ich nahm an, du kämst gleich zurück.«

»Ich überlasse dir jederzeit gern meinen Zahn und gebe dir noch zehn Dollar obendrein«, sag ich. »Wir haben eine Stunde Mittagspause ausgemacht«, sag ich, »und wenn dir das nicht paßt, dann weißt du ja, was du dagegen tun kannst.«

»Das weiß ich schon lange«, sagt er. »Und ich hätt es schon längst getan, wenn es mir nicht um deine Mutter wäre. Das ist eine Dame, der ich viel Mitgefühl entgegenbringe, Jason. Leider kenne ich gewisse Leute, die das nicht von sich sagen können.«

»Dann behalt es für dich«, sag ich. »Wenn wir Mitgefühl benötigen, lasse ich es dich rechtzeitig wissen.«

»Ich habe dich in der bewußten Sache lange Zeit gedeckt, Jason«, sagt er.

»So?« sag ich und lasse ihn fortfahren. Wollte mal hören, was er alles zu sagen hatte, bevor ich ihm über den Mund fuhr.

»Ich denke, ich weiß besser als sie, woher das Auto stammt.«

»So? Denkst du?« sag ich. »Warum schreist du dann nicht herum, ich hätte es meiner Mutter gestohlen?«

»Ich sage gar nichts«, sagt er, »Ich weiß ja, daß du Vollmacht hast. Und ich weiß, daß sie noch immer glaubt, daß die tausend Dollar hier im Geschäft stecken.«

»Schön«, sag ich. »Wenn du schon so viel weißt, werde ich dir noch ein bißchen mehr sagen: Geh zur Bank und frag dort, auf wessen Konto ich seit zwölf Jahre an jedem Monatsersten hundertundsechzig Dollar einzahle.«

»Ich sage ja gar nichts«, sagt er, »Ich möchte dich bloß bitten, in Zukunft ein wenig vorsichtiger zu sein.«

Ich habe auf so etwas noch nie geantwortet. Wäre ja auch sinnlos. Ich habe nämlich herausgefunden, wenn ein Mensch sich einmal festgefahren hat, dann ist es das gescheiteste, ihn stecken zu lassen. Und wenn einer sich in den Kopf gesetzt hat, er muß etwas über einen erzählen, weil es zum Besten von einem sei, dann gute Nacht. Ich bin nur froh, nicht so ein Gewissen zu besitzen, das man dauernd pflegen und hätscheln muß wie ein krankes Hündchen. Dann müßte ich womöglich auch wegen jeder Kleinigkeit Manschetten haben wie er, der sich ängstlich hütet, daß sein bißchen Geschäft nicht mehr als acht Prozent abwirft. Der bildet sich wohl ein, wenn er mehr als acht Prozent herausschlägt, kommt er gleich wegen Wucher vor Gericht. Was, zum Teufel, für eine Chance hat man denn, wenn man in so einem Nest und so einem Geschäft festsitzt. Pah, in einem Jahr könnte ich das Geschäft glatt übernehmen und es so in Schwung bringen, daß er sein Leben lang nicht mehr zu arbeiten brauchte, aber er würde ja doch bloß alles an die Kirche oder so einen Verein wegschenken. Wenn mir etwas gegen den Strich geht, so ist es diese verdammte Scheinheiligkeit; wenn ein Mensch sich einbildet, alles, was er nicht begreift, sei Gaunerei, und er sei moralisch verpflichtet, bei der erstbesten Gelegenheit einem Dritten zu erzählen, was ihn nichts angeht. Wie ich immer sage, wenn ich einen Menschen, der etwas tut, was ich nicht verstehe, stets gleich für einen Gauner halten müßte, dann wäre es wohl ein Kinderspiel, in den Büchern da hinten etwas herauszukriegen, aber du würdest das bestimmt unangebracht finden, wenn ich es gleich bei allen herumschreien würde, die es meiner Ansicht nach anginge, denn schließlich wissen sie wahrscheinlich verdammt besser darüber Bescheid als ich, und wenn nicht, dann geht es mich einen verdammten Dreck an, und er sagt, »Meine Bücher stehen jedermann zur Einsicht offen. Jeder, der ein Anrecht hat oder glaubt, sie habe ein Anrecht auf dieses Geschäft, kann von mir aus herzlich gern ins Büro kommen.«

»Natürlich, du erzählst nichts«, sag ich, »Das könntest du mit deinem Gewissen nicht vereinbaren. Du nimmst sie nur mit nach hinten und läßt es sie selbst herausfinden. O nein, du natürlich erzählst nichts.«

»Ich mische mich nicht in deine Angelegenheiten«, sagt er.

»Ich weiß ja, dir ist allerhand abgegangen, was Quentin zugute kam. Aber deine Mutter hat es auch nicht leicht gehabt im Leben, und wenn sie zu mir kommen und fragen sollte, warum du gekündigt bist, dann müßte ich ihr reinen Wein einschenken. Es geht nicht um die tausend Dollar. Das weißt du sehr gut. Sondern weil es nie gut ausgeht, wenn bei einem das Hauptbuch mit der Wahrheit nicht übereinstimmt. Außerdem belüge ich niemand, weder für mich noch für einen andern.«

»Na«, sag ich, »Dann scheint mir ja dein Gewissen ein wertvollerer Angestellter zu sein als ich es bin; das braucht wenigstens nicht zum Mittagessen heimzugehen. Paß bloß auf, daß es mir nicht den Appetit verdirbt«, sag ich, denn, wie zum Teufel, soll ich es allen recht machen bei dieser verdammten Familie, wo sie sich nicht die geringste Mühe gibt, sie oder die andern im Zaum zu halten, wie damals, als sie dazu kam, wie Caddy von einem geküßt wurde und sie am nächsten Tag in schwarzem Kleid und Trauerschleier im Haus herumlief und selbst Vater kein Wort aus ihr herausbrachte, außer daß sie dauernd heulte und sagte, ihre kleine Tochter sei gestorben, und Caddy war damals ungefähr fünfzehn, aber bei diesem Tempo hätte sie in drei Jahren ja in Sack und Asche gehen müssen. Glaubst du, ich kann es mir leisten, daß sie mit jedem Geschäftsreisenden, der in die Stadt kommt, auf der Straße herumzieht, sag ich, und diese Kerle erzählen dann einer dem andern, wo er, wenn er mal in Jefferson zu tun hätte, eine ganz Scharfe finden könne. Ich bin wahrhaftig nicht stolz, aber ich kann es mir nicht leisten, wo ich schon eine Küche voller Nigger zu füttern habe und die staatliche Irrenanstalt eines erstklassigen Kandidaten beraube. Rasse, sag ich, Gouverneure und Generale. Es ist schon ein verdammtes Glück, daß keine Könige und Präsidenten dabei waren; sonst fingen wir alle längst in Jackson Schmetterlinge. Ich sag, es wäre zwar höchst unangenehm, wenn sie von mir stammte; aber dann wüßte ich wenigstens, daß sie ein Bastard ist, so aber ist sich wahrscheinlich nicht einmal der liebe Gott darüber im klaren.

Kurz darauf hörte ich, wie die Musik einsetzte, und die Leute strömten hinaus. Alles wollte nur noch zum Theater. Sie feilschten, um an einem Kummetriemen für zwanzig Cent fünfzehn Cent zu sparen, damit sie das Geld einer Bande von hergelaufenen Yankees in den Rachen werfen konnten, die, wenn es hoch kommt, zehn Dollar für die Lizenz bezahlt haben. Ich ging nach hinten.

»Na«, sag ich, »paß bloß auf, sonst schlägt der Bolzen da Wurzeln in deiner Hand. Dann muß ich ihn dir noch mit der Axt abhacken. Was sollen denn die Rüsselkäfer fressen, wenn du die Hackmaschine da nicht endlich zusammensetzt, damit die Biester zu ihrer Ernte kommen?« sag ich, »wilden Salbei vielleicht?«

»Die Jungs drüben spielen aber nich schlecht Trompete«, sagt er. »Mir ham sie gesagt, 'n Mann in dem Theater spielt 'n Lied auf ner Säge. Spielt drauf wie auf nem Banjo.«

»Hör mal zu«, sag ich. »Weißt du, wieviel das Theater hier in der Stadt anlegt? Rund zehn Dollar«, sag ich. »Zehn Dollar, die Buck Turpin bereits in der Tasche hat.«

»Wofür geben die'n Mr. Buck zehn Dollar?« sagt er.

»Für die Lizenz, daß sie hier spielen dürfen«, sag ich. »Da kannst du dir ungefähr ausrechnen, was die hier sonst noch liegenlassen.«

»Sie wolln also sagen, die legen zehn Dollar hin, bloß daß sie hier spieln dürfen?« sagt er.

»Genau das«, sag ich. »Und wieviel, meinst du . . .«

»Is die Möglichkeit«, sagt er, »Sie wolln also sagen, die müssen zahln, daß sie hier spieln dürfen? Na, wenn ich's hätt, würd ich glatt zehn Dollar zahln für den Mann, wo die Säge spielt. Aber ich denk, da bin ich denen morn früh noch neun und nen halben Dollar schuldig.«

Und da reden einem die Yankees den Kopf voll, was die Nigger alles für Fortschritte machen. Laßt sie nur Fortschritte machen, sag ich. Laßt sie nur so große Fortschritte machen, bis ihr südlich Louisville noch nicht mal mehr mit einem Spürhund einen Nigger findet. Denn als ich ihm dann sagte, daß die Theaterleute am Samstagabend mindestens tausend Dollar einnehmen und aus dem Landkreis wegschleppen, da sagt er,

»Das neid ich denen nich. Ich kann gut vier Nickel aufbringen.«

»Vier Nickel? Blech!« sag ich. »Dabei bleibt es doch nicht. Wie ist es denn mit den zehn oder fünfzehn Cent, die du dort für eine läppische Bonbonschachtel ausgibst, wo sie noch nicht mal zwei Cent wert ist? Und wie ist es mit der Zeit, die du jetzt verschwendest, um der Musik zuzuhören?«

»Woll, woll, stimmt schon«, sagt er. »Tja, wenn ich bis heut abend nich gestorben bin, dann schleppen die noch zwanzig Cent mehr aus der Stadt mit, das is mal sicher.«

»Dann bist du eben ein Dummkopf«, sag ich.

»Woll, woll«, sagt er, »Will ich nich bestreiten. Wenn das 'n Verbrechen is, dann sin auch nich alle Zuchthäusler schwarz.«

Gerade in dem Augenblick schaute ich die Hintergasse hinauf und entdeckte sie. Als ich zurücktrat und auf die Uhr sah, erkannte ich nicht gleich, wer er war, weil ich eben auf die Uhr sah. Es war genau zwei Uhr dreißig, also fünfundvierzig Minuten früher, als sie irgendwer außer mir auf der Straße erwartet hätte. Das erste, was ich sah, als ich aus der Tür spähte, war seine rote Krawatte, und ich dachte, wie kann ein Mann nur eine rote Krawatte tragen. Aber sie schlich sich durch die Gasse und behielt immer die Tür im Auge, und so machte ich mir erst Gedanken über ihn, als sie vorbei waren. Ich fragte mich, ob ihr Respekt vor mir wirklich so gering sei, daß sie nicht nur die Schule schwänzte, nachdem ich ihr das gerade ausdrücklich verboten hatte, sondern auch noch direkt am Laden vorbeispazierte und riskierte, daß ich sie erblickte. Sie konnte aber nicht in die Tür hereinsehen, weil diese im grellen Sonnenlicht lag, und so wurde sie geblendet wie von einem Autoscheinwerfer, und ich stand da und beobachtete, wie sie vorüberging, das Gesicht bemalt wie ein Zirkusclown und das Haar über und über gelackt und gelockt, und in einem Kleid, das so wenig von den Beinen und dem Hintern bedeckte, daß eine Frau, die sich in meiner Jugend selbst in der Gayoso oder Beale Street so hätte sehen lassen, auf der Stelle verhaftet worden wäre. Heute ziehen sich die Weiber doch verdammt noch mal an, als wollten sie jeden Mann, der auf der Straße an ihnen vorbeigeht, dazu reizen, daß er ihnen einen Klaps hinten drauf gibt. Und wie ich noch so darüber nachdachte, was für ein Kerl das sein könne, der so eine rote Krawatte trug, ging mir plötzlich auf, als hätte sie es mir selbst gesagt, daß es einer von den Theaterleuten sein mußte. Na, ich kann ja eine Menge vertragen; tät ich das nicht, wär ich schon längst unter die Räder gekommen, und so rannte ich, als sie um die Ecke bogen, hinaus und ihnen nach. Ohne Hut, am hellichten Nachmittag, mußte ich um des guten Namens meiner Mutter willen Hintergassen auf und ab jagen. Wie ich immer sage, mit einem solchen Frauenzimmer ist nichts anzufangen, wenn sie es einmal in sich hat. Wenn es einer im Blut liegt, ist eben nichts mit ihr anzufangen. Dann gibt es bloß eines: sie loswerden, sie laufen lassen, damit sie unter ihresgleichen leben kann.

Ich ging bis zur Hauptstraße, aber sie waren bereits verschwunden. Da stand ich nun, ohne Hut, und jeder mußte mich für einen Irren halten. Wirklich, da mußte einer ja denken, der eine von denen ist irrsinnig, der andere ist ins Wasser gegangen, die dritte ist von ihrem Mann auf die Straße gesetzt worden, warum sollen da die übrigen nicht auch verrückt sein. Die ganze Zeit merkte ich, daß ich wie von Habichten beobachtet wurde und jeder bloß auf die Gelegenheit wartete, zu sagen, Na, das erstaunt mich nicht, ich habe ja immer gewußt, daß die ganze Familie verrückt ist. Haben ein Stück Land verkauft um ihn nach Harvard schicken zu können und bezahlten Steuern um eine Universität zu unterstützen, die ich nie gesehen habe außer zweimal bei einem Baseballspiel und der Name ihrer Tochter durfte im Haus nicht mehr ausgesprochen werden bis Vater schließlich überhaupt nicht mehr in die Stadt ging sondern bloß noch den ganzen Tag bei der Flasche saß ich sah den Saum seines Nachthemds und seine nackten Beine und hörte die Karaffe klirren bis es so weit war daß T.P. ihm eingießen mußte und sie sagt Du achtest das Andenken deines Vaters nicht und ich sag Ich wüßte nicht warum es ist doch gut aufgehoben nur wenn ich auch noch verrückt werde dann weiß der Himmel was mit dem Andenken geschieht schon der Anblick von Wasser macht mich krank und ich würde lieber Benzin saufen als Whisky und Lorraine erzählt denen Er trinkt zwar nicht aber wenn ihr glaubt er sei deswegen kein Mann dann kann ich euch gern verraten wie sich das Gegenteil beweisen läßt sie sagt Wenn ich dich dabei erwische daß du es mit einer von diesen Huren hast weißt du was ich dann mit der mache sagt sie dann verdresche ich sie knöpfe sie mir vor und verdresche sie wo sie mir nur immer unter die Finger kommt sagt sie und ich sag Wenn ich nicht trinke so ist das meine Sache aber habe ich dich je schon mal zu kurz gehalten sag ich ich kaufe dir so viel Bier daß du darin baden kannst wenn du Lust hast denn ich habe alle Achtung vor einer tüchtigen ordentlichen Hure und da hat die trotz Mutters Gesundheitszutand und der Stellung die ich zu halten versuche nicht mehr Respekt vor all dem was ich für sie tue und macht so ihren Namen und meinen Namen und meiner Mutter Namen zum Gespött in der ganzen Stadt.

Sie hatte sich irgendwohin verdrückt. Sah mich kommen und verdrückte sich in eine Seitengasse und strich mit diesem verdammten Komödianten in den Straßen herum, dessen rote Krawatte doch jedem auffallen mußte, und bestimmt dachten alle, was für ein Kerl ist das bloß, daß er eine so rote Krawatte trägt? Da redete der Junge dauernd auf mich ein, und ich nahm ihm das Telegramm ab, ohne zu merken, daß ich es nahm. Ich war mir gar nicht darüber klar, was ich in der Hand hielt, bis ich für den Empfang quittiert hatte, und ich riß es gelangweilt auf. Irgendwie wußte ich schon, was darin stand. Das war genau das, was mir noch gefehlt hatte, gerade jetzt, wo ich doch schon den Scheck ins Bankkontobuch hatte eintragen lassen.

Ich begreife nicht, wie eine so kleine Stadt wie New York Platz für all die Leute haben kann, die uns Provinzlackeln das Geld aus der Tasche ziehen. Da rackert man sich den ganzen Tag ab und schickt denen sein Geld und erhält dafür einen Fetzen Papier, Ihr Kontostand 20.62. Erst ködern sie einen, lassen einen auf dem Papier einen kleinen Gewinn machen, dann peng! Ihr Kontostand 20.62. Und damit nicht genug: man zahlt so einem Kerl monatlich zehn Dollar dafür, daß er unsereinem erzählt, wie man seine Pinke möglichst schnell verliert, so ein Kerl, der überhaupt keinen Dunst davon hat oder mit der Telegrafengesellschaft unter einer Decke steckt. Na, mit denen bin ich fertig. Die haben mich zum letztenmal hereingelegt. Jeder Idiot, außer einem Kerl, der nicht mehr Verstand hat, als daß er das Wort eines Juden für bare Münze nimmt, mußte sich ja sagen, daß die Kurse nicht dauernd steigen würden, wo doch das ganze verdammte Delta wieder kurz vor der Überschwemmung steht und die Baumwolle dann glatt aus dem Boden geschwemmt wird wie im vergangenen Jahr. Mag uns auch Jahr für Jahr die Ernte wegschwemmen, was macht das denen da oben in Washington schon aus? Die schmeißen an einem Tag gut und gern fünfzigtausend Dollar hinaus, damit sie sich in Nicaragua oder sonstwo eine Armee halten können. Natürlich gibt es wieder eine Überschwemmung, und dann handeln sie die Baumwolle mit dreißig Cent das Pfund. Ich möchte ja bloß einmal einen Treffer landen und mein Geld zurückkriegen. Es braucht gar kein großer Coup zu sein; auf so was sind kleine

Provinzspekulanten scharf, ich will einfach mein Geld wieder, das mir diese verdammten Juden mit ihren angeblich todsicheren Tips abgeknöpft haben. Dann ist Schluß; dann können die schwarz werden, bis sie auch nur einen roten Heller von mir sehen.

Ich ging ins Geschäft zurück. Es war gegen halb vier. Wieder mal verdammt wenig Zeit, um noch groß was zu unternehmen, aber daran bin ich ja schon gewöhnt. Ich brauchte nicht erst nach Harvard, um das zu lernen. Die Musik hatte aufgehört. Sie hatten sie jetzt in ihre Bude hineingelockt, wozu dann noch länger Puste verschwenden? Earl sagt,

»Hat er dich gefunden? Er war vorhin damit hier. Ich dachte, du wärst irgendwo hinten.«

»Ja«, sag ich, »ich hab es bekommen. Sie konnten es mir nicht den ganzen Nachmittag vorenthalten. Dazu ist die Stadt zu klein. Ich muß jetzt mal einen Augenblick nach Hause«, sag ich. »Kannst mir die Zeit ja vom Gehalt abziehen, wenn's dir Spaß macht.«

»Geh nur«, sagt er, »Ich werde jetzt schon allein fertig. Hoffentlich keine schlechten Nachrichten?«

»Wenn du es so genau wissen willst, dann geh doch zum Telegrafenbüro«, sag ich. »Die haben genug Zeit, es dir zu erzählen. Ich nicht.«

»Ich habe ja bloß gefragt«, sagt er. »Deine Mutter weiß, sie kann immer mit mir rechnen.«

»Das wird sie zu schätzen wissen«, sag ich. »Ich bleibe nicht länger als nötig.«

»Laß dir nur Zeit«, sagt er. »Ich werde jetzt schon allein fertig. Geh du nur.«

Ich holte den Wagen und fuhr nach Haus. Erst am Morgen, dann zweimal mittags und jetzt wieder, obendrein die Geschichte mit ihr und das Herumhetzen in der ganzen Stadt, und dann muß ich noch darum bitten, daß ich ein bißchen von dem Essen zu mir nehmen darf, für das ich schließlich bezahle. Manchmal frage ich mich wahrhaftig, was das alles für einen Sinn hat. Ich muß ja wirklich verrückt sein, daß ich nach all dem, was ich hinter mir habe, noch weitermache. Und jetzt werde ich wohl gerade zur rechten Zeit heimkommen, um erst mal nach einem Korb Tomaten oder so was losfahren zu dürfen, und wenn ich dann in die Stadt zurück muß, werde ich wie eine Kampferfabrik riechen, bloß damit mir nicht der Kopf zerspringt. Ich sage ihr dauernd, in dem ganzen Aspirin ist verdammt gar nichts außer Wasser und Mehl für eingebildete Kranke. Ich sag, du weißt überhaupt nicht, was Kopfschmerzen sind. Ich sag, glaubst du, ich würde mit diesem verdammten Auto da herumkarriolen, wenn es nach mir ginge? Ich sag, ich kann ohne so was auskommen; ich habe gelernt, ohne so manches auszukommen, aber wenn du dein Leben in dem alten klapprigen Kutschwagen mit einem halbwüchsigen Nigger aufs Spiel setzt, soll's mir recht sein, sag ich, denn Gott hält seine Hand über Geschöpfe wie Ben, Gott weiß, Er muß etwas für ihn tun, aber wenn du dir einbildest, daß ich meinen so empfindlichen Wagen, der seine tausend Dollar wert ist, einem halbwüchsigen oder auch einem erwachsenen Nigger anvertraue, dann kaufst du ihm besser gleich selbst einen, denn, sag ich, du willst doch nicht bestreiten, daß du gerne Auto fährst.

Dilsey sagte, Mutter sei im Haus. Ich ging in den Flur und horchte, hörte aber nichts. Ich ging die Treppe hinauf, und als ich an ihrer Tür vorbeikam, rief sie mich.

»Ich wollte bloß wissen, wer es ist«, sagte sie. »Ich bin hier so allein, daß ich jedes Geräusch höre.«

»Du brauchst doch nicht hierzubleiben«, sag ich. »Wenn du nur wolltest, könntest du wie andere Frauen auch den lieben langen Tag mit Besuchemachen verbringen.« Sie kam an die Tür.

»Ich dachte, du seist womöglich krank«, sagt sie. »Wo du doch dein Essen so schnell hast hinunterschlingen müssen.«

»Vielleicht habe ich das nächste Mal mehr Glück«, sag ich. »Was willst du denn?«

»Ist etwas passiert?« sagt sie.

»Was soll schon passiert sein?« sag ich. »Kann ich nicht mal nachmittags heimkommen, ohne gleich das ganze Haus in Aufruhr zu bringen?«

»Hast du Quentin gesehen?« sagt sie.

»Die ist in der Schule«, sag ich.

»Es ist drei Uhr vorbei«, sagt sie. »Ich habe es mindestens vor einer halben Stunde schlagen hören. Sie müßte doch längst daheim sein.«

»Müßte sie?« sag ich. »Hast du sie jemals vor Dunkelwerden hier gesehen?«

»Sie müßte jetzt aber daheim sein«, sagt sie. »Als ich ein junges Mädchen war . . .«

»Hast du jemand gehabt, der dir beibrachte, wie man sich benimmt«, sag ich. »Sie hat niemand.«

»Ich werde nicht fertig mit ihr«, sagt sie. »Ich hab es immer und immer wieder versucht.«

»Mir erlaubst du es aus unerfindlichen Gründen ja nicht«, sag ich, »Also sei zufrieden.« Ich ging in mein Zimmer. Ich drehte leise den Schlüssel um und blieb stehen, bis die Klinke sich bewegte. Dann sagt sie,

»Jason.«

»Was?« sag ich.

»Ich dachte nur, es sei etwas passiert.«

»Hier nicht«, sag ich. »Da bist du ins falsche Zimmer geraten.«

»Ich wollte mich dir ja nicht aufdrängen.«

»Das freut mich zu hören«, sag ich. »Ich war mir dessen nicht so sicher. Aber da habe ich mich offenbar geirrt. Was willst du denn?«

Nach einer kleinen Pause sagt sie, »Nichts. Gar nichts.« Darauf ging sie. Ich holte die Kassette heraus und zählte das Geld ab und versteckte die Kassette wieder und schloß die Tür auf und ging hinaus. Dann fiel mir der Kampfer ein, aber dafür war es jetzt sowieso zu spät. Und außerdem brauchte ich ja nur noch einmal hin- und herzufahren. Sie wartete unter ihrer Tür auf mich.

»Brauchst du etwas aus der Stadt?« sag ich.

»Nein«, sagt sie. »Ich möchte mich nicht in deine Angelegenheiten mischen. Aber ich weiß nicht, was ich täte, wenn dir etwas zustoßen würde, Jason.«

»Mir fehlt nichts«, sag ich. »Bloß ein bißchen Kopfschmerzen.«

»Wenn du nur mal ein Aspirin nehmen wolltest«, sagt sie. »Vom Autofahren läßt du dich ja doch nicht abbringen.«

»Was hat der Wagen damit zu tun?« sag ich. »Seit wann bekommt man vom Autofahren Kopfschmerzen?«

»Dir ist vom Benzingeruch schon immer übel geworden«, sagt sie. »Schon als Kind. Nimm doch ein Aspirin.«

»Und wenn ich keins nehme, wird's dir auch nicht weh tun«, sag ich.

Ich stieg in den Wagen und fuhr in die Stadt zurück. Ich war gerade in die Hauptstraße eingebogen, als ich einen Ford auf mich zurasen sah. Plötzlich bremste er. Die Reifen quietschten, und der Wagen schleuderte, stieß zurück, wurde herumgerissen, und als mir gerade durch den Kopf schoß, was, zum Teufel, macht der denn da, erkannte ich die rote Krawatte. Dann sah ich ihr Gesicht im Rückfenster. Der Wagen raste in eine Seitenstraße. Er wendete noch einmal, aber als ich in die Seitengasse kam, verschwand er gerade in einem Höllentempo um die Ecke.

Ich sah rot. Als ich die rote Krawatte erkannte — nach all dem, was ich ihr gesagt hatte —, da vergaß ich einfach mich selbst. Ich dachte nicht einmal mehr an meinen Kopf, bis ich an die erste Abzweigung kam und dort halten mußte. Da geben wir noch und noch Geld für Straßen aus, und dabei fährt man, verdammt noch mal, nicht besser als auf Wellblech. Möchte bloß wissen, wie man da auch nur mit einem Pferdekarren vorwärtskommen soll. Dafür ist mir mein Wagen zu schade; ich lasse ihn mir nicht zu Bruch schüttern, als wär's ein Ford. Wahrscheinlich hatten sie ihren Ford sowieso gestohlen, warum sollten sie ihn dann auch anständig behandeln. Wie ich immer sage, das Blut läßt sich nicht verleugnen. Mit solchem Blut in den Adern ist man zu allem fähig. Ich sag, damit bist du all der Ansprüche ledig, die sie deiner Meinung nach an dich stellen könnte; ich sag, von jetzt ab kannst du nur noch dir selbst Vorwürfe machen, denn du weißt genau, was jeder vernünftige Mensch tun würde. Ich sag, wenn ich schon meine ganze Zeit dafür opfern muß, den Detektiv zu spielen, dann will ich das wenigstens dort tun, wo ich dafür bezahlt werde.

Ich mußte also an der Abzweigung halten. Dann fiel mir mein Kopf wieder ein. Man konnte meinen, es säße einer darin und hämmerte drauflos. Ich sag, ich habe immer wieder zu verhindern versucht, daß sie dir Kummer macht; ich sag, von mir aus kann sie jetzt zum Teufel gehn, so schnell wie möglich und je eher desto besser. Ich sag, was erwartest du eigentlich noch außer durchziehenden Vertretern und Schmierenkomödianten, wo ihr doch die hiesigen Laffen bereits den Laufpaß gegeben haben. Du weißt ja nicht, was vorgeht, sag ich, du hörst ja nicht all das Gerede, das ich höre, und du kannst bloß froh sein, daß ich es zum Schweigen bringen werde. Ich sag, meine Familie hat hier schon Sklaven besessen, als ihr noch eure Kramlädchen gehabt habt und so wenig Ackerland zum Bestellen, daß es nicht einmal ein Nigger in Halbpacht mit euch hätte teilen mögen.

Wenn sie es überhaupt je bestellt haben. Es ist ein Glück, daß der liebe Gott für dieses Land gesorgt hat, denn die Menschen, die hier leben, haben nie einen Finger dafür gerührt. Freitagnachmittag. Gerade jetzt sah ich drei Meilen weit nichts als Brachland vor mir liegen, und dabei hockte, am hellen Freitagnachmittag, alles, was weit und breit gesunde Glieder hatte, im Theater. Ich hätte ein völlig ausgehungerter Fremder sein können, aber keine Menschenseele war zu sehen, die ich auch nur nach dem Weg zur Stadt hätte fragen können. Und sie will mir dauernd ihr Aspirin andrehen. Ich sag, wenn ich Brot esse, dann tue ich das am Tisch. Ich sag, du rechnest uns ewig vor, was du dir alles unsretwegen versagst, und dabei könntest du dir jedes Jahr für das Geld, das du für diese verdammten Pillen und Tabletten ausgibst, zehn neue Kleider anschaffen. Da gibt's nichts zu kurieren, was ich brauche, sind lediglich klare Verhältnisse, damit ich sie gar nicht erst bekomme, aber solange ich zehn Stunden am Tag arbeiten muß, um einer Küche voll Niggern den Lebensstil zu bieten, den sie gewohnt sind, und sie mit sämtlichen andern Niggern des ganzen Landkreises ins Theater zu schicken — der da kam aber auch nicht gerade zu früh. Bis der hinkam, war ja alles vorbei.

Dann trat er an den Wagen heran, und als ich ihm endlich verständlich gemacht hatte, ob hier ein Ford mit zwei Leuten vorbeigefahren sei, sagte er ja. Ich fuhr also weiter, und als ich dahin kam, wo der Feldweg abbog, konnte ich die Reifenspuren erkennen. Ab Russell arbeitete auf seinem Grundstück, ich nahm mir jedoch nicht die Zeit, ihn zu fragen, und ich war noch kaum außer Sichtweite seiner Scheune gelangt, als ich auch schon den Ford sah. Sie hatten ihn zu verstecken versucht. Was ihr ebenso gut gelungen war wie alles, was sie anfaßte. Wie ich immer sage, ich hätte ja gar nicht so viel dagegen einzuwenden; vielleicht kann sie nun einmal nicht anders, aber daß sie so wenig Rücksicht auf die Familie nimmt und auch nicht die geringste Diskretion übt, das ist's. Mir ist dauernd angst und bange, ich könnte mitten in sie reinlaufen, wenn sie es wie zwei Hunde auf offener Straße oder unter einem Karren auf dem Marktplatz treiben.

Ich hielt an und stieg aus. Und nun mußte ich auch noch quer über ein frisch gepflügtes Feld gehen, das einzige, das ich seit meiner Abfahrt aus der Stadt gesehen hatte, und bei jedem Schritt meinte ich, es laufe einer hinter mir her und haue mir mit einem Knüttel auf den Kopf. Die ganze Zeit dachte ich nur eines: wenn ich erst über das Feld weg bin, habe ich wenigstens glatten Boden unter den Füßen und brauche nicht mehr so herumzustolpern; aber als ich dann in den Wald kam, mußte ich mich durch dichtes Unterholz schlagen, und schließlich geriet ich auch noch an einen Graben voller Dorngestrüpp. Ich ging ein Stück daran entlang, aber das Gestrüpp wurde dichter und dichter, und inzwischen rief Earl sicher dauernd bei mir zu Hause an, wo ich stecke, und Mutter regte sich bestimmt mal wieder furchtbar auf.

Als ich endlich durch war, hatte ich so viele Haken geschlagen, daß ich erst einmal stehenbleiben und mich orientieren mußte, wo ihr Wagen stand. Sie konnten ja nicht weit davon sein, allenfalls unterm nächsten Busch, so machte ich also kehrt und arbeitete mich wieder zur Straße zurück. Da ich aber nicht wußte, wie weit ich abgekommen war, mußte ich stehenbleiben und horchen, aber da ich die Beine jetzt ruhig hielt, stieg mir alles Blut in den Kopf, der jeden Augenblick zu zerspringen drohte, und die Sonnenstrahlen fielen ausgerechnet so ein, daß sie mich blendeten, und in meinen Ohren sauste es, daß ich überhaupt nichts hören konnte. Ich ging so leise wie möglich weiter, da hörte ich einen Hund oder so was, und es war mir klar, wenn der mich witterte, würde er mit Geheul auf mich losstürzen, und dann wäre alles umsonst gewesen.

Ich war ganz voll Kletten und Dornen und allem möglichen Zeug, das mir in Kleider und Schuhe drang, und als ich zufällig einmal an mir hinuntersah, merkte ich, daß ich mich zu allem hin an einem Giftsumachstrauch festhielt. Ich wunderte mich bloß, daß es nur ein Giftsumach war und nicht gleich eine Schlange oder so was. Es war mir so einerlei, daß ich die Hand nicht einmal wegnahm. Ich wartete einfach, bis der Hund sich entfernt hatte. Dann ging ich weiter.

Ich hatte keine Ahnung, wo sich der Wagen befinden mochte. Ich konnte an nichts anderes denken als an meinen Kopf, ich blieb immer auf derselben Stelle stehen und fragte mich, ob ich überhaupt einen Ford gesehen hatte, und es war mir nachgerade egal, ob ich ihn nun gesehen hatte oder nicht. Wie ich immer sage, soll sie doch Tag und Nacht mit allem, was hier im Ort Hosen trägt, herumliegen, was kümmert's mich. Ich bin schließlich so einer nicht verpflichtet, wenn die nicht mehr Rücksicht auf mich nimmt und den verdammten Ford einfach hier in die Gegend pflanzt, so daß ich einen ganzen Nachmittag versäumen muß, und Earl nimmt sie wahrscheinlich mit nach hinten und zeigt ihr die Geschäftsbücher, bloß weil er zu verdammt tugendhaft ist für diese Welt. Ich sag, du wirst dich mal im Himmel höllisch langweilen, wenn du dich nicht mehr in anderer Leute Angelegenheiten mischen kannst, aber paß ja auf, daß ich dich nicht dabei erwische, sag ich, ich drücke um deiner Großmutter willen die Augen zu, aber laß dich von mir bloß nie unter den Augen meiner Mutter dabei erwischen. Diese verdammten jungen Pomadenhengste machen sich wichtig auf Teufel komm raus, aber ich werde ihnen was vom Teufel erzählen, sag ich, und dir auch. Dem werde ich es so besorgen, daß er glaubt, seine verdammte rote Krawatte sei der Klingelzug zur Hölle, wenn der meint, er kann sich mit meiner Nichte im Wald herumtreiben.

Die Sonne blendete mich und mein Blut pochte, daß ich die ganze Zeit dachte, mein Schädel werde im nächsten Augenblick zerspringen und alles wäre aus, und Dornen und Ranken klammerten sich an mir fest, und endlich kam ich zu der Sandmulde, wo sie gewesen waren, und erkannte den Baum wieder, unter dem der Wagen stand, und gerade als ich aus der Mulde herauskletterte und zu laufen anfing, hörte ich, wie der Wagen angelassen wurde. Er fuhr unter lautem Hupen rasch davon. Er hupte unablässig weiter, und es klang wie Jaa. Jaa. Jaaa, und der Wagen verschwand. Ich kam eben noch rechtzeitig auf die Straße, um ihn verschwinden zu sehen.

Bis ich dort war, wo mein Wagen stand, konnte ich sie schon längst nicht mehr sehen, nur die Hupe hörte ich noch. Ich konnte nichts anderes mehr denken als Fahr nur. Fahr nur zurück in die Stadt. Fahr nur nach Hause und versuche, Mutter einzureden, ich hätte dich nie in diesem Wagen gesehen. Versuche ihr einzureden, ich wisse nicht, wer er war. Versuche ihr einzureden, es sei einfach nicht wahr, daß ich dich um keine fünf Schritte in der Mulde verfehlt hätte. Versuche ihr einzureden, du habest die ganze Zeit genau so aufrecht gestanden wie ich.

Es klang immer noch wie Jaa, Jaa, Jaaa, aber schwächer und schwächer. Schließlich verhallte es, und ich hörte in Russells Stall eine Kuh brüllen. Aber noch ahnte ich nichts. Ich ging zur Tür, öffnete sie und wollte einsteigen. Es kam mir so vor, wie wenn der Wagen stärker überhinge, als es die Neigung der Straße zuließ, aber ich merkte erst, was los war, als ich drinsaß und den Motor anließ.

Da saß ich nun. Es war jetzt Spätnachmittag, und zur Stadt waren es ungefähr fünf Meilen. Den Reifen anzubohren, ein Loch hineinzumachen, dazu hatten sie nicht den Mut aufgebracht. Sie hatten bloß die Luft herausgelassen. Ich stand eine Weile da und dachte an meine Küche voller Nigger, von denen keiner Zeit hatte, einen Ersatzreifen in die Halterung zu heben und ein paar Schrauben anzuziehen. Es war wirklich komisch, denn selbst sie hatte wohl kaum so weit vorausgedacht, die Luftpumpe absichtlich wegzunehmen, es sei denn, es wäre ihr eingefallen, während er die Luft herausließ. Es war jedoch wahrscheinlicher, daß sie jemand schon vorher weggenommen und Ben als eine Art Wasserpistole zum Spielen gegeben hatte, denn die würden ja den ganzen Wagen auseinandernehmen, wenn er darauf bestünde, und dann sagt Dilsey, Is niemand nich an deim Wagen gewesen. Was sollten wir 'n da? und ich sag, Du bist ein Nigger. Weißt du überhaupt, wie gut du es hast? Ich sag, Ich würde noch jeden Tag mit dir tauschen, denn bloß ein Weißer ist so blöd, daß er sich darüber aufregt, was so eine kleine Nutte anstellt.

Ich ging zu Russell. Er hatte eine Luftpumpe. Das war wohl nur ein Versehen von ihnen. Trotzdem konnte ich immer noch nicht glauben, daß sie die Frechheit besessen hätte. Das wollte mir nicht aus dem Kopf. Ich weiß nicht, ich lerne einfach nie begreifen, daß eine Frau zu allem fähig ist. Ich mußte dauernd denken, Sehen wir einmal davon ab, wie ich zu dir stehe und wie du zu mir stehst: Ich würde dir so was nicht antun. Ich würde dir so was nicht antun, ganz gleich, was du mir angetan hättest. Aber, wie ich immer sage, Blut ist Blut, da kann man nicht gegen an. Es geht ja nicht um diesen Streich, den sich jeder achtjährige Lausbub hätte ausdenken können, sondern daß sie ihren Onkel vor einem Mann, der imstande war, eine rote Krawatte zu tragen, zum Gespött gemacht hat. Diese Brüder kommen zu uns in die Stadt und schimpfen uns Provinzlackel und bilden sich ein, der Ort sei zu klein, als daß hier Platz für sie wäre. Na, der Kerl weiß gar nicht, wie recht er hat. Und sie auch nicht. Wenn sie genau so denkt, soll sie nur abdampfen. Fort mit Schaden!

Ich hielt bei Russell und gab die Pumpe zurück und fuhr in die Stadt. Ich ging in den Drugstore und trank ein Coca-Cola, und dann ging ich zum Telegrafenbüro. Der Schlußkurs stand bei 12.21, vierzig Punkte niedriger. Vierzig mal fünf Dollar; kauf dir was dafür, wenn du kannst, und wenn sie sagt, Ich muß das und das haben, muß es unbedingt haben, dann sag ich, Tut mir leid, da mußt du dich an jemand anders wenden, ich habe kein Geld; ich hatte zuviel zu tun, welches zu verdienen.

Ich sah ihn bloß an.

»Ich habe eine Neuigkeit für Sie«, sag ich, »Sie werden es gar nicht glauben wollen, ich interessiere mich für den Baumwollkurs«, sag ich. »Das ist Ihnen wohl noch nie aufgefallen, wie?«

»Ich habe mein Möglichstes getan, es Ihnen zuzustellen«, sagt er. »Ich hab's zweimal im Laden versucht und bei Ihnen zu Hause angerufen, aber niemand wußte, wo Sie seien«, sagt er und kramt in seiner Schublade.

»Was zustellen?« sag ich. Er reichte mir ein Telegramm. »Wann ist das eingetroffen?« sag ich.

»Gegen halb vier«, sagt er.

»Und jetzt ist es zehn nach fünf«, sag ich.

»Ich habe alles versucht, es Ihnen zuzustellen«, sagt er. »Sie waren nicht zu finden.«

»Ist das etwa meine Schuld?« sag ich. Ich riß das Telegramm auf, bloß um zu sehen, was sie mir diesmal für einen Bären aufbinden würden. Die müssen ja schwer im Druck sein, daß sie sich bis Mississippi bemühen, um monatlich zehn Dollar zu ergaunern. Verkaufen, stand drin. Börse schwankend bei allgemeiner Baissetendenz. Laut Regierungsbericht kein Grund zur Beunruhigung.

»Was kostet eigentlich so ein Telegramm?« sag ich. Er nannte mir den Preis.

»Ist schon bezahlt«, sagt er.

»Dann bin ich denen also noch so viel schuldig«, sag ich. »Das habe ich mir schon gedacht. Schicken Sie das zu Lasten des Empfängers«, sag ich und nehme ein Formular. Kaufen, schrieb ich, Börse dicht vorm Platzen. Gelegentliche Schwankungen bezwecken lediglich, noch ein paar Gimpel aus der Provinz auf den Leim zu locken, die mit dem Telegrafenbüro noch nicht Bekanntschaft geschlossen haben. Kein Grund zu Beunruhigung. »Telegrammgebühr zu Lasten des Empfängers«, sag ich.

Er las den Text und blickte dann auf die Uhr.

»Börse vor einer Stunde geschlossen«, sagt er.

»Na und«, sag ich, »Das ist doch nicht meine Schuld. Ich habe sie nicht erfunden; ich habe bloß ein bißchen gekauft, weil ich mich eine Zeitlang der Meinung hingab, die Telegrafengesellschaft würde mich auf dem laufenden halten.«

»Die Notierungen werden angeschlagen, sobald sie eintreffen«, sagt er.

»Ja«, sag ich, »Und in Memphis werden sie alle zehn Sekunden an die Tafel geschrieben«, sag ich. »Heut nachmittag war ich bloß noch siebenundsechzig Meilen davon entfernt.«

Er beschäftigte sich wieder mit meinem Text. »Wollen Sie das wirklich absenden?« sagt er.

»Ich habe mich noch nicht anders besonnen«, sag ich. Ich schrieb auch das andere aus und zählte das Geld ab. »Und das da ebenfalls, sofern Sie imstande sind, k-a-u-f-e-n richtig zu buchstabieren.«

Ich ging zurück ins Geschäft. Vom Ende der Straße her hörte ich die Musikkapelle. Prohibition ist doch eine feine Sache. Früher war das so, daß sie am Samstag in die Stadt kamen, die ganze Familie mit einem Paar Schuhe, und die trug er, und dann zogen sie zur Expreßausgabe und holten sein Gepäck ab; heute gehen sie alle barfuß ins Theater, und die Kaufleute stehen unter ihren Türen wie Tiger oder irgend solche Viecher im Käfig und lauern, wenn sie vorbeiziehen. Earl sagt,

»Ich hoffe, es war nichts Ernstes.«

»Was?« sag ich. Er sah auf seine Uhr. Dann ging er zur Tür und schaute zur Rathausuhr hinauf. »Du solltest dir eine Dollaruhr anschaffen«, sag ich. »Bei so einer kostet es dich nicht so viel, fürchten zu müssen, sie gehe dauernd falsch.«

»Was?« sagt er.

»Nichts«, sag ich. »Hoffentlich habe ich dir keine Unannehmlichkeiten bereitet.«

»Es war nicht viel zu tun«, sagt er. »Sie sind ja alle ins Theater gegangen. Geht schon in Ordnung.«

»Wenn es nicht in Ordnung geht«, sag ich, »Dann weißt du ja, was du zu tun hast.«

»Ich sagte, es geht in Ordnung«, sagt er.

»Das hab ich gehört«, sag ich. »Aber wenn es nicht in Ordnung geht, dann weißt du, was du zu tun hast.«

»Willst du denn kündigen?« sagt er.

»Das ist nicht meine Sache«, sag ich. »Meine Wünsche spielen hier keine Rolle. Aber bilde dir ja nicht ein, du tätest mir einen Gefallen, wenn du mich behältst.«

»Du könntest ein guter Geschäftsmann sein, wenn du nur wolltest, Jason«, sagt er.

»Zumindest werde ich mit meinen eigenen Geschäften fertig und lasse andere Leute in Ruhe«, sag ich.

»Ich verstehe nicht, warum du es dauernd darauf anlegst, daß ich dich entlasse«, sagt er. »Du weißt doch, daß du jederzeit gehen kannst, ohne daß wir deshalb Feinde würden.«

»Vielleicht gehe ich gerade deswegen nicht«, sag ich. »Und schließlich bezahlst du mich ja für die Arbeit, die ich hier tue.« Ich ging nach hinten und trank einen Schluck Wasser und ging zur Hintertür hinaus. Job hatte die Hackmaschinen endlich alle zusammengesetzt. Es war sehr still hier, und allmählich ließen meine Kopfschmerzen nach. Ich hörte, wie sie jetzt sangen, und dann spielte die Kapelle wieder. Von mir aus konnten sie jeden Vierteldollar und jeden Nickel der ganzen Umgebung einsakken; mir jedenfalls zogen sie nicht die Haut ab. Ich habe mein möglichstes getan; wenn einer mal so lange gelebt hat wie ich und dann nicht weiß, wann er aufzuhören hat, ist er ein Narr. Zumal da es nicht meine Sache ist. Wenn sie meine Tochter wäre, sähe alles anders aus, denn dann hätte sie keine Zeit für so was; dann müßte sie arbeiten, um die Kranken und Irren und Nigger zu ernähren; aber ich könnte ja doch nie jemand in unser Haus bringen. Dazu habe ich vor jedem Menschen zu viel Achtung. Doch ich bin ein Mann und werde schon allein fertig, und es bleibt ja alles in der Familie, aber ich möchte den Mann zu fassen kriegen, der ungehörig von einer Freundin von mir spräche, so was machen nur diese verdammten ehrbaren Frauen, ich möchte mal eine von diesen ehrbaren Kirchgängerinnen sehen, die auch nur halb so rechtschaffen ist wie Lorraine, Hure hin oder her. Wie ich immer sage du würdest ja Zustände bekommen wenn ich heiraten wollte und sie sagt ich will nur dein Glück du sollst eine eigene Familie haben und dich nicht dein Leben lang für uns abschuften müssen wie ein Sklave. Aber ich werde ja bald dahingegangen sein und dann kannst du dir eine Frau nehmen du wirst jedoch nie eine Frau finden die deiner wert ist und ich sag oh doch das würde ich schon. Aber dann würdest du noch aus dem Grabe aufstehn oder etwa nicht? Ich sag nein danke ich habe jetzt schon Frauen genug im Haus wenn ich nun auch noch heiraten wollte würde sich wahrscheinlich herausstellen daß meine Ehefrau kokst oder so was. Das hätte in unserer Familie gerade noch gefehlt, sag ich.

Die Sonne war inzwischen hinter der Methodistenkirche untergegangen, die Tauben flogen um den Kirchturm, und als die Musik aussetzte, konnte ich die Tauben gurren hören. Erst vier Monate waren seit Weihnachten vergangen, aber es gab schon wieder so viele wie eh und je. Pastor Walthall schlug sich mit ihnen wohl tüchtig den Wanst voll. Wenn man seine Predigten hörte, hätte man meinen können, wir knallten alles weg, wußte man sich ihrer einfach nicht mehr zu erwehren, so riß er einem sogar die Flinte aus der Hand. Was der da so redet von Friede auf Erden und allen Menschen ein Wohlgefallen und kein Sperling fällt vom Dach. Aber dem macht es ja auch nichts aus, wenn es so viele sind, er hat ja nichts zu tun, was braucht er also zu wissen, wieviel Uhr es ist. Der zahlt keine Steuern, der muß nicht mitansehen, wie Jahr für Jahr sein Geld draufgeht, damit das Werk der Rathausuhr gereinigt werden kann. Fünfundvierzig Dollar bekommt der Mann, der sie reinigt. Ich zählte über hundert halbflügge Tauben am Boden. Man sollte meinen, sie wären so gescheit, dieser Stadt den Rücken zu kehren. Ich muß schon sagen, es ist bloß gut, daß ich hier genau so wenig angebunden bin wie eine Taube.

Die Kapelle setzt wieder ein, mit einem lauten, schnellen Marsch, so etwas wie ein Finale. Jetzt hatten sie wohl endlich genug. Die mußten doch nun so voll von Musik sein, daß sie sich die ganze vierzehn bis fünfzehn Meilen lange Heimfahrt und während des Ausspannens im Dunkeln und des Viehfütterns und Melkens damit unterhalten konnten. Sie brauchten bloß die Melodien zu pfeifen und dem Vieh im Stall die Witze zu erzählen, und dann konnten sie sich ausrechnen, wieviel Geld dadurch gespart worden war, daß sie das Vieh nicht auch mit ins Theater genommen hatten. Und dann konnten sie sich auskno-

beln, daß einer mit fünf Kindern und sieben Maultieren fünfundzwanzig Cent verdient hatte, weil er nur mit seiner Familie
ins Theater gegangen war. So ungefähr. Earl kam mit ein paar
Postpaketen nach hinten.

»Da ist noch einiges, was weg muß«, sagt er. »Wo ist Onkel
Job?«

»Im Theater wahrscheinlich«, sag ich. »Es sei denn, du hättest auf ihn aufgepaßt.«

»Der stiehlt sich doch nicht heimlich davon«, sagt er. »Auf
den kann ich mich verlassen.«

»Soll das eine Anspielung sein?« sag ich.

Er ging zur Tür und schaute hinaus und horchte.

»Eine gute Kapelle«, sagt er. »Aber ich finde, sie könnten
langsam Schluß machen.«

»Falls sie nicht hier übernachten«, sag ich. Jetzt waren
Schwalben am Himmel, und ich hörte die Spatzen in den Bäu-
men vom Rathausmarkt lärmen. Ab und zu kam über dem Dach
ein Schwarm in Sicht und verschwand dann wieder. Meiner
Meinung nach sind sie eine ebenso große Plage wie die Tauben.
Vor lauter Spatzen kann man nicht einmal mehr auf dem
Marktplatz sitzen. Kaum sitzt man, peng! Mitten auf den Hut.
Nur ein Millionär könnte es sich leisten, sie bei fünf Cent je
Schuß abzuknallen. Man brauchte bloß ein bißchen Gift auf den
Marktplatz zu streuen und wäre sie in einem Tag los, und wenn
ein Händler es nicht fertigbringt, sein Viehzeug vom Markt-
platz fernzuhalten, dann sollte er eben nicht ausgerechnet mit
Hühnern handeln, sondern mit etwas, das nichts frißt, mit Pflü-
gen oder Zwiebeln. Und wenn einer nicht für seine Hunde sorgt,
dann will er entweder nicht, oder er muß eben die Finger von
Hunden lassen. Wie ich immer sage, wenn man alle Angelegenheiten in einer Stadt wie auf dem Lande regelt, dann wird natürlich ein Landstädtchen daraus.

»Da hast du auch nichts davon, wenn sie jetzt Schluß machen«, sag ich. »Die Leute müssen doch gleich anspannen und
abfahren, um noch vor Mitternacht nach Haus zu kommen.«

»Laß sie doch«, sagt er, »Sie haben nun mal ihren Spaß dran.
Warum sollen sie nicht ab und zu mal ein bißchen Geld fürs
Theater ausgeben? Die Farmer im Bergland müssen sich doch
wirklich schwer genug abrackern und haben noch nicht mal
viel davon.«

»Kein Gesetz zwingt sie, in den Bergen anzubauen«, sag ich, »Noch sonstwo.«

»Wo wären wir heute, du und ich, wenn es keine Farmer gäbe?« sagt er.

»Dann wäre ich jetzt zu Hause«, sag ich, »Und läge mit einem Eisbeutel auf dem Kopf im Bett.«

»Du hast diese Kopfschmerzen zu oft«, sagt er. »Laß dir doch mal die Zähne gründlich untersuchen. Hat er sie heute morgen alle nachgesehen?«

»Wer?« sag ich.

»Du hast doch gesagt, du seist heute morgen beim Zahnarzt gewesen.«

»Willst du mir etwa vorwerfen, daß ich während der Arbeitszeit Kopfschmerzen habe?« sag ich. »Das meinst du doch wohl?«

Sie kamen jetzt durch die Hintergasse vom Theater.

»Da kommen sie«, sagt er. »Ich gehe jetzt wohl besser nach vorn.« Er ging. Es ist doch komisch, da kann einem fehlen, was will: ein Mann wird immer sagen, man solle sich die Zähne nachsehen lassen, und eine Frau, man solle heiraten. Ausgerechnet diejenigen, die es im Leben selbst zu nichts gebracht haben, wollen einem erzählen, was man tun und lassen soll. Genau wie die Professoren: besitzen nicht mal ein Paar heile Socken und wollen einem erzählen, wie man in zehn Jahren Millionär wird; und wie jene Frauen: können nicht mal einen Mann ergattern und wollen einem erzählen, wie man Kinder erzieht.

Der alte Job kam mit dem Karren. Nach einer kleinen Ewigkeit wurde er sogar damit fertig, die Zügel um den Peitschenhalter zu schlingen.

»Na«, sag ich, »Wie war es denn im Theater?«

»War noch nicht dort«, sagt er. »Aber heut abend, da bin ich aus dem Zelt nicht mehr rauszukriegen.«

»Natürlich warst du, verdammt noch mal«, sag ich. »Du bist jetzt seit drei Uhr fort. Mr. Earl hat eben schon nach dir gefragt.«

»Hab meine Arbeit gemacht«, sagt er. »Mr. Earl weiß, wo ich war.«

»Schwindele ihn nur an«, sag ich. »Ich verrate dich nicht.«

»Dann wär der aber der erste, wo ich je hier beschwindelt hab«, sagt er. »Was wär denn da für 'n Sinn drin, nen Mann beschwindeln, der mir doch am Samstagabend piepegal sein kann? Un Ihnen tät ich schon gar nich beschwindeln. Da sin Sie mir zu klug zu, jawohl«, sagt er und tut mit den paar kleinen Paketen, die er auf den Karren lädt, als hätte er Gott weiß wie schwer zu arbeiten, »Sie sin zu klug für mich. In der ganzen Stadt is keiner, wo's mit so nem Klugen wie Sie aufnehmen kann. Sie könn sogar noch nen Mann für dumm verkaufen, wo so klug is, daß er's nich mal mit sich selber aufnehmen kann«, sagt er, klettert auf den Karren und macht die Zügel los.

»Wer ist das denn?« sag ich.

»Das is der Mr. Jason Compson«, sagt er. »Hü, Dan.«

Eines der Räder konnte jede Minute abfallen. Ich blickte ihm nach, um zu sehen, ob er überhaupt noch vorher aus der Gasse hinauskam. So geht's, wenn man irgendein Vehikel einem Nigger anvertraut. Ich sag, der alte Klapperkasten da ist eine Beleidigung für jedes Auge, aber du läßt ihn ja noch hundert Jahre in der Remise stehen, bloß damit Bübchen alle Woche einmal zum Friedhof fahren kann. Ich sag, er wäre nicht der erste, der etwas tun muß, was er nicht tun mag. Ich hätte schon längst dafür gesorgt, daß er entweder wie ein zivilisierter Mensch im Auto fährt oder daheim bleibt. Der merkt doch gar nicht, wohin er fährt oder worin er fährt, aber wir müssen natürlich Pferd und Wagen halten, nur damit er am Sonntagnachmittag ausfahren kann.

Job war es ganz egal, ob das Rad abfiel oder nicht. Hauptsache, daß er nicht zu weit zurücklaufen mußte. Wie ich immer sage, der einzig richtige Platz für sie ist das Feld, wo sie von Sonnenaufgang bis Sonnenuntergang zu arbeiten haben. Gutes Leben und leichte Arbeit bekommen ihnen nun mal nicht. Wenn einer eine Zeitlang mit Weißen zusammen war, dann ist er keinen Schuß Pulver mehr wert. Sie bringen es so weit, daß sie einen unter den eigenen Augen mit ihrer Arbeit anschmieren — wie Roskus, der in seinem Leben nur einen einzigen Fehler beging: er war eines Tages so unvorsichtig, zu sterben. Die drükken sich und stehlen und werden frecher und immer frecher, bis es so weit kommt, daß einem nichts anderes mehr übrigbleibt, als sie mit einer Latte oder so was umzulegen. Nun, das ist Earls Sache. Aber mir wäre es peinlich, wenn mein Geschäft repräsentiert würde durch einen schwachsinnigen alten Nigger und einen

Karren, von dem man bei jeder Kurve fürchten muß, er könnte auseinanderfallen.

Die Sonne stand jetzt weit drüben am Himmel, und im Haus wurde es allmählich dunkel. Ich ging nach vorn. Der Marktplatz war menschenleer. Earl war hinten und schloß den Geldschrank ab, und dann schlug die Uhr.

»Schließ du die Hintertür ab«, sagt er. Ich ging nach hinten und verschloß sie und kam wieder zurück. »Du gehst wohl heute abend ins Theater?« sagt er. »Ich habe dir doch gestern die Freikarten gegeben, oder nicht?«

»Ja«, sag ich, »willst du sie wiederhaben?«

»Nein, nein«, sagt er. »Ich wußte nur nicht mehr, ob ich sie dir gegeben hatte oder nicht. Wäre ja schade, wenn sie verfielen.«

Er schloß die Tür ab und sagte gute Nacht und ging. Die Spatzen schilpten immer noch in den Bäumen, aber der Marktplatz war bis auf ein paar Wagen leer. Vor dem Drugstore stand ein Ford, doch ich würdigte ihn keines Blicks. Ich weiß, wann ich von etwas die Nase voll habe. Ich will ja gern versuchen, ihr zu helfen, aber ich weiß, wann ich die Nase voll habe. Vielleicht könnte ich Luster das Autofahren beibringen, dann könnten sie, wenn es ihnen Spaß macht, den ganzen Tag hinter ihr herjagen, und ich könnte daheimbleiben und mit Ben spielen.

Ich ging hinein und kaufte ein paar Zigarren. Da fiel mir ein, ich sollte vorsichtshalber noch ein Kopfwehpulver nehmen, und ich blieb also und unterhielt mich ein bißchen mit ihnen.

»Na«, sagt Mac, »du hast dieses Jahr sicher auf die Yankees[7] gesetzt, was?«

»Wieso denn?« sag ich.

»Na, es geht doch um den Wimpel«, sagt er. »Die schlägt bestimmt keiner in der Liga.«

»Denkste«, sag ich. »Die sind verratzt«, sag ich. »Meinst du, eine Mannschaft hat ewig Schwein?«

»Das würde ich nicht Schwein nennen.«

»Ich würde nie auf eine Mannschaft setzen, in der dieser Ruth mitspielt«, sag ich. »Selbst dann nicht, wenn ich genau wüßte, daß sie gewinnt.«

»Ach?« sagte Mac.

»Ich weiß dir in jeder Liga wenigstens ein Dutzend Leute, die mehr wert sind als der«, sag ich.

»Was hast du denn gegen Ruth?« sagt Mac.

»Nichts«, sag ich. »Gar nichts habe ich gegen ihn. Ich kann bloß seine Visage nicht vertragen.« Damit ging ich. Die Straßenlaternen flammten auf, und überall gingen die Leute nach Hause. Manchmal hörten die Spatzen nicht eher auf, bis es stockdunkel war. In der Nacht, wo die neuen Lampen um das Rathaus zum erstenmal brannten, wachten die Spatzen auf und flatterten die ganze Nacht herum und taumelten gegen die Lichter. Das ging so ein paar Nächte lang, dann waren sie eines Morgens alle verschwunden. Nach zwei Monaten jedoch kehrten sie alle wieder zurück.

Ich fuhr heim. Im Haus war noch kein Licht, aber sie spähten bestimmt alle durch die Fenster, und Dilsey keifte in der Küche, als wäre es ihr Essen, das sie für mich warmhalten mußte. Wenn man sie hörte, konnte man meinen, es gebe nur ein einziges Abendessen auf der Welt, nämlich jenes, das sie meinetwegen ein paar Minuten warmstellen mußte. Na, wenigstens kam ich einmal heim, ohne daß Ben und der Nigger am Gartentor hingen wie ein Bär und ein Affe im selben Käfig. Immer, wenn es anfing zu dämmern, trottete er zum Gartentor wie eine Kuh zum Stall, hängte sich daran und wiegte den Kopf und wimmerte vor sich hin. Das ist schon ein rechtes Kreuz. Wenn mir das passiert wäre, was ihm passiert ist, weil er sich durch das offene Gartentor zu dem Blödsinn hinreißen ließ, würde ich bestimmt nie mehr eine ansehen wollen. Ich habe mir schon oft überlegt, was er sich wohl dabei dachte, wenn er am Tor stand und die Mädchen von der Schule nach Hause gehen sah und versuchte, etwas zu wünschen, an das er sich nicht einmal zu erinnern vermochte und das er doch gar nicht mehr wünschte und wünschen konnte. Und was er sich dachte, wenn sie ihn auszogen und er dann zufällig an sich hinuntersah und wie üblich zu heulen anfing. Aber wie ich immer sage, das wird noch lange nicht oft genug gemacht. Ich sag, ich weiß, was du nötig hast, du hättest das nötig, was sie mit Ben gemacht haben, dann würde sich das bald legen. Und wenn du nicht weißt, was ich meine, dann laß dich von Dilsey aufklären.

In Mutters Zimmer war jetzt Licht. Ich stellte den Wagen ab und ging in die Küche. Dort saßen Luster und Ben.

»Wo ist Dilsey?« sag ich. »Deckt sie den Tisch?«

»Is oben bei Miss Car'line«, sagt Luster. »Da is schwer was

los. Schon seit Miss Quentin daheim is. Mammy is droben un paßt auf, daß sie nich übernander herfalln. Is das Theater gekommen, Mr. Jason?«

»Ja«, sag ich.

»Mir war auch so, als hätt ich die Musik gehört«, sagt er. »Möcht ja zu gern hingehn. Mir fehlt bloß 'n Vierteldollar dazu.«

Dilsey kam herein. »Bist du endlich da?« sagt sie. »Was hast'n nur so spät noch gemacht? Weißt doch nu wirklich, wieviel ich zu tun hab; warum kommst 'n nich pünktlich?«

»Vielleicht war ich im Theater«, sag ich. »Ist das Essen fertig?«

»Möcht ja zu gern hingehn«, sagt Luster. »Mir fehlt bloß 'n Vierteldollar dazu.«

»Du hast bei keim Theater nichts verlorn«, sagt Dilsey. »Du bleibst schön zu Haus un bist still«, sagt sie. »Geh du ja nich rauf, sonst fangen sie wieder an.«

»Was ist denn los?« sag ich.

»Vorhin is Quentin gekommen un sagt, du bist den ganzen Nachmittag hinter ihr her gewesen, un da is Miss Car'line auf sie losgefahren. Warum kannst sie auch nich in Ruhe lassen? Kannst du nich mit deiner eignen Nichte im selben Haus wohnen, ohne Krach zu kriegen?«

»Ich konnte gar keinen Krach mit ihr kriegen«, sag ich, »ich habe sie ja seit heute morgen nicht mehr gesehen. Was soll ich denn nun wieder angestellt haben? Weil ich sie in die Schule geschickt habe? Das ist allerdings ein Verbrechen«, sag ich.

»Kehr doch du vor deiner eignen Tür un laß sie in Ruhe«, sagt Dilsey, »Ich paß schon auf sie auf, wenn du un Miss Car'line mich machen laßt. Nun geh schon rein un laß mich in Frieden, bis ich anrichte.«

»Wenn ich 'n Vierteldollar hätt«, sagt Luster, »Dann könnt ich ins Theater gehn.«

»Un wenn du Flügel hättst, könntst in'n Himmel fliegen«, sagt Dilsey. »Jetzt will ich aber nichts mehr hörn vom Theater.«

»Da fällt mir ein«, sag ich. »Ich habe ja zwei Karten bekommen.« Ich zog sie aus der Manteltasche.

»Brauchen Sie die?« sagt Luster.

»Ach wo«, sag ich. »Ich würde nicht mal hingehn, wenn man mir zehn Dollar dafür gäbe.«

»Dann geben Sie mir doch eine, Mr. Jason«, sagt er.

»Ich verkaufe dir eine«, sag ich. »Was hältst du davon?«

»Hab kein Geld«, sagt er.

»Das ist aber schade«, sag ich. Ich tat, als wollte ich gehen.

»Geben Sie mir doch eine, Mr. Jason«, sagt er. »Sie brauchen ja nich alle beide.«

»Halt's Maul«, sagt Dilsey, »Du weißt genau, der schenkt nichts her.«

»Wieviel wolln Sie 'n dafür?« sagt er.

»Fünf Cent«, sag ich.

»So viel habe ich nich«, sagt er.

»Wieviel hast du denn?« sag ich.

»Gar nichts«, sagt er.

»Na, gut«, sag ich. Ich ging.

»Mr. Jason«, sagt er.

»Sei doch still«, sagt Dilsey. »Er zieht dich ja bloß auf. Der nimmt die Karten schon für sich selber. Nun geh endlich, Jason, und laß ihn in Ruh.«

»Ich brauche sie nicht«, sag ich. Ich ging zum Herd zurück. »Ich war ja auch nur in die Küche gekommen, um sie zu verbrennen. Aber wenn du eine für einen Nickel haben willst«, sag ich und öffne die Herdklappe.

»Ich hab nich so viel«, sagt er.

»Na, schön«, sag ich. Ich warf die eine Karte ins Feuer.

»Jason«, sagte Dilsey. »Schämst du dich nich?«

»Mr. Jason«, sagt er, »Bitte, bitte, ich seh auch nen ganzen Monat lang jeden Tag Ihre Reifen nach.«

»Ich will aber Bargeld«, sag ich. »Für einen Nickel kannst du sie haben.«

»Laß doch, Luster«, sagt Dilsey. Sie stieß ihn beiseite. »Na los«, sagt sie, »Wirf's schon rein. Na los. Damit's endlich 'n Ende hat.«

»Für einen Nickel kannst du sie haben«, sag ich.

»Los«, sagt Dilsey. »Er hat keinen Nickel. Los. Wirf's rein.«

»Na gut«, sag ich. Ich warf sie hinein, und Dilsey knallte die Klappe zu.

»'n erwachsener Mann wie du«, sagt sie. »Raus aus meiner Küche. Sei still«, sagt sie zu Luster. »Sonst fängt Benjy wieder an. Ich laß mir heut abend von Frony 'nen Vierteldollar geben, dann kannst du morgen hingehn. Aber jetzt sei still.«

Ich ging ins Wohnzimmer. Von oben war nichts zu hören. Ich schlug die Zeitung auf. Bald darauf kamen Ben und Luster herein. Ben ging zu dem dunklen Fleck an der Wand, wo früher der Spiegel gehangen hatte, strich mit den Händen darüber und sabberte und wimmerte. Luster stocherte im Kamin herum.

»Was machst du denn da?« sag ich. »Wir brauchen heut abend kein Feuer mehr.«

»Ich will ja bloß, daß er still is«, sagt er. »Ostern is es immer noch kalt.«

»Aber es ist nicht Ostern«, sag ich. »Laß das.«

Er legte den Schürhaken weg und holte das Kissen von Mutters Sessel und gab es Ben, und der kauerte sich vor den Kamin hin und war still.

Ich las die Zeitung. Von oben war noch immer nichts zu hören, da kam Dilsey herein und schickte Ben und Luster in die Küche und sagte, das Essen sei fertig.

»Ist gut«, sag ich. Sie ging. Ich blieb sitzen und las die Zeitung. Bald danach hörte ich Dilsey an der Tür.

»Warum kommst du nich zum Essen?« sagt sie.

»Ich warte aufs Abendessen«, sag ich.

»Steht auf'm Tisch«, sagt sie. »Hab's dir doch gesagt.«

»So?« sag ich. »Dann entschuldige. Ich habe niemand herunterkommen hören.«

»Sie kommen nich runter«, sagt sie. »Geh un iß, damit ich ihnen auch was raufbringen kann.«

»Sind sie krank?« sag ich. »Was sagt denn der Doktor? Es werden doch nicht die Blattern sein.«

»Komm jetz, Jason«, sagt sie, »Damit ich endlich fertig werde.«

»Schön«, sag ich und nehme die Zeitung wieder auf. »Dann warte ich also aufs Abendessen.«

Ich spürte, wie sie mich von der Tür her beobachtete. Ich las in der Zeitung.

»Nu mach doch kein so'n Theater nich«, sagt sie. »Weißt doch, ich hab so schon Scherereien genug.«

»Wenn es Mutter schlechter geht als heute mittag, wo sie doch zum Essen heruntergekommen ist, dann gut«, sag ich. »Aber solange ich hier Leute zu verhalten habe, die jünger sind als ich, sollen die gefälligst zum Essen an den Tisch kommen. Sag mir also Bescheid, wenn wir essen können«, sag ich und lese wieder die Zeitung. Ich hörte sie die Treppe hinaufgehen, und sie schlurfte und brummelte und stöhnte, als wäre die Treppe Gott weiß wie steil und lägen die Stufen meterweit auseinander. Ich hörte sie an Mutters Tür, dann hörte ich sie Quentins Namen rufen, als wäre die Tür verschlossen, dann ging sie zu Mutters Zimmer zurück, und dann ging Mutter zu Quentin und sprach mit ihr. Dann kamen sie herunter. Ich las die Zeitung.

Dilsey öffnete die Tür. »Komm jetz«, sagt sie, »kannst dir ja wieder ne neue Bosheit ausdenken. Hast dich wahrhaftig heut schon selbst übertroffen.«

Ich ging ins Eßzimmer. Quentin saß mit gesenktem Kopf am Tisch. Sie hatte sich frisch geschminkt. Ihre Nase sah aus wie ein Porzellan-Isolator.

»Ich freue mich, daß es dir gut genug geht, herunterzukommen«, sag ich zu Mutter.

»Das ist ja das mindeste, was ich für dich tun kann«, sagt sie. »Ganz gleich, wie ich mich fühle. Ich verstehe sehr gut, daß ein Mann, der den ganzen Tag gearbeitet hat, beim Abendbrot von seiner Familie umgeben sein möchte. Ich will dir so gern alles recht machen. Wenn du nur mit Quentin besser auskämst. Das würde mir vieles erleichtern.«

»Wir kommen doch sehr gut miteinander aus«, sag ich. »Von mir aus kann sie sich den ganzen Tag in ihrem Zimmer einschließen, wenn es ihr Spaß macht. Ich kann nur das Getue und Geschmolle bei den Mahlzeiten nicht ausstehen. Ich weiß, das ist viel verlangt, aber so möchte ich es nun mal in meinem Haus haben. In deinem Haus, wollte ich sagen.«

»Es ist deines«, sagt Mutter, »Du bist jetzt der Herr im Haus.«

Quentin hatte kein einziges Mal aufgeblickt. Ich legte ihr auf, und sie fing an zu essen.

»Hast du ein gutes Stück Fleisch bekommen?« sag ich. »Wenn nicht, suche ich dir gern ein besseres aus.«

Sie gab keine Antwort. »Ich frage, ob du ein gutes Stück Fleisch bekommen hast?« sag ich.

»Was?« sagt sie. »Ach so. Ja, vielen Dank.«

»Möchtest du noch etwas Reis?« sag ich.

»Nein«, sagt sie.

»Komm, ich gebe dir lieber noch etwas«, sag ich.

»Ich mag nichts mehr«, sagt sie.

»Oh, bitte«, sag ich, »Wie du willst.«

»Hast du noch Kopfschmerzen?« sagt Mutter.

»Kopfschmerzen?« sag ich.

»Ich fürchtete schon, du bekämst sie wieder«, sagt sie. »Als du heute nachmittag hier warst, sah es ganz so aus.«

»Ach so«, sag ich. »Nein, ich habe keine bekommen. Wir hatten heute so viel zu tun, daß ich gar nicht mehr daran dachte.«

»Bist du deshalb so spät heimgekommen?« sagt Mutter. Ich merkte, wie Quentin aufhorchte. Ich sah sie an. Sie führte zwar immer noch Messer und Gabel, aber ich ertappte sie dabei, wie sie lauerte, doch dann blickte sie wieder auf ihren Teller. Ich sag,

»Nein. Ich hatte um drei Uhr einem Mann meinen Wagen geliehen und mußte warten, bis er wieder zurück war.« Ich aß weiter.

»Wer war es denn?« sagt Mutter.

»Ach, einer von den Theaterleuten«, sag ich. »Der Mann seiner Schwester war anscheinend mit irgend einer Frau von hier weggefahren, und er setzte ihnen nach.«

Quentin saß reglos da und kaute.

»Du solltest deinen Wagen nicht solchen Leuten leihen«, sagt Mutter. »Du bist zu großzügig damit. Darum erbitte ich ihn ja nie von dir, wenn es nicht unbedingt sein muß.«

»Ich hatte mir das auch schon gesagt«, sagte ich. »Aber er brachte ihn unversehrt zurück. Er sagt, er habe gefunden, was er suchte.«

»Wer war denn die Person?« sagt Mutter.

»Das erzähle ich dir später«, sag ich. »Ich möchte über solche Dinge nicht vor Quentin sprechen.«

Quentin hatte zu essen aufgehört. Sie saß mit über dem Teller gesenktem Kopf da, zerkrümelte ein Brötchen und trank ab und zu einen Schluck Wasser.

»Ach ja«, sagt Mutter, »Wenn man so abgeschlossen lebt wie ich, macht man sich wohl keine Vorstellung, was in dieser Stadt vor sich geht.«

»Ja«, sag ich, »allerdings.«

»Wie war doch mein Leben so ganz anders«, sagt Mutter. »Gott sei Dank sind mir solche Ausschweifungen unbekannt geblieben. Ich will auch gar nichts Näheres darüber wissen. Darin unterscheide ich mich wohl von den meisten Menschen.«

Ich sagte nichts mehr. Quentin zerkrümelte ihr Brötchen, bis ich fertig gegessen hatte, dann sagt sie,

»Kann ich jetzt gehen?« Sie sah niemand dabei an.

»Wie?« sag ich. »Aber natürlich kannst du gehen. Hast du auf uns gewartet?«

Sie warf mir einen Blick zu. Sie hatte das Brötchen zerkrümelt, aber ihre Hände machten immer noch die Bewegung des Zerkrümelns, und ich sah irgendwie in die Enge getrieben aus, und dann biß sie sich auf die Lippen, daß man meinen konnte, sie müsse sich mit all dem Zinnober drauf vergiften.

»Großmutter«, sagt sie, »Großmutter . . .«

»Hättest du gern noch etwas zu essen gehabt?« sag ich.

»Warum behandelt er mich nur so, Großmutter?« sagt sie. »Ich habe ihm doch nie was getan.«

»Es wäre so schön für mich, wenn ihr miteinander auskämt«, sagt Mutter, »Ihr seid doch jetzt alles, was mir noch geblieben ist, und es wäre so schön für mich, ihr kämet besser miteinander aus.«

»Es ist seine Schuld«, sagt sie, »Er läßt mich ja nicht in Ruhe, was bleibt mir da anderes übrig? Wenn er mich nicht hier haben will, warum läßt er mich dann nicht zurück zu . . .«

»Genug«, sag ich, »Kein Wort mehr.«

»Warum läßt er mich dann nicht in Ruhe?« sagt sie. »Er . . . er will mich nur . . .«

»Er hat das größte Recht, Vaterstelle an dir zu vertreten«, sagt Mutter. »Du hast nie einen Vater gehabt. Es ist sein Brot, das wir essen. Da ist es nicht mehr recht als billig, daß er Gehorsam von dir verlangt.«

»Es ist seine Schuld«, sagt sie. Sie sprang auf. »Er treibt mich ja dazu. Wenn er nur nicht . . .« Sie sah in die Enge getrieben aus, und ihre herabhängenden Arme zuckten.

»Wenn ich nur was nicht?« sag ich.

»Was ich auch tue, ist deine Schuld«, sagt sie. »Wenn ich schlecht bin, dann nur, weil ich einfach muß. Du hast mich dazu getrieben. Wenn ich doch nur tot wäre. Wenn wir doch nur alle tot wären.« Sie lief hinaus. Wir hörten sie die Treppe hinauflaufen. Dann schlug eine Tür zu.

»Das ist das erste vernünftige Wort, das sie je gesprochen hat«, sag ich.

»Sie war heute nicht in der Schule«, sagt Mutter.

»Woher weißt du das?« sag ich. »Warst du in der Stadt?«

»Ich weiß es einfach«, sagt sie. »Wenn du doch nur freundlicher zu ihr wärst.«

»Dazu müßte ich es so einrichten, daß ich sie nicht bloß einmal am Tag sähe«, sag ich. »Du brauchst nur dafür zu sorgen, daß sie zu jeder Mahlzeit am Tisch erscheint. Ich könnte ihr dann jedesmal eine Extraportion Fleisch geben.«

»Es handelt sich doch nur um Kleinigkeiten«, sagt sie.

»Zum Beispiel, daß ich mich nicht darum kümmere, wenn du mich bittest, sie zur Schule zu schicken?« sag ich.

»Sie war heute nicht in der Schule«, sagt sie. »Ich weiß es. Sie sagt, sie sei heute nachmittag mit einem Jungen im Auto spazierengefahren und du habest sie verfolgt.«

»Wie hätte ich das gekonnt«, sag ich. »Wo doch den ganzen Nachmittag ein anderer meinen Wagen hatte? Aber ob sie in der Schule war oder nicht, das ist bereits überholt«, sag ich. »Wenn du dich darüber aufregen willst, dann tu das nächsten Montag.«

»Es wäre so schön für mich, ihr beiden kämt miteinander aus«, sagt sie. »Aber sie hat eben den ganzen Eigensinn geerbt. Auch den von Quentin. Darum dachte ich auch damals, sie müsse bei dem Erbe, das sie mitbekommen hat, den gleichen Namen tragen. Manchmal denke ich, sie ist die Strafe Gottes für Caddy und Quentin.«

»Ach, du Allmächtiger«, sag ich, »Was du dir so alles ausdenkst. Kein Wunder, daß du es die ganzen Jahre fertiggebracht hast, krank zu sein.«

»Wieso?« sagt sie. »Ich verstehe dich nicht.«

»Hoffentlich nicht«, sag ich. »Einer klugen Frau entgeht vieles, was sie besser nicht weiß.«

»Sie waren beide so«, sagt sie, »Sobald ich sie zurechtweisen wollte, machten sie gegen mich gemeinsame Sache mit ihrem Vater. Er sagte immer, man brauche nicht auf sie aufzupassen, was Anstand und Ehre seien, das wüßten sie auch so, und mehr könne man einem Menschen nicht beizubringen hoffen. Na, jetzt wird er ja wohl zufrieden sein.«

»Du hast immer noch Ben, auf den du dich verlassen kannst«, sag ich, »Also Kopf hoch.«

»Sie schlossen mich ganz bewußt aus ihrem Leben aus«, sagt sie, »Dauernd sie und Quentin. Ständig waren sie gegen mich verschworen. Auch gegen dich, du warst nur zu jung, um es zu merken. Dich und mich betrachteten sie stets als Außenseiter, ebenso deinen Onkel Maury. Wie oft habe ich deinem Vater gesagt, sie hätten zuviel Freiheit, sie steckten zu viel zusammen. Als Quentin in die Schule kam, mußten wir sie das nächste Jahr auch hinschicken, nur damit sie mit ihm zusammen sein konnte. Sie konnte es einfach nicht ertragen, daß einem von euch etwas erlaubt wurde und ihr nicht. Sie war voll Eitelkeit, Eitelkeit und falschem Stolz. Und dann, als sie auf die schiefe Bahn geriet, da war mir klar, daß Quentin keine Ruhe geben würde, bis er etwas ebenso Furchtbares getan hatte. Aber ich glaubte nicht, daß er so selbstsüchtig sein würde und . . . ich dachte nicht im Traum daran, er könnte . . .«

»Vielleicht ahnte er, daß es ein Mädchen sein würde«, sag ich, »Und daß er noch eine von dieser Sorte nicht mehr ertragen könne.«

»Er hätte auf sie aufpassen müssen«, sagt sie. »Er war doch offensichtlich der einzige Mensch, auf den sie hörte. Aber das gehört wohl auch zu diesem Strafgericht.«

»Ja«, sag ich. »Schade, daß ich nicht an seiner Stelle war. Dann ginge es dir jetzt besser.«

»Du sagst so was nur, um mir weh zu tun«, sagt sie. »Aber ich habe es verdient. Als damals davon die Rede war, das Stück Land zu verkaufen, damit Quentin nach Harvard konnte, sagte ich deinem Vater, er müsse dir einen gleichen Anteil sichern. Als dann Herbert sich erbot, dich in die Bank aufzunehmen, sagte ich, für Jason ist jetzt gesorgt, und als sich dann die Ausgaben zu häufen begannen und ich gezwungen war, die Möbel und den Rest der Wiese zu verkaufen, schrieb ich ihr sofort, denn ich sagte mir, sie wird einsehen, daß sie und Quentin ihren Anteil und auch noch einen Teil von dem Jasons bekommen haben, und daß es nun an ihr ist, ihn zu entschädigen. Ich sagte mir, sie tut das gewiß schon aus Respekt vor ihrem Vater. Ja, damals glaubte ich das. Aber ich bin ja nur eine arme alte Frau; mich hat man noch in dem Glauben erzogen, daß man für sein Fleisch und Blut das Letzte hergibt. Es ist alles meine Schuld. Du hast ganz recht, wenn du mir Vorwürfe machst.«

»Meinst du, ich brauchte die Hilfe irgendeines Mannes, um auf eigenen Füßen stehen zu können?« sag ich, »Geschweige die einer Frau, die nicht mal weiß, wer der Vater ihres Kindes ist.«

»Jason«, sagt sie.

»Schon gut«, sag ich. »Es war nicht so gemeint. Natürlich nicht.«

»Wenn ich das für möglich halten müßte, nach all dem, was ich gelitten habe —«

»Natürlich nicht«, sag ich. »Es war nicht so gemeint.«

»Ich hoffe nur, daß mir wenigstens das erspart bleibt«, sagt sie.

»Aber natürlich«, sag ich. »Sie gleicht beiden viel zu sehr, als daß sich daran zweifeln ließe.«

»Ich könnte es nicht ertragen.«

»Dann denke nicht mehr daran«, sag ich. »Hat sie dir noch mal zugesetzt von wegen abends Ausgehen?«

»Nein. Ich habe ihr klargemacht, daß es zu ihrem Besten sei und daß sie es mir eines Tages noch danken werde. Sie nimmt ihre Bücher mit ins Zimmer und lernt, sobald ich die Tür abgeschlossen habe. In manchen Nächten sehe ich bis um elf Uhr Licht bei ihr.«

»Woher weißt du denn, daß sie dann lernt?«

»Ich wüßte nicht, was sie sonst so allein machen sollte«, sagt sie. »Gelesen hat sie doch nie.«

»Nein«, sag ich, »Du weißt wirklich von nichts. Und du kannst Gott dafür danken«, sag ich mir. Aber was hätte es für einen Sinn gehabt, das laut auszusprechen? Sie würde mir bloß wieder was vorgeheult haben.

Ich hörte sie hinaufgehen. Dann rief sie, Quentin, und Quentin sagt, Was? hinter der Tür. »Gute Nacht«, sagt Mutter. Dann hörte ich, wie der Schlüssel umgedreht wurde, und Mutter ging in ihr Zimmer

Als ich meine Zigarre zu Ende geraucht hatte und nach oben ging, brannte noch Licht. Ich sah das Schlüsselloch, hörte aber keinen Laut. Sie lernte schweigend. Vielleicht machten sie das so in ihrer Schule. Ich sagte Mutter gute Nacht und ging in mein Zimmer und nahm die Kassette heraus und zählte noch einmal. Ich hörte den Großen Amerikanischen Kastraten schnarchen wie eine Sägemühle. Ich habe einmal gelesen, daß man das mit Männern macht, bloß damit sie eine Weiberstimme bekommen. Aber sicher wußte er gar nicht, was man mit ihm gemacht hatte. Ich glaube, er wußte nicht einmal, was er hatte tun wollen, und warum ihn Mr. Burgess mit dem Zaunpfahl niederschlug. Und wenn sie ihn noch im Ätherrausch nach Jackson geschickt hätten, würde er den Unterschied bestimmt nicht gemerkt haben. Aber daran gleich zu denken, das wäre für einen Compson zu einfach gewesen. Eben nicht komplex genug. Ehe die es überhaupt machen ließen, warteten sie natürlich erst, bis er ausbrach und auf der Straße über ein kleines Mädchen herfiel, und das unter den Augen ihres Vaters. Na ja, wie ich immer sage, die haben mit ihrer Schnippelei viel zu spät angefangen und viel zu früh aufgehört. Ich kenne wenigstens noch zwei, bei denen so was dringend nötig gewesen wäre, und eine davon keine Meile weit weg. Aber ich glaube nicht einmal, daß es etwas genützt hätte. Denn, wie ich immer sage, Hure bleibt Hure. Und laßt mir bloß ein einziges Mal vierundzwanzig Stunden Zeit, ohne daß ein verdammter New Yorker Jude mir Ratschläge gibt. Ich will ja nicht mal einen großen Coup landen; damit können sie die gerissenen Spieler auf den Leim führen. Ich möchte weiter nichts als die gerechte Chance, mein Geld zurückzugewinnen. Und wenn mir das gelungen ist, dann können sie von mir aus die ganze Beale Street und das Irrenhaus hierher bringen und zu zweit in meinem Bett schlafen und ein dritter kann an meinem Platz am Tisch sitzen.

8. April 1928

Kahl und kühl dämmerte der Tag herauf, eine aus Nordosten heranwandernde Wand grauen Lichts, die, statt sich in Feuchtigkeit aufzulösen, sich in winzige und bösartige Partikel gleich Staubkörnchen zu zersetzen schien, welche sich, als Dilsey die Tür ihrer Hütte aufmachte und heraustrat, förmlich wie Nadeln in ihr Fleisch bohrten und sich nicht so sehr als Feuchtigkeit, denn als eine Substanz gleich dünnem, nicht ganz erstarrtem Öl niederschlugen. Sie hatte einen steifen schwarzen Strohhut über ihren Turban gestülpt und trug einen kastanienbraunen Samtumhang, mit einer Bordüre aus filzigem und undefinierbarem Pelz, über einem purpurroten Seidenkleid, und sie blieb eine Weile auf der Schwelle stehen, das tausendfältige und eingefallene Gesicht und die mageren Hände, deren helle, weiche Innenfläche an den Bauch eines Fisches erinnerte, dem Himmel entgegengehoben, und dann schob sie den Umhang zur Seite und blickte prüfend an ihrem Kleid hinunter.

Das Kleid mit der verschossenen Prunkfarbe schlotterte um ihre Schultern und die eingesunkenen Brüste, spannte sich dann über dem vortretenden Bauch und fiel bauschig über die Unterröcke, die sie mit dem Vorschreiten des Frühlings und der warmen Tage einen um den andern abzulegen pflegte. Sie war einmal eine große, breite Frau gewesen, jetzt aber kam ihr Knochengerüst zum Vorschein, lose eingehüllt in eine aller Fettpolster baren Haut, die sich ebenfalls über dem fast wassersüchtigen Bauch spannte, als ob Muskeln und Gewebe Mut und Kraft gewesen wären, aufgezehrt von den Tagen und Jahren, bis nur noch das unzerstörbare Skelett übriggeblieben war, das sich wie eine Ruine oder ein Markstein über den in Schlaf versunkenen, unzugänglichen Eingeweiden erhob, und darüber das verfallene Gesicht, das aussah, als lägen seine Knochen außerhalb des Fleisches, und das sie nun mit einem zugleich schicksalsergebenen und kindlich erstaunt-enttäuschten Ausdruck dem anbrechenden Tag entgegenhob, bis sie sich umdrehte und wieder ins Haus ging und die Tür zumachte.

Im Umkreis der Tür war der Boden kahl. Generationen nackter Fußsohlen hatten eine Patina auf ihm hinterlassen, wie auf altem Silber oder den von Hand verputzten Mauern mexikanischer Häuser. Neben dem Haus standen drei Maulbeerbäume, die im Sommer Schatten spendeten und deren junge, zarte Blätter, die später breit und ruhevoll werden würden gleich Handtellern, in flachen Wellen auf der bewegten Luft schwammen. Ein Häherpärchen flog von nirgendwo ein, wirbelte in einem Windstoß auf, gleich bunten Tuch- oder Papierfetzen, und ließ sich in den Maulbeerbäumen nieder, wo es sich ausruhte und wippte und heiser gegen den Wind kreischte, der die rauhen Schreie heraus- und wegriß wie Papier- oder Tuchfetzen. Dann gesellten sich noch drei Häher hinzu, und sie schaukelten und wippten kreischend in den sich biegenden Zweigen. Die Tür der Hütte öffnete sich, und wieder trat Dilsey heraus, diesmal mit einem Männerfilzhut und einem Militärmantel, unter dessen ausgefranstem Saum sich ihr blaues Baumwollkleid ungleich bauschte und um sie flatterte, während sie über den Hof ging und die Küchentreppe hinaufstieg.

Kurz danach trat sie wieder heraus, mit einem aufgespannten Schirm, den sie schräg gegen den Wind hielt, und ging zum Holzstoß und stellte den aufgespannten Schirm neben sich. Im nächsten Augenblick fing sie ihn ein und hielt ihn fest, während sie sich umsah. Dann schloß sie ihn und legte ihn auf den Boden und häufte Brennholz in die Armbeuge, drückte es gegen die Brust und nahm den Schirm und bekam ihn schließlich auf und ging zur Treppe zurück und hielt das Holz mit Müh und Not im Gleichgewicht, während es ihr gelang, den Schirm zu schließen und ihn gleich bei der Tür in die Ecke zu stellen. Sie kippte die Scheite in die Kiste hinter dem Herd. Dann legte sie Mantel und Hut ab und nahm eine schmutzige Schürze von der Wand und band sie um und machte Feuer. Während sie damit, unter viel Gerassel mit den Rosten und Geklapper mit den Ringen, beschäftigt war, rief Mrs. Compson vom oberen Treppenabsatz herunter.

Sie trug einen gesteppten Schlafrock aus schwarzer Seide, den sie dicht unterm Kleid zusammenhielt. In der andern Hand hatte sie eine rote Gummiwärmflasche, und sie stand oben an der Hintertreppe und rief eintönig und in gleichmäßigen Abständen »Dilsey« in das stille Treppenhaus, das in pechschwarze Finsternis hinunterführte und erst da wieder heller wurde, wo durch ein Fenster graues Licht hereinfiel. »Dilsey«, rief sie, ohne jede Modulation oder Betonung oder Ungeduld, so, als wartete sie überhaupt auf keine Antwort. »Dilsey.«

Dilsey antwortete und hörte mit dem Geklapper am Herd auf, aber noch ehe sie die Küche hatte durchqueren können, rief Mrs. Compson abermals, und noch ehe sie durch das Eßzimmer gekommen war und sich ihr Kopf von dem grauen Fleck des Fensters abgehoben hatte, rief sie abermals.

»Schon gut«, sagt Dilsey. »Schon gut, bin ja schon da. Ich füll sie gleich, sobald ich warm Wasser hab.« Sie raffte ihre Röcke und stieg die Treppe hinauf, wobei sie das graue Licht völlig auslöschte. »Legen Sie die Flasche doch hin un gehn Sie wieder ins Bett.«

»Was war denn nur los?« sagte Mrs. Compson. »Ich liege seit mindestens einer Stunde wach und höre keinen einzigen Laut aus der Küche.«

»Legen Sie die Flasche hin un gehn Sie wieder ins Bett«, sagte Dilsey.

Eine formlose, keuchende Masse, so schleppte sie sich mühsam die Treppe hinauf. »Ich hab das Feuer in ner Minute in Gang, dann braucht's Wasser nur noch zwei Minuten.«

»Seit mindestens einer Stunde liege ich so da«, sagte Mrs. Compson. »Ich dachte, du wartest vielleicht, daß ich hinunterkomme und Feuer mache.«

Dilsey war oben angelangt und nahm die Wärmeflasche. »Is in ner Minute gemacht«, sagte sie. »Luster hat verschlafen, hat die halbe Nacht im Theater gehockt. Ich mußte selber Feuer machn. Gehen Sie doch ins Bett, sonst wachen die andern auf, bevor ich fertig bin.«

»Wenn du Luster Dinge erlaubst, die ihn von der Arbeit abhalten, dann mußt du das eben selber ausbaden«, sagte Mrs. Compson. »Wenn erst Jason das hört, wird er sehr ungehalten sein. Das weißt du ganz genau.«

»Er is ja nicht für Jasons Geld hingegangen«, sagte Dilsey. »Das is ja wohl klar.« Sie ging wieder hinunter. Mrs. Compson kehrte in ihr Zimmer zurück. Noch als sie sich ins Bett legte, hörte sie Dilsey die Treppe hinunterschlurfen, mit einer qualvollen und erschreckenden Langsamkeit, die zum Verrücktwerden gewesen wäre, hätte nicht die zuklappende Tür der Anrichte plötzlich alles verschluckt.

Sie ging in die Küche und machte das Feuer an und bereitete das Frühstück vor. Mitten in der Arbeit ließ sie alles liegen und stehen und ging zum Fenster und schaute zu ihrer Hütte hinüber, dann ging sie zur Tür und öffnete sie und schrie in den Wind hinaus.

»Luster!« schrie sie und horchte, das Gesicht dem Wind abgewandt, »Du, Luster!« Sie horchte wieder und wollte gerade noch einmal rufen, als Luster um die Ecke der Küche auftauchte.

»Ma'am?« sagte er unschuldig, so unschuldig, daß Dilsey einen Augenblick verblüfft vor Erstaunen auf ihn hinuntersah.

»Wo warst 'n du?« sagte sie.

»Nirgends«, sagte er. »Nur im Keller.«

»Was hast 'n im Keller verlorn?« sagte sie. »Steh doch nich da im Regen rum, Dummkopp«, sagte sie.

»Nichts«, sagte er. Er kam die Treppe herauf.

»Komm mir ja nich ohne ne Ladung Holz hier rein«, sagte sie. »Hab sowieso schon dein Holz anschleppen müssen und auch noch dein Feuer machen. Hab ich dir gestern abend nich gesagt, du kommst mir nich aus 'm Haus, eh du nich die Kiste bis obenhin vollgemacht hast?«

»Hab ich ja«, sagte Luster, »Hab sie vollgemacht.«

»Un wo ist's geblieben?«

»Weiß ich doch nich. Ich hab's nich angerührt.«

»Na, jedenfalls machst du jetz die Kiste gleich voll«, sagte sie. »Un dann gehst du rauf und schaust nach Benjy.«

Sie schloß die Tür. Luster ging zum Holzstoß. Die fünf Häher flatterten kreischend übers Haus und wieder in die Maulbeerbäume. Er sah ihnen zu. Er hob einen Stein auf und warf ihn. »Ksch«, machte er, »Schert euch in die Hölle, wo ihr hingehört. Is noch nich Montag.«[8]

Er belud sich mit einem riesigen Stapel Holz. Er konnte nicht darüber hinwegsehen und stolperte die Treppe hinauf und taumelte krachend gegen die Tür, wobei er ein paar Scheite verlor. Dilsey kam und hielt ihm die Tür auf, und er stolperte in die Küche. »Luster, halt!« schrie sie, aber er hatte das Holz bereits mit donnerndem Krachen in die Kiste fallen lassen. »Puh!« machte er.

»Willst 'n das ganze Haus aufwecken?« sagte Dilsey. Sie schlug ihm mit der flachen Hand auf den Hinterkopf. »Mach jetz, daß du raufkommst un Benjy anziehst.«

»Hm«, sagte er. Er wollte zur Hoftür.

»Wo willst 'n hin?« sagte Dilsey.

»Dachte, is besser, ich geh ums Haus rum un vorne rein, sonst wacht Miss Car'line auf.«

»Du gehst die Hintertreppe rauf, wie ich dir gesagt hab, und ziehst Benjy an«, sagte Dilsey. »Nun mach schon!«

»Woll«, sagte Luster. Er kehrte um und ging durch die Eßzimmertür. Nach einer Weile hörte sie auf, hin- und herzuschwingen. Dilsey bereitete den Teig für die Brötchen vor. Während sie über dem Backbrett gleichmäßig den Sieber drehte, sang sie leise vor sich hin, ohne bestimmte Melodie oder Worte, immer dieselbe traurige, klagende, fast feierliche Tonfolge, indes dünn und gleichmäßig das Mehl auf das Brett schneite. Der Herd hatte den Raum jetzt erwärmt und füllte ihn mit den dunklen Molltönen des Feuers, und nach und nach sang sie lauter, als wäre auch ihre Stimme von der zunehmenden Wärme aufgetaut worden, und dann rief Mrs. Compson wieder durchs Haus. Dilsey blickte auf, und ihre Augen schienen Wände und Zimmerdecke zu durchdringen und die alte Frau im gesteppten Morgenrock am oberen Treppenabsatz stehen zu sehen, die mit mechanischer Regelmäßigkeit Dilseys Namen rief.

»Lieber Himmel«, sagte Dilsey. Sie legte den Sieber hin und schüttelte ihre Schürze aus und wischte sich die Hände ab und nahm die Wärmflasche auf, die sie auf einen Stuhl gelegt hatte, und ergriff mit dem Schürzenzipfel den Wasserkessel, in dem es jetzt schwach sprudelte. »Gleich«, rief sie, »'s Wasser is gleich heiß.«

Es war jedoch nicht die Wärmflasche, die Mrs. Compson haben wollte, und Dilsey ging zur Treppe und blickte hinauf, die Wärmflasche wie ein totes Huhn am Hals gepackt.

»Is 'n Luster nich bei ihm oben?« sagte sie.

»Luster war noch nicht im Haus. Ich habe die ganze Zeit dagelegen und auf ihn gehorcht. Ich wußte zwar, daß er sich verspäten würde, aber ich hatte gehofft, er werde wenigstens früh genug kommen, um Benjamin davon abzuhalten, daß er Jason stört, wo er doch nur an diesem einen Tag in der Woche ausschlafen kann.«

»Wie soll'n da ein Mensch schlafen, wenn Sie in aller Herrgottsfrüh an der Treppe stehn un dauernd rumschreien«, sagte Dilsey. Mühsam und schwerfällig schleppte sie sich die Stufen hinauf. »Hab den Jungen doch schon vor ner halben Stunde raufgeschickt.«

Mrs. Compson hielt den Morgenrock unterm Kinn zusammen und sah ihr entgegen. »Was machst du denn jetzt?« sagte sie.

»Will Benjy anziehn, un dann nehm ich ihn mit in die Küche runter, damit er Jason un Quentin nich aufweckt«, sagte Dilsey.

»Hast du denn noch nicht mit dem Frühstück angefangen?«

»Mach ich ja schon«, sagte Dilsey. »Gehn Sie nur wieder ins Bett, bis Luster Feuer gemacht hat. Ist kalt heute.«

»Ich weiß«, sagte Mrs. Compson. »Meine Füße sind wie aus Eis. Sie waren so kalt, daß ich daran aufgewacht bin.« Sie beobachtete, wie Dilsey die Treppe heraufkam. Es dauerte sehr lange. »Du weißt doch, wie es Jason verstimmt, wenn das Frühstück nicht rechtzeitig fertig ist«, sagte Mrs. Compson.

»Ich kann schließlich nich alles auf einmal machen«, sagte Dilsey. »Gehn Sie bloß wieder ins Bett, sonst hab ich Sie auch noch auf'm Hals.«

»Wenn du alles stehen und liegen läßt, um Benjamin anzuziehen, dann muß wohl ich hinunterkommen und das Frühstück machen. Du weißt doch, wie es Jason aufregt, wenn es nicht rechtzeitig fertig ist.«

»Wer soll 'n das essen, was Sie zusammenkochen?« sagte Dilsey. »Wie stelln Sie sich 'n das vor. Nun gehn Sie schon«, sagte sie und schleppte sich immer weiter. Mrs. Compson beobachtete, wie Dilsey die Treppe heraufkam, wobei sie sich mit der einen Hand gegen die Wand stützte und mit der andern ihre Röcke raffte.

»Willst du ihn etwa aufwecken, nur um ihn anziehen zu können?« sagte sie.

Dilsey blieb stehen. Den einen Fuß schon auf der nächsten Stufe, die Hand gegen die Wand gestützt, ragte sie vor dem grauen Fleck des Fensters reglos und verschwommen auf.

»Is er denn noch nich wach?« sagte sie.

»Als ich vorhin hineinschaute, noch nicht«, sagte Mrs. Compson. »Er müßte eigentlich schon wach sein. Er schläft nie länger als bis halb acht. Das weißt du doch.«

Dilsey gab keine Antwort. Sie rührte sich auch nicht, aber obwohl Mrs. Compson sie nur als verwischten Umriß sah, wußte sie, daß Dilsey jetzt den Kopf gesenkt hatte und dastand wie eine Kuh im Regen und den Hals der leeren Wärmflasche umklammerte.

»Du bist es ja nicht, die es nachher ausbaden muß«, sagte

Mrs. Compson. »Du brauchst die Verantwortung nicht zu tragen. Du kannst jederzeit fortgehen. Du brauchst nicht tagaus tagein dem Schicksal die Stirn zu bieten. Du hast schließlich keine Verpflichtung gegenüber ihnen und Mr. Compsons Andenken. Ich weiß, du hast für Jason nie Liebe aufgebracht. Das hast du nicht einmal zu verbergen versucht.«

Dilsey gab keine Antwort. Sie wandte sich langsam um und ging, die Hand gegen die Wand gestützt, die Treppe hinunter, indem sie ihren Körper von Stufe zu Stufe plumpsen ließ wie ein kleines Kind. »Nun gehn Sie schon und lassen Sie ihn in Ruh«, sagte sie. »Gehn Sie jetz nich mehr zu ihm rein. Ich schick Luster rauf, sobald ich 'n find. Lassen Sie ihn jetz in Ruh.«

Sie kehrte in die Küche zurück. Sie sah nach dem Herdfeuer, dann zog sie sich die Schürze über den Kopf und hängte sich den Mantel um und machte die Tür auf und blickte suchend über den Hof. Hart und spitz prasselte ihr der Regen auf die Haut, und weit und breit war niemand zu sehen. Sie ging vorsichtig die Treppe hinunter, als wollte sie jedes Geräusch vermeiden, und bog um die Ecke der Küche. In diesem Augenblick witschte Luster, als ob nichts geschehen wäre, aus der Kellertür.

Dilsey blieb stehen. »Was machst 'n du hier?« sagte sie.

»Nichts«, sagte Luster, »Mr. Jason hat gesagt, ich soll mal nachsehn, wo das Wasser im Keller herkommt.«

»Wann hat er 'n dir das gesagt? Wohl schon Silvester, was?« sagte Dilsey.

»Wollt bloß mal nachsehn, weil die andern grad schlafen«, sagte Luster. Dilsey ging zur Kellertür. Er trat beiseite, und sie äugte hinunter in die nach dumpfiger Erde und Schimmel und Gummi riechende Finsternis.

»Hm«, machte Dilsey. Sie sah wieder Luster an. Unschuldig, frei und offen gab er ihren Blick zurück. »Ich weiß zwar nich, was du da angestellt hast — jedenfalls hast du hier nichts verlorn. Fängst du nu auch noch an, ham mich die andern heut nich schon genug geärgert? Du verschwindest jetz und kümmerst dich um Benjy, verstanden?«

»Hm«, machte Luster. Er stahl sich schnell zur Küchentreppe.

»He«, sagte Dilsey. »Wo ich dich grad schon hier hab, kannst du mir noch 'n Arm voll Holz mitnehmen.«

»Woll«, sagte er. Er ging auf der Treppe an ihr vorbei und

hinüber zum Holzstoß. Als er gleich darauf wieder gegen die Tür polterte, auch diesmal unsichtbar und blind hinter der hölzernen Inkarnation eines Gottes, öffnete ihm Dilsey die Tür und schob ihn energisch durch die Küche.

»Schmeiß du's bloß noch mal so in die Kiste«, sagte sie, »Versuch's nur mal.«

»Wie soll ich's denn dann machen?« sagte Luster keuchend, »Kann's anders doch nich absetzen.«

»Dann bleib stehn und halt's fest«, sagte Dilsey. Sie lud das Holz Scheit für Scheit ab. »Was is'n heut bloß in dich gefahrn? Wenn ich dich sonst nach Holz schick, bringst nie mehr als sechs Stück an, daß du dir ja kein Bruch anhebst. Was hast'n jetz wieder, wo ich dir erlauben soll? Is'n das Theater immer noch in der Stadt?«

»Nö. Is fort.«

Sie legte das letzte Scheit in die Kiste. »Jetz mach, daß du zu Benjy kommst, hab's nun schon oft genug gesagt«, sagte sie. »Un daß mir jetz keiner mehr die Treppe runterschreit, bis ich geschellt hab. Verstanden.«

»Woll«, sagte Luster. Er verschwand durch die Schwingtür. Dilsey legte im Herd Holz nach und kehrte zu ihrem Backbrett zurück. Und dann fing sie wieder zu singen an.

Es wurde immer wärmer in der Küche, und Dilseys Haut wurde immer glänzender und röter, im Gegensatz zu den wie mit feiner Holzasche bestaubten Gesichtern, die sie und Luster noch vorhin gehabt hatten, und sie ging in der Küche herum und holte die einzelnen Zutaten zusammen, um die Mahlzeit zu bereiten. Über dem Geschirrschrank, nur nachts bei Lampenlicht sichtbar und auch dann noch rätselhaft-abgründig, da sie nur einen Zeiger besaß, tickte eine Wanduhr, die nun, nachdem sie einleitend gerasselt hatte, als müßte sie sich räuspern, fünf Schläge von sich gab.

»Acht Uhr«, sagte Dilsey. Sie hielt inne und lauschte mit schräg zurückgelegtem Kopf. Doch außer der Uhr und dem Feuer war nichts zu hören. Sie machte den Backofen auf und sah nach dem Blech mit den Brötchen, dann blieb sie vorgebeugt stehen und horchte auf, da Schritte die Treppe herunterkamen. Sie hörte die Schritte das Eßzimmer durchqueren, dann wurde die Schwingtür aufgestoßen, und Luster trat ein, hinter ihm ein großer, plumper Mann; er schien aus einer Substanz geformt zu sein, deren einzelne Teile weder miteinander noch mit ihrem Gerüst zusammenhingen. Seine Haut war haarlos und sah wie abgestorben aus; er war wassersüchtig und tapste schlenkernd wie ein Tanzbär. Seine Haare waren dünn und fahl. Man hatte sie ihm glatt in die Stirn heruntergebürstet, wie bei Kindern auf alten Fotografien. Seine Augen waren klar und blaßblau wie manche Kornblumen, und sein wulstiger Mund stand sabbernd offen.

»Friert er?« sagte Dilsey. Sie wischte ihre Hände an der Schürze ab und befühlte seine Hand.

»Er vielleicht nich, aber ich«, sagte Luster. »Ostern is es immer kalt. Kenn ich gar nich anders. Miss Car'line sagt, wenn du keine Zeit nich hast, die Wärmflasche zu füllen, sollst du's bleiben lassen.«

»Herrgott noch mal«, sagte Dilsey. Sie rückte einen Stuhl in die Ecke zwischen Holzkiste und Herd. Der Mann setzte sich fügsam. »Schau mal ins Eßzimmer, ich hab die Flasche da irgendwo hingelegt«, sagte Dilsey. Luster holte die Wärmflasche aus dem Eßzimmer, und Dilsey füllte sie und gab sie ihm. »Nu lauf schnell rauf«, sagte sie. »Guck nach Jason, ob er schon wach is. Kannst ihm sagen, es is alles fertig.«

Luster ging, Ben saß neben dem Herd. Schlaff saß er da und rührte sich nicht, nur sein Kopf zuckte in einem fort, während er mit seinem weichen verschwommenen Blick Dilseys Bewegungen verfolgte. Luster kam zurück.

»Is auf«, sagte er, »Miss Car'line sagt, sollst anrichten.« Er trat an den Herd und hielt die Handflächen darüber. »Is jetzt auch auf«, Sagte er, »Der is aber heut mit'm linken Fuß aufgestanden.«

»Wieso, was is'n los?« sagte Dilsey. »Komm, verschwind hier. Wie soll ich'n an Herd, wenn du davorstehst?«

»Ich frier«, sagte Luster.

»Geschieht dir recht. Was hast du auch so lang im Keller zu suchn«, sagte Dilsey. »Was is'n los mit Jason?«

»Sagt, ich un Benjy hättn sein Fenster kaputtgemacht.«

»Is es denn kaputt?« fragte Dilsey.

»Er behauptets«, sagte Luster. »Sagt, ich hätts kaputt gemacht.«

»Wie sollst'n das gemacht ham, wo er sein Zimmer Tag un Nacht abgeschlossen hat?«

»Sagt, ich hätt mit nem Stein geschmissen«, sagte Luster.

»Un stimmt das?«

»Ach, woher«, sagte Luster.

»Lüg mich ja nich an, Junge«, sagte Dilsey.

»Ich war's nich«, sagte Luster. »Frag doch Benjy. Ich hab das Fenster nich mal angeguckt.«

»Wer hat's dann kaputtgemacht?« sagte Dilsey. »Wahrscheinlich er selber, bloß damit Quentin aufwacht«, sagte sie und nahm das Blech mit den Brötchen aus dem Backofen.

»Kann schon sein«, sagte Luster, »Komische Leute sin das hier. Bin nur froh, daß ich nich zu denen gehör.«

»Daß du zu wem nich gehörst?« sagte Dilsey. »Ich will dir mal was sagen, du Niggerlausbub, in dir steckt genau so viel Compsonsche Gemeinheit wie in jedem von denen. Hast du das Fenster auch bestimmt nich kaputtgemacht?«

»Wozu soll ich 'n das kaputtmachen?«

»Wozu machst 'n sonst deine Streiche?« sagte Dilsey. »Jetz paß auf ihn auf, daß er sich nich wieder die Hand verbrennt, bis ich den Tisch gedeckt hab.«

Sie ging ins Eßzimmer, wo die beiden sie herumhantieren hörten, dann kam sie zurück und stellte auf den Küchentisch einen Teller und füllte ihn. Ben sah ihr sabbernd zu und gab leise, gierige Laute von sich.

»So, mein Schatz«, sagte sie, »Da is dein Frühstück. Bring seinen Stuhl mit, Luster.« Luster schob den Stuhl zum Tisch, und Ben setzte sich wimmernd und sabbernd. Dilsey band ihm eine Serviette um und wischte ihm mit dem Zipfel den Mund ab. »Un paß auf, daß er nich wieder sein Anzug einsaut«, sagte sie und gab Luster einen Löffel.

Ben hörte zu wimmern auf. Er glotzte gebannt auf den Löffel, der sich auf seinen Mund zu bewegte. Man konnte meinen, selbst die Gier in ihm sei durch eine Muskelstarre gefesselt und der Hunger vermöge keinen Ausdruck zu finden, weil Ben einfach nicht wußte, daß es Hunger war. Luster fütterte ihn ebenso geschickt wie unbeteiligt. Ab und zu brachte er allerdings so viel Aufmerksamkeit auf, sich den Spaß zu machen, den Löffel zurückzuziehen, noch ehe Ben zuschnappen konnte, so daß er nur Luft zu schlucken bekam, aber dies täuschte nicht darüber hinweg, daß Luster mit seinen Gedanken ganz woanders war. Seine Linke lag auf der Rückenlehne des Stuhls und bewegte sich auf dieser leblosen Fläche so zart und behutsam, als suchte er in der toten Leere eine unhörbare Melodie, und einmal vergaß er sogar, Ben mit dem Löffel zu ärgern, denn seine trommelnden Finger entlockten dem Holz ein lautloses und kompliziertes Arpeggio – bis Ben sich wimmernd in Erinnerung brachte.

Im Eßzimmer hantierte Dilsey herum. Schließlich läutete sie mit einer hellen kleinen Glocke, darauf hörte Luster in der Küche Mrs. Compson und Jason die Treppe herunterkommen, gleich danach Jasons Stimme, und Luster verdrehte vor lauter Horchen so die Augen, daß nur noch das Weiße zu sehen war.

»Natürlich haben sie es nicht zerbrochen«, sagte Jason. »Natürlich nicht. Wahrscheinlich ist dieses Wetter daran schuld.«

»Ich verstehe einfach nicht, wie das passieren konnte«, sagte Mrs. Compson. »Dein Zimmer ist doch den ganzen Tag über abgeschlossen, es bleibt genau so, wie du es verläßt, wenn du in die Stadt gehst. Keiner von uns betritt es, außer am Sonntag, wenn es geputzt wird. Ich möchte auf keinen Fall, daß du glaubst, ich ginge in ein Zimmer, in dem ich nichts zu suchen habe, oder ich würde dies andern gestatten.«

»Habe ich etwa behauptet, du seist daran schuld?« sagte Jason.

»Ich will ja auch gar nicht in dein Zimmer«, sagte Mrs. Compson. »Ich respektiere das Privatleben jedes Menschen. Ich würde meinen Fuß nie über die Schwelle setzen, selbst dann nicht, wenn ich einen Schlüssel hätte.«

»Jaja«, sagte Jason, »Ich weiß schon, daß deine Schlüssel nicht passen. Deswegen habe ich ja das Schloß ändern lassen. Es geht mir jetzt nur darum, wer das Fenster zerbrochen hat.«

»Luster sagt, er war's nich«, sagte Dilsey.

»Das weiß ich, auch ohne ihn zu fragen«, sagte Jason. »Wo ist Quentin?« sagte er.

»Wo sie jeden Sonntagmorgen is«, sagte Dilsey. »Was is eigentlich die letzten Tage in dich gefahrn?«

»Also, das wird jetzt alles anders«, sagte Jason. »Geh hinauf und sag ihr, das Frühstück stehe auf dem Tisch.«

»Nu laß sie doch, Jason«, sagte Dilsey. »Steht sie nich jeden Morgen zum Frühstück auf? Da kann Car'line sie ja wohl sonntags im Bett lassen. Oder etwa nich?«

»Ich kann mir nicht eine Küche voller Nigger zu ihrer

Bedienung leisten, so gern ich es auch möchte«, sagte Jason. »Geh und sag ihr, sie solle gefälligst zum Frühstück kommen.«

»Die braucht keine Bedienung nich«, sagte Dilsey. »Ich stell ihr's Frühstück warm un sie . . .«

»Hast du nicht gehört?« sagte Jason.

»Ich hör dich schon«, sagte Dilsey. »Was soll man sonst auch hörn, wenn du zu Hause bist. Wenn du's nich mit Quentin oder deiner Ma hast, dann ist's Luster oder Benjy. Wie könn Sie das nur zulassn, Miss Car'line?«

»Tu nur, was er sagt«, sagte Mrs. Compson, »Er ist jetzt der Herr im Haus. Er kann von uns verlangen, daß wir seine Wünsche respektieren. Ich versuche es doch auch, und wenn ich es kann, kannst du es genauso.«

»Was'n Blödsinn, Quentin aus'm Bett zu jagen, bloß weil er sich in seiner schlechten Laune aufspielen will«, sagte Dilsey. »Denkst du etwa, sie hat's Fenster kaputtgemacht?«

»Wenn sie auf diese Idee gekommen wäre, dann hätte sie es bestimmt gemacht«, sagte Jason. »Geh und tu, was ich dir gesagt habe.«

»Könnt's ihr nicht verdenken, wenn sie's gewesen wär«, sagte Dilsey und ging auf die Treppe zu. »Wo du jede Minute, die Gott gibt, an ihr rumnörgelst.«

»Sei still, Dilsey«, sagte Mrs. Compson, »Es ist weder deine noch meine Sache, Jason vorzuschreiben, was er zu tun hat. Ich selbst meine ja auch manchmal, er sei im Unrecht, aber ich füge mich seinen Wünschen zu eurem Besten. Wenn ich die Kraft aufbringe, zum Frühstück herunterzukommen, so kann Quentin das auch.«

Dilsey ging hinaus. Sie hörten sie die Treppe hinaufsteigen. Sie hörten sie sehr lange auf der Treppe.

»Du hast wirklich eine wahre Musterkollektion von Dienstboten beisammen«, sagte Jason. Er füllte seinen und seiner Mutter Teller. »Hast du überhaupt schon mal welche gehabt, die auch nur einen Schuß Pulver wert waren? Du müßtest doch eigentlich noch andere gehabt haben, an die ich mich nur nicht erinnere, weil ich damals zu klein war.«

»Ich muß sie bei Laune halten«, sagte Mrs. Compson. »Bin doch völlig auf sie angewiesen. Das wäre alles anders, wenn ich kräftiger wäre. Aber das bin ich nun mal nicht. Ich würde meine Hausarbeit wahrhaftig lieber allein machen. Dann könnte ich dir wenigstens diese Sorge abnehmen.«

»Da würden wir bestimmt bald in einem schönen Schweine-stall hausen«, sagte Jason. »Beeil dich, Dilsey«, schrie er.

»Ich weiß, du nimmst es mir übel«, sagte Mrs. Compson, »daß ich sie heute in die Kirche gehen lasse.«

»Wohin?« sagte Jason. »Ist denn das verdammte Theater immer noch nicht weg?«

»In die Kirche«, sagte Mrs. Compson. »Es wird ein besonderer Ostergottesdienst für die Schwarzen abgehalten. Ich habe Dilsey schon vor zwei Wochen versprochen, daß sie hingehen dürfen.«

»Mit andern Worten: kaltes Mittagessen«, sagte Jason, »wenn überhaupt ein Mittagessen.«

»Ich weiß, es ist meine Schuld«, sagte Mrs. Compson. »Ich weiß, du nimmst es mir übel.«

»Was denn?« sagte Jason. »Du hast doch Christus nicht von den Toten auferstehen lassen, oder?«

Sie hörten Dilseys schuffelnde Schritte auf der letzten Stufe und danach oben im Flur.

»Quentin«, sagte sie. Beim ersten Ruf legte Jason Messer und Gabel nieder, und sowohl er als seine Mutter am oberen und unteren Ende des Tisches warteten in genau der gleichen Haltung; der eine kalt und bissig, mit dichtem braunem Haar, das sich auf beiden Seiten der Stirn zu eigenwilligen Hörnern lockte wie bei einem Schankkellner im Witzblatt, und mit braunen Augen, deren Iris, gleich Murmeln, schwarz gerändert war; die andere, kalt und wehleidig, mit schlohweißem Haar und verschwollenen, verwirrten Augen, die so dunkel waren, daß man meinen konnte, sie bestünden nur aus Pupille oder Iris.

»Quentin«, sagte Dilsey, »Steh auf, Schätzchen. Drunten warten sie mit'm Frühstück auf dich.«

»Ich verstehe nicht, wie das mit dem Fenster passieren konnte«, sagte Mrs. Compson. »Weißt du bestimmt, daß es erst gestern war? Es könnte doch schon lange so gewesen sein — bei dem warmen Wetter die ganze Zeit. Außerdem ist die obere Scheibe doch immer vom Rouleau verdeckt.«

»Ich erkläre dir zum letztenmal, daß es gestern war«, sagte Jason. »Meinst du etwa, ich kenne nicht einmal mein eigenes Zimmer? Meinst du, ich hätte eine Woche lang in einem Zimmer hausen können, dessen Fenster ein Loch hat, groß genug, um eine Hand durchzustecken ...« seine Stimme brach ab, verebbte, und er starrte seine Mutter einen Augenblick völlig ausdruckslos an. Es war, als hielten seine Augen den Atem an, während ihn seine Mutter mit schlaffem und wehleidigem, verschwommenem, hellsichtigem und doch stumpfem Gesicht anblickte. Während sie so saßen, sagte Dilsey,

»Quentin. Halt mich doch nich zum Narrn, Schätzchen. Komm zum Frühstück, Schätzchen. Die warten auf dich.«

»Ich verstehe das nicht«, sagte Mrs. Compson, »Man könnte ja meinen, es habe jemand einbrechen wollen . . .« Jason sprang auf. Sein Stuhl fiel krachend hintenüber. »Was . . .«, sagte Mrs. Compson und starrte ihm nach, als er an ihr vorbeischoß und die Treppe hinaufrannte, wo er mit Dilsey zusammenstieß. Sein Gesicht lag im Schatten, und Dilsey sagte,

»Sie is eingeschnappt. Weil deine Ma nich aufgeschlossen hat.« Aber Jason rannte an ihr vorbei, den Flur entlang zu einer Tür. Er rief nicht. Er packte nur den Türknopf und rüttelte daran, dann blieb er mit gesenktem Kopf, immer noch den Knopf in der Hand, stehen, als lauschte er auf etwas weit jenseits des begrenzten Raums hinter dieser Tür, auf etwas, das er bereits hörte. Seine Haltung war die eines Menschen, der alle Phasen des Lauschens durchläuft, um sich selbst zu täuschen über das, was er bereits hört. Hinter ihm kam Mrs. Compson die Treppe herauf und rief seinen Namen. Als sie Dilsey gewahrte, hörte sie auf, seinen Namen zu rufen und rief statt dessen den Namen Dilseys.

»Ich sag dir doch, sie hat die Tür ja noch gar nich aufgeschlossn«, sagte Dilsey.

Beim Klang ihrer Stimme fuhr er herum und lief auf sie zu, aber er sprach ruhig und sachlich. »Hat sie den Schlüssel bei sich?« sagte er. »Ich meine, hat sie ihn jetzt bei sich oder muß sie ihn erst . . .«

»Dilsey«, sagte Mrs. Compson auf der Treppe.

»Welchen denn?« sagte Dilsey. »Laß sie doch . . .«

»Den Schlüssel«, sagte Jason, »Den Schlüssel zu diesem Zimmer. Trägt sie ihn dauernd bei sich? Mutter.« Da sah er Mrs. Compson und ging die Treppe hinunter ihr entgegen. »Gib mir den Schlüssel«, sagte er. Wie besessen tastete er die Taschen ihres verschossenen schwarzen Morgenrocks ab. Sie wehrte sich.

»Jason«, sagte sie, »Jason! Ich soll wohl wieder bettlägerig werden?« sagte sie und versuchte, ihn abzuschütteln, »Könnt ihr mich denn nicht einmal am Sonntag in Frieden lassen?«

»Den Schlüssel«, sagte Jason und tastete sie ab, »Gib ihn her.« Er warf einen Blick zurück zu der Tür, als fürchtete er, sie könnte auffliegen, bevor er mit dem Schlüssel zurückkäme, den er noch nicht hatte.

»Du, Dilsey!« sagte Mrs. Compson und raffte ihren Morgenrock um sich.

»Gib den Schlüssel her, du alte Närrin!« schrie Jason plötzlich. Und damit zerrte er aus ihrer Tasche einen riesigen Bund verrosteter Schlüssel an einem Eisenring wie von einem mittelalterlichen Kerkermeister, und dann lief er den Flur zurück und die beiden Frauen hinter ihm drein.

»Du, Jason!« sagte Mrs. Compson. »Er findet nie den richtigen«, sagte sie, »Nie habe ich jemand an meine Schlüssel gelassen, Dilsey«, sagte sie. Sie brach in Tränen aus.

»Still«, sagte Dilsey, »Er tut ihr schon nichts. Ich laß nich zu, daß er ihr was tut.«

»Und das am Sonntagmorgen, in meinem eigenen Hause«, sagte Mrs. Compson. »Wo ich mir so viel Mühe gegeben habe, sie zu guten Christen zu erziehen. Komm, ich will dir ja den richtigen Schlüssel zeigen, Jason«, sagte sie. Sie legte die Hand auf seinen Arm. Dann begann sie mit ihm zu ringen, aber er stieß sie mit dem Ellbogen beiseite, warf ihr einen Blick zu, die Augen kalt und verstört, und machte sich wieder mit dem unförmigen Schlüsselbund an der Tür zu schaffen.

»Still«, sagte Dilsey, »Du, Jason!«

»Es ist etwas Schreckliches passiert«, sagte Mrs. Compson aufweinend, »Bestimmt, ich weiß es. Du, Jason«, sagte sie und packte ihn wieder. »Er läßt mich nicht einmal den Schlüssel zu einem Zimmer meines eigenen Hauses suchen!«

»Nu, nu«, sagte Dilsey, »Was soll schon passiert sein? Ich bin ja auch noch da. Un ich laß nich zu, daß er ihr was antut. Quentin«, sagte sie lauter, »hab keine Angst nich, Schätzchen, ich bin ja da.«

Die Tür flog nach innen auf. Er blieb einen Augenblick auf der Schwelle stehen, wobei er das Innere des Zimmers verdeckte, dann trat er zur Seite. »Geht nur rein«, sagte er mit belegter, hoher Stimme. Sie gingen hinein. Es war nicht das Zimmer eines jungen Mädchens. Es war überhaupt niemandes Zimmer, und der schwache Geruch nach billigen Schönheitsmitteln und die wenigen weiblichen Attribute und andere Zeichen oberflächlicher und hoffnungsloser Bemühungen, ihm einen mädchenhaften Charakter zu geben, trugen nur noch zu seiner Unpersönlichkeit bei und verliehen ihm die leblose, stereotype Atmosphäre von Zimmern in Absteigequartieren. Das Bett war unberührt. Auf dem Fußboden lag schmutzige Unterwäsche aus billiger, aufdringlich rosafarbener Seide. Aus einer halboffenen Kommodenschublade baumelte ein einzelner Strumpf. Das Fenster stand weit auf. Davor wuchs, dicht am Haus, ein Birnbaum. Er blühte, und seine Äste schabten und scheuerten an der Mauer, und die tausendfältige Luft, die durchs Fenster hereinströmte, trug den verlorenen Duft von Blüten ins Zimmer.

»Na, also«, sagte Dilsey. »Hab ich nich gesagt, es is alles in Ordnung mit ihr?«

»In Ordnung?« sagte Mrs. Compson. Dilsey folgte ihr ins Zimmer und berührte sie zart mit der Hand.

»Nu kommen Sie mal un legen Sie sich hin«, sagte sie. »Sie wern sehn, in zehn Minuten hab ich sie gefunden.«

Mrs. Compson schüttelte sie ab. »Such den Zettel«, sagte sie. »Quentin hinterließ einen Zettel, als er es tat.«

»Jaja«, sagte Dilsey, »Ich such ihn. Nu kommen Sie doch, wir gehn jetz in Ihr Zimmer.«

»Ich wußte schon in dem Augenblick, als sie den Namen Quentin bekam, daß dies einmal passieren würde«, sagte Mrs. Compson. Sie ging zur Kommode und wühlte in den wild durcheinander geworfenen Sachen: Parfümfläschchen, eine Puderdose, ein zerkauter Bleistift, eine Schere, die nur noch eine Klinge hatte und auf einem geflickten, mit Puder bestäubten und mit Lippenrot verschmierten Schal lag. »Such den Zettel«, sagte sie.

»Tu ich schon noch«, sagte Dilsey. »Nu kommen Sie doch endlich. Ich un Jason wern ihn bestimmt finden. Nu kommen Sie doch, wir gehn in Ihr Zimmer.«

»Jason«, sagte Mrs. Compson, »Wo ist er denn?« Sie ging zur Tür. Dilsey folgte ihr über den Flur zu einer andern Tür. Sie war verschlossen. »Jason«, rief sie durch die Tür. Keine Antwort. Sie drehte am Türknopf und rief dann abermals. Noch immer kam keine Antwort, denn er war gerade dabei, alles aus dem Alkoven herauszureißen: Kleider, Schuhe, einen Handkoffer. Dann tauchte er mit einem aus der Schrankverschalung herausgesägten Brett auf und legte es beiseite und ging wieder in den Alkoven und kam mit einer Metallkassette zurück. Er stellte sie aufs Bett und betrachtete das erbrochene Schloß, während er aus der Tasche einen Schlüsselring zog, einen Schlüssel heraussuchte, dann stand er ein paar Augenblicke, mit dem herausgesuchten Schlüssel in der Hand, vor dem erbrochenen Schloß, dann steckte er die Schlüssel in die Tasche zurück und kippte den Inhalt der Kassette vorsichtig auf das Bett. Ebenso vorsichtig durchsuchte er die Papiere, indem er eines nach dem andern aufnahm und ausschüttelte. Dann drehte er die Kassette um und schüttelte sie und legte die Papiere langsam wieder hinein und blieb mit gesenktem Kopf und die Kassette in den Händen stehen und betrachtete das erbrochene Schloß. Vor dem Fenster hörte er ein paar vorbeifliegende Häher krächzen, deren Schreie der Wind davonriß, dann ein vorüberfahrendes Auto, dessen Dröhnen schnell verhallte. Vor der Tür rief seine Mutter wieder nach ihm, aber er rührte sich nicht. Er hörte, wie Dilsey sie über den Flur führte, und dann schloß sich eine Tür. Er stellte die Kassette zurück in den Alkoven und warf die Kleider hinein und ging die Treppe hinunter zum Telefon. Während er mit dem Hörer am Ohr wartete, kam Dilsey die Treppe herunter. Sie sah ihn an und ging, ohne stehenzubleiben, weiter.

Die Verbindung wurde hergestellt. »Hier Jason Compson«, sagte er, und seine Stimme war so heiser und belegt, daß er die Worte wiederholen mußte. »Jason Compson«, sagte er und versuchte, seine Stimme zu beherrschen. »Stellen Sie bis in zehn Minuten einen Wagen bereit, wenn Sie nicht selbst abkommen können, dann mit einem von Ihren Leuten. Ich bin in ... Wie? ... Diebstahl. In meinem Haus. Ich weiß, wer ... — Jawohl, Diebstahl. Stellen Sie einen Wagen be ... — Wie? Ich denke, Sie werden als Vertreter des Staates dafür bezahlt, daß Sie ... — Ja, ich bin in fünf Minuten dort. Halten Sie den Wagen bereit, daß wir gleich abfahren können. Wenn Sie sich weigern, wende ich mich an den Gouverneur.«

Er warf den Hörer auf die Gabel und ging durch das Eßzimmer, wo das kaum berührte Essen erkaltet auf dem Tisch stand, und trat in die Küche. Dilsey füllte gerade die Wärmflasche. Ben hockte still und stumpf da. Neben ihm wirkte Luster wie ein aufgeweckter, hellhöriger Wachhund. Er aß. Jason ging quer durch die Küche.

»Willst'n nich frühstücken?« sagte Dilsey. Er schenkte ihr keine Beachtung. »Nu komm schon un iß was, Jason.« Er ging weiter.

Die Hoftür fiel krachend zu. Luster stand auf und ging zum Fenster und schaute hinaus.

»Hu«, sagte er, »Was is'n da oben passiert? Hat er Miss Quentin verdroschen?«

»Halt den Schnabel«, sagte Dilsey. »Wenn du mir Benjy aufregst, hau ich dich krumm un lahm. Paß auf, daß er still is, bis ich wiederkomm.« Sie schraubte den Verschluß auf die Wärmflasche und ging hinaus. Sie hörten sie die Treppe hinaufgehen, dann hörten sie Jason in seinem Wagen am Haus vorbeifahren. Dann war in der Küche kein Laut mehr zu hören außer dem Summen des Wasserkessels und dem Ticken der Uhr.

»Weißt du, was ich wette?« sagte Luster. »Ich wett, der hat sie verdroschen. Ich wett, der hat ihr 'n Loch in Kopp geschlagen, un jetz geht er un holt'n Dokter. Wetten daß?« Feierlich und hintergründig ticktackte die Uhr. Es hätte der dumpfe Pulsschlag des dem Verfall anheimgegebenen Hauses sein können; kurze Zeit darauf rasselte sie und räusperte sich und schlug sechsmal. Ben blickte hinauf, dann betrachtete er die kugelförmige Silhouette von Lusters Kopf am Fenster, und er fing wieder an, mit seinem Kopf zu rucken und zu sabbern. Er wimmerte.

»Sei still, Blödling«, sagte Luster, ohne sich umzuwenden. »Sieht nich so aus, als ob's heut noch was mit der Kirche würde.« Doch Ben saß auf seinem Stuhl, die großen schwammigen Hände baumelten zwischen seinen Knien, und er jaulte leise vor sich hin. Plötzlich heulte er auf – ein langgezogenes, sinnloses und pausenloses Brüllen. »Sei still«, sagte Luster. Er drehte sich um und hob die Hand. »Soll ich dir eine runterhaun?« Aber Ben sah ihn bloß an und heulte mit jedem Atemzug langgezogen auf. Luster ging auf ihn zu und schüttelte ihn. »Still, willst du wohl sofort still sein!« schrie er ihn an. »Da«, sagte er. Er zerrte Ben vom Stuhl hoch, drehte den Stuhl zum Herd hin und machte die Klappe auf und stieß Ben wieder auf den Stuhl. Es sah aus, als manövrierte ein kleiner Schlepper einen schwerfälligen großen Tanker in ein schmales Dock hinein. Ben setzte sich vor die rosa schimmernde Ofentür. Er verstummte. Dann hörten sie wieder die Uhr und Dilseys Schlurfen auf der Treppe. Als sie hereinkam, begann Ben erneut zu wimmern. Dann brüllte er los.

»Was hast du ihm getan?« sagte Dilsey. »Kannst'n nich wenigstens heut morn mal in Ruh lassn?«

»Hab ihm gar nichts getan«, sagte Luster. »Mr. Jason hat ihm nen Schreck eingejagt, das is alles. Der hat doch wohl Miss Quentin nich umgebracht, oder?«

»Still, Benjy«, sagte Dilsey. Er war still. Sie ging zum Fenster und blickte hinaus. »Hat's zu regnen aufgehört?« sagte sie.

»Ja«, sagte Luster. »Schon lang.«

»Dann geht ihr zwei mal 'n bißchen raus«, sagte Dilsey. »Miss Car'line is jetz grad friedlich.«

»Gehn wir in die Kirche?« sagte Luster.

»Ich sag's dir schon, wenn's soweit is. Bleib mit ihm vom Haus weg, bis ich euch ruf.«

»Könn wir nich zur Wiese rüber?« sagte Luster.

»Von mir aus. Hauptsache, ihr bleibt vom Haus weg. Mir reicht's für heut.«

»Woll«, sagte Luster. »Wo is'n Mr. Jason hin, Mammy?«

»Was geht 'n das dich an?« sagte Dilsey. Sie räumte den Tisch ab. »Still, Benjy. Luster nimmt dich gleich mit raus zum Spieln.«

»Was hat er 'n Miss Quentin getan, Mammy?« sagte Luster.

»Gar nichts hat er ihr getan. Jetzt macht, daß ihr rauskommt.«

»Wetten, daß sie überhaupt nich hier is«, sagte Luster.

Dilsey schaute ihn an. »Woher willst'n das wissen?«

»Der Benjy un ich, wir ham sie heut nacht aus'm Fenster klettern sehn. Stimmt's, Benjy?«

»Is das wahr?« sagte Dilsey und schaute ihn an.

»Wir ham's jeden Abend gesehn«, sagte Luster, »Einfach so am Birnbaum is sie runtergeklettert.«

»Lüg mich ja nich an, Niggerlausbub«, sagte Dilsey.

»Ich lüg nich. Frag doch Benjy.«

»Warum hast'n dann nie was von gesagt, he?«

»Weil's mich'n Dreck angeht«, sagte Luster. »Ich misch mich nich in weißer Leute Kram. Komm, Benjy, wir gehn.«

Sie gingen hinaus. Dilsey blieb eine Weile am Tisch stehen, dann ging sie ins Eßzimmer und räumte den Frühstückstisch ab und frühstückte dann selbst und räumte die Küche auf. Dann band sie die Schürze ab und hängte sie auf und ging zur Treppe und horchte kurz hinauf. Es war nichts zu hören. Sie zog den Mantel an, setzte den Hut auf und ging zu ihrer Hütte hinüber.

Es hatte zu regnen aufgehört. Der Wind kam jetzt aus Südost, die Wolken zerrissen und der Himmel blaute auf. Über dem Hügel hinter den Bäumen und Dächern und Türmen der Stadt lag wie ein verschossener Tuchfetzen ein Sonnenstreifen, der alsbald fortgewischt wurde. Der Wind trug den Schall einer Glocke heran, dann fielen wie auf ein verabredetes Zeichen weitere Glocken ein und nahmen den Schall auf und wiederholten ihn.

Die Tür der Hütte ging auf, und Dilsey trat heraus, wieder mit ihrem braunen Umhang über dem purpurroten Kleid, aber diesmal trug sie bis zum Ellbogen reichende einmal weiß gewesene Handschuhe und kein Kopftuch. Sie ging zum Hof und rief nach Luster. Sie wartete eine Zeitlang, dann ging sie zum Haus und dicht an der Mauer entlang bis zur Kellertür und schaute hinein. Auf der Treppe saß Ben. Vor ihm hockte Luster auf dem feuchten Boden. In der linken Hand hielt er eine Säge, deren Blatt sich unter dem Druck seiner Hand ein wenig bog, und er war gerade dabei, mit einem alten Holzschlegel, den Dilsey seit mehr als dreißig Jahren zum Teigkneten benutzte, über das Blatt zu streichen. Die Säge gab einen einzelnen trägen sirrenden Ton von sich, dessen nicht lebensfähige Munterkeit sofort erstarb und der das Blatt als dünnen, klaren Bogen zwischen Lusters Hand und dem Boden zurückließ. Und doch schwang er unerklärlicherweise nach.

»So hat der's gemacht«, sagte Luster. »Ich habe bloß noch nich das richtige Ding zum Streichen.«

»So, das machst du also?« sagte Dilsey. »Gib den Schlegel her«, sagte sie.

»Ich mach ihn nich kaputt«, sagte Luster.

»Gib den Schlegel her«, sagte Dilsey. »Un trag die Säge wieder hin, wo du sie her hast.«

Er legte die Säge hin und gab ihr den Schlegel. Da fing Ben wieder trostlos und pausenlos zu heulen an. Es war gar nichts. Nur Ton. Man konnte meinen, der Ton sei von Ewigkeit her gewesen und Unrecht und Leid hätten durch eine bestimmte Konstellation der Planeten für einen Augenblick Stimme erlangt.

»Nu hör dir das an«, sagte Luster, »So geht das jetzt schon, seit wir aus'm Haus sin. Ich weiß nich, was heut in ihn gefahrn is.«

»Bring ihn mir mal«, sagte Dilsey.

»Komm, Benjy«, sagte Luster. Er ging die Treppe hinunter und nahm Ben beim Arm. Gefügig ging er mit, langgezogen, heiser heulend wie ein Schiff — ein Ton, der schon anzuheben schien, noch ehe er einsetzte, und aufzuhören schien, ehe er abbrach.

»Lauf und hol seine Mütze«, sagte Dilsey. »Un mach kein Lärm, daß dich Miss Car'line nich hört. Und 'n bißchen schnell. 's wird sonst zu spät.«

»Die hört uns ja doch, wenn du Benjy zum Schweigen bringst«, sagte Luster.

»Er hört schon auf, wenn wir hier weg sin«, sagte Dilsey. »Er riecht's. Deshalb is er so.«

»Was riecht er, Mammy?« sagte Luster.

»Hol jetzt lieber seine Mütze«, sagte Dilsey. Luster ging. Sie standen in der Kellertür, Ben eine Stufe unter ihr. Der Himmel war jetzt aufgerissen zu dahinjagenden Flecken, die ihre eilenden Schatten aus dem verwahrlosten Garten heraus über den zerbrochenen Zaun und den Hof schleiften. Langsam und regelmäßig strich Dilsey über Bens Kopf und glättete die Fransen auf seiner Stirn. Er heulte still vor sich hin. »Pscht«, machte Dilsey, »Pscht. Wir gehn ja gleich. Still jetz.« Er heulte leise und stetig weiter.

Luster kam zurück, einen neuen steifen Strohhut mit buntem Band auf dem Kopf und eine Mütze in der Hand. Der Hut hob Lusters Schädel für den Beschauer mit allen Flächen und Ecken hervor, wie es ein Punktscheinwerfer getan hätte. Die Form des Hutes war so einzigartig, so ausgefallen, daß man im ersten Augenblick meinen konnte, der Hut sitze auf dem Kopf von jemand, der dicht hinter Luster stehe. Dilsey betrachtete den Hut.

»Warum hast'n nich den alten Hut aufgesetzt?« sagte sie.

»Hab ihn nich gefunden«, sagte Luster.

»Hätt ich mir ja denken könn. Hast ihn wohl gestern abend so gut versteckt, daß du'n jetz nich finden kannst. Wirst ihn bloß ruiniern.«

»Och, Mammy«, sagte Luster. »'s wird schon nich regnen.«

»Woher willst'n das wissen? Du setzt jetz dein alten Hut auf un legst den neuen weg.«

»Och, Mammy.«

»Dann nimm dein Schirm mit.«

»Och, Mammy.«

»Kannst ja wählen«, sagte Dilsey. »Entweder dein alten Hut oder'n Schirm. Was, is mir gleich.«

Luster ging zur Hütte. Ben heulte still vor sich hin.

»Komm«, sagte Dilsey, »Die holn uns schon ein. Jetz hörn wir's dann gleich singen.« Sie gingen ums Haus herum zum Gartentor. »Pscht«, machte Dilsey immer wieder, während sie die Anfahrt hinuntergingen. Sie kamen ans Tor. Dilsey machte es auf. Hinter ihnen kam Luster mit dem Regenschirm die Einfahrt herunter. Neben ihm ging eine Frau. »Da kommen sie«, sagte Dilsey. Sie gingen durchs Tor. »Na, also denn«, sagte sie. Ben verstummte. Luster und seine Mutter holten sie ein. Frony hatte ein hellblaues Seidenkleid an und einen blumengeschmückten Hut auf. Sie war sehr schlank und hatte ein leeres, aber hübsches Gesicht.

»Du trägst da sechs Wochen Arbeit auf'm Leib«, sagte Dilsey. »Was machst'n, wenn's regnet?«

»Naß wern, denk ich«, sagte Frony. »Kann den Regen ja nich abstelln.«

»Mammy redt heut immerzu vom Regen«, sagte Luster.

»Wenn ich mich nich um euch kümmer, dann tut's doch keiner«, sagte Dilsey. »Los jetz, wir kommen sowieso schon zu spät.«

»Heut predigt Revrend Shegog«, sagte Frony.

»So?« sagte Dilsey. »Wer is'n das?«

»Is von Saint Luui«, sagte Frony. »Der bekannte Prediger.«

»Na«, sagte Dilsey, »Is aber auch dringend nötig, daß mal einer diesen nichtsnutzigen jungen Niggern Gottesfurcht einbleut.«

»Revrend Shegog predigt heut«, sagte Frony. »Hab ich wenigstens gehört.«

Sie gingen die Straße hinunter. Unter den vom Wind zerrissenen Glockentönen und hie und da durch vereinzelte, schüchterne Sonnenstreifen schritten in hellen Gruppen weiße Kirchgänger die lange, lange Straße entlang. Der böige Südost wirkte nach warmen Tagen kalt und rauh.

»Ich würd ihn ja nich immer in die Kirche mitnehmen, Mammy«, sagte Frony. »Die Leute reden drüber.«

»Was für Leute?« sagte Dilsey.

»Ich hör's eben«, sagte Frony.

»Un ich kann dir genau sagen, was das für Leute sin«, sagte Dilsey, »Weißes Gesindel. Das ist's. Meint, er is nich gut genug für die weiße Kirche, aber die Niggerkirche is auch nich gut genug für ihn.«

»Sei's wie's will, sie reden drüber«, sagte Frony.

»Dann schick sie nur zu mir«, sagte Dilsey. »Kannst ihnen sagen, der liebe Gott kehrt sich nich dran, ob einer gescheit is oder nich. Bloß so'n weißes Gesindel schert sich drum.«

Eine Straße bog im rechten Winkel ab und führte hinunter in einen aufgeweichten Fahrweg. Zu beiden Seiten fiel das Land jetzt steil ab; unten eine breit auslaufende Ebene, betüpfelt mit kleinen Hütten, deren verwitterte Dächer mit dem Straßenniveau auf gleicher Höhe lagen. Sie erhoben sich auf winzigen lehmigen Grundstücken, die mit allem möglichen Abfall — Ziegeln, Brettern, Scherben, lauter wertlos gewordenen Dingen — übersät waren. Alles, was hier wuchs, waren Dornenranken, Maulbeerbäume, Robinien und Sykomoren, Bäume, die ebenfalls teilhatten an der ausgedörrten Wildnis, welche die Häuser umgab; Bäume, bei denen sogar Keimen und Knospen nur trauriges und hartnäckiges Überbleibsel des Septembers zu sein schienen, als wäre selbst der Frühling an ihnen vorbeigegangen und hätte es ihnen überlassen, sich von dem penetranten und unverkennbaren Negergeruch zu nähren, in dem sie aufwuchsen.

Als sie vorbeikamen, riefen die Neger, die unter den Türen standen, immer wieder Dilsey zu:

»Schwester Gibson, wie geht's, wie steht's?«

»Gut. Un euch?«

»Auch gut, danke.«

Sie kamen aus den Hütten und klommen die schattengebende Böschung zur Straße hinauf: Männer in würdevollem Dunkelbraun oder Schwarz, mit goldenen Uhrketten und ab und zu mit einem Spazierstock; junge Leute in billigen, knallig blauen oder gestreiften Tuchen und verwegenen Hüten, Frauen in ein wenig steifen, raschelnden Roben und Kinder in abgetragenen Kleidern der Weißen, Kinder, die Ben mit der Scheu von Nachttieren beäugten.

»Wetten, daß du dich nich traust, ihn anzufassen.«

»Wieso'n nich?«

»Wetten, daß du dich nich traust. Wetten, daß du Angst hast.«

»Der tut keinem was. Der is doch verrückt.«

»Der da nich. Hab ihn schon mal angefaßt.«

»Wetten, daß du's jetz nich tust.«

»Miss Dilsey könnt ja gucken.«

»Du tätst es sowieso nich.«

»Der tut keinem was. Der is doch verrückt.«

Dauernd sprachen ältere Leute Dilsey an, aber Dilsey ließ, wenn es nicht gerade sehr alte Leute waren, Frony antworten.

»Mammy ist's heut nich gut.«

»Tut mir aber leid. Na, Revrend Shegog hilft ihr bestimmt. Der wird ihr Trost gebn un ihr die Last vom Herzen nehm.«

Die Straße stieg wieder an, und vor ihnen lag ein Bild, das wie eine Theaterkulisse aussah. Eingelassen in eine Kerbe aus rotem Lehm und gekrönt von Eichen schien die Straße plötzlich abgeschnitten wie ein Band. Auf der einen Seite reckte eine verwitterte Kirche, die aussah wie gemalt, ihren baufälligen Turm empor, und die ganze Szene war so flach und ohne Perspektive wie ein bemalter Karton, den man gegen das winddurchwehte Sonnenlicht des Weltraums und eines mit Glockenklang erfüllten Aprilmorgens an den äußersten Rand der platten Erde gestellt hat. Langsam und sonntäglich bedächtig schoben sie sich zur Kirche. Die Frauen und Kinder gingen hinein, die Männer blieben noch draußen und unterhielten sich verhalten in kleinen Gruppen, bis die Glocke zu läuten aufhörte. Dann betraten auch sie die Kirche.

Sie war mit Blumen aus Gemüsegärten und Hecken und mit Bändern aus buntem Kreppapier kärglich geschmückt. Über der Kanzel hing eine verbeulte Weihnachtsglocke, eine von denen, die sich wie eine Ziehharmonika zusammenlegen lassen. Die Kanzel war noch leer, doch der Chor stand schon auf seinem Platz, und die Sänger fächelten sich, obwohl es gar nicht warm war.

Die meisten der Frauen hatten sich auf der einen Seite des Raums versammelt. Sie plauderten miteinander. Dann schlug die Glocke einmal an, und sie strebten zu ihren Plätzen, und die Gemeinde saß einen Augenblick in gespannter Erwartung. Wieder schlug die Glocke einmal an. Der Chor erhob sich und fing zu singen an, und die ganze Gemeinde wandte gleichzeitig die Köpfe, als sechs Kinder — vier Mädchen mit schmetterlings-artigen, aus schmalen Tuchstreifen gebundenen Haarschleifen in

den straff geflochtenen Zöpfen und zwei Jungen mit kurzge-
schorenen Köpfen — hereinkamen und den Mittelgang hinauf-
schritten, miteinander verbunden durch eine Girlande aus weißen Bändern und Blumen und gefolgt von zwei hintereinander
gehenden Männern. Der hintere Mann war sehr groß, hatte eine
milchkaffeebraune Hautfarbe und gab in seinem Bratenrock
und mit der weißen Halsbinde eine eindrucksvolle Erscheinung
ab. Sein Kopf hatte etwas Gebieterisches und Tiefsinniges, und
sein Hals legte sich über dem Kragen in dicke Wülste. Da sie
ihn aber alle kannten, reckten sie noch immer die Köpfe nach
hinten, als er schon längst vorbei war, und erst mit dem Aus-
klingen des Chorgesangs merkten sie, daß der geistliche Gast
bereits eingetreten war, und als sie dann den ihrem Pastor
vorausgehenden Mann auch vor diesem die Kanzel betreten
sahen, lief ein unbeschreiblicher Laut durch die Menge, ein
Seufzer des Erstaunens und der Enttäuschung.

Der Gast war auffallend klein und trug einen schäbigen Lü-
sterrock. Er hatte ein verrunzeltes schwarzes Gesicht wie ein
alter kleiner Affe. Und die ganze Zeit, während der Chor wieder sang und auch die sechs Kinder aufstanden und mit dünnen,
ängstlichen, tonlosen Flüsterstimmchen einfielen, hingen aller
Augen geradezu bestürzt an dem unansehnlichen Männchen, das
neben der massigen Gestalt des Ortsgeistlichen noch zwergen-
hafter und bäurischer wirkte. Immer noch betrachteten sie ihn
bestürzt und ungläubig, als der Pastor sich erhob und ihn vor-
stellte, mit einer vollen, rollenden Stimme, deren salbungsvoller
Klang die Bedeutungslosigkeit des Gastes nur noch unterstrich.

»Un die mußten bis Saint Luui gehn, um so was zu finden«,
flüsterte Frony.

»Ich hab's schon erlebt, daß sich der Herr noch ganz andrer
Werkzeuge bedient hat«, sagte Dilsey. »Sei still«, sagte sie zu
Ben. »Gleich singen sie wieder.«

Als sich der Gastprediger erhob und zu reden begann, klang
es, als spräche ein Weißer. Seine Stimme war kalt und eintönig.
Sie schien zu laut, um zu ihm zu gehören, und sie lauschten zuerst aus reiner Neugierde, als hätten sie einen sprechenden Affen
vor sich. Allmählich beobachteten sie ihn wie einen Seiltänzer.
Bald vergaßen sie seine unansehnliche Erscheinung über der
Virtuosität, mit der er auf dem kalten, schwingungslosen Draht
seiner Stimme dahinlief und balancierte und sich in die Tiefe

stürzte, so daß die Gemeinde, als er sozusagen im Sturzflug wieder neben dem Lesepult landete, den einen Arm in Schulterhöhe darauf gestützt und sein Affenkörper starr wie eine Mumie oder eine seelenlose Hülle, schließlich aufseufzte, als erwachte sie aus einem Traum, und eine leichte Bewegung durch die Reihen ging. Unablässig fächelte sich der Chor hinter der Kanzel. Dilsey flüsterte, »Still. Gleich singen sie wieder.«

Dann sagte eine Stimme, »Brüder.«

Der Prediger hatte sich nicht gerührt. Sein Arm lag noch quer überm Pult, und er verharrte in dieser Haltung, während das rollende Echo seiner Stimme zwischen den Wänden verhallte. Sie unterschied sich von seiner bisherigen Stimme wie Tag und Nacht, und ihr tragisches Timbre glich dem eines Alt-Horns, und sie drang in ihre Herzen und tönte dort weiter, als ihr nachhallendes Echo bereits verklungen war.

»Brüder un Schwestern«, sagte sie noch einmal. Der Prediger nahm seinen Arm vom Pult und ging davor auf und ab, die Hände hinter dem Rücken verschränkt, eine magere, in sich selbst verkrümmte Gestalt, gleich einem Menschen, der lange im Kampf mit der unerbittlichen Erde gelegen hat, »Mir wurde die Erkenntnis und das Blut des Lammes zuteil!« Gekrümmt und die Hände hinter dem Rücken verschränkt, stampfte er unter den Papiergirlanden und der Weihnachtsglocke auf und ab. Er glich einem kleinen, abgeschliffenen Felsen, überspült von den immer wieder anrollenden Wellen seiner Stimme. Mit seinem Körper schien er die Stimme zu nähren, die, gleich einem Buhldämon, die Zähne in sein Fleisch geschlagen hatte. Und es war, als ob die Gemeinde mit eigenen Augen zusähe, wie die Stimme ihn aufzehrte, bis er nicht mehr war und sie nicht mehr waren und nicht einmal mehr eine Stimme war, sondern nur noch ihre Herzen in psalmodierendem Wechselgang miteinander sprachen, ohne der Worte zu bedürfen, so daß, als er wieder zum Pult zurückkehrte, das Affengesicht emporgehoben und in der Haltung ganz ein gelassener, gemarterter Gekreuzigter, der über seine jämmerliche Bedeutungslosigkeit hinauswuchs und sie einfach aufhob, sich ihnen ein langgezogenes Stöhnen entrang — und dann der Sopran einer Frau: »O Jeesus!«

Im windzerrissenen Licht leuchteten die trüben Fensterscheiben über ihnen in gespenstischer Wiederkehr auf. Draußen auf der Straße fuhr ein Auto vorbei, mühte sich über den sandigen

Boden und war bald nicht mehr zu hören. Dilsey saß kerzengerade, die Hand auf Bens Knie. Zwei Tränen rollten über ihre eingefallenen Wangen, rollten über das tausendfache Leuchten von Opfer und Verzicht und Zeit.

»Brüder«, flüsterte der Geistliche heiser, ohne sich zu rühren.

»Ja Jeesus!« sagte die Frauenstimme, noch gedämpft.

»Brrüüder un Schwesterrn!« Wieder erklang seine Stimme wie ein Hornstoß. Er nahm den Arm vom Pult und richtete sich auf und hob beide Hände. »Mir wuurrde die Erkännt-nis un dass Bluut des Lamm-es zuteill!« Sie merkten gar nicht, daß sein Tonfall und seine Aussprache in die eines Negers übergingen, sie saßen nur sich wiegend auf ihren Bänken und ließen sich von der Stimme gefangennehmen.

»Wenn die langenn, kaltenn ... Oh, ich saage euch, Brrüüder, wenn die langenn, kaltenn ... ich sähe das Licht un ich sähe dass Worrt, arrme Sünnder! Sie zogen dahiin im Ägypterland, die schwankenden Tri-umphwagen, die Geschlächter, sie zogen dahiin. War mal 'n rei-cher Mann: wo iss er nuu, o meine Brrüüder? War mal 'n arrmer Mann: wo iss er nuu, o meine Schwesterrn? Oh, ich saage euch, wenn ihr nich die rettende Milch un den Tauu haabet, wenn die langenn, kaltenn Jahre dahiinfließen!«

»Ja Jeesus!«

»Ich saage euch, Brrüüder, un ich saage euch, Schwesterrn, ess wirrd ne Zei-t kom-men. Un der arrme Sünn-der sagt, Lasset mich niederliegenn beim Herrn, lasset mich niederlegenn mei-ne Lasst. Wass aber wirrd dann Jeesus saagen, O meine Brrüüder, O meine Schwesterrn? Is dir die Erkännt-nis un dass Bluut des Lam-mes zuteill geworrn? Denn ess iss kein Platz nich in Himmel for jedenn!«

Er wühlte in seinem Rock und zog sein Taschentuch heraus und wischte sich damit über sein Gesicht. Ein tiefer, vielstimmiger Ton stieg auf aus der Gemeinde: »Mmmmmmmmmm!« Und die Frauenstimme sagte, »Ja Jeesus! Jeesus!«

»Brrüüder! Sähet die Kinn-dlein, wo da sitzn. War nich auch Jeesuss einess wie sie? Sein Mammy mußt erlei-denn die Glorie un die Schmärr-zen. Wie soo mann-chmal mag sie ihn, wenn's Nacht wuurde, in'en Arr-menn gehaltn ham, wo ihn die Engel in Schlaaf sangn, un wie soo mann-chmal mag sie aus dr Tür geschaut ham un die röm'sche Polizei vorbeigehn sähn ham.« Er stampfte auf und ab und wischte sich übers Gesicht. »Hööret, meine Brüder! Ich sähe den Taag. Marie sitzt in'er Tür mit Jeesuss auf'm Schoß, mit'em kleinen, kleinen Jeesuss. Genau wie die Kinner da, dr kleine, kleine Jeesuss. Ich höre sie singn, die Engel, sie singn von Friedn un Herrlichkeit; ich sähe die zu'nen Äuglein; ich sähe Marie aufsprringn, sähe die Soldatn-gesich-ter: Wir wern ihn tööten! Wir wern ihn tööten! Wir wern dein klein Jeesuss tööten! Ich hör dass Wei-nen un dass Klaa-gen von dr aarmen Mammy oh-ne Rettung un Worrt von Gott!«

»Mmmmmmmmmmmmmm! Jeesus! Kleiner Jeesus!« Und eine weitere Stimme hebt an:

»Ich seh's, O Jeesus! Oh, ich seh's!« Und dann noch eine, ohne Worte, wie Blasen, die im Wasser aufsteigen.

»Ich sähe es, Brrüüder! Ich sähe es! Sähe dass ruchlose, blen-dende Bild! Ich sähe Golgathaa un die Kreuzesbäume, sähe den Dieb un den Mörrder un den Geringsten unter ih-nen; ich hööre dass Prah-len un dass Höh-nen: Bist du Jeesuss, so heb doch dein Kreuz auf un wandle! Ich hööre dass Heuln dr Frau-en un die Klaagen am Aabend; ich hööre dass Wei-nen un Schrei-en, un ich sähe Gott mit abgewandtem Gesicht: Die ham Jeesuss gemorrdet; die ham mein Sohn gemorrdet!«

»Mmmmmmmmmmmmm! Jeesus! Ich seh's, O Jeesus!«

»Oh, ihr blindn Sünn-der! Meine Brrüüder, ich saage euch; meine Schwesterrn, ich saage euch, wenn dr Herr Sein allmächt-ges Antliss abwenndet un saagt, Iss kein Platz nich in Himmel for jedenn! Ich sähe den verwai-sten Gott Seine Pforrte ver-schließen; ich sähe die willde Fluut sich ranwälzenn; ich sähe den Tood unn die Finn-sterniss auf den Geschlächtern lasstenn ewiglich! Dann aber, ha! Brrüüder! Brrüüder! Wass sähe ich? Wass sähe ich, O Sünn-der? Ich sähe die Auf-er-steh-hung un das Licht; sähe den holdn Jeesuss, un er saagt, Sie ham mich ge-tööötet, auf daß ihr eewig läbet; ich bin gestorm, auf daß die, wo sähn un glaubn, nimmer sterrben. Meine Brrüüder, O meine Brrüüder! Ich sähe den Jüng-sten Taag hereinbräch un hööre die goldnen Posau-nen die Glorie verkünndn un die vonn den Tooten auferstehn, wo dass Bluut un die Erkänntnis des Lam-mes ham!«

Inmitten der Stimmen und der Hände saß Ben, verzückt der weiche blaue Blick. Dilsey saß kerzengerade neben ihm und weinte starr und still und gestählt vom Blut des in ihr beschworenen Lamms.

Als sie durch den hellen Mittag mit den verstreuten Kirchgängern, die sich in Gruppen gedämpft unterhielten, den sandigen Fahrweg entlanggingen, weinte sie immer noch, ohne die Gespräche der andern wahrzunehmen.

»Das is mir noch'n Prediger, alle Wetter! Zuerst hat er ja nach gar nichts ausgesehn, aber dann — was?«

»Der hat die Kraft un die Herrlichkeit gesehn, der bestimmt!«

»Woll, woll. Der hat's gesehn. Von Angesicht zu Angesicht hat der's gesehn.«

Dilsey sagte kein Wort, und ihr Gesicht zuckte nicht einmal, als die Tränen sich durch die tiefen und gewundenen Rinnen ihren Weg bahnten, und sie machte sich auch gar nicht die Mühe, sie abzuwischen, und schritt mit hocherhobenem Kopf dahin.

»Hör doch auf, Mammy«, sagte Frony. »Die Leute gucken schon. Un gleich kommen wir an Weißen vorbei.«

»Ich hab den Anfang un das Ende geschn«, sagte Dilsey. »Kümmre dich nich um mich.«

»Anfang und Ende wovon?« sagte Frony.

»Kümmre dich nich drum«, sagte Dilsey. »Ich hab den Anfang gesehn, un jetz seh ich das Ende.«

Kurz bevor sie die Straße erreichten, blieb sie stehen, hob ihren Rock hoch und trocknete sich die Augen mit dem Saum ihres obersten Unterrocks. Dann gingen sie weiter. Ben tappte neben Dilsey her und sah Luster zu, der, den Schirm in der Hand und den neuen, in der Sonne leuchtenden Strohhut verwegen aufs Ohr gesetzt, vor ihnen herlief und Unsinn machte, sah ihm zu, wie ein täppischer großer Hund einem springlebendigen kleinen zusieht. Sie kamen ans Gartentor und gingen hinein. Sofort begann Ben wieder zu wimmern, und eine Weile blickten sie die Einfahrt hinauf zu dem viereckigen, farblosen Haus mit seiner verfallenen Säulenhalle.

»Was is'n da oben heut los?« sagte Frony. »Da is doch was.«

»Gar nichts is da«, sagte Dilsey. »Kehr du vor deiner Tür un laß die Weißen vor der ihren kehrn.«

»Da is doch was«, sagte Frony. »'s erste, was ich heut morn gehört hab, war er. Aber's geht mich ja nichts an.«

»Ich weiß, was los is«, sagte Luster.

»Du weißt mehr als dir gut tut«, sagte Dilsey. »Hast du nich gehört, wie Frony gesagt hat, 's geht euch nichts an? Nimm jetz Benjy mit hinters Haus un schau, daß er still is, bis ich's Essen fertig hab.«

»Ich weiß, wo Miss Quentin is«, sagte Luster.

»Dann behalt's für dich«, sagte Dilsey. »Wenn Quentin nen Rat von dir braucht, sag ich's dir schon. Jetz geht nach hinten und spielt, ihr zwei.«

»Du weißt doch, was passiert, wenn die drübn wieder die Bälle schlagen«, sagte Luster.

»Die fangen doch jetz noch nich an. Wenn's so weit is, holt ihn T.P. zum Spaziernfahrn. He, gib mal dein neuen Hut her.«

Luster gab ihr den Hut, und er und Ben gingen in den hinteren Hof. Ben wimmerte immer noch leise vor sich hin. Dilsey und Frony verschwanden in der Hütte. Bald darauf kam Dilsey wieder in ihrem verschossenen Baumwollkleid heraus und ging in die Küche. Das Feuer war heruntergebrannt. Im Haus regte sich nichts. Sie band die Schürze um und ging die Treppe hinauf. Nirgends ein Laut. In Quentins Zimmer war noch alles wie vorher. Dilsey ging hinein und hob die Wäschestücke auf und stopfte den heraushängenden Strumpf in die Schublade und schob sie zu. Mrs. Compsons Tür war geschlossen. Dilsey stand einen Augenblick horchend davor. Dann machte sie die Tür auf und trat ein, trat in einen durchdringenden Kampfergeruch. Die Rouleaus waren herabgelassen, das Zimmer und das Bett lagen im Halbdunkel, so daß Dilsey zuerst meinte, Mrs. Compson schlafe noch, und sie wollte schon die Tür wieder zumachen, als Mrs. Compson sich rührte.

»Ja?« sagte sie, »Was ist denn?«

»Ich bin's«, sagte Dilsey. »Wünschen Sie was?«

Mrs. Compson gab keine Antwort. Erst nach einer Weile sagte sie, ohne auch nur den Kopf zu bewegen: »Wo ist Jason?«

»Is noch nich wieder da«, sagte Dilsey. »Was möchten Sie?«

Mrs. Compson schwieg. Wie das oft bei gefühlskalten, schwachen Menschen angesichts einer unabänderlichen Katastrophe ist, bewies sie auf einmal beinahe so etwas wie Kraft und Stärke. In ihrem Fall bezog sie diese Kraft aus ihrer unerschütterlichen Ansicht über das noch nicht absehbare Vorkommnis. »Nun«, sagte sie dann, »Hast du ihn gefunden?«

»Was gefunden? Wovon sprechen Sie denn?«

»Den Zettel. Sie wird doch wenigstens noch so viel Rücksicht aufgebracht haben, ein paar Zeilen zu hinterlassen. Selbst Quentin hat das getan.«

»Was reden Sie'n da?« sagte Dilsey, »Sie glauben doch etwa nich, 's könnte was nich stimmen mit ihr? Wettn, daß sie hier zur Tür reinkommt, noch eh's dunkel is.«

»Dummes Zeug«, sagte Mrs. Compson. »Es liegt im Blut. Wie der Onkel, so die Nichte. Oder wie die Mutter. Ich weiß nicht, was schlimmer wäre. Aber ich glaube, das bleibt sich so ziemlich gleich.«

»Was reden Sie'n da die ganze Zeit?« sagte Dilsey. »Wie käm sie'n dazu, so was zu tun?«

»Was weiß ich? Wie kam Quentin dazu? Wie um alles in der Welt kam Quentin dazu? Doch bestimmt nicht nur, um mich zu verspotten und zu verletzen. Wer Gott auch sein mag, das würde Er nie und nimmer zulassen. Ich bin eine Dame. Wenn man meine Nachkommenschaft ansieht, möchte man es vielleicht nicht glauben, aber es ist doch so.«

»Nu warten Sie mal ab«, sagte Dilsey. »Die liegt heut nacht bestimmt wieder in ihrm Bett.« Mrs. Compson schwieg. Das kampfergetränkte Tuch lag auf ihrer Stirn. Ihr schwarzer Morgenrock war über das Fußende des Betts geworfen. Dilsey stand an der Tür, die Hand am Griff.

»Na«, sagte Mrs. Compson, »was willst du noch? Machst du nun für Jason und Benjamin etwas zum Essen oder nicht?«

»Jason is ja noch gar nich da«, sagte Dilsey. »Aber ich mach schon was. Wolln Sie wirklich nichts? Is die Wärmflasche noch heiß genug?«

»Du kannst mir meine Bibel geben.«

»Ich hab sie Ihn doch schon heut morn gegeben, bevor ich ging.«

»Du hast sie ans Fußende gelegt. Wie lang soll sie denn da noch liegen?«

Dilsey trat ans Bett und tastete im Dunkel am Fußende und fand schließlich die Bibel, mit der aufgeschlagenen Seite nach unten. Sie strich die geknickten Seiten glatt und legte das Buch wieder aufs Bett. Mrs. Compson öffnete nicht einmal die Augen. Ihr Haar und das Kopfkissen hatten die gleiche Farbe, und mit dem getränkten Tuch auf der Stirn sah sie aus wie eine betende alte Nonne. »Nun leg sie doch nicht wieder dahin«, sagte sie, ohne die Augen zu öffnen. »Da hattest du sie ja schon vorher hingelegt. Soll ich denn extra aus dem Bett steigen, um sie zu holen?«

Dilsey griff über sie hinweg nach dem Buch und legte es neben sie. »Bei dem Licht können Sie doch sowieso nichts lesn«, sagte sie. »Soll ich's Rouleau 'n bißchen hochziehn?«

»Nein. Laß nur. Geh jetzt und mach Jason etwas zum Essen.«

Dilsey ging. Sie schloß die Tür hinter sich und kehrte in die Küche zurück. Der Herd war fast kalt. Die Uhr überm Geschirrschrank schlug zehnmal. »Ein Uhr«, sagte sie laut. »Un Jason is nich heimgekommen. Ich hab den Anfang un das Ende gesehn«, sagte sie und betrachtete den kalten Herd, »Ich hab den Anfang un das Ende gesehn.« Sie stellte alles zu einem kalten Essen auf den Tisch. Dabei sang sie ein Kirchenlied. Sie sang die beiden ersten Zeilen des Verses zur ganzen Melodie. Sie bereitete die Mahlzeit und ging zur Tür und rief Luster, und nach einiger Zeit erschienen Luster und Ben. Ben jammerte immer noch vor sich hin.

»Er hat überhaupt nich aufgehört«, sagte Luster.

»Na, nu kommt mal un eßt«, sagte Dilsey. »Jason is heut nich da zum Mittagessen.« Sie setzten sich an den Tisch. Mit festem Essen wurde Ben gut allein fertig, aber sogar jetzt, zu der kalten Mahlzeit, mußte ihm Dilsey eine Serviette umbinden. Er und Luster aßen. Dilsey hantierte in der Küche und sang dabei die beiden Verszeilen, an die sie sich noch erinnerte. »Eßt nur, eßt nur«, sagte sie, »Jason kommt heut nich heim.«

Um diese Zeit befand er sich zwanzig Meilen weit entfernt. Als er das Haus verlassen hatte, jagte er in die Stadt und überholte die langsam und in Gruppen der Kirche zustrebenden Menschen und den mahnenden, windverwehten Schall der Glocken. Er fuhr über den leeren Marktplatz und bog in eine schmale Straße ein, in der es sogar noch stiller war, und hielt vor einem Fachwerkhaus und ging über den blumengesäumten Weg zur Veranda.

Hinter dem Windfang wurde gesprochen. Als er gerade die Hand hob, um anzuklopfen, hörte er Schritte, und so ließ er die Hand sinken, und dann öffnete ein großer Mann in schwarzen Tuchhosen und mit weißgestärkter Hemdbrust ohne Kragen die Tür. Er hatte einen wilden eisengrauen Haarbusch, und seine grauen Augen waren rund und glänzend wie die eines kleinen Jungen. Er schüttelte Jason immer wieder die Hand und zog ihn dabei ins Haus.

»Kommen Sie«, sagte er, »Kommen Sie nur herein.«

»Sind Sie startbereit?« sagte Jason.

»Nur hereinspaziert«, sagte der andere und lotste ihn am Ellbogen ins Zimmer, wo ein Mann und eine Frau saßen. »Sie kennen doch Myrtles Mann, nicht wahr? Jason Compson, Vernon.«

»Ja«, sagte Jason. Er sah den Mann nicht einmal an, und als der Sheriff einen Stuhl heranrückte, sagte der Mann,

»Wir gehen hinaus, damit Sie ungestört reden können. Komm, Myrtle.«

»Aber nicht doch«, sagte der Sheriff, »Bleibt nur sitzen. So was Ernstes wird's ja wohl nicht sein, was, Jason? Nehmen Sie Platz.«

»Ich werde es Ihnen auf der Fahrt erzählen«, sagte Jason. »Holen Sie Ihren Hut und Mantel.«

»Wir gehen schon«, sagte der Mann und stand auf.

»Bleibt sitzen«, sagte der Sheriff. »Ich und Jason gehen auf die Veranda hinaus.«

»Holen Sie Ihren Hut und Mantel«, sagte Jason. »Die haben sowieso schon einen Vorsprung von zwölf Stunden.« Der Sheriff ging voraus zur Veranda. Ein Mann und eine Frau, die am Haus vorbeikamen, riefen ihm etwas zu. Er antwortete mit einer herzlichen, schwungvollen Geste. Immer noch erklangen die Glocken aus der Gegend, die ›Niggerloch‹ genannt wurde. »Nehmen Sie Ihren Hut, Sheriff«, sagte Jason. Der Sheriff zog zwei Stühle heran.

»Nehmen Sie Platz und erzählen Sie, was los ist.«

»Das habe ich Ihnen doch schon am Telefon erzählt«, sagte Jason und blieb stehen. »Wollte dadurch Zeit sparen. Muß ich denn bis vor Gericht gehen, damit Sie sich an Ihre Pflichten als Beamter erinnern?«

»Nun setzen Sie sich erst mal und erzählen Sie hübsch der Reihe nach«, sagte der Sheriff. »Dann werde ich mich Ihrer Sache schon annehmen.«

»Sich meiner annehmen?« sagte Jason. »Das nennen Sie sich meiner Sache annehmen, verdammt noch mal?«

»Wer uns aufhält, das sind Sie«, sagte der Sheriff. »Nun setzen Sie sich endlich und erzählen Sie.«

Und Jason erzählte; er steigerte sich durch seine eigenen Worte so in das Gefühl von Schimpf und Ohnmacht hinein, daß er bald über den heftigen Ausbrüchen von Selbstrechtfertigung und Empörung seine Eile vergaß. Der Sheriff betrachtete ihn unablässig mit kalten, glänzenden Augen.

»Aber Sie wissen doch nicht, ob die beiden es waren«, sagte er. »Sie vermuten das lediglich.«

»Was, ich soll das nicht wissen?« sagte Jason. »Wo ich ihr zwei verdammte Tage lang durch alle Hintergassen nachgejagt bin und versucht habe, sie von ihm fernzuhalten, und nachdem ich ihr gesagt hatte, was ich mit ihr machen würde, wenn ich sie einmal mit dem Kerl erwischte, und da sagen Sie: ich wisse nicht, ob diese kleine Hu . . .«

»Na na«, sagte der Sheriff, »Nun mal langsam. Genug jetzt.« Die Hände in den Taschen vergraben, blickte er hinaus auf die Straße.

»Und nun komme ich zu Ihnen, dem Diener des Gesetzes —« sagte Jason.

»Diese Woche spielt die Truppe in Mottson«, sagte der Sheriff.

»Ja«, sagte Jason, »Und wenn ich einen Beamten gefunden hätte, der sich auch nur einen einzigen Deut darum kümmert, die Leute, die ihn in sein Amt gewählt haben, zu beschützen, dann wäre ich schon längst dort.« Erbittert wiederholte er seine Geschichte, als bereiteten ihm Empörung und Ohnmacht wahren Genuß. Doch der Sheriff schien ihm überhaupt nicht zuzuhören.

»Jason«, sagte er, »Warum hatten Sie denn die dreitausend Dollar im Haus versteckt?«

»Was?« sagte Jason. »Das ist wohl meine Sache, wo ich mein Geld aufhebe. Ihre Sache ist lediglich, es mir wieder zu beschaffen.«

»Wußte Ihre Mutter, daß Sie so viel Geld daheim hatten?«

»Hören Sie mal«, sagte Jason, »In meinem Haus ist eingebrochen worden. Ich weiß, wer es getan hat, und ich weiß, wo sie sind. Ich komme zu Ihnen, dem Diener des Gesetzes, und ich frage Sie jetzt noch einmal: wollen Sie sich endlich dazu aufraffen, mir mein Eigentum wieder zu beschaffen oder nicht?«

»Was haben Sie mit dem Mädel vor, wenn Sie die beiden erwischen?«

»Nichts«, sagte Jason, »Gar nichts. Ich würde niemals Hand

an sie legen. Diese Hure, die mir eine Stellung vermasselt hat, die einzige Chance zum Vorwärtskommen, die ich je gehabt habe, die meinen Vater unter die Erde gebracht hat und die mit jedem Tag das Leben meiner Mutter verkürzt und meinen Namen in der ganzen Stadt zum Gespött gemacht hat. Nichts werde ich ihr tun«, sagte er. »Gar nichts.«

»Kein Wunder, daß das Mädchen durchgebrannt ist. Sie haben es ja dazu getrieben, Jason«, sagte der Sheriff.

»Mein Familienleben dürfte Sie wohl nichts angehen«, sagte Jason. »Wollen Sie mir also helfen oder nicht?«

»Sie haben das Mädchen aus dem Haus getrieben«, sagte der Sheriff. »Und ich habe so meinen Verdacht, wem das Geld gehört, wenn ich darüber auch wohl kaum je etwas Sicheres erfahren werde.«

Jason stand vor dem Sheriff und knetete die Krempe seines Huts. Gelassen sagte er: »Sie wollen sich also nicht um die Festnahme der beiden bemühen?«

»Das ist nicht meine Sache, Jason. Wenn Sie stichhaltige Beweise hätten, müßte ich eingreifen. Aber ohne diese halte ich mich nicht für befugt dazu.«

»Ist das Ihre letzte Antwort?« sagte Jason. »Überlegen Sie es sich gut.«

»Meine letzte Antwort, Jason.«

»Na gut«, sagte Jason. Er setzte den Hut auf. »Sie werden es noch bereuen. Ich werde mir schon zu helfen wissen. Wir sind hier nicht in Rußland, wo einer, bloß weil er ein kleines Metallschild trägt, gegen das Gesetz immun ist.«

Er ging die Treppe hinunter und stieg in den Wagen und ließ den Motor an. Der Sheriff sah ihm zu, wie er anfuhr, wendete und am Haus vorbei auf die Innenstadt zu raste.

Wieder erklangen die Glocken, und die hellen, wirren Schallfetzen wehten hoch im windzerrissenen Sonnenlicht. Bei einer Tankstelle hielt er an, ließ die Reifen nachsehen und Benzin auffüllen.

»Wohl ne kleine Fahrt vor, wie?« fragte der Neger. Er gab keine Antwort. »Sieht so aus, als ob's sich doch noch aufklärt«, sagte der Neger.

»Hat sich was mit Aufklären«, sagte Jason, »Bis um zwölf regnet es garantiert Bindfäden.« Er schaute zum Himmel hinauf und stellte sich den Regen vor und die glitschigen lehmigen

Straßen und wie er meilenweit von der Stadt entfernt irgendwo festgefahren wäre. Fast triumphierend dachte er daran, daß er das Mittagessen versäumen würde und daß er, wenn er so schnell führe wie es ihn drängte, um die Mittagszeit die größtmögliche Entfernung von beiden Städten erreicht hätte. Es kam ihm wahrhaftig so vor, als hätte sich alles gegen ihn verschworen, und so sagte er zu dem Neger:

»Was, zum Teufel, machst du denn noch! Haben sie dich dafür bezahlt, daß du den Wagen hier so lange wie möglich aufhältst?«

»Der da hat überhaupt keine Luft mehr«, sagte der Neger.

»Dann laß die Finger davon, zum Teufel, und gib mir die Pumpe«, sagte Jason.

»Bin ja schon fertig«, sagte der Neger und stand auf. »Sie könn jetz fahrn.«

Jason stieg ein und ließ den Motor an und fuhr ab. Er schaltete in den zweiten Gang, der Wagen spuckte und fauchte, und er ließ den Motor auf Touren laufen, trat den Gashebel durch, stellte den Hebel auf Frühzündung und schob die Drosselklappe wütend hin und her. »Es wird regnen«, sagte er, »Ich schaffe bestimmt nicht mal die halbe Strecke, bis es Bindfäden regnet.« Und er fuhr hinaus aus dem Glockenklang und hinaus aus der Stadt, und er sah sich schon durch den Schlamm patschen und nach einem Gespann suchen. »Und dann hocken diese Brüder garantiert alle in der Kirche.« Er stellte sich vor, wie er endlich die Kirche finden und einfach ein Gespann davor wegnehmen würde, und dann käme der Eigentümer heraus und schriee ihn an, aber er würde den Mann einfach niederschlagen. »Ich bin Jason Compson. Versuchen Sie nur, mich aufzuhalten. Versuchen Sie nur mal, einen Mann ins Amt zu wählen, der mich aufhalten könnte«, sagte er und sah sich mit einer Rotte Soldaten ins Rathaus stürmen und den Sheriff herauszerren. »Der bildet sich ein, er kann da herumsitzen und Däumchen drehen und zusehen, wie ich meine Stelle verliere. Dem werd ich was zeigen von wegen Stelle und so.« An seine Nichte dachte er nicht und ebensowenig an den eigentlichen Wert des Geldes. Zehn Jahre lang hatte keines von beiden Persönlichkeitscharakter für ihn gehabt; sie bildeten lediglich zusammen das Sinnbild für die Stellung in der Bank, um die er betrogen worden war, bevor er sie überhaupt besessen hatte.

Der Himmel hellte sich auf, die fliehenden Schattenflecken rasten jetzt hinter ihm weg, und es schien ihm, als ob das aufklärende Wetter nur ein neuer listiger Schachzug des Feindes wäre, eine neue Schlacht, der er mit alten Wunden entgegenführe. Hin und wieder kam er an Kirchen vorbei, ungestrichene Fachwerkbauten mit blechbeschlagenen Türmen, vor denen Gespanne festgemacht waren und jämmerliche Autos standen, und es wollte ihm scheinen, als wäre jede einzelne von ihnen ein Wachtposten, von dem aus die Nachhut des VERHÄNGNISSES ihm im Vorbeifliegen nachspähte. »Euch soll nur auch der Teufel holen«, sagte er, »Versucht doch, mich aufzuhalten«, und er sah sich, von der Rotte seiner Soldaten und dem gefesselten Sheriff gefolgt, auch noch — wenn nötig — den ALLMÄCHTIGEN von Seinem Thron stürzen; und er stellte sich die in Schlachtordnung aufgestellten Legionen des Himmels und der Hölle vor, zwischen denen er hindurchstürmte, bis er endlich die Hand auf seine entflohene Nichte legen konnte.

Der Wind wehte aus Südosten. Unablässig streifte der Luftzug seine Wange. Er glaubte, den andauernden Zug seine Schädeldecke durchdringen zu fühlen, und plötzlich, gewarnt durch eine alte Vorahnung, bremste er und hielt und blieb reglos sitzen. Dann griff er mit der Hand in den Nacken und fing an zu fluchen und fluchte heiser flüsternd weiter vor sich hin. Wenn er sonst eine längere Fahrt vorhatte, wappnete er sich immer mit einem kampfergetränkten Taschentuch, das er sich, sobald die Stadt hinter ihm lag, um den Hals band und dessen aufsteigende Dämpfe er einatmete, und darum stand er jetzt auf und hob das Sitzkissen, in der Hoffnung, darunter könne solch ein Tuch liegengeblieben sein. Er sah unter beiden Polstern nach und fluchte wieder eine Weile vor sich hin, da er sich von seinem Triumph gefoppt fühlte. Er schloß die Augen und lehnte sich gegen die Tür. Entweder er fuhr zurück und holte das vergessene Kampfertuch, oder er fuhr weiter. In jedem Fall würde ihm der Schädel zerspringen, aber zu Hause würde er auch heute, am Sonntag, Kampfer finden, was unterwegs durchaus nicht sicher war. Doch wenn er jetzt zurückführe, würde er anderthalb Stunden später nach Mottson kommen. »Vielleicht, wenn ich langsam fahre«, sagte er. »Vielleicht, wenn ich langsam fahre und an etwas anderes denke . . .«

Er stieg ein und fuhr weiter. »Ich will an etwas anderes

denken«, sagte er, und so dachte er an Lorraine. Er stellte sich mit ihr im Bett vor, aber dann lag er doch nur neben ihr und beredete sie, ihm zu helfen, und dann fiel ihm wieder das Geld ein und daß er von einer Frau, einem Mädchen, angeschmiert worden war. Wenn er bloß hätte glauben können, daß ihn der Mann bestohlen habe. Aber daß man ihm das gestohlen hatte, was ihn für die verlorene Stellung entschädigen sollte und was er mit so viel Mühe und Gefahr an sich gebracht hatte — und daß es ihm ausgerechnet von dem Symbol der verlorenen Stellung gestohlen worden war und, was noch schlimmer war, von einem solchen Flittchen! Er fuhr weiter und schützte mit hochgestelltem Rockkragen sein Gesicht vor dem unablässigen Luftzug.

Er begriff, daß die sich feindlich gegenüberstehenden Kräfte seines Schicksals und seines Willens sich jetzt rasend schnell zusammenzogen, zu einem Knoten, der unauflöslich sein würde; er wurde vorsichtig. Ich darf jetzt keinen Schnitzer machen, sagte er sich. Es gab nur eine einzige Möglichkeit, ohne jede Alternative: danach mußte er handeln. Er war überzeugt, die beiden würden ihn auf den ersten Blick erkennen, während er sich darauf verlassen mußte, daß er das Mädchen zuerst sah, es sei denn, der Mann trüge immer noch die rote Krawatte. Die Tatsache, daß er sich auf diese rote Krawatte verlassen mußte, schien ihm die Summe allen nahenden Unheils zu sein; er vermochte es fast zu riechen, es trotz des schmerzhaften Pochens in seinem Schädel zu spüren.

Er erreichte den Kamm der letzten Anhöhe. Über dem Tal lag Rauch; Dächer und ein paar Turmspitzen zwischen den Bäumen. Er fuhr bergab und in die Stadt hinein, verlangsamte die Geschwindigkeit und mahnte sich immer wieder zur Vorsicht, er müsse jetzt erst einmal herausfinden, wo das Zelt sei. Er vermochte nicht mehr gut zu sehen, und er wußte, es war sein Verhängnis, dauernd daran denken zu müssen, daß er zunächst einmal etwas für seine Kopfschmerzen tun sollte. An einer Tankstelle sagte man ihm, das Zelt sei noch nicht aufgebaut, aber die Theaterwagen stünden auf einem Abstellgleis am Bahnhof. Er fuhr dorthin.

Zwei buntbemalte Pullmanwagen standen auf dem Gleis. Er musterte sie lange, bevor er ausstieg. Er atmete möglichst flach, um das Pochen im Schädel zu dämpfen. Er stieg aus und ging an der Bahnhofsmauer entlang und sah sich die Wagen näher an. Ein paar Kleider hingen aus den Fenstern, schlaff und zerknittert, als wären sie soeben erst gewaschen worden. Neben der Trittleiter des einen Wagens standen drei Segeltuchstühle. Er sah jedoch kein Lebenszeichen, bis schließlich ein Mann mit einer schmutzigen Schürze an die Tür kam und mit weit ausholender Gebärde eine Schüssel mit Spülwasser ausschüttete; die Sonne glitzerte auf dem Blechbauch der Schüssel, und dann verschwand der Mann wieder im Wagen.

Den muß ich überrumpeln, bevor er sie warnen kann, dachte er. Er kam überhaupt nicht auf die Idee, sie könnten gar nicht in diesen Wagen sein. Daß sie nicht im Wagen seien, daß der Erfolg nicht allein davon abhänge, ob er sie zuerst sehe oder sie ihn zuerst sähen, dies schien ihm gegen die Natur zu sein und im Widerspruch zum Ablauf der Ereignisse zu stehen. Und mehr noch: er mußte sie unbedingt zuerst sehen und ihnen das Geld abnehmen, dann wäre ihm auch alles gleichgültig, was sie nachher machten; denn wenn ihm dies nicht gelänge, würde die ganze Welt erfahren, daß er, Jason Compson, von seiner Nichte Quentin, einer Hure, bestohlen worden war.

Er musterte den Wagen noch einmal. Dann ging er darauf zu und stieg schnell und lautlos die Trittleiter hinauf und blieb an der Tür stehen. In der Kochnische war es dunkel, und es roch nach Speiseresten. Der Mann, der nur als ein verschwommener weißer Fleck zu erkennen war, sang mit brüchiger, zittriger Tenorstimme vor sich hin. Ein alter Mann, dachte er, und nicht so stark wie ich. Er trat in den Wagen, und der Mann blickte sich um.

»Hä?« sagte der Mann und hörte zu singen auf.

»Wo sind sie?« sagte Jason. »Nun los. Im Schlafwagen?«

»Wo is wer?« fragte der Mann.

»Lügen Sie mich doch nicht an«, sagte Jason. Er stolperte in das verbarrikadierte Dunkel hinein.

»Was soll'n das heißen!« sagte der Mann, »Wer is hier'n Lügner?« Und als Jason ihn bei der Schulter packte, rief der Alte, »Sehn Sie sich vor, junger Mann!«

»Lügen Sie doch nicht«, sagte Jason, »Wo sind sie?«

»Verfluchter Hund«, sagte der Mann. Mager und schwach fühlte sich der Arm des Mannes in Jasons Griff an. Er versuchte, sich loszuwinden, warf sich herum und tastete über das Durcheinander auf dem Tisch.

»Also, raus mit der Sprache, wo sind sie?« sagte Jason.

»Ich werd dir schon sagen, wo sie sin«, kreischte der Mann, »Laß mich bloß erst mein Fleischermesser finden.«

»Na, na«, sagte Jason und versuchte, ihn festzuhalten, »Ich habe Sie doch nur etwas gefragt.«

»Du Hund«, kreischte der andere und fingerte auf dem Tisch herum. Jason versuchte, ihn an beiden Armen zu packen und seine schwächliche Wut zu bändigen. Der Körper des Mannes fühlte sich so alt und so gebrechlich an und dabei doch so verhängnisvoll auf ein Ziel versessen, daß Jason zum erstenmal klar und deutlich das Unheil erkannte, dem er entgegenraste.

»Lassen Sie das!« sagte er, »Nun mal langsam! Ich geh ja schon. Lassen Sie mich ungeschoren, und ich gehe.«

»Mich nen Lügner zu schimpfen«, jaulte der Alte, »Lassen Sie mich los. Lassen Sie mich bloß mal ne Sekunde los. Dann werd ich's Ihnen schon zeigen.«

Jason hielt ihn fest und warf dabei verzweifelte Blicke um sich. Draußen war es hell und sonnig, eilte es schnell und hell und leer dahin, und er dachte an die Leute, die bald friedlich, festlich und ehrbar zum sonntäglichen Mittagessen nach Hause gehen würden, während er hier diesen verhängnisvollen, wütenden kleinen Alten festhalten mußte, den er nicht loszulassen wagte, um ihm den Rücken zu kehren und das Weite suchen zu können.

»Wollen Sie mich nun solange ungeschoren lassen, daß ich wenigstens hinauskann?« sagte er, »Wie?« Aber der andere wand sich in einem fort, und Jason machte eine Hand frei und schlug ihm über den Kopf. Es war ein ungeschickter, übereilter und nicht einmal harter Schlag, aber der Mann sackte sofort zusammen und glitt zwischen klappernden Töpfen und Eimern zu Boden. Keuchend stand Jason über ihm und horchte. Dann machte er kehrt und stürzte aus dem Wagen. An der Tür riß er sich zusammen und stieg langsam die Trittleiter hinunter und blieb stehen. Sein Atem machte H-h-h, und er versuchte, das Keuchen zu unterdrücken, während er gehetzt nach allen Seiten blickte, da hörte er hinter sich ein Schlurfen, und er fuhr gerade noch rechtzeitig herum, um zu sehen, wie der kleine Alte, mit einem rostigen Beil, ungelenk und voller Wut aus dem Gang herausgestolpert kam.

Er griff nach dem Beil und spürte keinen Schlag, merkte aber, daß er hinfiel, und er dachte, Das ist also das Ende, und er glaubte, er müsse jetzt sterben, und als etwas gegen seinen **Hinterkopf** krachte, dachte er, Wie hat er mich da treffen können? Aber vielleicht hat er mich schon vorher getroffen, dachte er, Und ich habe es nur nicht gespürt, und er dachte, Schnell. Schnell. Mach schon Schluß mit mir, aber dann packte ihn das rasende Verlangen, am Leben zu bleiben, und er schlug um sich, während er die brüchige Stimme des Alten jaulen und fluchen hörte.

Er schlug immer noch um sich, als sie ihn schon auf die Beine gestellt hatten, aber sie hielten ihn fest, und da gab er nach.

»Blute ich stark?« sagte er, »Mein Hinterkopf. Blute ich?« Während er das noch sagte, fühlte er sich rasend schnell davongetragen, und die dünne, wütende Stimme des Alten erstarb in der Ferne. »Sehen Sie doch endlich nach meinem Kopf«, sagte er, »Warten Sie, ich . . .«

»Warten? Sind Sie wahnsinnig?« sagte der Mann, der ihn festhielt, »Dieser verdammte kleine Giftzwerg da bringt Sie ja um. Nun gehn Sie schon. Sie sind ja gar nicht verletzt.«

»Aber er hat mich doch getroffen«, sagte Jason. »Blute ich?«

»Los kommen Sie«, sagte der andere. Er führte Jason um den Bahnhof herum auf den leeren Bahnsteig, wo ein Gepäckkarren stand; und über einem Grünstreifen aus starrem Gras, eingerahmt von ebenso starren Blumen, erhob sich eine Lichtreklame:

BEHALTET MOTTSON IM

und die Lücke dazwischen war von einem Auge mit einer Glühbirne als Pupille ausgefüllt. Der Mann ließ ihn los.

»So«, sagte er, »Jetzt machen Sie, daß Sie hier wegkommen, und lassen Sie sich nicht wieder blicken. Was wollten Sie eigentlich? Selbstmord machen?«

»Ich suchte zwei Leute«, sagte Jason. »Ich fragte ihn bloß, wo sie seien.«

»Wen suchen Sie denn?«

»Ein Mädchen«, sagte Jason. »Und einen Mann. In Jefferson gestern trug er eine rote Krawatte. War hier vom Theater. Sie haben mich bestohlen.«

»Ach«, sagte der Mann. »Der sind Sie. Tja, die zwei sind nicht hier.«

»Scheint so«, sagte Jason. Er lehnte sich gegen die Mauer, betastete seinen Hinterkopf und betrachtete seine Hand. »Ich dachte, ich blute«, sagte er. »Ich dachte, er habe mich mit dem Beil getroffen.«

»Sie sind mit dem Kopf auf die Schiene geschlagen«, sagte der Mann. »Nun gehen Sie aber. Die zwei sind nicht hier.«

»Ja. Das sagte der auch. Ich dachte, er lüge.«

»Meinen Sie etwa, ich lüge ebenfalls?« sagte der Mann.

»Nein«, sagte Jason. »Ich weiß ja, daß sie nicht hier sind.«

»Ich habe ihm gesagt, sie sollen sich dünne machen, alle beide«, sagte der Mann. »So was kann ich in meinem Theater nicht brauchen. Ich leite ein anständiges Theater mit einer anständigen Truppe.«

»Jaja«, sagte Jason. »Sie wissen nicht, wo sie hin sind?«

»Nein. Und ich will es auch nicht wissen. In meinem Theater macht mir keiner solche Geschichten. Sind Sie ihr ... Bruder?«

»Nein«, sagte Jason. »Ist ja auch egal. Ich wollte die beiden bloß mal sprechen. Hat er mich bestimmt nicht getroffen? Ich meine, ist kein Blut zu sehen?«

»Es wäre garantiert Blut zu sehen, wenn ich nicht rechtzeitig dazugekommen wäre. Bleiben Sie bloß von hier weg. Der kleine Kläffer da bringt Sie sonst noch um. Ist das Ihr Wagen da drüben?«

»Ja.«

»Na, dann steigen Sie nur ein und fahren Sie nach Jefferson zurück. Wenn Sie die beiden finden, dann nicht in meinem Theater. Ich leite ein anständiges Theater. Die haben Sie bestohlen, sagen Sie?«

»Nein«, sagte Jason. »Ist ja auch gleichgültig.« Er ging zum Wagen und stieg ein. Was muß ich jetzt tun, überlegte er. Dann fiel es ihm ein. Er ließ den Motor an und fuhr langsam die Straße hinauf, bis er einen Drugstore fand. Die Tür war verschlossen. Mit hängendem Kopf, den Türknopf in der Hand, blieb er eine Weile stehen. Dann drehte er sich um, und als gleich darauf ein Mann vorbeikam, fragte er ihn, ob irgendwo ein Drugstore offen sei, aber es war keiner auf. Er erkundigte sich, wann der nächste Zug in nördlicher Richtung abgehe, und der Mann sagte, um halb drei. Er ging über den Gehweg zu seinem Wagen, stieg ein und blieb abwartend sitzen. Bald kamen zwei junge Neger vorbei. Er rief sie an.

»Kann einer von euch fahren?«

»Ja, Herr.«

»Wieviel verlangt ihr, wenn ihr mich jetzt gleich nach Jefferson fahrt?«

Sie warfen einander Blicke zu und tuschelten miteinander.

»Ich gebe euch einen Dollar«, sagte Jason.

Sie tuschelten wieder miteinander. »Dafür kann ich's nich machen«, sagte der eine.

»Für wieviel könntest du es denn machen?«

»Kannst du nich mit?« sagte der eine.

»Ich kann nich weg«, sagte der andere. »Warum fährst du'n nich? Hast doch nichts zu tun.«

»Doch.«

»Was hast'n zu tun?«

Sie tuschelten wieder und lachten.

»Ich gebe euch zwei Dollar«, sagte Jason. »Jedem von euch.«

»Ich kann auch nich weg«, sagte der erste.

»Na schön«, sagte Jason. »Dann macht, daß ihr weiterkommt.«

Er saß längere Zeit nur so da. Er hörte eine Uhr halb schlagen, dann tauchten überall Menschen in sonntäglichen und festlichen Kleidern auf. Manche blickten im Vorübergehen neugierig den Mann an, der so still hinterm Steuerrad seines kleinen Wagens saß und dessen unsichtbares Leben aufgezogen wurde wie ein abgetragener Strumpf. Nach einer Weile trat ein Neger in Overalls auf ihn zu.

»Sin Sie der, wo nach Jefferson will?« sagte er.

»Ja«, sagte Jason. »Was soll es denn kosten?«

»Vier Dollar.«

»Zwei kannst du kriegen.«

»Unter vier kann ich's nich machen.«

Der Mann im Wagen rührte sich nicht. Er schaute ihn nicht einmal an. Der Neger sagte, »Also, wolln Sie oder wolln Sie nich?«

»Na gut«, sagte Jason, »Steig ein.«

Er rückte zur Seite, und der Neger setzte sich ans Steuer. Jason schloß die Augen. In Jefferson werde ich schon etwas dagegen auftreiben, sagte er sich und versuchte, das Rütteln und Stoßen abzufangen, dort treibe ich bestimmt etwas auf. Sie fuhren durch die Straßen, wo die Menschen friedlich in ihre Häuser zum Sonntagsbraten heimkehrten, und zur Stadt hinaus. Daran dachte er. Er dachte nicht an zu Hause, wo Ben und Luster am Küchentisch vor ihrem kalten Mittagessen saßen. Irgend etwas — das Fehlen von Unheil und Bedrohung, trotz allen dauernden Unglücks — gewährte ihm, Jefferson so zu vergessen, als hätte er es nie gekannt und als müßte sein Leben den verlorenen Faden nie wieder aufnehmen.

Als Ben und Luster fertig waren, schickte Dilsey sie hinaus. »Un schau, daß du ihn nich dauernd ärgerst. Um vier kommt ja dann auch T.P.«

»Hm«, machte Luster. Sie gingen. Dilsey aß zu Mittag und räumte danach die Küche auf. Dann ging sie zur Treppe und horchte hinauf, aber es war nichts zu hören. Sie kehrte in die Küche zurück und ging zur Hintertür hinaus und blieb auf der Treppe stehen. Ben und Luster waren nicht zu sehen, aber dann hörte sie aus der Richtung des Kellers wieder ein langgezogenes Sirren, und sie ging zur Kellertür hinüber, und als sie hinunterschaute, bot sich ihr das nämliche Bild wie am Vormittag.

»Genau so hat er's gemacht«, sage Luster. Er betrachtete die starre Säge mit einer Art hoffnungsvoller Niedergeschlagenheit. »Ich hab bloß noch nich das richtige Ding zum Drüberstreichen«, sagte er.

»Da unten wirst du's wohl auch kaum finden«, sagte Dilsey. »Warum geht ihr nich in die Sonne? Auf dem feuchten Boden kriegt ihr ja Lungenentzündung.«

Sie wartete und blickte ihnen nach, wie die beiden über den Hof auf eine Zederngruppe beim Zaun zugingen. Dann humpelte sie weiter zu ihrer Hütte.

»Jetz fang bloß nich wieder an«, sagte Luster, »Ich hab heut schon genug Ärger mit dir gehabt.« Dort hing eine aus Faßdauben und Drahtgeflecht gefertigte Hängematte. Luster legte sich hinein, Ben aber schlenderte ziellos und zwecklos weiter. Er fing wieder zu wimmern an. »Sei bloß still«, sagte Luster, »Sonst lang ich dir eine.« Er legte sich in die Hängematte zurück. Ben blieb zwar stehen, doch Luster hörte ihn immer noch wimmern. »Wirst du jetz still sein oder nich?« sagte Luster. Er stand auf und ging ihm nach und fand Ben, wie er vor einem kleinen Erdhügel hockte. An jedem Ende stak eine leere Flasche aus blauem Glas, die einmal Gift enthalten hatte. Aus der einen ragte ein welker Stechapfelzweig. Ben hockte davor und jaulte in langgezogenen, unartikulierten Tönen. In einem fort jaulend, suchte er ziellos herum und fand einen Zweig und steckte ihn in die andere Flasche, »Kannst'n nich still sein?« sagte Luster. »Du kriegst gleich was, daß du weißt, warum du heulst. Wenn ich mich nu so anstelln tät.« Er kniete nieder und riß plötzlich die Flasche heraus und versteckte sie hinter seinem Rücken. Ben hörte auf zu jaulen. Er hockte da und starrte auf das kleine Loch, in dem die Flasche gestanden hatte, aber als er gerade tief Luft holte, brachte Luster die Flasche schnell zum Vorschein. »Sei still!« zischte er, »Wag's bloß nich, loszubrüllen! Bloß nich. Da is sie doch. Siehst's denn nich? Da. Aber wenn wir hierbleiben, fängst du ja doch gleich wieder an. Komm mit, wir gucken mal, ob die jetz schon ihre Bälle schlagen.« Er zog Ben am Arm hoch, und sie gingen zum Zaun und standen dort nebeneinander und linsten durch das noch nicht blühende Geißblattgerank.

»Da«, sagte Luster, »Da komm welche. Kannst sie sehn?«

Sie beobachteten, wie das Viererspiel den Ball zum ›Grün‹ hin und darüber hinaustrieb und zum Mal ging und abschlug. Wimmernd und sabbernd sah Ben zu. Als das Viererspiel weiterging, folgte er, jaulend und mit zuckendem Kopf, am Zaun entlang. Einer sagte,

»Hallo, Caddie. Bring den Sack her.«

»Still, Benjy«, sagte Luster, aber Ben trottete schlenkernd weiter, klammerte sich am Zaun fest und heulte heiser und hoffnungslos. Der Mann schlug ab und ging weiter, und Ben hielt mit ihm Schritt, so lange, bis der Zaun im rechten Winkel abbog, und dann hing er am Zaun und sah den sich entfernenden Spielern nach.

»Willst du jetz wohl still sein?« sagte Luster, »Willst du jetz wohl still sein?« Er schüttelte Ben am Arm. Ben klammerte sich an den Zaun und heulte heiser und ohne Unterlaß. »Nu hör schon auf«, sagte Luster, »Willst du wohl?« Ben glotzte durch den Zaun. »Na, schön«, sagte Luster, »Dann kriegst du eben was, damit du weißt, warum du heulst.« Er blickte über die Schulter weg zum Haus. Dann flüsterte er: »Caddy! Jetz heul. Caddy! Caddy! Caddy!«

Gleich darauf hörte Luster, in den Intervallen von Bens Geheul, Dilsey rufen. Er nahm Ben beim Arm, und sie gingen über den Hof zu ihr hinüber.

»Ich hab dir ja gesagt, der is nich stillzuhalten«, sagte Luster.

»Du Lausekerl!« sagte Dilsey, »Was hast'n ihm getan?«

»Nichts, gar nichts. Ich hab dir doch gleich gesagt, wenn die da wieder zu spieln anfangen, dann legt er los.«

»Komm her«, sagte Dilsey. »Still, Benjy. Still jetz.« Aber er hörte nicht auf. Sie gingen rasch über den Hof zur Hütte und traten ein. »Lauf un hol den Schuh«, sagte Dilsey. »Daß du mir aber Miss Car'line nich störst. Wenn sie was sagt, dann sag ihr, er is bei mir. Marsch, troll dich; das wirst du wohl noch fertigbringen, denk ich.« Luster ging hinaus. Dilsey führte Ben zum Bett und zog ihn neben sich nieder und nahm ihn in die Arme und wiegte ihn, wobei sie ihm mit dem Rocksaum den Geifer vom Mund wischte. »Jetz sei still«, sagte sie und strich ihm über den Kopf. »Sei still. Hast ja deine Dilsey.« Aber er heulte langsam, jämmerlich, ohne Tränen; dunkle, hoffnungslose Klage allen sprachlosen Elends unter der Sonne. Luster kam mit einem weißen Atlaspantoffel zurück. Der Schuh war schon vergilbt, rissig und schmutzig; und als sie ihn Ben in die Hand gaben, heulte er nicht mehr. Aber er wimmerte immer noch, und bald jaulte er wieder auf.

»Meinst du nich, du kannst T.P. wo finden?« sagte Dilsey.

»Gestern hat er gesagt, er will heut nach St. John rüber. Wollte um vier zurück sein.«

Dilsey wiegte Ben und strich ihm über den Kopf.

»Es währt so lang, O Jesus«, sagte sie, »So lang.«

»Ich kann doch den Kutschwagen auch fahrn, Mammy«, sagte Luster.

»Willst euch wohl umbringen?« sagte Dilsey, »Dazu bist du aus lauter Bosheit glatt imstande. Ich weiß genau, daß du zum Kutschieren nich zu dumm bist. Aber man kann dir ja nich trauen. Still jetz«, sagte sie. »Still. Still.«

»Ich paß schon auf«, sagte Luster. »Ich fahr ja mit T.P. auch immer.« Dilsey wiegte Ben in den Armen. »Miss Car'line sagt, wenn du ihn nich stillkriegst, dann muß sie eben aufstehn un selber runterkommen un es tun.«

»Still, mein Schatz«, sagte Dilsey und strich über Bens Kopf. »Luster, mein Schatz«, sagte sie, »Wirst du bestimmt an deine alte Mammy denken un mit dem Kutschwagen aufpassen?«

»Woll«, sagte Luster, »Ich fahr genau so wie T.P.«

Dilsey wiegte Ben und strich über seinen Kopf. »Ich tu, was ich kann«, sagte sie, »Der liebe Gott weiß es. Dann geh also«, sagte sie und stand auf. Luster wischte hinaus. Ben hielt den Pantoffel umklammert und weinte. »Still, still. Luster holt jetzt den Kutschwagen un nimmt dich mit zum Friedhof. Wir wollen's lieber gar nich erst riskiern, deine Mütze von drüben zu holn«, sagte sie. Sie ging zu ihrem Schrank, der lediglich aus einem über Eck gespannten Kattunvorhang bestand, und nahm den Filzhut heraus, den sie vorhin getragen hatte. »In Wirklichkeit sin wir ja noch viel tiefer runtergekommen, die Leute wissen's bloß nich«, sagte sie. »Aber du bist so oder so Gottes Kind. Un ich werd's auch bald sein, gelobt sei Jesus Christus. Da.« Sie setzte ihm den Hut auf den Kopf und knöpfte ihm den Rock zu. Er heulte unablässig. Sie nahm ihm den Pantoffel ab und legte ihn weg, und sie gingen hinaus. Luster fuhr einen altersschwachen, überhängenden Kutschenwagen mit einem uralten Schimmel vor.

»Daß du mir ja vorsichtig fährst, Luster«, sagte sie.

»Hm«, machte Luster. Sie half Ben auf den Rücksitz. Er war ruhig gewesen, jetzt aber fing er wieder zu wimmern an.

»Ach so, seine Blume«, sagte Luster. »Wart, ich hol ihm eine.«

»Bleib sitzen«, sagte Dilsey. Sie ging nach vorn und griff in die Trense. »So, jetz lauf un hol ihm eine.« Luster rannte ums Haus herum zum Garten. Er kam mit einer Narzisse zurück.

»Die is ja geknickt«, sagte Dilsey, »Warum hast'n ihm keine bessere gebracht?«

»Is die einzige, wo da war«, sage Luster. »Ihr habt sie doch Freitag alle für die Kirche mitgenommen. Wart mal, ich mach sie ihm zurecht.« Während Dilsey das Pferd festhielt, schiente Luster den Blumenstengel mit einem kleinen Zweig und zwei Stückchen Bindfaden, und dann gab er Ben die Blume. Danach stieg er auf und nahm die Zügel. Dilsey hielt immer noch die Trense fest.

»Du weißt also'n Weg?« sagte sie, »Die Straße rauf, dann um den Platz rum zum Friedhof un dann gleich wieder heim.«

»Wolln, sagte Luster, »Hü, Queenie.«

»Bist auch bestimmt vorsichtig?«

»Hm.« Dilsey ließ die Trense los.

»Hü, Queenie«, sagte Luster.

»Halt mal«, sagte Dilsey, »Laß mir die Peitsche lieber hier.«

»Och, Mammy«, sagte Luster.

»Gib her«, sagte Dilsey und trat näher an das hohe Wagenrad heran. Unwillig gab Luster ihr die Peitsche.

»So krieg ich Queenie nich vom Fleck.«

»Das laß man nich deine Sorge sein«, sagte Dilsey. »Queenie weiß besser als du, wo sie hin zu laufn hat. Bleib du nur sitzen un halt die Zügel, das andere geht ganz von alleine. Du weißt also'n Weg, ja?«

»Woll. Genau der Weg, wo T.P. alle Sonntag fährt.«

»Nu, dann halt dich auch heut dran.«

»'türlich. Wo ich doch schon mehr als hundertmal für T.P. gefahrn hab.«

»Dann mach's wieder so«, sagte Dilsey. »Los jetz. Un wenn Benjy was passiert, Niggerlausbub, dann weiß ich nich, was ich dir tu. Dann bist reif fürs Kittchen, aber ich schick dich hin, vor die im Kittchen Platz für dich gemacht ham.«

»Hm«, machte Luster. »Hü, Queenie.«

Er klatschte die Zügel auf Queenies breite Kruppe, und der Kutschwagen setzte sich schwankend in Bewegung.

»Du, Luster!« sagte Dilsey.

»Hü–hott!« sagte Luster. Wieder ließ er die Zügel klatschen. Unter erdbebengleichem Grummeln trottete Queenie langsam die Einfahrt hinunter und bog in die Straße ein, wo Luster sie zu einer Gangart antrieb, die einem stetigen schwebenden Vorwärtsfallen glich.

Ben hörte zu wimmern auf. Er saß in der Mitte des Sitzes, die geflickte Blume aufrecht in der Faust, die Augen hell und unbeschreiblich. Der kugelrunde Kopf Lusters vor ihm drehte sich dauernd um, bis das Haus nicht mehr zu sehen war, dann lenkte Luster zum Straßenrand und stieg unter Bens beobachtenden Blicken ab und brach sich an der Hecke eine Gerte. Queenie senkte den Kopf und rupfte Gras ab, bis Luster aufstieg und ihren Kopf hochriß und sie wieder in Bewegung hetzte, dann machte er die Ellbogen breit und nahm mit Gerte und Zügel, die er protzig hochhielt, eine Positur an, die so gar nicht zu dem gelassenen Getrappel von Queenies Hufen und den begleitenden orgelartigen Bässen aus ihrem Innern passen wollten. Autos und Fußgänger kamen an ihnen vorbei; und einmal eine Gruppe halbwüchsiger Neger:

»Na so was, der Luster. Wo willst'n hin, Luster? Zum Schindanger?«

»Woll«, sagte Luster, »Aber nich zu dem Schindanger, wo sie euch hinkarrn. Hü, du Elepfant.«

Sie näherten sich dem Marktplatz, wo der konföderierte Soldat mit leeren Augen unter seiner Marmorhand in Wind und Wetter hinausstarrte. Luster gab sich erneut einen Ruck und versetzte der unbeirrbaren Queenie einen Hieb mit der Gerte, wobei er seinen Blick über den Platz schweifen ließ. »Da ist Mr. Jasons Wagen«, sagte er, und dann erspähte er wieder ein paar Neger. »Wolln den Niggern da mal zeigen, was wir könn, Benjy«, sagte er, »Was meinst du?« Er schaute zurück. Ben saß da, die Blume in der Faust, die Augen leer und sanft. Luster hieb Queenie noch eins über und lenkte sie nach links zum Denkmal hin.

Einen Augenblick saß Ben wie erstarrt. Dann brüllte er. Brüllen auf Brüllen, und mit jedem Mal schwoll seine Stimme an und ließ kaum mehr Pausen zum Atemholen. Es war mehr als Erstaunen, es war Entsetzen; Schrecken; blicklose, sprachlose Todesangst; nur noch Schall; und Lusters Augen verdrehten sich in einem weißen Augenblick. »Großer Gott«, sagte er, »Still! Still! Großer Gott!« Er warf sich nach vorn und hieb mit der Gerte auf Queenie ein. Sie zerbrach und er warf sie weg, und während Bens Stimme zu einem unglaublichen Crescendo anschwoll, riß Luster die Zügel hoch und beugte sich vor, als Jason über den Platz gerast kam und auf das Trittbrett sprang.

Mit dem Handrücken stieß er Luster beiseite und ergriff die Zügel und zerrte Queenie zurück und verdoppelte die Zügel und peitschte damit über ihre Flanken. Er peitschte sie wieder und wieder, bis sie in einen taumelnden Galopp fiel, und lenkte sie, von Bens heiserem Angstgeschrei umheult, rechts am Denkmal vorbei. Dann schlug er Luster mit der Faust über den Kopf.

»Bist du verrückt, daß du linkoherum fährst?« sagte er. Dann schnellte seine Hand nach hinten und versetzte Ben einen Schlag, so daß der Blumenstengel wieder abbrach. »Halt's Maul!« sagte er, »halt's Maul!« Er riß Queenie zurück und sprang ab. »Jetzt aber nach Hause mit ihm, zum Teufel. Wenn du dich je noch einmal mit ihm vors Tor wagst, schlag ich dich tot!«

»Ja, Herr!« sagte Luster. Er nahm die Zügel und peitschte damit auf Queenie ein. »Hey! Hey, los! Benjy, um Gottes willen!«

Ben brüllte und brüllte. Queenie trottete wieder an, wieder trappelten ihre Hufe regelmäßig über das Pflaster, und auf einmal verstummte Ben. Luster blickte kurz über die Schulter, dann fuhr er weiter. Die geknickte Blume hing über Bens Faust, und seine Augen waren wieder leer und blau und hell, während Giebel und Fassaden abermals geschmeidig von links nach rechts glitten; Pfahl und Baum, Fenster und Tür und Ladenschilder, ein jegliches an seinem Platz.

Anmerkungen

[1] *Sassprilluh:* Wortverstümmelung der spanischen Bezeichnung ›Sarsaparilla‹; eine amerikanische Tropenpflanze, aus deren Wurzeln ein alkoholisches Getränk gewonnen wird.

[2] *Blaumaul:* Blue-gums heißt wörtlich ›Blau-Zahnfleischler‹. Im Aberglauben der amerikanischen Neger gelten Menschen mit blauem Zahnfleisch als dämonische, meist bösartige Wesen.

[3] *Eden:* In den Vereinigten Staaten von Amerika wird bei den Trauungen oft ein Lied nach dem Gedicht ›Holy Matrimony‹ (Heilige Hochzeit) von John Keble gesungen. William Faulkner spielt auf den folgenden Vers an:

> »Die Stimme, die haucht' über Eden,
> da Adam sich Eva gesellt,
> einsegnend der Hochzeiten erste,
> sie geht noch heut' durch die Welt.«

[4] *Mason-Dixon-Linie:* Die Grenze zwischen den nördlichen, sklavenlosen und den südlichen, einst sklavenhaltenden Staaten.

[5] *Dalton:* Eine populäre Hemdenmarke in den USA.

[6] *Salzlecke:* French Lick ist ein amerikanisches Solbad. Lick wird vom Autor assoziativ verstanden, da es nicht nur einer Ortschaft den Namen gibt, sondern auch seine ursprüngliche Bedeutung bewahrt hat: Salzlecke. Hier kommt das Wild in Scharen zusammen und kann daher an dieser Stelle besonders leicht gejagt werden.

[7] *Yankees:* Eine bekannte Baseballmannschaft der USA. Die Baseballmannschaften der Vereinigten Staaten von Amerika sind in zwei Ligen eingeteilt, zwischen denen alljährlich der ›Pennant‹ (Wimpel) ausgespielt wird.
Babe Ruth war in den dreißiger Jahren der berühmteste Baseballspieler der USA.

[8] *Montag:* Von Freitag bis einschließlich Sonntag hausen die Häher in der Hölle — so wenigstens heißt es im Aberglauben der amerikanischen Neger.

William Faulkner im Diogenes Verlag